MW01041428

Jean Giono

CHRONIQUES

Noé

Gallimard

(Dieu parle.)

... Alors, les historiographes ont dit :
(ils ne l'ont pas dit expressément,
mais ils l'ont prétendu à demi-mot,
en clignant de l'œil)
Dieu a dû l'aider de quelque manigance.
Eh, bien sûr que je l'ai aidé par quelque manigance!
Mais, si je l'ai fait
qu'avais-je besoin en premier lieu
de m'embarrasser dans cet imbroglio de bateau,
et de ménagerie, où pas un dompteur,
même moi,
n'aurait pu se reconnaître,
dont pas un nautonier,
même moi,
n'aurait voulu assurer la sauvegarde
au milieu de ma colère déchaînée.
Et la manigance, la voici :
il n'y avait pas d'arche.
Mais non!
Il n'y avait pas de bateau
de cent, de trois cents ou de mille coudées,
de cent, de trois cents ou de mille enjambées

5

d'aucune mesure matérielle.
Il y avait le cœur
de Noé.
Un point c'est tout.
Comme il y a le cœur
de tout homme,
un point c'est tout.
Et j'ai dit à Noé
— comme je peux le dire
à tout homme :
— Fais entrer *dans ton
cœur* toute chair de
ce qui est au monde
pour le conserver en vie
avec toi
... et j'établirai mon
alliance avec toi.

(*Fragments d'un « Déluge ».*)

Je prononce d'abord la formule d'exorcisme moderne : *Les héros de ce roman appartiennent à la fiction romanesque, et toute ressemblance avec des contemporains vivants ou morts est entièrement fortuite ; également toute similitude de noms propres.*

Rien n'est vrai. Même pas moi ; ni les miens ; ni mes amis. Tout est faux.

Maintenant, allons-y. Ici. commence *Noé*.

Je venais de finir d'écrire *Un roi sans divertissement*. La tête de Langlois venait à peine d'éclater sur mon papier que je me suis dit (et très violemment) : « Tu as mené ce personnage jusqu'au bout de son destin. Il est mort, maintenant. Il est là, étendu par terre dans son sang et sa cervelle répandus. Là-bas, Delphine et Saucisse viennent d'ouvrir la porte du bongalove ; elles appellent Langlois comme si elles espéraient qu'il va encore pouvoir leur répondre. Et, est-ce qu'il ne leur répond pas, tel qu'il est là ? Est-ce que ce n'est pas une réponse suffisante ? Si tu fais tant que d'attendre que Delphine arrive au bord du carnage avec ses petits souliers fins ; si tu fais tant que d'essayer de la décrire, retroussant ses jupes au-dessus du sang et de la cervelle de Langlois comme au bord d'une flaque de boue, tu vas voir que Delphine va vivre. Alors, tu n'as pas fini. Tu sais bien qu'elle est toute neuve. Est-ce qu'elle était préparée à cet éclat ? Non. Tu l'as dit toi-même : elle avait rangé soigneusement les boîtes à cigares de chaque côté de la glace de la cheminée. Et n'oublie pas que tu as parlé de ce tablier blanc (impeccable, à bavette brodée) qu'elle faisait porter à sa petite bonne dans la maison de Grenoble. Tout ça, ce sont des signes. Amène-la seulement jusqu'ici ; attends qu'elle ait traversé le labyrinthe de buis (où tu entends déjà qu'elle court en frappant les dalles de ses talons de bottines comme une biche frappe les rochers de ses sabots) et tu verras qu'elle va vivre. Termine-moi ça *rondo*, pour le moment. Tu ne peux pas te payer le luxe d'une Delphine. Tu n'as pas parlé de ses beaux yeux d'amande verte, de ses épais cheveux noirs, de sa peau pâle, bleutée comme un lait reposé, de tout ce que Saucisse n'a pas vu, ou n'a pas voulu voir, ou n'a pas voulu dire, et qui est dans son buste, dans ses hanches de chat, dans sa foulée (ce pas, trop long, et qui l'emporte toujours *au-delà*, semble-t-il ; s'il n'est qu'un pas de femme). Mais tu sais bien que tout cela existe ; et tu sais bien aussi tout ce qui existe à l'intérieur du buste, à l'intérieur des hanches, cette forêt de Brocéliande (là où Saucisse n'a vu qu'une plantation des *Eaux et forêts*). Quand elle va se trouver en présence de Langlois, étendu par terre, mais qui, à la place de sa tête volée en éclats,

8

pousse hors de ses épaules les épais feuillages rouges de la forêt qu'il contenait (qu'il n'a pas pu plus longtemps contenir) tu peux me croire : elle va *ébranler le sol de la vieille Bretagne en tordant ses terribles racines.* Termine vite et va donc te promener un peu dans l'automne.

C'est vrai : jamais la saison n'a été plus belle. Ma fenêtre d'ouest est pleine à ras bord des dorures étincelantes du feuillage du marronnier à travers lequel transparaît le bleu du ciel, plus bleu que l'eau sur les grands fonds. Les bois de bouleaux, d'aulnes et de peupliers où circule la Durance ont dû s'élimer, sous quelque vent de nuit ; ils montrent leur trame d'un gris verdâtre ; par endroits rose, de ce rose étrange, très noble, qui est produit par l'enchevêtrement des branches nues sur lesquelles glisse le soleil de novembre ; ou bien ces bois sont de bleu et d'argent comme un banc de sardines. Logiquement, en effet, je ne dois plus m'occuper de Langlois

(qui est mort. Mais *pourquoi suis-je condamné à croire toujours en vous ?*)

de Delphine

(qui veut vivre. Et, en plus des yeux d'amande, des cheveux noirs, du buste, des hanches et des jambes qui marchent sur la terre froide comme sur un grand tapis de peau d'ours, je connais dans Delphine de plus terribles beautés).

Certes, Delphine est un personnage neuf ; elle est arrivée quand Langlois allait mourir ; je n'ai pas pu profiter d'elle ; je suis tenté de l'attendre. Mais, quand je me permets de rester un bon moment, le regard fixé sur ces épais bois gris qui

9

coulent le long de la Durance, sud-est sud-ouest devant ma fenêtre, je vois, dans ces vapeurs de branches dépouillées de feuilles, s'étaler des moires où le pourpre le plus vif s'enroule à des verts d'huile. Un vent léger descend là-bas des montagnes vers la mer. Il est vraisemblablement temps que je ne subisse plus l'entreprise de personnages jaillis de l'ombre.

Je vais donc entreprendre moi-même ; — mais quoi ? un voyage, dans le but catégorique de me séparer d'ici.

Étant bien entendu qu'ici, ce n'est pas cette petite ville de cinq mille *âmes ;* il y a bien longtemps que je l'ai organisée en décors. Il y a de petites places désertes où, dès que j'arrive, en plein été, au gros du soleil, Œdipe, les yeux crevés, apparaît sur un seuil et se met à beugler. Il y a des ruelles, si je m'y promène tard, un soir de mai, dans l'odeur des lilas, j'y vois Vérone où la nourrice de Juliette traîne sa pantoufle. Et dans le faubourg de l'abattoir, à l'endroit où il n'y a rien qu'une palissade en planches, j'ai installé tous les *paysages de Dostoïevski* et, notamment, la rue de l'Épiphanie, le *vaste espace vide teinté de gris,* le *vieux parc humide et noir comme une cave* où Alexéï Egorovitch, en frac et nu-tête, éclaire le chemin. Quant aux âmes, elles ne me gênent pas.

Ce qui me gêne (maintenant que *je me suis écouté,* que j'ai terminé *rondo,* que j'ai arrêté net le claquement des talons de bottines de Delphine qui s'approchait de la terrasse où Langlois — ce qui en reste tout au moins — est étendu) ce qui me gêne, c'est ce pays où je viens de vivre sous la neige de 1843 à presque 1920 (puisque c'est en 1920 que j'ai imaginé qu'on m'a raconté l'histoire).

Car, voilà ce que j'ai fait : la pièce où je travaille a deux fenêtres. Il vaudrait mieux que je dise : la pièce où je me tiens pendant que j'invente a deux fenêtres : une en face de ma table (sud), une à ma droite (ouest). La fenêtre qui est en face de ma table contient une petite maison moderne, dite *villa*, à toit de tuiles marseillaises plates, donc rouge terne, que le soleil n'irisera jamais ; débordant l'angle de cette *villa* qui me tourne le dos, le feuillage d'un tilleul (au moment où j'écris, jaune d'or) ; mêlés au feuillage du tilleul, le feuillage (pourpre maintenant) d'un gros cerisier, celui d'un mûrier (ocre vert), celui d'un if (noir) et, dominant le tout, la carcasse d'un orme (sans une feuille actuellement et tout en fer forgé) ; à droite, des arbres, un champ divisé en quatre petits jardins faits au point de croix avec la laine vert chou des choux, la soie d'or rouge d'une petite plantation de pêchers, le fil bleu pâle des artichauts ; tout ça sur fond de bure. Plus loin, et montant jusqu'au milieu de la fenêtre, la vallée de la Durance dont je parlais tout à l'heure à propos des bois de bouleaux qui couvrent le fleuve, et le plateau de Valensole qui, maintenant, à cette heure de la matinée, et tout satiné de plein soleil, imite la mer montant à l'horizon. Voilà donc ce que contient la fenêtre en face de ma table. A gauche de cette fenêtre, sur le mur blanc, une carte de l'Amérique centrale : Mexico, Central America and the West Indies (*The National Geo-*

graphic Magazine). Elle est là depuis l'époque où je lisais Bernal Diaz del Castillo et Cortez. Beaucoup de bleu. Océan, mer des Caraïbes, Montezuma, les armures de coton, les supplices de l'or, des ruisseaux de sang coulent entre les troncs des vieilles forêts de basalte. Un mètre vingt sur soixante.

Puis, c'est l'angle du mur et la porte. Après la porte, le divan couché sous des chevaux mongols. Peints, bien sûr : un mètre quatre-vingts sur cinquante. Ouromtsi et les nuages de sable du Gobi ; six chevaux et notamment un noir.

Et il ne reste plus, au-delà du cheval noir, que le cadre qui tient mon papier mongol maroufié sur toile et soixante centimètres de mur blanc. Là, si je me fais bien comprendre, nous sommes à ma gauche. Ensuite, l'angle du mur, presque derrière moi, et, derrière moi, complètement dans mon dos, sept rayons de livres qui tiennent tout le mur vont jusqu'à ma droite, pas tout à fait jusque dans l'angle où se tient un saint Georges en bois, un peu jésuite de Patagonie.

Tout de suite après le saint Georges, en plein à ma droite, l'autre fenêtre (ouest) ; celle qui contient le feuillage du marronnier en archipel doré sur mer des Caraïbes (cette fenêtre fait pendant à la carte du Mexique avec son ciel-haute mer). Voilà ce qui est, soi-disant, autour de moi.

Mais, voilà ce que j'ai fait (de 1843 à 1920).

A la place de la fenêtre sud, en face de ma table, j'ai installé la place du village avec le nuage au ras des toits ; je vois, d'enfilade, la route qui s'en va à Pré-Villars et à Saint-Maurice ; à gauche, de biais, j'aperçois le porche de l'église (à peu près à l'endroit où, dans la soi-disant réalité, se trouve la *villa* ; à droite, en belle vue, la porte du Café de la route avec, au-dessus, au premier étage, la fenêtre de la chambre que Langlois a habitée si longtemps, et, en bas, la porte vitrée de la cuisine de Saucisse, à travers laquelle j'ai pu voir tout son trafic : son raccommodage de bas et de gilets de flanelle, et toute la mimique de ses conversations avec Mme Tim. Vers moi, c'est-à-dire vers la table où j'écrivais, en venant de la fenêtre vers moi, se trouve le commencement de la route qui mène au Jocond, à l'Archat, aux montagnes, l'itinéraire de fuite de monsieur V. Quand monsieur V. en a eu terminé avec Dorothée, quand il est descendu du hêtre (qui est dans le coin, en face de moi, entre la fenêtre sud et la fenêtre ouest ; c'est-à-dire sur cette portion de mur blanc qui sépare les deux fenêtres), en descendant du hêtre, j'ai dit qu'il avait mis le pied dans la neige, près d'un buisson de ronces. Ça, c'est l'histoire écrite. En réalité, il a mis le pied sur mon plancher, à un mètre cinquante de ma table, juste à côté de mon petit poêle à bois. J'ai dit qu'il était parti vers l'Archat. En réalité, il est venu vers moi, il a traversé ma table ; ou, plus exactement, sa forme vaporeuse (il marchait droit devant lui sans se soucier de rien, je l'ai dit), sa forme vaporeuse a été traversée par ma table. Il m'a traversé, ou, plus exactement, moi qui ne bougeais pas (ou à peine ce qu'il faut pour écrire) j'ai traversé la forme vaporeuse de monsieur V. A un moment même, nous avons coïncidé exactement tous les deux ;

un instant très court parce qu'il continuait à marcher à son pas et que, moi, j'étais immobile. Néanmoins, pendant cet instant — pour court qu'il ait été — j'étais monsieur V. ; et c'est moi que Frédéric II regardait ; Frédéric II qui venait d'apparaître derrière le tuyau du poêle à bois (c'est là qu'est la scierie). Puis, monsieur V. m'a *dépassé* et, dans mon dos, il a continué sa route, montant dans l'Archat (qui est dans ma bibliothèque), vers Chichiliane (qui est au-delà, dehors, dans mon dos, de l'autre côté du mur, dans la propriété voisine, un très joli petit parc sauvage, entre parenthèses). Du côté de mes chevaux mongols, c'est là que se trouve la hauteur sur laquelle Langlois a bâti son *bongalove*. C'est donc de là que Delphine guette le parapluie rouge du colporteur, pendant qu'il va de ferme en ferme dans les fonds (des fonds qui se trouveraient par conséquent en bas, au premier étage, à peu près à l'endroit où est la chambre de ma fille Aline). C'est là, entre le cheval rouge et le cheval blanc, que se trouve le labyrinthe de buis dans lequel Saucisse se dispute avec Delphine ; c'est là aussi qu'elle fait ses confidences aux vieillards qui ensuite me racontent l'histoire. C'est entre le cheval blanc et le commutateur électrique, près de ma porte, que j'ai installé la terrasse sur laquelle Langlois fume les cigares, puis la cartouche de dynamite ; et, à l'endroit du beau cheval noir, c'est là que se trouve le bongalove lui-même, avec sa chambre à coucher et la glace de la cheminée, de chaque côté de laquelle Delphine avait soigneusement rangé les boîtes à cigares. Mon saint

Georges, c'est Chalamont. Langlois tue le loup sous l'aisselle du bras qui tient la pique. Dans ma fenêtre ouest, j'ai installé saint Baudille, Mme Tim. C'est de là que viennent les braiements enroués des cors. C'est parce que cette fenêtre fait pendant à la carte du Mexique avec ses Yucatan, Cuba, Floride, Jamaïque, Haïti, Porto-Rico et Antilles de feuillages, et son grand ciel alternativement d'azur et de goudron bouillant, qu'Urbain Timothée a fait fortune au Mexique, que Mme Tim est créole, et qu'elle a trois filles dont je n'ai presque rien dit ; mais, je sais sur elles des choses dont elles-mêmes ne se rendent pas un compte très juste (heureusement ; mais combien de temps durera cette heureuse ignorance?) et qui ont un rapport très étroit avec le vaste ciel de ma fenêtre ouest, surtout le soir, quand il est plus ouvert que l'océan devant Palos, qu'il porte, de loin en loin, jusque dans le couchant, de minuscules nuages, trois, quatre, blancs comme des atolls écumeux, et le dernier, le plus lointain mais sous le vent, rutile comme une Hespéride. Naturellement, cela explique les cors, comme il est dit que la caravelle de Colomb en portait sur le gaillard d'avant, et qui se mirent à jouer quand il quitta les côtes d'Espagne. Si Langlois avait été moins scrupuleux, plus *truqueur* (peut-être aurait-il suffi qu'il ait vingt ans de moins, ou que l'histoire soit moderne) il aurait pu se sauver par cette fenêtre (avec un Clipper ; même un Yankeeclipper). En cinquante pages, je lui enrôlais le plus pathétique des équipages. Actuellement, au lieu de saigner à corps perdu comme un guillotiné, à ma gauche, sur la terrasse, entre mes chevaux mongols et le commutateur électrique, il serait sur un de ces atolls écumeux, dans l'océan de la fenêtre d'ouest, à ma droite, en train de *filer le parfait amour*. Que ne peut-on se permettre dans des vergers aux pommes d'or! J'avais encore à placer le procureur royal. C'est-à-dire qu'en réalité j'avais à placer tout ce territoire brumeux qui entoure — dans un roman — le théâtre du drame. Ici, c'était donc tout le panorama de montagnes du côté de Grenoble ; non pas ces montagnes à travers la neige desquelles s'inscrit la paisible promenade de monsieur V. Celles-là, je vous l'ai déjà dit, elles sont dans mon dos, dans ma bibliothèque et de l'autre côté du mur, dans le petit parc *solitaire et glacé*, sur les grandes routes desquelles craquent les ressorts du boghei du *profond connaisseur du cœur humain*. C'était également Grenoble qu'il fallait que je situe, par rapport à moi qui écrivais dans un décor où il ne manquait plus que toute la région de Grenoble. Région importante puisque le procureur, *l'amateur d'âmes*, y habite et puisque, depuis le début, je savais qu'en dernier ressort Saucisse et Langlois devraient y aller dénicher Delphine. Il fallait donc que j'aie également cette région devant moi, brumeuse mais précise. Et je l'ai mise où elle devait être : c'est-à-dire dans ma fenêtre sud, au fond de l'horizon, dans ce plateau de Valensole que, tout à l'heure, j'ai dit être tout satiné de brumes sous le soleil et imitant la mer montant à l'horizon.

C'était parfait. Saucisse reprisait ses chaussettes

dans le verger de pêchers de la fenêtre sud ; monsieur V., venant de Chichiliane, traversait les rayons de ma bibliothèque, à peu près à l'endroit où se trouve un petit exemplaire des *Tragiques* d'Agrippa d'Aubigné, descendait sur *Ubu-roi*, prenait à gauche vers le voyage de l'Astrolabe, tombait pile derrière le dossier de mon fauteuil. De là, il guettait (c'est pourquoi on ne l'a jamais découvert). Dès qu'il a vu Marie Chazottes tourner le coin de mon divan, monsieur V. m'a traversé (comme il le faisait chaque fois, aller et retour — c'était sa route —), a coïncidé avec moi le temps d'un éclair (il n'y avait que le petit geste que j'étais obligé de faire pour écrire qui dépassait un peu) et il s'est précipité sur Marie Chazottes. Exactement pareil pour Ravanel, Delphin Jules, Bergues (je n'aurais pas voulu qu'il tue Bergues. Mais je l'ai senti qui me traversait, je l'ai vu qui traversait ma table et il est allé où il fallait qu'il aille). Le meurtre de Bergues s'est passé du côté de la porte d'entrée ; et monsieur V. a tué Dorothée sur le fauteuil où je fais asseoir mes amis et mes visiteurs. Je dis bien : c'était parfait. Mme Tim avait son Saint-Baudille (et son âme) dans le marronnier de ma fenêtre ouest, et Langlois, venu, le premier jour, de sa caserne de gendarmerie qui est dans ma fenêtre sud, sur l'emplacement de la villa aux tuiles marseillaises, descendit de cheval devant ma table de travail en face de mon cendrier, et construisit la guérite de ses sentinelles à l'endroit où, quand j'ai fini mon travail, je pose mon stylo et mon crayon rouge.

Bien entendu, de tout ce temps-là, quand je m'asseyais à ma table, le matin, pour reprendre ; que je reprenais mon stylo, à la place où je reprenais mon stylo (c'est à côté de la *Holy Bible*, King James Version) je ne voyais ni la table, ni la *Holy Bible* : je voyais la guérite. Mieux : c'était la guérite elle-même, avec son gendarme dedans, qui montait la garde et qui regardait, d'un air à la fois circonspect et terrifié, cette place de village déserte sur qui tombait la neige ; dans ma fenêtre sud, pleine de soleil parce que c'était en septembre. De temps en temps, à travers les buffleteries du gendarme, s'il était assis près de son feu de planches, ou même à travers ses moustaches s'il était debout, je voyais luire le mot Holy ou le mot Bible. Mais très rapidement, sa grosse moustache de maïs roux, son front de bœuf et son bicorne devenaient si matériels que la couverture noire contenant la version du roi James disparaissait complètement. Si, à ce moment-là, j'avais eu besoin de lire quoi que ce soit de la création du monde, du déluge universel, ou de la passion de Notre-Seigneur, il m'eût fallu plonger la main dans le crâne même du gendarme, ou fouiller sous ses buffleteries (ce qui est déjà assez déconcertant). Mais si, après quelques heures de travail, la fantaisie me prenait de me reposer un peu en fumant une pipe sur mon divan, je me couchais, comme le géant de Swift, sur cinq ou six lieues carrées de paysage. Ma tête qui s'appuyait alors sur les coussins qui sont juste au-dessous du cheval noir, s'appuyait sur ces contre-forts de montagnes vert-de-gris et remplis de cailles, avec deux ou trois éteules de seigle et des boqueteaux de sapins, où les gens du village faisaient la moisson, le jour où le procureur royal fit sa première visite à Langlois ; la route du col sur laquelle passe la patache de Saint-Maurice coulait le long de ma colonne vertébrale, et mes pieds, au bout du divan, touchaient à la maison de Marie Chazottes ; mes talons étaient exactement posés à l'endroit même où elle avait été rayée de la surface du globe. C'était très désagréable. J'avais l'impression de gêner les travaux et les trafics, en tout cas de donner une très fâcheuse publicité à mon goût pour la sieste. Une très voyante publicité : je devais être visible de Mens, puisque en réalité, si je me reporte à la géographie véritable des quartiers où j'ai placé le drame, du village on voit très bien, sur les coteaux qui dominent Mens, à quinze ou vingt kilomètres, la grande ferme du Tau. On la voit sur sa colline, immense, crépie de blanc, semblable à un couvent tibétain. Et cependant, quelle est la longueur des bâtiments de la ferme qu'on voit d'ici ? Mettons deux cents mètres. De la ferme là-bas, on devait donc parfaitement me voir couché ; d'autant que moi (si je tiens compte que ma tête était sous le cheval noir, donc à la hauteur du bongalove, et mes pieds au bout du divan, c'est-à-dire contre les murs de la maison de Marie Chazottes, à l'orée sud du village) j'avais bien, au moins, une bonne lieue de longueur. Et, comme mon vêtement de travail est une vieille robe de chambre taillée dans une couverture de cheval toute rouge, je devais être, couché sur les champs pâles et sur le vert tendre des mélèzes, visible de très loin, comme le nez au milieu de la figure. Du Tau, de Mens, d'Avers, de Saint-Maurice, et même de Clelles, on devait se dire : « Et qu'est-ce que c'est, ça là-bas, couché sur les pentes du col ? Et qu'est-ce qu'ils font donc, là-bas à Lalley ? Est-ce qu'ils cultivent des champs de coquelicots », ou bien (dit le docteur de Clelles) : « Est-ce qu'on serait devenus tous daltoniens ? Il y avait de vertes prairies à l'endroit où ce machin rouge est couché. » J'étais vraiment celui par qui le scandale arrive. Je ne pouvais pas tenir plus d'une minute ou deux et je revenais m'asseoir à ma table. C'était le seul endroit où je ne gênais personne.

J'ai peut-être donné l'impression que j'avais installé autour de moi un décor, un diorama, un vaste paysage *en réduction dans un petit espace*. Si je l'ai fait, c'est que je me suis mal exprimé, et que j'ai mal expliqué la chose. Car, pas du tout. Il ne s'agissait pas d'une *construction* semblable aux crèches de Noël où l'on installe toute la Judée et les déserts d'Arabie sur une table de cuisine (et, dans ce cas-là, les choses sont bien séparées : sur la table, Nazareth vu par le gros bout de la lorgnette ; autour de la table, le monde ordinaire vu à l'œil nu). Il ne s'agissait pas non plus du système employé par Eugène Sue et Ponson du Terrail : de petites marionnettes de trente centimètres de haut représentant les personnages en fil de fer plastique pour qu'on puisse leur faire prendre toutes les attitudes. Pas du tout, ce qu'il faut bien comprendre, c'est que mon paysage était grandeur naturelle, et mes personnages grandeur naturelle aussi.

Alors, comment pouvais-je avoir une lieue de long quand je me couchais sur mon divan ?

Je me suis déjà servi d'une image faite avec les systèmes de références qui diffèrent les uns des autres et font varier de dimensions les mesures qui paraissaient les plus stables. Je l'ai fait à propos de monsieur V., et pour donner une vague idée du monde *réel* dans lequel il se déplaçait. Ce que nous appelons démesure, ce que Sophocle appelle la *démesure*, ce qui, d'après lui, est irrémédiablement puni de mort par les dieux, n'est que l'ensemble des mesures d'un système de références différent de celui dans lequel nous avons l'ensemble de nos propres mesures. Antigone qui prend de la terre dans ses mains et en couvre le corps de Polynice n'a pas les mêmes mesures que Créon pour juger de la chose, en particulier ; et par conséquent des choses en général. C'est ce que veut exprimer la sagesse populaire quand, au sujet de choses extraordinaires, elle s'exclame : *C'est un monde !* C'est probablement ce que s'est exclamé Créon quand le garde est venu traîner Antigone à ses pieds en lui disant : « Voilà celle-là ! Et, savez-vous ce qu'elle faisait ? Eh bien, elle enterrait Polynice ! » Créon, Créon qui a la loi, Créon qui a Thèbes (et la combinaison qui permet de garder Thèbes), Créon a dû s'exclamer : « Elle enterrait Polynice ! C'est un monde ! » Œdipe ? C'est un monde ! Hamlet ? C'est un monde ! Par contre, Œdipe, Hamlet, Antigone trouvent tout naturel de faire ce qu'ils font. Je parie qu'en voyant Shakespeare en faire une tragédie, Hamlet se serait écrié : « J'écrabouille Ophélie, je tue ma mère, j'étripe mon oncle (entre autres) et vous *en faites* une tragédie ? Mais c'est un monde ! Rien n'est plus naturel ! » En effet, pour lui, rien n'est plus naturel.

On me dira : c'est précisément là qu'est la tragédie. Je m'en doutais. C'est un peu pour ça que je me suis décidé à écrire ce que j'écris. Non pas que je considère mon aventure comme une tragédie mais ça peut passer pour un curieux opéra-bouffe.

Il ne s'agit donc pas autour de moi de décors peints en trompe l'œil ni de paysages en réduction où un carré de mousse représente un pâturage : il s'agit d'*un monde* qui s'est superposé au monde dit réel, c'est-à-dire aux quatre murs de la pièce où je me tiens pendant que j'invente, et aux morceaux d'un territoire géographiquement réel (dit-on) qu'on voit par les fenêtres, appelés au sud : vallée de la Durance vue du Mont d'Or et, à l'ouest : marronniers et ciel avec collines, dans la direction de Beaumont et de Pierrevert.

Le village, Café de la route compris, la scierie de Frédéric II, l'Archat, le Jocond, le val de Chalamont, Saint-Baudille, les fonds vers Grenoble, ont englouti mes quatre murs et mes deux fenêtres, avec tout ce qu'elles contiennent, comme les eaux accumulées derrière un barrage engloutissent certains lieux où les hommes avaient construit des maisons réelles et même des églises avec clocher. Imaginez que vous puissiez continuer à vivre en bas, dans une de ces maisons réelles englouties (qui est, supposons-le, votre maison). Vous êtes assis à votre table du fond des eaux. Vous voyez toujours les quatre murs de votre chambre mais, entre les murs que vous regardez et vous, il y a de l'eau qui passe, s'installe, avec sa forme et sa couleur ; vous regardez par la fenêtre le paysage de votre village : les champs, les bosquets, les fermes autour, tout est englouti par de l'eau qui installe sur le visage familier des choses ses remous et ses mouvements. Sur le verger de pêchers, le Café de la route, y compris les clients, la patronne, la lampe à pétrole s'il fait nuit, et même la lueur de cette lampe à pétrole sur les tapis de cartes. Sur la *villa* à tuiles plates s'installent le coin de l'église et le tournant de la route de Saint-Maurice, y compris les gens qui vont et viennent, vont à Pré-Villars biner les patates, viennent au bureau de tabac en chercher deux sous, et vous entendez même sonner le timbre de la porte d'entrée. Sur les chevaux mongols, montagnes et *bongalove*, et route du col, y compris la patache de Saint-Maurice. Sur le Saint-Georges, Chalamont avec ses loups. Sur le marronnier, Saint-Baudille, y compris Mme Tim, ses jardins, ses terrasses, ses somptueuses chambres à coucher, sa verrerie d'apparat, sa cristallerie de table, ses tambours barbares et ses cors. Car le marronnier *véritable*, avec ses feuilles dorées par l'automne sur lesquelles joue le soleil, est comme un monceau de joyaux, de beaux rideaux de soie où se meut la foulée du vent, des verreries, des cristalleries, et il les suggère, il les fait vivre (il m'en donne l'idée) ; pendant que le vent réel qui bourdonne dans les feuilles me suggère les tambours barbares accrochés aux murs sur le palier du pre-

23

mier étage du château (et c'est pour ça que je les ai fait bourdonner quand l'énorme trio de Mme Tim, de Saucisse et du procureur royal arrive, bras dessus, bras dessous, au seuil du palier) ; pendant que toujours le vent qui bourdonne, mais associé cette fois au désir de fuites, de galops et d'échos dont parle le grand ciel (dans la direction de Beaumont et de Pierrevert) me suggère le son des cors qui sait si bien faire vivre l'écarquillement des chemins dans toutes les directions (et c'est pour ça que j'ai mis des cors à Saint-Baudille, et c'est pour ça également qu'il y a tant de désirs de fuites dans les trois filles de Mme Tim. Je n'en ai pas parlé, mais je les ai construites pour ça. Il suffirait d'un rien : elles sont prêtes). Car, le *monde* inventé n'a pas effacé le monde réel : il s'est superposé. Il n'est pas transparent, puisque, par exemple, le Café de la route, je le vois tout entier avec son volume : c'est-à-dire, non seulement avec sa façade, sa porte vitrée, mais à l'intérieur ses rangées de tables et même, sur le mur du fond, l'affiche publicitaire du Vespétro : un toréador vêtu d'or et de rouge qui boit un verre d'amer avant d'affronter le taureau. Mais, à travers ce Café de la route qui n'est pas transparent, je continue à voir le verger de pêchers *réel* sur lequel il se trouve. Et même (comme pour le marronnier, tout à l'heure visible sous le château de Saint-Baudille, qui me suggérait les cors et les cristalleries ; et le ciel qui me faisait composer l'âme secrète des filles de Mme Tim) ce verger de pêchers *réel* fait partie du Café de la route inventé, à un point tel que c'est à cause de lui que Saucisse va répandre de la sciure sur les crachats autour du

poêle, ce jour mémorable où elle prépare le fameux
dîner avec Mᵐᵉ Tim et Langlois. Et pourquoi ce
verger de pêchers réel a-t-il été si important ?
C'est parce qu'en écrivant la scène de la prépara-
tion du fameux dîner, j'avais naturellement le
regard fixé sur le Café de la route, là, devant moi,
dans le cadre de la fenêtre sud. Café de la route
superposé au verger de pêchers. Verger de pêchers
qui faisait partie du Café de la route : je voyais la
porte vitrée du café puis, à l'intérieur, une table de
marbre sur laquelle il y avait un verre vide et à
travers laquelle poussait un pêcher, une autre table
à travers laquelle poussait un autre pêcher ; je voyais
le poêle autour duquel se tenaient quatre ou cinq
vieillards en train de se chauffer ; à travers les vieillards, à travers le poêle, à travers les autres tables
de marbre, à travers les planches, les pêchers du
verger poussaient et je les voyais, plantés comme ils
sont plantés dans la réalité. Mais ce verger de
pêchers, en réalité, est à cinquante mètres de moi,
sous mes fenêtres. Je connais très bien le vieux
paysan à qui il appartient et qui le travaille. Je
parle souvent à ce vieux paysan ; quelquefois, il me
vend des épinards ou des salades. Je connais ce
vieux paysan comme ma poche et je sais que l'hiver,
quand il va au café passer l'après-midi, il s'installe
près du poêle, il fume une vieille pipe (que je connais très bien) et il crache par terre. A un point que
c'est même lui qui parfois appelle la patronne et
lui dit : « Noémie, viens un peu me mettre de la
sciure là autour ; regarde, c'est dégoûtant. » Voilà
pourquoi Saucisse a été obligée d'aller répandre de
la sciure autour de son poêle après avoir fait déca-

niller les vieux et avant d'installer la table du souper.

Ce n'était pas le seul mélange du réel et de l'inventé. Je n'ai pas parlé de toutes les promenades de Langlois. A partir d'un certain moment, il a eu hâte de fumer le dernier cigare, et moi-même j'avais hâte de lui mettre la cartouche de dynamite entre les lèvres. Les promenades dont je veux parler maintenant se placent avant cette hâte, tout de suite après la mort du loup (au fond de Chalamont, c'est-à-dire sous l'aisselle droite du Saint-Georges) à l'époque où les trois amis de Langlois étaient si inquiets, où le procureur royal faisait de si fréquents voyages pour venir boire le café de Saucisse. A ces moments-là, c'était le procureur qui avait un des pêchers du verger en travers du corps ; les feuillages, c'était en septembre, les pêchers avaient encore des feuilles, lui faisaient comme une collerette ; il avait l'air d'un médecin hollandais dans une autopsie de Rembrandt (et cela déterminera d'ailleurs, je crois, une grande partie de son avenir). Langlois partait à pied à travers champs. Car, il n'avait pas accepté son sort sans discussion. Il était cassant et solitaire, il parlait peu, et surtout il n'était pas de ceux qui considèrent qu'il faut *en faire un plat* et gaver tout le monde de son propre brouet. Mais, personne n'accepte de gaieté de cœur des conclusions qui vous suppriment. Il avait conclu, mais il cherchait quand même à vaincre le sort. Je suivais naturellement tous ses gestes avec grand intérêt. J'aurais payé de ma poche pour lui voir trouver un biais. Il était très malin, Langlois. Il avait la malice de ceux qui ont fait la guerre. Je veux parler de la vraie guerre : la conquête de

26

l'Algérie. Il s'était déjà débrouillé pour qu'on ne lui coupe pas la « cabèche ». Ça n'était pas un *Werther général* ni *un enfant du siècle*. Je me disais : « Il s'en sortira. » Je comprenais très bien ce qu'il faisait. Il allait à travers bois et à travers champs pour se trouver au milieu de tout ce qui *n'en fait pas un plat*. Les hommes comme Langlois n'ont pas la terreur d'être solitaires. Ils ont ce que j'appelle *un grand naturel*. Il n'est pas question pour eux de savoir s'ils aiment ou s'ils ne peuvent pas supporter la solitude, la solitude est dans leur sang, comme dans le sang de tout le monde, mais eux n'en font pas un plat à déguster avec le voisin. Ils n'en faisaient pas tout au moins.

Époque de prise de conscience de la solitude humaine, de 1800 à 1900, les hommes ont fait l'apprentissage des temps modernes. Mais, par la force des choses, quand ils étaient devenus ouvriers qualifiés, ils mouraient, et ils ont été remplacés par d'autres qui sont maintenant obligés de se débrouiller dans les temps modernes avec des talents de société et de bricoleurs. Ce qui donne, j'en conviens, des résultats stupéfiants de super-concours Lépine ; mais la grande machine continue à ne pas vouloir marcher.

Dans les champs et dans les bois, Langlois allait prendre contact avec les choses non geignardes. L'absence d'hypocrisie des forêts centenaires le réconfortait. Il ne lui serait jamais venu à l'esprit de considérer que sa lutte pour l'existence était du ressort de Louis-Philippe, ni de croire qu'il ne s'agissait dans cette lutte que de son pain quotidien. On l'aurait bien fait rigoler si on lui avait dit de confier la résolution de ses problèmes personnels à la Chambre des pairs ou à l'enterrement du général Lamarque. Je l'ai toujours soupçonné de savoir fort bien que les hautes prairies dans lesquelles il se promenait à grands pas portaient en filigrane ma carte de Mexico and the West Indies du *National Geographic Magazine*.

C'est pourquoi je fus très étonné quand je le vis se diriger du côté de mes chevaux mongols. Il s'y connaissait en chevaux ; autant que Swift. S'il savait que des chevaux étaient inscrits sous la forêt de sapins (et avec cette science du dessinateur chinois qui cerne d'un seul trait de plume le présent, le passé et l'avenir d'une forme) pourquoi se promenait-il de long en large pendant des heures sur cet humus élastique ?

Après la chasse au loup, quand Langlois eut tiré ses deux coups de pistolet sous l'aisselle de mon Saint-Georges, je me dis : « Ceci évidemment est une sorte de profession de foi. Mais il peut encore être sauvé. Ne parlons pas des filles de Mme Tim qui sont des paquets de soleils d'artifice et des machines de l'Arioste. Parlons par exemple, je ne sais pas de qui, mais, disons d'abord qu'au lieu de continuer à habiter chez Saucisse il va se chercher une belle maison dans le village. Il y en a précisément une à côté du bureau de tabac qui ferait très bien son affaire, pas trop grande, très bonne pour un et, à la rigueur, excellente pour deux. Eh bien, avec ses cinquante-six ans, il s'installe là. Il se fait un chez soi. S'il ne sauve pas tout, il sauve en tout cas ses moustaches. »

Mais Langlois ne tenait pas du tout à ne sauver

que ses moustaches. Je le compris quand je le vis
marcher comme en pays conquis sur mes chevaux
mongols. Je crus tout d'abord qu'il ne savait pas
ce qu'il faisait. Et j'étais sur le point de lui dire
de se méfier ; qu'il y avait là des *radiations tellu-
riques,* des exhalaisons minérales comme celles qui
expliquent, paraît-il, les territoires à cancer et les
quartiers à lèpre. Mais je le vis qui, sans faire
semblant, tâtait sous ses pieds le contour des chevaux cachés sous la terre. Comme s'il en éprouvait
la solidité d'échine et la valeur de galop. Et c'est
en tâtonnant de cette façon qu'il arriva juste au-
dessus du cheval noir et qu'après avoir tâté il se
dit (je l'entendis fort bien) : « C'est là-dessus qu'il
faudra construire le bongalove. »

Oh, en réalité (pour ceux qui ne le voyaient que
dans le récit, car la réalité se déplace) c'était un
bel endroit : à l'orée des forêts de sapins, commandant une vue admirable sur l'espace ; très facile à
choisir ; très logique ; n'effrayant personne ; évidemment l'endroit rêvé pour un homme plein de
scrupules comme Langlois.

Il faut vraiment que je dise un mot des personnages, car, à l'instant même, étant donné que tout
à l'heure j'ai parlé des dimensions du panneau de
toile sur lequel sont maroufflés mes chevaux mongols (un mètre quatre-vingts sur cinquante), j'ai
suggéré sans le vouloir (et surtout en voulant le
contraire) que Langlois était une sorte de tout
petit bonhomme dans une toute petite forêt de
mousseline posée sur le tableau.

Pas du tout. Il était grandeur naturelle. Ils étaient tous grandeur naturelle. Mes quatre murs réels avec les deux fenêtres et le paysage inventé avec cent kilomètres de déroulement d'horizon n'étaient pas superposés à plat, mais imbriqués en *volume*. Le paysage inventé s'était installé dans les espaces du paysage réel, sans le remplacer ; c'était simplement, désormais, un paysage qui contenait deux fois plus de spectacles, une double perspective, deux tapis de sol : un sur lequel se déplaçaient, par exemple, le vieux paysan qui soignait le verger de pêchers (le cracheur), les habitants de la villa à tuiles marseillaises, mes voisins, parfois ma femme, si par exemple elle allait acheter des salades au jardinier, ou ma fille Sylvie, si elle prenait le raccourci à travers champs pour aller rejoindre ses camarades. Et un autre tapis de sol sur lequel se déplaçaient monsieur V., Langlois, Mᵐᵉ Tim, le procureur et tous les acolytes de l'histoire. Les uns et les autres, les réels et les irréels, avaient la même taille. Sur un tapis de sol il faisait soleil, sur l'autre, par exemple, il neigeait. J'ouvrais la fenêtre pour crier à Sylvie : « Mets ton chapeau » (de paille, à cause du soleil très mauvais en septembre) et je voyais s'avancer sur Sylvie, à toute allure, le traîneau de Langlois au galop de ses ses trois chevaux, emportant Langlois et Frédéric II couverts de fourrures. Les trois chevaux abordaient Sylvie à bride abattue. Sylvie traversait les chevaux, le traîneau, Langlois et Frédéric comme un jeune bouleau traverse la brume. « Je n'ai pas besoin de chapeau », répondait Sylvie.

Pendant ce mois de septembre, en effet, ma femme et mes filles passaient un mois de septembre : elles mangeaient les clairettes du jardin ; elles en firent même du jus vert qu'elles mirent en carafe. De temps en temps, je descendais en boire un verre. Je les voyais, dans leurs allées et venues, croiser les allées et venues de Langlois, de Mme Tim, de Saucisse et de tous les acolytes. Car, il n'y avait pas que les personnages principaux. Il y avait également tous les nombreux personnages dont on ne parle jamais dans une histoire mais qui existent ; heureusement, car, s'ils n'existaient pas, les personnages seraient des Robinsons. Je n'en ai pas parlé : il n'était pas nécessaire d'en parler. Ils étaient logiques, et par conséquent, ils existaient, sans qu'on insiste, mais il y avait des bergers sur les pâtures de la montagne pendant l'été et des bûcherons dans les bois. Il fallait bien qu'il y ait des bûcherons puisqu'il y avait la scierie de Frédéric II. Il y avait donc pendant l'été des trafics dans les bois, des glissières où ces bûcherons faisaient dévaler les troncs de sapins et des fardiers qui transportaient ces troncs jusqu'à la scierie. Du début de l'hiver 1943 où j'ai commencé à écrire l'histoire jusqu'en février 1945 (où j'en étais en ce septembre 1946) il y a presque cinq cents jours. Et les jours des villages de montagne ont bien vingt heures chacun pendant lesquelles on fait des gestes, on bouge, on se déplace, on agit, serait-ce même l'hiver où, bien souvent, on plante une bougie dans une plaque d'écorce de pin, et on la porte sous le hangar où l'on se met à emmancher une cognée, à gratter des mancherons de brouette ou à clouer des patins de traîneau ; et c'est parfois cinq à six heures du soir en pleine nuit. Et il y a cent mille façons de faire des gestes pendant cinq cents jours de vingt heures dans un village de montagne. Il m'aurait été impossible de les décrire tous. Dans l'histoire que je me proposais de raconter, il n'était d'ailleurs pas nécessaire de les décrire tous, et même il fallait faire très attention de ne décrire que les gestes qui servaient à la compréhension de l'histoire. Je ne dis pas de ne pas dire, par-ci par-là, qu'on mène le cheval à la fontaine, qu'on fend des bûches sur le billot, qu'un tel entre au café, que tel autre met ses pouces dans les entournures de son gilet, que l'un s'est mis sur le seuil de sa porte pour frotter le boîtier de sa montre avec un bout de flanelle, que l'autre cloue à tours de bras un X de deux grosses branches de saule pour y crucifier son cochon ; au contraire, il faut le dire pour qu'à partir de ces gestes qui n'ont rien à voir (semble-t-il) avec l'histoire, celui à qui je la raconte puisse ensuite avec ses propres souvenirs revoir une très grande partie de tous les gestes du village ; et même, dans son esprit critique où il écoute l'histoire mais où, à chaque instant, il fait le bilan de ce qu'il peut croire et de ce qu'il ne peut pas croire, il faut qu'il ait la conscience de tous les gestes du village. Car, ce serait très désagréable (et raté) de suggérer (sans le vouloir) que le drame se passe *en l'air*. Il y aurait également le projet (valable) de décrire par le menu (comme si on faisait un inventaire — et cela d'ailleurs pourrait même s'intituler *Inventaire* ou catalogue — comme le catalogue des vaisseaux et le catalogue des ombres du Hadès) absolument *tous* les gestes faits par *tous* les habitants d'un même village pendant les dix mille heures de ces cinq cents jours. Étant entendu alors qu'il ne faudrait pas penser à un drame quel qu'il soit, autre que le drame pathétique qui *devrait* fumer de ce monceau de gestes comme la fumée qui sort d'un bûcher. Mais ça n'était pas mon projet. Ça le sera peut-être un jour. C'est une aventure à tenter ; c'est aussi un chemin dans lequel on peut aller voir ce qui se passe. Pour le moment, en tout cas, je racontais une autre histoire et j'étais donc, comme je viens de le dire, tenu de choisir parmi ces gestes, juste ce qu'il fallait pour suggérer le bourdonnement confus de tous les autres et éviter que mon drame soit en l'air. Mais, pour être à même de choisir, il me fallait avoir *présent à l'esprit* tout l'inventaire, tout le catalogue ; et, par conséquent, j'avais *présents* sous les yeux des quantités de personnages qui ne sont pas entrés dans l'histoire. Ils étaient, comme les autres, grandeur nature ; ils se déplaçaient sur le même tapis de sol et dans la même perspective. Ils étaient installés dans la treille de clairettes, sur la terrasse, dans la salle à manger, dans les escaliers, dans les chambres, dans le cabinet de toilette. On cueillait des raisins dans des barbes de bûcherons ; pour m'asseoir à table, j'étais obligé d'enjamber le baquet où le maréchal ferrant trempait ses fers ; on prenait le pot à eau dans un poitrail de cheval ; le facteur qui me faisait signer les recommandés sur le couvercle de sa boîte tirait ensuite des paquets de livres de la coiffe d'une femme récurant un chaudron à ses pieds, et il me tendait mon courrier à travers le visage et les joues rondes d'un garçon en train de souffler dans un sifflet. Pour aller au téléphone, il fallait traverser le menuisier, marcher dans un fossé où le cantonnier pelletait le gravier du dernier orage, mettre les deux pieds au milieu d'une bataille de chiens, prendre le récepteur dans un panier de truites froides. Je devais avoir la voix assez étrange car, tout le temps que je parlais, j'avais une varlope dont le va-et-vient me traversait le ventre ; les cheveux rouges du menuisier me frottaient le nez, la pelle du cantonnier me jetait du gravier à travers la poitrine, les chiens se déchiraient sur mes cuisses et je sentais le combiné du téléphone qui se tordait dans un dernier spasme et me frappait la main avec sa queue. Rien que pour simplement aller chercher un mouchoir dans ma commode au premier étage, il me fallait passer dans un buisson de bouches, de nez, de cheveux, de barbes, de moustaches, de lèvres, de joues, d'yeux de toutes les formes et de toutes les couleurs, comme des baies luisantes. Car les personnages étaient grandeur naturelle, avaient leurs visages à la hauteur du mien, et comme ils se déplaçaient, allaient à leurs affaires, bavardaient en groupes, jetaient des coups d'œil sur le temps ou sur l'alentour dans des perspectives et sur un tapis de sol qui n'avaient avec mes perspectives et mon tapis de sol personnels que le rapport spirituel, ils ne faisaient pas attention à moi, ils ne se reculaient pas à mon approche (qu'ils ne sentaient pas), ils ne s'écartaient pas de ma route ; et (ayant tout à fait besoin du

34

mouchoir que j'allais chercher) il me fallait bien me frotter à eux nez à nez et même traverser leurs visages avec mon visage.

Ce n'était évidemment pas autre chose que l'air des escaliers, mais il avait la forme des longues moustaches suintantes de nicotine de celui-ci, des joues gaufrées de froid de celle-là, des lèvres minces et légèrement violettes de cette petite fille, de la grosse bouche froncée comme une gueule de bourse de la femme de Frédéric II, des très belles lèvres un peu grasses de la femme de Ravanel, des yeux en coquille d'escargot et du nez charbonneux de celui-ci qui sortait du Café de la route en suçant dans sa barbiche l'odeur d'un gloria corsé.

J'ouvris le tiroir de ma commode en plein dans la tignasse d'un petit garçon blond et je pris mon mouchoir entre les cornes de la première des vaches qu'il menait au pré. Les énormes yeux paisibles de la seconde vache entrèrent dans mon visage juste à l'endroit où j'avais mes lèvres, si exactement comme si elle poussait dans mes lèvres une grosse reine-claude que je sentis dans ma bouche fondre le fantôme d'un fruit visqueux et froid à léger goût de paille.

Redescendu à ma place à table, ayant réenjambé le baquet, et de nouveau assis sur cette chaise qui émergeait de la carcasse d'un vieux tombereau sur les brancards duquel se juchaient des poules et des coqs, je voyais mes convives s'empêtrer dans le tablier de cuir du maréchal ferrant, dans les pinces qui fouillaient la forge, dans la chaîne du soufflet et le bras de l'apprenti. Au milieu de la

35

table tournait la croupe du gros cheval de labour qu'on était en train de ferrer ; et, comme il avait la corne sensible, il ruait et donnait des coups de cuisses dans la carafe de vin, les pots à eau, la soupière et le porte-huilier, et il balayait les assiettes avec les longs crins jaunâtres de sa queue. Trois femmes (grandeur naturelle, et seulement taillées dans cette matière laiteuse et translucide qui était la projection, dans notre perspective, de la chair qu'elles avaient dans leur propre perspective) parmi lesquelles il y avait la belle-sœur de Frédéric II (une assez accorte petite brune, native de Jarrie ; modiste, très coquette ; qui venait, de temps en temps, se mettre au vert ici ; qui, disait-on, avait une intrigue avec le fils d'un apiculteur de Prébois, un nommé Jules) ; la femme de Picolet (c'est la première fois que j'entendais parler de Picolet. Je ne savais pas au juste qui était Picolet. Sans doute un paysan pauvre et d'un certain âge, à en juger par la tenue et l'âge de sa femme) et une femme (dont je ne savais pas non plus très bien la provenance. Mais il me semblait que ce devait être une de ces femmes qui habitent dans les trois maisons en as de trèfle qui se trouvent à la sortie du village du côté de Texaco ; des femmes de ces postillons qui font tirer les renforts jusqu'au col quand la malle de Provence est trop chargée. Une femme de vingt-cinq à trente ans, anémique et pâle, très échalas, avec des rêves de tout dans les yeux, et des envies de tout dans sa poitrine en planche à hacher), trois femmes se tiennent dans l'ouverture de la porte qui fait communiquer la salle à manger et la cuisine. Et chaque fois qu'Antoinette va dans la cuisine elle les traverse. Elles doivent être en train de parler de chapeaux, de modes, que la petite brune de Jarrie fait miroiter devant la femme anémique. Et ça intéresse beaucoup la femme de Picolet. Car, la femme de Picolet, il vient de m'être dit à l'instant même qu'elle n'est pas d'ici, et que Picolet, qui a été coiffeur à Grenoble (c'est ça, il est coiffeur, il a été en apprentissage à Grenoble) l'a amenée ici en sortant d'apprentissage ; c'était en 1823. Mais elle pense encore aux modes. Et tout cela, en effet, je viens de le savoir pendant qu'Antoinette traverse ces femmes bleuâtres avec un plat de choux à la main, et que même, pour prendre la louche, elle fait battre la porte du buffet sur la tête de la petite brune.

Le soir — enfin ce qui était le soir dans la vallée de la Durance — ne coïncidait pas toujours avec le soir dans l'histoire. Comme de bien entendu, septembre ne coïncidait presque jamais avec les septembre de l'histoire, puisque septembre c'était précisément une époque où dans l'histoire il ne se passait rien. Je voyais le septembre de l'histoire comme je voyais la moustache roussie de nicotine, sans me demander s'il y avait des pommes ou pas de pommes, comme je ne me demandais pas si le porteur de moustaches était heureux ou malheureux en ménage ; il suffisait que je sois assuré de l'existence de septembre comme de l'existence du porteur de moustaches. Ils étaient simplement là pour qu'il n'y ait pas de solution de continuité dans les mois de l'année et dans la population complète du village. Mais le défaut de coïncidence des soirs de la vallée de la Durance et des soirs de l'histoire avait beaucoup plus d'importance. Car, par exemple, si j'étais au repos après dîner, ma famille également au repos autour de moi, en train de lire, de faire des devoirs, de repriser des chaussettes, de tricoter des pull-over, on ne pouvait pas compter sur ces soirs exquis de fin d'été dans la montagne, quand les jeunes filles se réunissent dans les prés blancs de lune pour chanter des romances (ce qui aurait été bucolique et reposant, même si la prairie devait être sur sur la cheminée de la salle à manger) et quelquefois nous étions traversés par toute une flopée de gens de Prébois qui s'en allaient à grands pas tâcher d'attraper à la route la patache de dix heures du matin ; ou bien, c'était le livre de Sciences Naturelles de Sylvie qui se trouvait en plein milieu du troupeau de chèvres que le chevrier communal assemblait en jouant de la flûte en terre. Et surtout, alors, dans ma salle à manger qui à cette heure du soir est plutôt grise, à cause des lampes du lustre qu'on ne réussit jamais à allumer toutes à la fois (quand par hasard on y réussit, les plombs sautent. Il doit y avoir quelque chose qui ne marche pas dans les fils), les personnages du catalogue, éclairés par le soleil de midi au gros de l'été, resplendissaient. Je voyais leurs yeux, leurs bouches, leurs tics (parfois à un millimètre de mes joues ou de mon nez, ou de ma propre bouche, comme des fruits, ou des sortes de baisers fort désagréables ; et les tics, quand c'était par exemple cette sorte de grimace que fait à chaque instant le piéton de la poste, et qui consiste à écraser de toutes ses forces ses lèvres entre ses joues et son

menton, comme s'il voulait en faire du vin, me
forçaient à fermer les yeux) et d'une façon générale leur attitude, leur façon de faire apparaissaient si clairement que j'étais presque sur le point
de connaître leurs caractères. Cependant, ils
n'étaient pas dans l'histoire (je n'en ai même pas
parlé) ils n'avaient rien à voir avec l'histoire, sinon
comme foule lointaine. Je n'avais pas besoin de
connaître leurs caractères ; et s'ils étaient bons ou
mauvais. Mais, plongeant mon bras dans la gorge
de l'épicière, ou dans le tambour de l'appariteur,
ou dans les flancs d'une vache en train de boire
dans le poêle à feu continu, j'atteignais le bouton
de la T.S.F. (qui était la tempe de la laitière, ou
le museau d'un âne, ou le biceps droit du boulanger qui justement venait prendre l'air à son
seuil) et je cherchais un beau concert. J'arrivais
très rapidement à ramener de l'étranger un Bach
ou un Mozart, un Hændel, un Beethoven. Alors,
mes acolytes ne se contentaient plus de resplendir. Ils me devenaient familiers, amis d'enfance,
contemporains. Il y avait une sorte de confusion
de tapis de sol et de perspectives. Je les rencontrais
tout d'un coup de plain-pied. J'avais brusquement
la connaissance automatique de tous leurs drames
particuliers, solitaires ou enchevêtrés les uns aux
autres. Je me mettais à les connaître depuis A
jusqu'à Z comme si je les fréquentais intimement
depuis des années. Je les connaissais même infra
et ultra, comme si j'étais non seulement leur
contemporain, mais aussi celui de toute la parenté
dont ils étaient issus et le contemporain des enfants
qui sortiraient d'eux. Il y avait certaines originalités

du vieil oncle Eugène qu'ils ne s'étaient jamais expliquées et qui pour moi étaient fort claires. Je savais aussi pourquoi tante Marie était restée vieille fille. Ce qui avait déterminé le célibat obstiné de la vieillarde à la tête de lézard, c'était un besoin d'indépendance et d'éblouissement ; le bien des besoins exactement semblables avait au contraire déterminé le mariage en coup de tête d'Alphonsine, la sœur cadette de Marie. Sujétion insupportable de la cadette à l'aînée, qui était d'un égoïsme de tigre, à cause précisément de l'indépendance et de l'éblouissement. Alphonsine se jette dans les bras de Pierre Mégi et l'épouse. Mais Pierre Mégi a les bras mous. Il était amoureux d'Élisabeth Isoard. Il le lui avait déclaré à différentes reprises. Il mettait un couteau dont le fourreau était une queue de poireau devant la porte de sa maîtresse, et il se cachait au coin de la maison voisine. Comme la fille, sortant après de son logis, voyait ledit couteau par terre, elle s'amusait à le ramasser ; alors, Mégi sortait de sa tanière et se jetait sur elle et la baisait. Pierre Mégi était un homme d'une taille entre la médiocre et la plus haute ; il avait un corps délié, un visage long et maigre, une face d'un teint jaunâtre et sans barbe, une voix grêle et enrouée, des yeux chassieux, les paupières chargées, les cheveux noirs, et courts et plats. Alphonsine était la phrase entrecoupée de la petite flûte de Watermusic et aussi (un tout petit peu) les trompettes de la fin ; elle avait besoin d'indépendance et d'éblouissement, bien plus encore que sa sœur Marie ; elle se foutait complètement de n'être pas Élisabeth

40

Isoard ; elle se foutait complètement aussi de Pierre Mégi. Et elle épousa Pierre Mégi. Et elle lui donna sept enfants, mâles et femelles (qu'Hændel soit béni). Et un de ces sept enfants actuels : Madon Mégi dit le Béat... on n'en finirait plus d'examiner les Mégi. Le besoin d'indépendance et d'éblouissement des deux sœurs (l'aînée restée vieille fille et la cadette qui a fait souche) est dans tous les Mégi. Il fait dire blanc à l'un et noir à l'autre. Pierre Mégi n'a absolument rien laissé à ses descendants, à part peut-être pour un ou deux les yeux chassieux. Mais, rien de musical. Tout le musical vient d'Alphonsine. Alphonsine joue de la flûte et de la trompette dans la tête de tous les Mégi et en jouera pendant l'éternité des siècles. Sauf les deux qui ont les yeux chassieux (je crois que c'est le premier et le troisième), aucun Mégi ne ressemble à Pierre Mégi. On n'en trouverait plus pour jouer au jeu du couteau et du poireau. C'est dommage ; il y avait là un élément musical intéressant. Les trois coups d'archet de contrebasse qui préparent le seuil aux trompettes. Trois coups de cuillère à pot. Pierre Mégi, au fond, ne manquait pas d'initiative. Son jeu du couteau et du poireau n'était pas purement contemplatif, j'ai dit : « Il se jetait sur elle et la baisait. » Sans Alphonsine, il serait allé plus loin. Mais les trompettes... quel allegro ! Elles se jettent, elles aussi, sur la Tamise, mais comme la misère sur le pauvre monde. Évidemment, Pierre Mégi : « Teint jaunâtre et sans barbe, voix grêle et enrouée. » Il était cependant plein d'échos et de brumes. On peut faire tout ce que l'on veut avec des échos et des brumes. C'est dommage. Des chausse-trapes, par exemple, des lacets à biches, même indépendantes et éblouies ; surtout indépendantes et éblouies ; quand on est capable d'enfoncer un couteau dans une queue de poireau, on peut très bien étrangler des éclats de trompette dans des lacets de contrebasse. Laisser par exemple Alphonsine confectionner tous ces enfants, mais faire gronder en dessous le thème musical des yeux chassieux et des paupières chargées. C'est d'ailleurs exactement ce qui s'est passé et personne n'en sait rien, et je ne le savais pas hier, puisque ce Mégi est un de ces vieux qui viennent se chauffer au Café de la route. Et il ne crache même pas dans la sciure. Je n'en ai même pas parlé. Évidemment, c'est Saucisse qui parlait à ma place et qui racontait l'histoire. Mais j'aurais pu lui faire dire un mot de ce Pierre Mégi qui était là avec quatre autres, à se chauffer autour du poêle, ce fameux jour du dîner de Langlois, Mme Tim et Saucisse. Saucisse a parlé d'un nommé Lambert parce qu'il était rouspéteur et qu'il ne voulait pas s'en aller. Mais elle n'a pas dit un mot des quatre autres, parmi lesquels il y avait ce Pierre Mégi. Il est vrai qu'à ce moment-là je ne savais pas qui c'était. Et, tout compte fait, il valait mieux. Ce qu'il fallait raconter c'était Langlois. Pierre Mégi nous aurait entraînés trop loin.

Il m'était très difficile de résister à la tentation de raconter toutes les histoires du village. Pas seulement la petite histoire, le petit drame de Langlois (je voyais dans tous et toutes des *cas pendables*) ; pas seulement l'histoire de Mégi ou

42

celle de Lantelme, celle de Boyer, celle de Dérigina, mais toutes les histoires, à la queue leu leu, sans truquage, sans malice. Finir une, commencer l'autre ; ne se soucier de rien, aller son train, jusqu'à ce qu'on ait exprimé ainsi la monstrueuse accumulation des vies entremêlées, parallèles, solitaires, de tous ces braves gens qui ne feraient pas de mal à une mouche ; ou, plus exactement, qui ne feraient pas de mal à un lion.

La soirée, en se prolongeant, s'agrandissait dans toutes les dimensions. De temps en temps, la musique finissait en geysers de trompettes, trombones, timbales, tambours et écrasements de violons, comme le crissement des crampons de souliers ferrés qui talonnent pour assurer un équilibre sur quelque sommet. J'entendais une voix tellement prototype qu'elle semblait émaner de Dieu (parlant d'ailleurs une langue définitivement étrangère, ce qui augmentait le malentendu) et qui murmurait à travers un masque de velours : « Kœschel, Amadéous, In C dour », ou des égrénements de mots et des roucoulements de gorges et éternuements de chats célestes en Europe centrale parfaitement intransmissibles, à la suite de quoi la musique recommençait dans d'autres cantons de la tonalité. Je ne veux pas dire que la musique suggérait quoi que ce soit d'autre que la musique. Les éléments dispersés de la diversité des drames naissaient d'une partie de moi-même tout à fait séparée de la partie dans laquelle agissait la musique. C'était un peu comme l'ascension et la plongée du ludion déterminées par la pression du doigt de l'autre côté de la membrane.

J'avais devant moi un immense théâtre, fait de milliers de scènes alignées les unes à côté des autres et les unes sur les autres, comme les arcades du pont du Gard, ou les niches des nécropoles sarrasines creusées dans les falaises, ou les galeries de la Vieille Charité à Marseille, ou l'étagement des prisons du Piranèse. Pas question pour moi de ne regarder qu'un seul spectacle jusqu'au bout (autre que celui de Langlois). Rien que pour Pierre Mégi, il y en avait cent actes au moins ; une scène tirait l'autre ; un acte tirait l'autre ; l'acteur ne saluait jamais. Je voyais évidemment que le drame de Pierre Mégi valait le drame de Langlois ; mais j'avais décidé d'exprimer le drame de Langlois. Il fallait choisir et j'avais choisi, quitte à me payer le luxe, après (ce qu'au fond je suis en train de faire). Les rampes de chaque tréteau s'allumèrent donc les unes après les autres, et juste le temps de me donner une réplique, un décor, un visage, une attitude, ou même juste un mot explicatif, ou un embryon de phrase du récitant qui se trouvait dans la musique, et qui me disait : « Voilà ce qui se passe, ou voilà trois mots sans queue ni tête avec lesquels fais ton compte ! »

« ...devenu leur dupe, et aurait été une vache à lait pour eux, qui, dès le lendemain, l'auraient fait encore rançonner et obligé à partir avec les soldats.

— livré entre les bras de la mort et au dernier supplice.

— a cohabité avec Onorade Venel, a joui non seulement d'elle par un concubinage continuel, mais exigé des rentes, joui de ses biens et de son travail.

44

— sous prétexte d'une incommodité chimérique elle employait tout son temps à lire des feuilletons et à écrire et recevoir des lettres d'amourettes. Elle en avait toujours deux ou trois qui aboyaient ou languissaient à la barrière du verger avec cette patience forcenée des chiens au printemps.

— apprivoisé aux fortes nourritures de l'avarice.

— et la fit monter à cheval par un temps fort froid, quoiqu'elle ne fût pas encore bien remise de sa maladie.

— un soir qu'elle regardait par une fenêtre du couvent dans la châtaigneraie où justement Léonce faisait fête champêtre de sa bonne humeur, et qu'elle y vit sa mère, elle s'écria : voilà ma mère qui prend ses plaisirs pendant que je me désespère ici.

— couché, exténué, tellement desséché qu'il n'avait plus que la peau sur les os, mais ayant toujours sa colère et sa voix acide.

— mariée avec le roi Salomon, mais qui tombait du mal de la terre.

— cardeur de filosèle, faisait de temps en temps l'opérateur, allant de bastide en bastide vendre des remèdes.

— présenta la bouche d'un fusil contre la face de Ricard ; et il lui dit : t'es-tu confessé? Je vais te donner l'absolution.

— deux bagues de sa femme, deux cuillers d'argent et ils en avaient mangé le prix ensemble en débauches.

— des morceaux de plâtre qu'il délitait du crépi des murs. Il traçait des dessins obscènes

sur les portes et les volets. Parce que le temps
pesait lourdement sur ses mains.

— si tu n'étais pas ma tante je donnerais des
coups de couteau dans ta langue pourrie. Tu seras
la cause que tu saleras tes filles dans une cuve.

— est-ce la jambe d'un paysan ? Est-ce le
corps d'un paysan ? Est-ce que je serai toute ma
vie à fossoyer la terre de la bastide de la dame de
Savornin ? Ou est-ce qu'un jour je ne me mettrai
pas à fossoyer dans de la batiste, de la Malines
et du linge fin ?

— il avait caché cinquante têtes d'ail dans la
terre, et tous les matins il allait en prendre pour
s'aiguiser la voix.

— un petit chien roux, appelé Clin, sur lequel,
par malice ou par inadvertance, quelqu'un avait
jeté de l'eau bouillante.

— un jour de carnaval, masqués ensemble,
perdus dans les pommeraies glacées du côté de
Fontaube... Roi, reine, et jeunes plus que la vraie
jeunesse. Qui nous reconnaîtrait ? Viens !

— le visage long, fort délicat et blanc, ayant
aux joues comme du vermillon d'Espagne, aux
lèvres aussi ; un bel œil, le front avancé, le nez
bien fait, cheveux un peu châtains et abattus,
jambes minces... »

Je reconnaissais les uns et les autres au passage.
Parfois, c'était un de ceux-là qui jouait avec le
cheval de Langlois et lui disait des mots d'amitié,
ou bien, c'était de ceux-là et de celles-là qui se
pressèrent en silence autour des hommes qui
allaient partir pour prévenir les gendarmes, le
soir où l'on sut que Bergues avait été tué.

J'en reconnaissais qui n'étaient même pas entrés dans le cadre du livre. Habitant le quartier des Pelousères, ou le chemin d'Annibal, sans plus ; c'est tout ; c'était tout leur curriculum vitæ. Ils n'avaient fait aucun effort pour entrer dans le livre ; ils n'avaient pas eu particulièrement peur. Ou peut-être, au contraire, ils s'étaient trop bien cachés. Et maintenant, je les voyais jouer leur rôle ; occupés de leur drame particulier. Même quand un drame était assez puissant pour retentir sur plusieurs scènes (et c'était bien le cas, me semblait-il, pour les meurtres de monsieur V.), ils n'en étaient pas moins occupés à déliter le crépi des murs et à tracer avec les éclats de plâtre la formule chimique de leur guerre de Troie et de ses sous-produits.

Le « visage long, avec son vermillon d'Espagne aux joues et aux lèvres », je le voyais sur les échelles à la Piranèse s'en aller d'une scène à l'autre. Et cela se faisait pendant que Langlois cherchait sous l'humus de la forêt l'emplacement des chevaux mongols par exemple.

Il m'avait semblé que, pour ce petit village de quatre cents âmes, perdu dans la montagne, le drame de Langlois était déjà bien extraordinaire. Et pourtant, pendant que le drame de Langlois se déroulait, la femme du roi Salomon, couchée sur les planches de son tréteau, regardait monter vers elles les joues tachées de vermillon d'Espagne et ces petites lèvres de jeune homme qui faisaient sur les échelles, volant de scène en scène, comme la lueur d'une chandelle.

Je connaissais très bien ce visage long. Je n'en

avais pas parlé ; allez donc parler d'un garçon de seize ans quand vous êtes occupé à tirer au clair les scrupules d'un capitaine de gendarmerie? Je l'avais vu sur la place, le jour où Delphin Jules fut rayé de la surface du globe. Évidemment, il avait un visage fin, et une sorte de printemps fleurissait sa peau et ses gestes. Mais, malgré toute l'envie que j'aurais eue de le décrire, il n'y avait pas moyen de l'utiliser. Allez donc le décrire par le menu en plein milieu de l'assassinat de Delphin! Quand il n'a rien à voir à quoi que ce soit ; et qu'il est là en simple curieux ; ou même (comme c'était le cas) quand il est là pour toute autre chose.

Si par malheur j'avais attiré l'attention sur lui, et que j'aie parlé de ce vermillon d'Espagne, et que je dise après : « Eh bien, c'est tout! », on m'aurait dit : « Mais vous êtes fou! C'est tout ce qu'il fait ce vermillon d'Espagne? » Non. Maintenant je vois bien qu'il faisait autre chose. Mais ça n'avait aucun rapport avec la mort de Delphin Jules. Ce vermillon d'Espagne avait déjà sur son tréteau particulier, dans sa petite niche de nécropole sarrasine, sous sa voûte de pont du Gard, de quoi trouver assez fade la disparition de Delphin Jules. Atrides numéro cinq cent mille. Il lui fallait déjà se méfier des présents de sa mère et des raisons de son père. Avant de manger sa soupe, il y trempait un bout de pain et il le donnait au chien. Tous les jours, midi et soir. Non content de ça, ou peut-être à cause de ça, il s'était intéressé à ce qui se jouait sur une autre scène, dans la petite niche, sous l'arcade qui contenait la ferme du

Lioux, le roi Salomon, les trois fils de la première femme du roi Salomon, et la seconde femme du roi Salomon, une « demoiselle » Colombi ; taillée pour être la femme d'un vieillard géant et épileptique comme moi pour être scaphandrier. Ajoutez à ça que les richesses du Lioux étaient célèbres à plus de cent kilomètres à la ronde. Ce n'est pas pour rien que le vieux Léonard était appelé (même sur des cédules) « dit roi Salomon » : malgré son épilepsie qui l'abattait parfois en pleine foire ou en pleine « entreprise », écumant, et aux prises avec ses dieux personnels. Et c'est vers l' « ex-demoiselle Colombi » que le vermillon d'Espagne monte par les échelles jetées en pont volant d'une scène à l'autre. Il y a les trois fils, il y a le roi écumant, il y a le Lioux, fourré de bois, d'embûches, d'embuscades bleues, il y a cette soupe qu'il faut soigneusement expérimenter sur le chien, il y a l' « ex-demoiselle Colombi » qui attend, se tend et appelle avec son visage d'Italienne où la peur et le désir font lumière. Ils se foutaient pas mal de Langlois ! Le vermillon d'Espagne était venu sur la place écouter ce qu'on disait de Delphin Jules, pour savoir si, malgré tout, il pourrait aller jusqu'à la grange où l'ex-demoiselle Colombi l'attendait. Vous me voyez, racontant ça, au moment où vraiment Langlois en a plein les bottes ? Où tout le monde en a plein les bottes ? Qu'est-ce que ça peut nous foutre, à nous aussi, à ce moment-là, que l'ex-demoiselle Colombi couche avec le vermillon d'Espagne, ou qu'elle ne couche pas ? Il y a ce couillon de Delphin qui vient de se faire escamoter !

En temps ordinaire, je ne dis pas. Le temps

ordinaire, c'est quand il ne se passe rien. (« Rien d'extraordinaire », ajouterait M. de la Palisse.) Alors, on se serait dit : « Tiens, telle chose se passe! Bigre, attends un peu qu'ils en aient vent » (les trois fils, le roi écumant, et tous les acolytes qui grouillent autour des richesses du Lioux). On aurait allumé carrément les rampes sur les deux scènes (car, évidemment, il ne faut pas oublier le père et la mère Atrides), on aurait même éclairé la voltige des échelles qui font le pont d'une scène à l'autre — c'est si facile de se casser la gueule sur des échelles lancées dans le vide — et on aurait attendu les événements. On les aurait même légèrement provoqués.

Mais, j'avais déjà l'affaire de monsieur V. et de Langlois sur les bras ; en commencer une autre en plein milieu... D'autant qu'aller chercher où tout ça vous entraîne! L'affaire du vermillon d'Espagne est déjà très compliquée, comme vous voyez, très longue à raconter : il y a les crises d'épilepsie du roi Salomon (selon comment elles tombent, elles peuvent avoir des sens particuliers, suggérer des machinations de dieux invraisemblables), il y a les six beaux bois de bouleaux dans les terres du Lioux dont il faudrait bien que je vous fasse voir la beauté ; et l'ex-demoiselle Colombi. Et d'où elle vient! (qui est un nœud du drame). Rien que la façon dont elle fait sa toilette dans le noir complet de sa chambre, et comment elle se farde en pleine obscurité pour s'en aller au rendez-vous, et quelle étrange reine rencontre ainsi le vermillon d'Espagne, au clair de lune, dans les bois de bouleaux des landes de Lioux.

Vous voyez!

Mais, si on en est là, si je me permets d'intercaler l'histoire du vermillon d'Espagne dans l'histoire de Langlois, il n'y a pas de raison pour que je m'interdise d'intercaler l'histoire du cardeur de filosèle dans l'histoire du vermillon d'Espagne. Car, celle-là aussi vaut le coup. Et d'ailleurs, si je le faisais, l'histoire du cardeur de filosèle éclairerait l'histoire du vermillon d'Espagne. Car il y a des affinités. Enfin, il est également question dans cette histoire-là de découvertes d'Amériques, d'Indes Orientales que les uns voient fardées de travers dans les landes de Lioux et que d'autres cherchent. Cette recherche étant déjà à elle seule une terre d'épices.

Si on avait le temps, si on pouvait surtout faire lire un livre comme on fait regarder un paysage, j'aurais pu essayer de mettre, à côté des neiges de Langlois, du Chalamont, de Saint-Baudille et de Chichiliane, les bois de bouleaux des landes de Lioux (et, dans la réalité, ces bois de bouleaux sont effectivement à côté de tous les paysages à travers lesquels Langlois a traîné ses scrupules) j'aurais pu essayer aussi de placer à leur place tous les chemins où le cardeur de filosèle porte sa boîte à remèdes, son visage grêlé de petite vérole, son besoin d'intrigues, son art de la solitude, ses appétits. Car, ces chemins sont là, en effet. Je ne m'en suis pas servi, mais Langlois y a passé avec son cheval. Je n'ai même pas pu tout dire sur Langlois.

Certaines fois, il s'en allait galoper au hasard, sur des routes où je ne devais pas le suivre, où il était inutile de le suivre. Qu'est-ce qu'il faisait sur ces routes ? Rien. Il se promenait. Il restait l'esprit vacant. Il regardait le vol d'un faucon. Il reniflait l'odeur des limons de l'Ebron. Il disait « Salut » à des gens qu'il rencontrait. Il y a bien des fois où l'on ne pense à rien ; où l'on ne fait rien. Et moi, il fallait bien que je fasse marcher mon histoire. Il fallait bien que, par exemple, pendant que Langlois se promenait, je sois à côté de Mme Tim, ou à côté de Saucisse qui précisément à ce moment-là faisaient quelque chose, pensaient à quelque chose d'important. Je sais bien : cette vacuité de Langlois fait partie de son caractère et est par conséquent importante à connaître. Si justement, quand il sent que le lacet se serre autour de son cou, que sa main s'approche de la boîte à cigares, c'est le moment qu'il choisit pour aller trotter paisiblement comme un bourgeois sur des routes le long de l'Ebron, c'est bon à savoir (c'est d'ailleurs pourquoi, maintenant, je le fais savoir), mais il ne m'est pas possible de faire connaître l'histoire que je raconte, le livre que j'écris, comme on fait connaître un paysage, (comme Brueghel fait connaître un paysage) avec des milliers de détails et d'histoires particulières. Il ne m'est pas possible (je le regrette) de m'exprimer comme s'exprime le musicien qui fait trotter à la fois tous les instruments. On les entend tous ; on est impressionné par l'ensemble ; on est impressionné par le chant ou par l'accompagnement, ou par tel timbre, ou par les bois, ou par les cuivres, ou par les cors, ou par les timbales qui se mettent à gronder juste au moment où le basson était en train de s'exprimer, autant que faire se peut, à la lisière d'un verger, semble-t-il, et le total fait un grand drame. Je n'avais pas projeté, avec Langlois, d'exprimer le total. Ou alors, il faut en revenir à ce que je disais tout à l'heure : se donner à tâche d'exprimer la « monstrueuse accumulation ». Mais, là alors, avec l'écriture on n'a pas un instrument bien docile. Le musicien peut faire entendre simultanément un très grand nombre de timbres. Il y a évidemment une limite qu'il ne peut pas dépasser, mais nous, avec l'écriture, nous serions même bien contents de l'atteindre, cette limite. Car nous sommes obligés de raconter à la queue leu leu ; les mots s'écrivent les uns à la suite des autres, et, les histoires, tout ce qu'on peut faire c'est de les faire enchaîner. Tandis que Brueghel, il tue un cochon dans le coin gauche, il plume une oie un peu plus haut, il passe une main coquine sous les seins de la femme en rouge et, là-haut à droite, il s'assoit sur un tonneau en brandissant une broche qui traverse une enfilade de six beaux merles bleus. Et on a beau ne faire attention qu'au cochon rose et à l'acier du couteau qui l'égorge, on a en même temps dans l'œil le blanc des plumes, le pourpre du corsage (ainsi que la rondeur des seins pourpres), le brun du tonneau et le bleu des merles. Pour raconter la même chose je n'ai, moi, que des mots qu'on lit les uns après les autres (et on en saute).

Il n'y aurait qu'un cas... Mais cela ne sert à rien d'en parler. Il faut tenter le coup entre quatre-z-yeux. Et après on voit : à l'usage.

De toute façon, comme il ne s'agissait pas de ce que j'étais capable d'exprimer, mais de ce que j'étais capable de sentir, il arrivait un moment où le papillonnement de toutes ces histoires me donnait envie de dormir, et je montais à ma chambre me *mettre dans mon portefeuille* comme disait mon père. Dès que je tombe dans le lit, je dors ; et j'en ai pour neuf heures d'affilée, sans un rêve et sans un mouvement. On dessinerait mes contours sur le drap qu'au matin on me retrouverait encore encastré dans ma silhouette.

La seconde même où j'avais conscience du sommeil, avant de sombrer, était admirable. Quel beau silence ! Quel beau noir !

Pour y revenir, admettons que je veuille raconter non seulement une histoire, mais donner aussi en même temps le plan cavalier des drames avoisinants, il me faudrait dire aussi que, pendant que j'écris non plus le livre précédent, mais celui-ci (qui est également un livre — on ne s'en sortira jamais) c'est fin novembre et c'est l'époque ici, dans la vallée de la Durance, où l'on ramasse les olives.

Je fais partie de la vallée de la Durance. Pendant que j'écrivais ce qui précède, chaque fois qu'il faisait beau, je m'en allais l'après-midi surveiller ma récolte. J'ai deux ou trois petits vergers sur une colline en bordure de la vallée. Les olives mûrissaient lentement parce que la saison est douce. Elles ne voulaient pas se décider à passer du vert au violet. Ce fruit a besoin de gelées et de pluies froides pour mûrir. Il a besoin aussi du vent qui frappe l'olive, la fouette de branches pendant des jours et y fait venir l'huile.

Or, depuis deux mois, il fait bon soleil et très

calme. Pendant que je marche à flanc de coteau, à travers les olivaies, je vois, dans la vallée, des cocons de brume qui enveloppent les grandes fermes. Manosque fume de toutes ses cheminées, et l'air est si immobile que l'on peut distinguer, dans ses fumées toutes séparées les unes des autres, celles qui proviennent de feux de bois — et qui sont bleues presque vertes — et celles qui proviennent de feux de lignite — et qui sont brunes presque ocres. J'entends tous les bruits qui montent des vallons ; même le léger bruissement d'un couteau-scie qui travaille dans des branches, et le pied mou des moutons dans les pierrailles de la colline en face, puis une conversation que le berger est en train de faire en bas dans les taillis avec l'homme qui coupe du bois. Un chien chasse au grelot, quelque part. Le soleil de paille est tiède et l'on peut le regarder presque en face. On peut s'en faire baigner ; il ne brûle pas : il chauffe, il délie les membres, il donne envie de s'extasier.

Et vraiment, il y a de quoi.

Cet horizon qui m'encercle est moutonneux et je suis comme dans un creux de houle (malgré mon flanc de colline). Sur les crêtes, vers Beaumont, noircissent les bois de pins. Il doit y avoir là-bas des chasseurs de palombes aux aguets. Plus près de moi s'inclinent des pentes qui font glisser d'épais vergers d'oliviers veloutés, sous les feuillages desquels je vois marcher paisiblement des hommes et des femmes qui font ce que moi je fais ici. Ils vont d'un arbre à l'autre et ils regardent. De temps en temps ils viennent à l'orée se faire chauffer par le soleil et discuter sur l'opportunité des olivades. J'entends tout ce qu'ils disent parce que je suis également en train de me le dire. « A partir du vingt-cinq, mûres ou pas mûres, l'huile est dans les olives. Ce serait agréable de *ramasser* par un temps pareil. Dès qu'on commencera il fera mauvais. Les moulins ouvrent le 9. On vous retient dix litres par cent litres. Et qu'est-ce qu'ils en font? Puisqu'ils n'en donnent pas? » Suivent toutes les rigolades qu'on se dit sur les preneurs d'huile. Quoique ça ne soit pas très rigolo, parce qu'on sait bien ce qu'on éprouve quand on *ramasse* et qu'une olive — une simple olive — vous glisse des doigts : on se baisserait dix fois pour aller la chercher dans l'herbe, et vingt fois celui à qui elle échappe aux doigts jure. Mais il fait tiède, il fait bon, il semble qu'il n'y a pas de temps, et que tout dure. On voit à des kilomètres, on entend à des kilomètres, et ce qu'on voit et ce qu'on entend est paisible et solide. La couleur du soleil passe dans le feuillage des oliviers comme une main dans un poil de chat. Vogue... Ça n'est pas mûr. Il fera jour demain.

Voilà à quoi je passe les premières heures de l'après-midi pendant que j'écris ce livre-ci. Le voyage que j'avais décidé de faire après la mort de Langlois, je l'ai fait, je vais en parler. Mais, avant d'en parler, je veux dire ce que je suis en train de faire, quelle vie je mène pendant que j'en parle. Je veux qu'on sache bien que je ne suis pas dans un wagon, dans un tramway, sur les boulevards de Marseille avec un carnet à la main, en train de *copier la réalité* ; que, de tout ce temps-là, au contraire, j'étais *les mains dans les poches ;* qu'au fond, ce que j'écris (même quand je me force à être très près de la réalité) ce n'est pas ce que je *vois*, mais ce que je *revois*. C'est en revoyant que je connais peu à peu tous les secrets de ceux qui ont entouré Langlois. Quand je dis entouré, je ne veux pas dire qu'il était un centre ; je veux dire qu'ils étaient à l'entour, qu'ils vivaient en même temps que lui. Si j'ai envie de parler d'eux, c'est que le centre ne se trouve pas dans Langlois ; peut-être est-il dans monsieur V. On verra bien ; sur le plan cavalier. Et je fais partie de ce plan cavalier. Quoi qu'on fasse, c'est toujours le portrait de l'artiste par lui-même qu'on fait. Cézanne, c'était une pomme de Cézanne.

Je suis donc en train de cueillir des olives, maintenant. Le temps a tourné et, comme la sagesse ancestrale l'avait prévu (c'est toutes les années pareil), dès qu'il n'a plus été question de promenade, mais de taureau par les cornes, le ciel s'est mis à nous montrer ce qu'il savait faire en fait de fantasia. Il fait les quatre temps, et s'il y en avait cinq il ferait les cinq temps.

Nous ne sommes pas sur la Côte d'Azur ici. Nous ne gaulons pas les olives. Quelle idée de gauler les olives! Comme de vulgaires noix! Pour arriver à les gauler, d'ailleurs, il faut attendre qu'elles soient, non pas mûres, mais blettes, comme des nèfles, ce qui donne une huile sans goût. Est-ce qu'on peut imaginer une *civilisation de la nèfle!* Nous sommes de la civilisation de l'olive, nous autres. Nous aimons l'huile forte, l'huile verte, l'huile dont l'odeur dispense de lire l'*Iliade* et l'*Odyssée*. Nous cueillons des olives à un

57

moment où l'on pourrait frapper dessus avec des gaules de plomb, elles ne tomberaient pas. Nous les *ramassons* avec les doigts, une à une, sur l'arbre même. C'est pourquoi le temps qu'il fait à une grande importance. S'il gèle, on se gèle ; s'il fait du vent, les branches vous fouettent, et en plus en cette saison, le vent est généralement froid ; s'il pleut ou s'il bruine, on se mouille, car il n'est pas question d'attendre que la pluie soit finie ; on ne peut pas se permettre d'attendre les cinq ou six jours que peut durer une pluie de fin novembre. Les moulins ouvrent le 9 décembre et ferment à la Noël. Il faut donc qu'en quinze jours au plus nos olives soient *ramassées* pour qu'elles aient le temps de fermenter avant qu'on les porte au moulin. Si j'en ai six à sept cents kilos, comme je crois, je ne peux pas me permettre de perdre cinq à six jours sur les quinze. Un *bon* homme *ramasse* trente kilos par jour. Mais je ne suis pas un *bon* homme. Il est vrai que nous sommes quatre : ma femme, ma fille aînée, une amie de ma femme et moi. A nous quatre, nous devons *ramasser* cinquante kilos par jour. Voilà la vérité. Il nous faut les quinze jours bon poids.

C'est pourquoi, malgré une fantasia très spectaculaire cet après-midi, nous partons. En plus des dix ou douze vents qui à chaque instant sautent d'un bord et de l'autre, il y a un solide vent du nord bien carré dans son aire, un de ces Notos de derrière les fagots, ô Athéna! Et, en fait de « nuées livides », qu'est-ce qu'il charrie! On dirait qu'il est allé ramasser aux « quatre coins du globe » les haillons de tous les orages. Les haillons ne seraient rien sans les pluies qui sont pendues dessous. On est à peine parti qu'on en voit une déborder les collines du nord. Elle tient toute l'étendue. A mesure qu'elle descend la pente des collines, elle fait fumer les vergers et elle les engloutit sous les fumées. Nous nous abritons contre un mur de pierre sèche et nous nous faisons petits. De loin, cette pluie-là était déjà impressionnante, mais quand elle se met à claquer autour de nous et sur nous, elle est parfaitement démoralisante. Qu'est-ce qu'on va foutre dans les arbres avec un temps comme ça ? Nous sommes glacés, là, à ne rien faire. Il nous faut toute notre force rien que pour nous faire de la chaleur. Rentrons. La maison est à cent mètres. Le temps d'y aller, on est cinglé de plus en plus dru et, dès qu'on arrive sous l'auvent, la pluie cesse ; passe le grondement d'un vent de plus en plus sonore ; le nord se fend dans toute sa largeur et s'ouvre sur un bleu angélique. Soleil : une verge d'or qui frappe dans la fumée des vergers ; un rameau d'or qui fouette les brumes ; une frondaison d'or qui s'écroule avec le vent sur les olivaies luisantes et propres comme des peaux de serpents (la civilisation de l'olive admet comme principe général que le soleil, c'est du beau temps). Qu'est-ce qu'on fait ? On y va ?

Puisque de toute façon on est revenu à la maison, je sauve les apparences. Je dis : « Je vais prendre un couteau-scie et une corde. On ramènera des ramées. » Mais, ayant pris le couteau-scie et la corde, il faut maintenant s'exécuter et partir. Si on décide de partir. Mais on ne peut rien décider d'autre : il fait soleil. Il fait même un soleil fou.

Il vient de tous les coins du ciel à la fois à travers les déchirures des nuées. Il balaie tout le paysage comme un faisceau de phare ; comme un phare tournant à cent faisceaux. C'est une roue qui roule à travers les arbres, les vallons et les collines ; ses rayons sont là-haut attachés à un moyeu doré. Quant à la chaleur, suivant une des formules préférées du *ramasseur* d'olives : le chaud qu'il fait, le vent l'emporte. Tant pis, partons. Et pour nous décider, nous nous servons d'un autre maître-mot de la profession : si nous attendons juillet, elles seront confites.

Dans le chemin, nous rencontrons d'autres gens qui montent à la colline comme nous : « Vous y allez ? » nous demandent-ils. Ils sont emmitouflés dans des sacs placés en capuchons sur leurs têtes. « Nous essayons, répondons-nous. — Nous aussi, disent-ils. Fait pas chaud ! — Fait vraiment pas chaud. — Faisait meilleur la semaine dernière. — La semaine dernière, on se serait régalé. — Aujourd'hui on ne va pas se régaler. — On n'en *ramassera* guère. — Non, mais il faut commencer. — Nous passons par là, au revoir. — Vous passez par là ? Où est-il votre verger ? — Sur le versant des Espels. — Vous allez vous geler, mes pauvres, c'est dans le vent. — On verra. Si on ne peut pas tenir, on lâchera. — N'allez pas attraper la mort. »

Nous sortons du chemin creux et nous montons à flanc de coteau. Évidemment, le vent nous prend de face. Mais nous sommes partis maintenant, et nous savons que nous ne sommes pas fous : d'autres sont aussi dans les vergers.

En arrivant sur notre emplacement, mon premier arbre, qui était très beau et couvert d'olives, est toujours très beau mais il n'a plus une seule olive. Je dis : « Merde, on nous en a barboté!... » Je laisse les femmes en bas ; elles vont se débrouiller avec de petits arbres. Moi, je monte en tête vers de grands chênes roux qui dominent les oliviers, et qui sont mes bornes. On a manifestement déjà ramassé les olives dans deux ou trois arbres. Mais une chose m'intrigue : on a également taillé les arbres ; et fort bien d'ailleurs. Les maraudeurs ne taillent pas les arbres. Quand on taille un arbre, c'est qu'il vous appartient. D'ailleurs, voilà un homme qui vient d'en haut. C'est un paysan d'ici, authentique, un vieux, un vrai, avec sa veste de velours. Il a un couteau-scie à la main. C'est sûrement mon homme. Et c'est sûrement un *bon* homme. Un jeune homme qui a l'air d'être son fils le suit et porte un sac dans lequel il doit y avoir quinze à vingt kilos d'olives. Ces vieux paysans, c'est fin comme l'ambre. J'ai pourtant fait mon compte très vite, mais il a tout de suite compris le coup d'œil que j'ai jeté au sac : « Salut, me dit-il, alors, on vient un peu voir? — Nous venons un peu *ramasser*, lui dis-je. — Ah, me dit-il, vous n'aurez pas chaud. — Non, mais il faut le faire, lui dis-je, et, d'un mouvement circulaire de mon couteau-scie, je montre les arbres autour de moi. — C'est à vous ici, me dit-il? — Oui. — Alors, j'entre chez vous en pointe, me dit-il. » (Il emploie même ce très joli mot : *en émourant* : ce qui veut dire en biseau, en pointe.)

Voilà l'explication. Les arbres déjà ramassés n'étaient pas à moi. Son verger entre dans le mien *en émourant :* « Je me disais…, dis-je. — Je l'ai vu, me dit-il. — Vous en avez beaucoup *ramassé ?* lui dis-je, lorgnant le sac, ouvertement cette fois. — Quarante kilos, dit-il. — Vous avez commencé ce matin alors ? — Oui, nous sommes là depuis ce matin. — Vous avez dû vous geler. — On n'a pas chaud ; on rentre. » Ils font quelques pas. Le vieux paysan se retourne : « N'attrapez pas la mort », me dit-il.

N'attrapez pas la mort ! Ils sont rigolos. Je n'ai pas envie d'attraper la mort. Lui, il en a chargé quarante kilos sur les épaules de son fils ; mais moi, mon fruit est encore sur les arbres. Et il y en a. Je fais un peu le tour rapidement ; les olives sont grosses comme des prunes.

Je hèle les femmes. Elles sont au bas du verger. Elles ont déjà attaqué les petits arbres.

Il ne fait vraiment pas chaud. Le vent vous pénètre. J'ai beau avoir revêtu un très gros tricot en laine filée à la main qui fait fourrure, et mis par-dessus le wind-jack qui me sert à la montagne, je ne sais par où le vent se faufile, mais il me glisse comme des vers de terre sur tout le corps. Enfin, en bas, les femmes sont un peu abritées. Et puis, elles ne sont pas obligées d'avoir des âmes d'explorateurs arctiques ; si elles ont froid, elles m'appelleront et nous partirons.

Ici, en tout cas, on n'est pas abrité du tout. Dans sa partie haute, ce verger est envahi par des taillis de ronces, de clématites, d'asparagus et de genêts. La plupart des vergers ici sont sauvages. Ils s'étendent dans des cantons de collines où il n'est pas possible de faire traîner une charrue.

Tout ce qu'on peut faire, c'est bêcher le pied des arbres. Et je dois reconnaître qu'il y a au moins trente ans que ça n'a pas été fait chez moi.

Je pénètre dans ces buissons. Ces arbres sans soin se sont bien débrouillés, évidemment, mais pas dans un sens qui facilite la cueillette des fruits. Pour se dégager des ronces, ils ont poussé des jets droits. Ils ont monté. Ce sont maintenant de grands arbres. Normalement, ce qu'il faut que je fasse, c'est les rabaisser d'abord en coupant les branches hautes. Il me suffira ensuite en janvier de payer quelques journées d'homme pour me faire raser ces buissons, et ce coin reprendra figure humaine. Car il n'a pas figure humaine. C'est à avoir honte. Si j'avais vu ça avant de parler au paysan, j'aurais été dans mes petits souliers. J'aurais eu peur qu'il me prenne pour un de ces étrangers qui font marcher les tramways à Marseille.

Ne forçons pas notre talent, surtout avec un temps pareil, et choisissons un arbre de taille moyenne, pas trop difficile à arranger. J'en trouve un. Il est resté assez au clair. Son pied n'est embarrassé que d'herbes jaunes, longues et craquantes, une sorte d'alfa qu'on appelle ici du *groussant*. L'arbre n'est pas trop mal fichu. Il y a peu de chose à couper, et les branches qu'il me faut couper sont chargées de fruits, et du plus beau. Je vais donc faire un travail doublement utile : nettoyer l'arbre et *ramasser* les olives des branches coupées.

C'est ce que je fais. L'arbre devient joli à mesure que je le débarrasse de son bois mort et de son bois inutile (pas si inutile que ça, puisque ses branches sont chargées de fruits énormes ; mais la conception agricole de l'arbre c'est *au garde à vous et dans le rang*. Aujourd'hui je suis agricole). Le voilà propre ; c'est un beau gars, costaud et bien carré d'épaules. Il est beau à voir. J'ai moins froid.

Je m'accroupis dans les buissons, au droit fil d'un rayon de soleil et je ramasse les olives des branches coupées. Les fruits sont magnifiques. Couverts d'une fine poudre de riz perlée, dès qu'on les touche ils laissent aux doigts un gras suave et découvrent leur chair violette, dans la couleur de laquelle il y a déjà en suspension la couleur de l'huile. Ça vaut le coup ; on a beau dire, on a bien fait de venir.

Après avoir ramassé toutes les olives des rameaux que j'ai coupés, il me faut maintenant monter dans l'arbre, et là, tout de suite, j'apprends beaucoup de choses. Je reçois une sérieuse leçon d'avarice. Juché au plus haut de l'arbre, que le vent secoue quand j'ai fini de m'arrimer, je suis sous le tranchant même du froid. Je me tiens à la fois par les genoux, la plante du pied, le bout des orteils, les coudes, les hanches, les reins, tout sauf les avant-bras et les mains qui doivent travailler. Et tout *fatigue*, comme toutes les œuvres d'un navire *fatiguent* dans un gros temps : j'ai pensé au navire à cause de ma position, à la pomme du mât. Je me suis tout de suite souvenu du temps où je traduisais *Moby Dick*, et, jetant un coup d'œil rapide sur le paysage que je domine de haut, j'ai vu des baleines endormies dans l'écume des collines. Je me souviens aussi du temps où je lisais mot à mot Richard Dana dans un vieux

Two years before the mast qui avait fait deux fois
le tour du monde et un naufrage dans la poche
de caban du vieux père Ozun (ce qui me ramène
à l'époque de mes vingt ans. La nuit, je rêvais de
vergues, de vent, de voltiges au-dessus des vagues
et d'abîmes).

Tout fatigue ; mais d'abord donc, je pense à des
barres de perroquet où je serais perché dans une
belle « pagaïe » ; en train de serrer le grand cacatois,
sous des tourniquets de voiles et des fouettements
de ralingues ; je pense aussi, naturellement, à
l'*Odyssée*, à Ulysse, à l'Océan au ventre couleur de
vin ; c'est agréable. Le ciel est plein de centaures.
C'est la charge de Reichshoffen des centaures.
Il y a des bœufs dans le soleil ; l'outre d'Éole
a été déliée de main de maître *et soudain la rafale
entraîne mes vaisseaux*. Enfin, pour, comme on dit,
faire le jeune homme, j'ai une vingtaine d'images
pas mal du tout.

D'abord. Et je cueille les olives qui sont à portée
de ma main. Mais j'ai de moins en moins envie
d'images. Cacatois, baleines et mers vineuses, j'ai
en réalité le droit fil du froid qui me cingle avec
des embruns qui coupent comme de la poussière
de rasoir, et le vent me fouille de tous les côtés.
Mes épaules ne jouent plus du tout. J'ai essayé
de changer de place pour m'approcher des gros
floquets d'olives violettes qui se balancent sur ma
tête, et j'ai senti que mes épaules ne jouaient plus
comme un fléau de balance, mais étaient prises en
bloc comme un joug. Et pesantes ; et ne pouvant
plus servir au maintien de l'équilibre. Mes bras
même sont absolument sans esprit ; ils n'ont plus

l'instinct du point d'appui. J'ai dû m'appuyer de tout mon long contre la branche pour ne pas tomber. Dans tout ça, il pourrait rester encore quelques bribes de cacatois et de lotos parfumés, mais, dans le mouvement que je fais pour m'arc-bouter contre la branche, je sens que mon ventre est en train de *se prendre*. Se prendre, exactement comme un seau qu'on a oublié dehors par grand gel. Du coup, il n'est plus question de vieil ou de jeune aède, ou de n'importe quelle sorte d'aède. Le ventre est le siège du courage, et quand cet endroit-là se prend, brusquement on voit clair. Quel sale temps ! Et vraiment, l'aspect du pays est désolé, et dégoûtant, et pas beau du tout, et d'une tristesse plate, terne. Ce soleil, qui n'a pas plus de couleur que de la vieille paille et qui donne cette lumière louche, sans ombre, également écrasée sur tout, comme de la craie, aussi terne que de la craie, vraiment, cela n'engage à rien : si, à se fourrer dans un trou de rat et se couvrir la tête. Je n'ai jamais rien vu de plus sale que ce nuage qui sort de l'ouest et traîne ses ombres sur tout le quartier. Je n'ai jamais rien vu de plus plat que ce soleil. On n'a plus du tout envie de ce soleil. On n'en a pas plus envie que de poussière de craie. Qui peut avoir envie de poussière de craie ? Qu'est-ce qui peut retenir dans de la poussière de craie ? Quels héros peuvent naître dans de la poussière de craie ? Et où peuvent-ils prendre de quoi alimenter leur héroïsme dans de la poussière de craie ?

Mais, si je n'ai plus de joie au cœur, et s'il n'y a plus dans la lumière du jour de ces beaux corridors dont les perspectives dorées exaltent l'élan, et le pas, et la voix, je continue néanmoins à avoir assez de plaisir pour rester cramponné dans mon arbre malgré le froid. C'est un plaisir des doigts et c'est un plaisir de l'esprit. C'est le plaisir de toucher les olives grasses et d'en avoir les mains pleines. C'est le plaisir d'en ramasser des poignées et de les fourrer dans mon sac, et de sentir ce sac pesant à mon cou.

Je comprends très bien maintenant pourquoi la sagesse paysanne de cette terre de l'olive emploie le mot ramasser au lieu du mot cueillir. C'est un *amas* qu'on fait ; et c'est le plaisir d'*amasser* qui me tient.

Joie de caresser cette peau poudrée, si douce à la peau de mes doigts. Joie de la matière du fruit, lourde, ovale et violette dans ma main. Joie qui se renouvelle de fruit en fruit, à mesure que j'arrache les fruits de la branche. Joie promise des fruits qui sont encore en bouquets sur les branches, et à laquelle je ne peux pas résister. Je préfère résister au froid, et rester là, et atteindre les fruits, et assouvir cette joie sensuelle, sans fin, et dont le désir est à chaque instant assouvi et renouvelé.

A cet instant même, je n'ai plus besoin de perspectives dorées et d'échos propagateurs d'héroïsme pour vivre. Je vis de concupiscence. Bigre ! N'est-ce pas la louve de Dante, chargée de tous les désirs dans sa maigreur ?

Par tempérament je ne suis pas avare. Au contraire. Quelques heures avant de mourir, mon père dit à ma femme : « Surveillez-le ; il a les mains trouées. » Et il me regardait avec un beau sourire à la fois grognon et affectueux, car, Dieu sait si lui-même avait fait ruisseler et ruisseler à travers les trous de ses propres mains! J'ai vécu toute ma vie dans ce pays généreux. Les leçons que m'ont données la vaste ondulation des collines, la vallée largement ouverte, les plateaux sans limites, le ciel si profondément arqué qu'on n'en peut pas ignorer la rondeur, sont les leçons qu'ont reçues tous les paysans de ce territoire. Et les paysans de ce territoire, si on gratte un peu la suie moderne dont ils sont (naturellement comme tout le monde) encalaminés, on en tire encore de très belles étincelles. Il faut donc qu'ils soient en très bon métal, car, depuis plus de trente ans, on fait marcher le moteur à un sacré régime. Mais ils sont ce que les ont faits les quatre éléments sur ce point précis du globe. Et, sur ce point précis du globe, le tissu de la terre, le comportement des eaux, les gestes du vent, l'attitude de la lumière ne *portent* pas à l'avarice.

Il n'y a donc aucune raison pour que je sois avare. Il y a au contraire cent mille raisons pour que je ne sois pas avare. Mais je pourrais être déchiré de froid (je suis déchiré de froid) je ne descendrais pas de mon arbre ; je ne m'arrêterais pas de ramasser. Je suis collé des deux mains dans cette glu d'olives. Que Dieu à l'instant même ferme le monde comme un livre et dise : c'est fini ; que la trompette sonne l'appel des morts, je me présenterai au jugement en caressant des olives dans mes poches ; et, si je n'ai plus de poche, je caresserai des olives dans mes mains ; si je n'ai plus de mains, je caresserai des oli-

ves dans mes os, et si je n'ai plus d'os, je suis sûr
que je trouverai *un truc* pour continuer à caresser
des olives ; ne serait-ce qu'en esprit. Si ce n'est
pas de l'avarice, qu'est-ce que c'est ?

Et de la plus acide. Car, si on me disait de
donner un sac d'olives, je donnerais deux sacs
d'olives. Mais si on me disait : « Laisse-moi
monter sur cet arbre, laisse-moi cueillir ce fruit,
laisse-moi saisir ce fruit dans mes mains à ta place »,
je résisterais jusqu'au Jugement dernier, je résisterais à Dieu même, et je suis sûr de trouver, pour
lui résister, la force de ruser victorieusement,
au point de devenir moi-même capable de miracle.
Quelle forte nourriture !

C'est la première fois que je goûte à une nourriture si forte. Encore, je n'en prends, comme on
dit, que sur la pointe du couteau. J'ai l'impression
qu'elle est surtout destinée à des êtres vivant dans
des perspectives spéciales. N'est-ce pas ce qui
m'a été instinctivement communiqué quand j'ai
prévu cet étrange comportement de caresser
subrepticement des olives pendant le jugement
dernier, cette certitude de pouvoir, nourri de cette
nourriture, ruser contre Dieu même ? J'ai l'impression d'être à côté des viandes de la brebis
noire qu'Ulysse a sacrifiée sous les hauts peupliers
du petit promontoire pour attirer les ombres.

Il y a une heure, il y a même dix minutes, je ne
savais pas ce que c'était que l'avarice. Il y a une
heure, il y a même deux minutes, une minute,
j'étais seul dans cet arbre. Maintenant, ce n'est
plus tout à fait un arbre et, à travers les feuillages,
je vois se rassembler les ombres, je ne peux

pas dire des morts, mais des êtres qui veulent
naître.

*...Femmes et jeunes gens, vieillards chargés
d'épreuves, tendres vierges portant au cœur leur
premier deuil, guerriers tombés en foule sous le bronze
des lances...*

A travers les rameaux de l'olivier que le vent
charrue et, dans les irisations des feuilles char-
ruées, je vois onduler des formes, comme à travers
le halo visqueux des flammes ou la transparence
huileuse des eaux profondes. Une de ces formes qui,
à l'instant même, était un nœud d'écorce, prend
les biceps et le torse d'une de ces cariatides qu'on
voit à Aix sur le côté droit du cours Mirabeau
(en montant) et qui soutiennent, je crois, un balcon
au-dessus de la porte d'entrée d'un vieil hôtel
dont je n'ai jamais su le nom. Il y en a, je crois, de
semblables un peu plus bas, du même côté, à
l'entrée des bureaux d'une banque. Ce ne sont
pas de remarquables œuvres d'art. Je n'ai jamais
été ce qu'on appelle *frappé* par ces cariatides. Je
les ai vues, un point c'est tout. Je vois maintenant
des formes semblables à travers les feuilles, mais,
à mesure que ces formes se précisent, non pas
sous mes yeux, mais dans mon esprit (habité
d'avarice — et c'est ensuite mon esprit qui les
dépose dans les feuillages et arrange autour d'elles
les feuillages d'où surgissent d'autres formes),
je les vois, différentes des formes des cariatides
d'Aix. C'est à celles d'Aix que j'ai pensé tout
d'abord, mais ce ne sont pas celles d'Aix. Elles
ont quelque chose de marin, de maritime. Serait-ce

même d'avoir pensé à Ulysse, il me semble que, tout en étant des hommes, parfaitement musclés d'ailleurs et tout en n'étant pas Neptune, elles ont le bas du corps écailleux et terminé en queue de poisson. Je dirai même qu'elles ne supportent même pas un balcon, mais simplement un fronton, un fronton sur lequel je commence à voir (exactement dans l'endroit où je plonge ma main pour *ramasser* une poignée d'olives chargées de cette puissante électricité d'avarice), je commence à voir une sorte de triangle, inscrit autour d'une roue dentée, au-dessus d'un trophée composé (je vois ces choses-là au fur et à mesure, sans qu'il me soit possible de voir plus loin que le mot que je prononce en moi-même), composé de deux tubes de canon (de vieux tubes de canon, des tubes de canon à oreillettes, des tubes pour affût en bois), croisés, au centre, d'une sorte de foudre faite avec des baïonnettes étalées en palme. Je dis foudre, car ce sont de vieilles baïonnettes tordues, celles qu'on voit aux soldats de Valmy.

Chose curieuse, à l'instant même où je vois clairement les deux cariatides qui sont, sans être Neptune lui-même, incontestablement des dieux marins ; où je vois clairement le fronton orné d'armes, où il me semble que je vais savoir ce que tout cela signifie, j'aperçois sur ma main qui écarte un rameau, et par conséquent à côté du blason guerrier, un chapeau de cardinal avec la longue résille pendante, manifestement sculpté à côté du blason guerrier.

Alors, pendant le temps inappréciable d'une fraction de seconde, cet ensemble de formes qui

était maintenant clairement exprimé dans le feuillage de l'olivier, semble s'enfoncer sous le feuillage, s'engloutir en eau profonde, être sur le point
de disparaître. Et ce que j'aperçois à sa place, ce
ne sont plus des feuillages d'olivier, mais des
feuillages de laurier, mariés à des feuillages de
platanes, et non plus sous la lumière de craie de
ce jour de novembre, mais dans la lumière ruti-
lante d'un solide après-midi d'août. Je ne vois
plus les cariatides, mais j'ai toujours l'impression
de porche ; c'est à travers ce porche que je vois
les feuillages de lauriers et de platanes, et je suis
en train d'éprouver la sensation du désir d'entrer,
d'aller vers ces lauriers et ces platanes qui ne sont
pas dans un jardin, mais dans une cour, et à travers
les feuillages j'aperçois les grandes fenêtres de
bâtiments qui sont de l'autre côté des arbres.

Et brusquement je me souviens. J'ai éprouvé
ce sentiment à la porte de l'ancien archevêché
d'Aix-en-Provence. Mon ami T. m'avait conseillé
d'aller voir les tapisseries. J'avais suivi les indica-
tions de la pancarte : sonnez et attendez (pour
faire venir le concierge), j'avais sonné et j'atten-
dais. Et, en attendant, je regardais les lauriers de
la cour et j'avais envie d'aller vers eux.

Alors, brusquement une autre chose s'éclaire,
pendant que se remet en place (dans l'arbre où,
avec une avarice de démon, malgré le froid, je
ramasse les olives) le porche aux dieux marins et
au blason guerrier. Je vois très bien ce que c'est,
ce porche aux dieux marins et au blason guerrier :
c'est le porche de l'Arsenal de Toulon.

Je suis sûr qu'il n'est pas comme je le vois,

comme je le décris maintenant, qu'il n'a probablement ni dieux marins ni blason guerrier, ou
s'il les a, qu'il les a d'une autre façon, mais c'est
le porche de l'Arsenal de Toulon. Deux fois dans
ma vie je suis allé à Toulon. J'y ai fait chaque fois
des séjours d'une ou deux heures (une fois j'y ai
été amené par un ami en auto, et je me suis pro-
mené dans la ville pendant qu'il réglait une affaire ;
une autre fois j'ai traversé la ville pour me rendre
de la gare du P.-L.-M. à la gare des chemins de
fer de Provence). C'est le porche de l'Arsenal de
Toulon, car, la fois où j'ai été amené à Toulon
par cet ami qui avait une affaire à régler avec un
entrepreneur maçon, il me semble, je me suis
trouvé à un moment donné devant le porche de
l'Arsenal, et j'ai eu envie d'entrer : une envie
semblable à celle que j'ai eue devant la porte de
l'ancien archevêché d'Aix. J'avais eu envie d'entrer à l'Arsenal parce que je venais d'y voir
entrer, et je la voyais s'éloigner sous les platanes
de la cour, une femme d'ailleurs grosse et passa-
blement poissarde, mais qui avait les cheveux d'un
noir extraordinaire, coiffés en coque, ruisselants
d'huile (ou de brillantine) et dont le noir, je me
souviens, avait évoqué pour moi des feuilles de
laurier (qui ne sont pas noires), une épaisse couronne de feuilles de laurier ; une couronne comme
pourraient en faire des femmes de pêcheurs, avec
des lauriers marins. J'avais pensé à une couronne
de laurier noir et d'algues noires tressée au bord
de la mer par des femmes qui attendent les barques
de poissons ; une couronne qu'elles auraient
ensuite posée sur la tête de l'une d'elles, la plus

forte en gueule par exemple ; et qui s'en allait maintenant là-bas, devant moi, en chaloupant sous les platanes de la cour de l'Arsenal.

Sur le côté gauche du porche de l'Arsenal, quand on lui fait face, se trouvent, adossées au mur d'enceinte, quatre ou cinq échoppes en planches. Celle qui est le plus près du porche est une échoppe de cireur de bottes. Car il y a des bottes. D'ailleurs, les costumes ne sont pas de notre époque ; ils sont de l'époque Louis-Philippe. Cependant, ce n'est pas l'époque Louis-Philippe, puisque le cireur de bottes est fortement impressionné par l'amiral Avelane et son escadre russe. L'amiral Avelane et son escadre de Saint-Pétersbourgeois, pimpants en l'occurrence du favori aux talons, ont été les premiers commis voyageurs de l'alliance franco-russe. Sa visite à Toulon a dû se placer en réalité vers 1902-1903. Il suffirait de savoir à quelle date a eu lieu en France le premier emprunt russe. Avelane et ses Pétersbourgeois ont dû venir faire la parade publique six mois ou un an avant, tout au plus. C'est peut-être plus ancien que 1902-1903. Il me semble que l'emprunt de la *Banque pour la Noblesse* date de 1889. Enfin, de toute façon, malgré le costume des gens qui passent devant le porche de l'Arsenal, à travers les branches de l'olivier, ce n'est pas sous Louis-Philippe.

Mon père m'a souvent parlé (quand j'avais sept à huit ans — et ça, c'est bien 1902-1903) de l'amiral Avelane. Ce nom d'amande lui plaisait : il y a en Provence une amande fine à coque tendre qui s'appelle avelane. Mon père aimait aussi

74

beaucoup le nom d'un amiral anglais (qui était également venu à Toulon, je ne sais quand), un amiral qui devait s'appeler Lancaster, car mon père l'appelait Langaste (qui est le nom en provençal de la tique du chien et du mouton). Mon père s'amusait beaucoup de ces rencontres cocasses de signification. Il était obligé de s'amuser lui-même et d'avoir beaucoup de variété dans ses amusements, car il travailla tout seul pendant vingt-cinq ans (de l'âge de cinquante ans qu'il avait quand je suis né, jusqu'à l'âge de soixante-quinze ans qu'il avait quand il est mort) dans une haute chambre triste de notre maison de la grand-rue à Manosque. Les noms d'Avelane et de Langaste pouvaient dans ces conditions avoir par conséquent une certaine valeur de rigolade, à condition d'être employés par un cœur fier et paisible. Ce qui était précisément le cas.

Je ne vois pas très bien la tête du cireur de bottes. Il faut d'abord que j'assure solidement mon pied gauche dans une fourche de branche, et il faut que je porte assez audacieusement mon pied droit, en faisant un grand écart sur une nodosité d'une autre grosse branche pour que, me haussant à la force du bras gauche, je puisse atteindre, avec ma main droite, un chargement tout à fait splendide d'olives grosses comme des pruneaux. Je suis de plus en plus persuadé que l'avarice est une forte nourriture. Le cireur de bottes appelle les Saint-Pétersbourgeois des *choknosoff*. Il dit : « C'est pas des hommes ! » Ils ont pourtant tous au moins un mètre quatre-vingt-dix-huit à deux mètres de haut et épaules en rapport.

75

On les a choisis pour impressionner; et ils impressionnent. Ils se promènent dans les rues de Toulon par bandes de trois ou quatre, bras dessus, bras dessous; blonds et le visage tout enrubanné des flots de rubans noirs qui flottent à leur béret plat. Ils ne parlent pas mais ils rient. Ils rient de toutes leurs dents très blanches, très saines, très intactes. Ils rient silencieusement, car il s'agit d'impresionner les bas de laine. Et les bas de laine n'aiment pas le bruit. Ils n'aiment pas non plus le rire. Mais ici le rire ne signifie pas qu'on rit. Il a été marié à un mètre quatre-vingt-dix-huit à deux mètres pour signifier, non pas *rire*, mais *héroïsme*. Cela a été combiné par Rothschild. Le *choknosoff* n'en sait rien. L'amiral au nom d'amande fine n'en sait peut-être pas grand-chose non plus. Le cireur de bottes sait, mais ça l'impressionne. Il ne sait pas au point de pouvoir le dire (c'est précisément ce qui l'impressionne), il sait jusqu'à comprendre qu'il y a là-dessous une *combinaison* (c'est également ce qui l'impressionne). La *Banque de la Noblesse* ne se soucie pas de savoir. Ce qui lui importe, c'est d'avoir des fonds (provenance de n'importe où, France, Belgique, Chine ou République de Saint-Marin, mais France, puisqu'il paraît qu'il y en a en France). Des fonds qu'elle pourra prêter en hypothèques à ses Oblomov. Rothschild sait. Il sait par transmission divine, confidence des dieux, science d'élu. Un mètre quatre-vingt-dix-huit au minimum; et rire; rire silencieusement. Si possible les yeux bleus. La France a peur d'une guerre venant de l'Est. Lui parler d'un *réservoir inépuisable*.

D'hommes, bien sûr ; l'argent, c'est elle qui l'a.
Et lui montrer des échantillons de ce que nous
possédons en quantités inépuisables. Un mètre
quatre-vingt-dix-huit à deux mètres, de beaux
yeux bleus candides et large sourire blanc, très
silencieux (qui s'adresse évidemment aux filles
de Toulon, au ciel bleu, au soleil, à l'exotisme
méditerranéen. Mais qui le sait ? Le propriétaire
des yeux candides et du rire le sait. Le cireur de
bottes le sait). Comment n'être pas fou d'enthou-
siasme devant la possibilité d'acheter un pareil
rempart !

— Poitrines ! dit le cireur de bottes, à la femme
du bistrot où il va boire son champoreau. Poitrines ! Vous êtes tous là avec vos « poitrines » !
La tienne de poitrine, oui ; mais la poitrine de ces
choknosoff, qu'est-ce que tu veux que j'en foute
de leurs poitrines ?

Il aime un type lui — le cireur de bottes —
oui. Oui, il y a un type qu'il trouve épatant. Et
savez-vous qui c'est ? Eh bien, c'est Milord
l'Arsouille ! Celui-là, alors, lui — le cireur de
bottes — il trouve que c'est un type épatant ! Un
type qui a des gibus de vingt francs pièce ; il y
colle dedans trois litres de punch doux, et il fait
boire les chevaux de fiacre. Oui, les chevaux.
Les cochers, il se bat avec. Mais les chevaux,
il les fait boire dans son chapeau. Et pas
du punch comme tu en fais, toi : du punch de
cercle !

Lui — le cireur de bottes — c'est un petit
homme râblé, tout en déclics ; mais ce sont des
déclics de paresse ; des déclics de Napolitain,

des déclenchements pour s'emparer de quantités de voluptés microscopiques ; pour caresser le verre qu'il tient, et faire porter le poids de son corps sur sa hanche droite ; écarter ses coudes en équerre au bord du comptoir, de façon à avoir les épaules satisfaites ; et poser le menton sur son poing pour s'étirer un peu les vertèbres ; et onduler légèrement de la croupe pour faire descendre du bien-être tout le long de la colonne vertébrale ; et appuyer la pointe du pied droit sur la moulure du bas du comptoir pour, par le simple jeu de la pesanteur (c'est épatant, ces mouvements qui se font tout seuls), faire glisser le poids de son corps sur sa hanche gauche.

C'était évidemment à ce bistrot qu'il s'arrêtait tous les soirs en premier lieu après avoir fermé boutique. Parce que c'est tout à côté, en face la porte de l'Arsenal. Et c'est généralement à la bistrote qu'il disait chaque soir ce qu'un homme peut dire pour se dégonfler d'une rêverie de tout un jour, courbé sur des bottes. Ce sont d'habitude des exclamations et des gestes révolutionnaires. Lui non. Ce qu'il trouve de plus épatant, c'est Milord l'Arsouille. Et pendant qu'il le trouve épatant, il boit un champoreau. Café et kirsch. Bouillant. Malgré l'été. Un été qui n'est pas chaud d'ailleurs. Rien de tel qu'un champoreau pour s'enlever l'odeur du cirage. Et maintenant, il va aller dîner. Si vous vous étonnez de lui voir boire un champoreau avant dîner, il vous regardera d'un air apitoyé, de dessous ses énormes sourcils en brosse ; et avant de vous répondre, sa bouche prendra la forme de toutes les lippes méprisantes connues et

inconnues. Tout ça pour vous dire simplement :
« Et la liberté, alors ? »

Au fait, pourquoi pas ? Et il s'en va par la traverse Lirette, et la traverse Cathédrale, et la traverse Comédie, et par des rues et d'autres traverses
que je vois s'ouvrir dans le feuillage de l'olivier,
et qui n'ont peut-être jamais existé à Toulon, mais
qui, en réalité, ne dépareraient pas Toulon, si je
me souviens bien de ce que j'y ai vu les deux
fois où j'y suis allé. Et, en voici une qui est dans
un endroit très touffu de l'arbre, où je viens de
découvrir des tas d'olives qui se touchent toutes,
comme des grappes de gros pruneaux poudrés.
C'est une rue assez drôle ; qui monte ; très ombreuse. Il me semble même que l'ombre ne vient
pas seulement de ce soir d'été — un été très froid —
qui tombe sur Toulon pendant que le cireur de
bottes s'en va dîner, mais que la rue est sombre à
cause d'énormes vieux platanes plantés sans ordre ;
de loin en loin, un d'un côté un de l'autre. De
très vieux platanes aux troncs bourrelés de chan-
cres, aux branchages jamais taillés et qui dépassent de beaucoup les trois petits étages des maisons
pas très hautes de cette rue, dans laquelle on fait
un petit commerce de drap, de quincaillerie,
d'épicerie, de cordonnerie, de boucherie, de bou-
langerie ; tout ça pas très populeux. C'est dans
cette rue que le cireur de bottes achète d'abord
trois petits pains d'un sou. Puis, il monte encore
un peu plus haut, dans la partie la plus ombreuse
de la rue, vers le plus gros platane ; si gros, celui-là,
qu'il a fallu bâtir en retrait le bar-tabac où le
cireur de bottes entre. Ici, il est connu, car il va

s'asseoir à une table de marbre à côté d'une plante verte qui est un faux palmier en perles, et il est à peine assis qu'on lui apporte une bouteille d'absinthe aux trois quarts pleine, un verre, une carafe d'eau, une pelle à sucre et un petit sucrier contenant trois *grains*. Il n'a cependant pas dit un mot, il a simplement posé sur la table son paquet de papier *fou* contenant les trois petits pains et on n'a pas dit un mot. On lui a apporté les *ingrédients*. Un point c'est tout. C'est un petit bar-tabac très tranquille. Il n'y vient que les artisans de la rue pour boire un petit coup sur le pouce, de temps à autre, mais à cette heure où les artisans sont en train de manger la soupe du soir, le petit bar-tabac est d'une tranquillité inouïe. On entend même, à un étage, à travers des conques d'escalier, une voix de femme qui chante, en italien. On entend même l'estomac du buraliste qui, sous la bavette du tablier bleu, gargouille comme un poisson dans un seau d'eau. Car le buraliste s'est interrompu de manger sa soupe pour venir servir le cireur de bottes. Et maintenant, il retourne dans son arrière-boutique.

Et le cireur se fait alors une bonne absinthe couleur d'opale ; très épaisse ; couleur de feuillage d'olivier. Il trempe ses petits pains dans l'absinthe. C'est son repas du soir. Ça lui a fait un estomac de fer. Il n'a pas de poisson qui gargouille, lui. Il est silencieux comme un pape. Il ne rote pas. Il mange et il se referme sur ce qu'il a mangé.

Je commence à être très ami avec ce cireur de bottes. Je me demande où il peut loger ? Il pourrait loger, par exemple, dans cette carrière abandonnée à côté de laquelle passe la voie du chemin de fer de Provence, peu après avoir quitté la gare. On passe un passage à niveau, puis sur un pont (ne serait-ce pas le pont du Las ? Est-ce à Toulon le pont du Las ? Ou est-ce ailleurs ? Il me semble que c'est à Toulon. Le Las, ce serait donc ce ruisseau plein de détritus et de décombres ? Quand je suis passé sur ce pont, en chemin de fer, enfin en *petit* chemin de fer, j'ai vu en bas de vieilles caques à harengs, et même des tinettes et une eau dorée) ; tout de suite après le pont, la voie étroite du chemin de fer de Provence longe un assez long talus, à la fois verdoyant et rouge. Et dans ce talus, assez loin de ce ruisseau qui est peut-être le Las, une carrière est creusée. Une carrière abandonnée naturellement. Il ne faut pas se fier au chemin de fer de Provence qui se démène terriblement, mais vous laisse très bien le temps de voir au fond de la carrière une cabane en planche et en tôle. Elle est habitée. Un petit foyer fumait devant la porte. J'ai fait extrêmement attention à cette cabane parce qu'elle était *entière*, comme on dit qu'un cheval est *entier*, et pas sentimentale pour un sou. Un peu avant la carrière et un peu après, il y avait deux ou trois autres cabanes du même acabit, mais avec de petits jardinets, des géraniums dans des marmites, très Jean-Jacques Rousseau, Diderot, Supplément aux voyages de Bougainville. C'est généralement faux comme un jeton. Le bonhomme n'aime jamais les géraniums. Il les a plantés par haine. Par haine larmoyante. Ce géranium dans la marmite près

de la cabane en planche, c'est une autre forme du
« Mon *bon* monsieur, un *petit* sou s'il vous plaît,
pour un *pauvre père de famille.* » Car, si le bonhomme aimait vraiment les géraniums, il ne
serait pas réduit à les planter dans des marmites.
Enfin, je ne crois pas *au bon sauvage*.

Le cireur non plus. Il croit à Milord l'Arsouille.
Tout en trempant son troisième petit pain dans
son absinthe, il se dit que Milord l'Arsouille
c'est quelqu'un. Je crois qu'il y a dans cette admiration plus que de l'admiration pure et simple.
Si Milord l'Arsouille venait à Toulon, si le cireur
le rencontrait au coin d'une rue, s'il était en présence de Milord l'Arsouille et s'il le voyait de ses
propres yeux en train d'accomplir une de ces
actions pour lesquelles précisément on l'a appelé
Milord et Arsouille, comme par exemple de distribuer les bonnes guinées de la Banque d'Angleterre en guise de prospectus, le cireur ne le trouverait pas assez Milord et pas assez Arsouille.
Sûrement. On ne sera jamais assez Milord et
assez Arsouille pour lui. C'est une façon de posséder. C'est l'avarice la plus terrible du monde, la
plus acide ; celle, on se l'explique alors, qui fait
maigrir les louves.

Il y a dans la juxtaposition de ces deux mots :
Milord et Arsouille, un mépris qui est une fortune incomparable. Si un cireur de bottes la possède, vous croyez qu'il va la dépenser, en être
prodigue ? Il va en être avare. Il va la garder
soigneusement en lui. Il ne dit rien, dans ce petit
bar-tabac bien tranquille. Il écoute là-bas dans
l'arrière-boutique le bruit de la cuiller qui gratte

dans l'assiette de soupe. Et croyez-vous qu'il ne pourrait pas se payer une assiette de soupe s'il voulait ? Il a ciré les bottes à plus de vingt *choknosoff* qui n'y regardent pas de si près. S'il fallait faire luire un écu, et même deux écus, il les ferait luire, et peut-être même trois. Non. Il trempe son pain dans l'absinthe. Voilà sa nourriture. Voilà son repas du soir. Oui madame, du soir. Et après ça, est-ce qu'il dort ? Bougre, s'il dort ! Son cœur s'arrange avec son foie, allez, ne vous en faites pas. Il dort très bien. Si son foie a un peu de travail *spécial*, son cœur est tellement bien remonté qu'il met la main à la pâte.

Milord et Arsouille. Et il s'envoie une deuxième absinthe comme café et une troisième comme pousse-café. Et il paie ; il se lève et il sort. Il déambule dans les rues nocturnes de Toulon au-dessus desquelles tournoie lentement le carrousel au pas de toutes les étoiles. Ce soir, l'escadre russe donne des bals sur les bateaux, et l'on entend venir de la mer des flonflons de trombones et le cri rauque des maîtres à nager qui excitent la nage des embarcations emportant les dames vers les bateaux cuirassés. Et les *choknosoff* de deuxième classe danseront la danse des poignards dans le carré des officiers ; et il y aura l'inévitable chœur ukrainien (un peu de nostalgie ne messied pas autour de ceux qui vont délier les cordons de leur bourse ; c'est une délicate attention. Un peu de nostalgie ne messied pas autour de ceux qui donnent quoi que ce soit. Ces Orientaux sont très savants). Et les femmes de Toulon (en satin ou en pilou, ce sont toujours des femmes de Toulon)

83

donneront un petit quelque chose aux doigts co-
saques. Du moment qu'on ne résiste pas de la
bourse, pourquoi résisterait-on du reste ? Il n'y a
rien de plus *prodigue* qu'un bal, un lampion de
papier, les pétarades du feu d'artifice, le rire enfin
sonore des marins.

Mais l'autre, avec ses trois absinthes et ses trois
petits pains d'un sou dans le coco, déambule dans
les rues nocturnes de Toulon, de plus en plus
nocturnes et de plus en plus solitaires à mesure
qu'elles s'éloignent de la fête marine.

C'est une ombre.

Et j'entends voleter, à travers le feuillage de
l'olivier dans lequel je *ramasse* des olives, d'autres
ombres, attirées par mon avarice toute fraîche ; se
demandant si elles ne vont pas avoir une occasion
de vivre avec ce sentiment tout frais, prêt à couler
dans leur chair d'ombre, à la colorer, à la durcir.
Des ombres semblables à celle du cireur de bottes,
ou composées d'abord à la façon des monstres :
moitié du cireur de bottes et moitié de cet allumeur
de réverbères qu'il rencontre, moitié du cireur de
bottes et moitié de ce mécanicien du chemin de
fer qui regagne le dépôt du P.-L.-M. par les petites
rues désertes, moitié du cireur de bottes et moitié
de tel homme couché dans ses draps, ou moitié
de telle femme couchée aussi dans ses draps, ou
dans les draps d'un autre, ou dans les bras de
quelqu'un, moitié du cireur de bottes et moitié
de cent, de mille, de dix mille, hommes ou femmes,
couchés ou debout, heureux ou malheureux, ré-
voltés ou résignés, ayant cent mille passions diverses, mais ayant chacun en premier lieu et mé-

langée à toutes autres : l'avarice ; attirés dans mon olivier par cette avarice toute fraîche qui va peut-être leur donner l'occasion de sortir de ce Hadès des personnages de roman où ils sont, en substance non créée, attendant l'occasion d'un sentiment qui leur donnera chair et os.

Parfois, leur avarice ressemble à la mienne (à celle qui me fait rester dans le froid coupant pour ramasser ces olives qui donnent tant de contentement à mes mains). Alors, ils sont d'abord des monstres composés moitié de moi et moitié d'eux-mêmes. Mais, comme leur avarice n'est pas toujours exactement semblable à la mienne, nous sommes, eux et moi, monstrueusement mélangés, mal souchés, abouchés à la diable et de guingois ; les conduits où circulent mes sentiments ne sont pas très exactement dans le prolongement des conduits où circulent les leurs, et tantôt c'est mon cœur qui double un cœur, tantôt c'est mon foie qui double un foie, tantôt c'est une douce femme qui a mes façons de me mettre en colère, tantôt c'est un paysan du Rouergue qui me sermonne intérieurement comme je me sermonne quand je suis mécontent de moi, tantôt c'est un homme de *sous* Louis-Philippe qui est obligé de trier dans mon cœur tout ce qui n'est pas de son temps et de quoi, par conséquent, il ne peut pas être avare (tout en étant avare à ma façon).

Et c'est ainsi que je suis mélangé, abouché de guingois avec ce cireur de bottes à cause de Milord l'Arsouille dont mon père m'a beaucoup parlé quand j'avais six à sept ans.

Quand, tout à l'heure, j'ai connu brusquement

ce sentiment tout frais de l'avarice, je n'ai pas pensé que je pouvais devenir avare à la façon des avares classiques : avares d'argent ; j'ai très heureusement les mains trouées ; mais, sans savoir encore bien de quelle façon les choses finiraient par s'aboucher exactement, j'ai pensé qu'il n'y avait personne de plus avare (dans le grand sens, dans le sens qui en fait un *péché mortel*. Car, comment imaginer un dieu qui punit de l'enfer éternel l'enfantillage d'entasser des sous, des ronds de métal!), personne de plus avare que Milord l'Arsouille.

Milord l'Arsouille avare de lui-même! (je comprends très bien alors pourquoi Dieu ne peut pas supporter ça).

Et je comprends très bien ce que le cireur de bottes admire dans Milord l'Arsouille. Ce n'est pas du tout le fait de distribuer des guinées sur la voie publique ; ce n'est pas du tout le fait de faire boire du punch *de cercle* aux chevaux des fiacres en se servant de son gibus comme d'un seau, ce n'est pas du tout ce défi perpétuel qu'il lance aux cochers, aux débardeurs, aux forts de la halle qui se régalent ensuite de pocher ces beaux yeux de poisson volant (qui n'y voient pas sans monocle), de déchirer ces favoris de soie, de faire saigner cette bouche amère, de traîner dans la boue ces redingotes de drap fin. Ce n'est pas du tout ça que le cireur admire ; il ne rigole pas avec les sous : il sait ce qu'on peut avoir avec ; il ne rigole pas avec le punch : il sait ce que ça représente et, se battre, il ne le fait qu'en dernier ressort, quand il a bien menacé et bien fait l'emprise, comme font tous les êtres *naturels* sur terre. Ce qu'il admire, c'est le mépris. Il ne se sert pas de ce mot *cossu ;* ce mot ne représente rien pour lui. Il dit : « C'est un type qui se fout de tout, qui se fout d'être Milord et qui se fout d'être Arsouille. » Voilà ce qu'il admire.

Par les petites rues de Toulon, au-dessus desquelles tourne le lent carrousel des étoiles, le cireur est sorti de la ville. L'été n'est pas chaud, et il cherche dans les tertres couverts d'oliviers un petit abri dans lequel il pourra passer sa soirée, avant de regagner sa cabane de planches sans géraniums. Il trouve un endroit sous un arbre, dans l'herbe sèche. A ses pieds s'étale le tapis noir des toits de la ville. Parfois, une cheminée pousse une petite bouffée rouge. Des fenêtres éclairées s'éteignent ; des fenêtres éteintes se rallument, car une petite brise de mer rabat sur la ville le bruit des orchestres russes, le pétillement d'huile des bals, la pétarade des macarons et des soleils de feux d'artifice qu'on fait tourner sur les poupes de l'escadre en visite. Et des gens endormis se réveillent ; des femmes rallument les lampes à pétrole, et elles regardent leur camisole de nuit, et, en imagination, elles transforment leur camisole de nuit en robe de bal, et elles dépensent des fortunes pour parer ces robes de bal. Et tout cela est aigre et coûte cher ; bien plus cher qu'au magasin. Et après avoir fait toutes ces dépenses, elles sont très pauvres, elles ne peuvent plus *rétablir leur fortune* et elles finissent dans des hospices où c'est la *charité publique* qui s'occupe d'elles. Elles ne seront plus libres. Elles ne pourront plus se payer le luxe de la liberté, le luxe de n'être pas obligées au réfectoire (en commun) et au dortoir (en commun). Voilà à quoi vous entraîne (en pays civilisé) la dépense qu'on est obligé de faire pour transformer une camisole de nuit en robe de bal. Elle ne s'en doute pas. Elle dépense sans compter. *La dernière mode* ne l'a pas prévenue de ce danger (bien que ce journal soit rédigé par M. Stéphane Mallarmé).

Le cireur de bottes ne dépense absolument rien. C'est un avare (et Dieu le lui fera payer cher : il le précipitera dans son enfer avec les princes du pouvoir temporel et les princes du pouvoir spirituel. Il est condamné à avoir rang de prince en enfer). Il se fout d'être Milord comme il se fout d'être Arsouille. Il est là dans son herbe sèche, restée un peu tiède. De temps en temps, dans les flonflons en bas et le grésillement de toutes les grosses dépenses du bal, s'épanouit un large ah! ah! de gourmandise satisfaite qui salue l'épanouissement d'un soleil d'artifice.

Les ombres qui venaient assaillir les tripes fumantes du sacrifice d'Ulysse arrivaient avec leurs armes encore teintes de leur sang ; les ombres qui se pressent autour de ma fraîche avarice (de ce sentiment inhabituel dont je suis en train de supputer toutes les métamorphoses) arrivent avec ce que j'appelle (pour le moment) leurs fêtes franco-russes, leurs bals de Toulon, leur visite de l'escadre. C'est ce qui les force à admirer Milord l'Arsouille, à être de petits Milords l'Arsouille. Ils sont des *Milords l'Arsouille* au centre des *bals de Toulon*. Je vois d'abord l'éclat des *bals* avant d'apercevoir dans l'ombre le *Milord*. Mais c'est celui-là l'intéressant.

Je vois par exemple une foi trahie qui brûle ses poudres et, à cent kilomètres de là (mais dans ce que je vois, il n'y a ni temps ni espace), je vois un être passé, présent et futur ; je le vois même tenant son rang de prince en enfer à cent kilomètres de là, un gibus plein de punch. Des villes fumantes, lançant des flammes rondes dans les blés comme des brasiers ; des villes comme Avignon qui est rose, Aix qui est bleue, Carpentras qui est ocre, Grenoble qui est blême.

On peut très bien être Milord l'Arsouille contre une ville. On est souvent Milord l'Arsouille contre une ville. Par exemple, les rues d'Avignon qui ne sont habitées que par le vent, et les rues qui ne sont habitées que par le fleuve, dans lesquelles on ne voit jamais (il faut les visiter par un jour de fort mistral en février) que des portes de couloirs béantes, donnant sur des cours vertes de mousse et des volées d'escaliers cuivrés, sonores et vides comme l'intérieur d'un cor d'harmonie, peuvent très bien contenir (il faut avoir le cœur bien accroché pour vivre dans ces harpes éoliennes), contenir un homme qui soit contre les rues d'Avignon habitées par les Avignonnais.

De même qu'à Aix, qui est bleue à cause de l'argile dans laquelle on a modelé les tuiles des toitures, et à cause des grès des façades dans lesquels s'accroche un lichen de Sainte-Victoire qui est bleuâtre (les graines minuscules de ce lichen — plus fines que de la poudre de riz — sont apportées par le vent d'été quand il est très alangui et qu'il souffle le soir des terres vers la mer), il peut y avoir un homme qui fasse volontiers

Milord l'Arsouille contre toute cette antiquaille de vieilles chaises à porteur, vieilles marmites, vieilles faïences, vieille magistrature, vieille culotte de peau, vieille université, vieille marquiserie de Sade.

Je suis naturellement plus porté à m'intéresser à ces Milords qui font l'Arsouille contre des villes (et forcément à des Milords qui feraient l'Arsouille contre des continents, ou des idées générales), et je les vois mieux que ces Milords qui font l'Arsouille contre des hommes, ou des femmes, ou des familles. Il y a deux minutes, quand j'ai parlé de foi trahie qui brûle ses poudres, c'est évidemment à des Milords de cette espèce que je pensais, à ceux qui ne consentent pas à dépenser de l'amour en pure perte, ou de la confiance en pure perte, ou de l'estime en pure perte : des Milords l'Arsouille familiers, pourrait-on dire, dont les exploits les bornent à mettre la marque de la foutrerie sur des objets reconnus jusqu'à présent d'utilité publique : les choux-genoux-cailloux-poux de l'amour, de la morale, de la justice, de la respectabilité, des droits de l'homme et du citoyen conscient et organisé en étables de vaches à lait pour les pères, mères, frères, sœurs, épouses, fils, filles, amis, ennemis, généraux, amiraux, caporaux et soldats.

Il y en a une grande foule de cette sorte autour de ma fraîche avarice, qui voudraient naître, qui seraient disposés à me prêter des corps pour y faire jouer cette avarice, prêts à s'enivrer magnifiquement de mes fonds de cave, à devenir l'expression de la Milorderie et de l'Arsouillerie que nous contenons — heureusement — tous, et que je contiens heureusement.

Il y en a des foules qui se proposent et que je ne vois pas très bien, qui se bousculent et s'entremêlent autour de mon sentiment frais ; qui me cachent mon très rudimentaire cireur de bottes et ma très élémentaire fête franco-russe, bal de Toulon, visite de l'escadre ; qui me cachent même le feuillage de l'olivier où ma main, inconsciente (mais tant que ça, croyez-vous ?) continue à aller *ramasser* les olives. Ceux-là ne tentent pas de me séduire comme le font ces personnages qui habitent mon cabinet de travail, se construisent des bongaloves sur mes chevaux mongols, me frottent de barbes, de bouches, d'yeux, d'oreilles, de seins, de cheveux, de cuisses, de mains, de ventres et d'épaules au moindre geste, varlopent des menuiseries près de mon téléphone et abreuvent leurs chevaux dans mon poêle à bois.

Ils ne me tentent pas avec les ressources infinies de leur cœur. Leur cœur d'avare n'a qu'une ressource : l'avarice ; et c'est précisément là qu'est l'intérêt. Ils ne peuvent donc pas me suborner et me forcer à les faire vivre à cause d'une tendresse mystérieuse qu'ils laisseraient par exemple apercevoir en retroussant un tout petit peu leur plèvre sur leur poumon (qui est le siège de la tendresse) ; ou en raison de toutes les possibilités de drame que laisseraient entrevoir une fierté, un orgueil, une royauté qu'ils me découvriraient en entrouvrant un peu leur cœur (comme a fait le vermillon d'Espagne ; et encore celui-là n'est pas né, mais comme ont fait Langlois, Saucisse, monsieur V., le procureur, Mme Tim qui ont réussi à naître justement à cause de cette aguicherie). Ceux-ci donc qui ne peuvent pas m'aguicher avec les mystères capiteux de leurs *dessous* (puisque je sais que dessous il y a l'avarice et que, précisément, cette avarice, pour qu'elle soit intéressante il faut qu'elle soit devenue solitaire, après avoir dévoré tous les autres sentiments), essayent de me *posséder* en me proposant des *milieux*, des sortes de bouillons de culture où ils me donnent la tentation de faire proliférer un petit embryon de Milord l'Arsouille.

Ils arrivaient avec de vieilles études notariales de cantons perdus. A travers les fenêtres barrées à l'espagnole, on apercevait le moutonnement monotone de la montagne nue, vert-de-gris ; les petits carreaux révolution française, dont le mastic desséché ne collait plus contre le bois, cliquetaient sous les doigts secs d'un vent tibétain. (J'ai pensé à l'étude de S. où je suis allé un jour rendre visite au notaire, un excellent homme, neveu de mon ami M. Depuis, j'ai toujours eu envie d'inventer à partir de cette étude de S. Le village de S. lui-même m'attire depuis bien avant cette visite, depuis *Regain*. J'y ai placé le départ de Gédémus.) L'étude est un peu en contrebas de la rue. Quand on entre, il faut descendre trois marches avant de se trouver de plain-pied avec la bibliothèque des minutes et la vieille ombre qui en découle. Les portes ouvrent sur des couloirs éclairés d'une vieille électricité qui donne une lumière de cuivre. Ils sont lambrissés de chêne et tapissés d'une toile couleur cuir, une sorte de bauge perfectionnée pour faire soigneux. (Bien entendu, il n'est pas question du neveu de mon ami M. qui est un bon garçon et un parfait bon homme, et qui sourirait de tout ce que j'ai vu chez lui, si par *inadvertance* il lisait ce que j'écris là) : une maison de Calderon, où certainement les outrages restent secrets, où l'on peut être, à son aise, le médecin de son honneur et de l'honneur de tout le canton ; une maison à deux portes, et de geôlier de soi-même. Par toutes les fenêtres, la montagne, très âpre, très nue, sans pitié, regarde. C'est de la haute montagne ; on est déjà ici haut dans la montagne, on est plus haut que les contreforts aimables et boisés, on est dans la nudité, le vent cruel, l'absence totale de pitié. Et c'est couleur vert-de-gris.

Cette maison porte ses caves au premier étage d'où suintent les gouttes d'un piano sur lequel on ânonne d'un doigt le *Beau Danube bleu* ou les *Cent Vierges*, puis des arpèges très brillants comme si on fuyait dans des feuilles mortes et de la pierraille gelée qui cliquète.

Je n'en vois pas plus de cette étude notariale ; si j'en voyais plus, ce serait le moment où, dans le cadre (le milieu) apparaîtrait un personnage (déjà nous entendons le bruit de sa main) et, bon gré mal gré, à partir de là il serait né, et il faudrait faire voguer sa galère.

Alors, je vois, très loin de là, ça n'a plus aucun rapport avec rien, un de ces petits hameaux dans lequel on a établi une dynastie. Je vois la haute vallée de l'Ouvèze, vers le petit village de Montauban. J'y suis allé une fois avec un ami. Il avait une affaire délicate à traiter avec monsieur A.C., et j'étais manifestement de trop. Il me laissa à quatre kilomètres avant d'arriver, dans un petit hameau, et je l'attendis jusque tard dans la nuit.

La haute vallée de l'Ouvèze est un pays dont la terre, d'un jaune-vert très prononcé, est couverte, dans ses parties. soi-disant grasses, de champs de lavande et de cerisaies ; et dans ses parties maigres d'une sorte d'alfa très dur aux feuilles de cendres, qui pousse en touffes et luit au soleil comme un jet d'eau. L'Ouvèze est là, à peine large de trois mètres et profonde de deux ou trois travers de doigt. L'eau en est huileuse tellement elle est glacée et couleur de bronze. On peut y regarder de belles truites.

On arrive là, de chez moi, par la route de Séderon, et les pays qu'on traverse par cette route-là sont de plus en plus pauvres. Il y a même un endroit, derrière Aulan, qui est tout à fait Don Quichotte. Une pauvreté hautaine ; définitive, mais en raison même, hautaine ; de plus en plus pauvre et de plus en plus hautaine à mesure qu'on avance. On coule — c'est le cas de le dire, car la route prend soudain une allure d'eau que la montagne ne peut plus contenir — à la fin dans un couloir de montagnes d'une pauvreté et d'une fierté si folles que, lorsqu'on tombe après dans cette haute vallée, largement couverte de terres jaunes, de lavanderaies et de vergers de cerisiers, on a l'impression de découvrir le Pérou. Que ce n'est pas. Il n'y a qu'à regarder les maisons, noires des gels et des vents qui ont mordu la pierre depuis les guerres de religion ; il n'y a surtout qu'à regarder autour de soi, vers tous les horizons ; il n'y a surtout qu'à écouter. Le silence est un silence d'avant les temps. Les pays riches sont bruyants de tous les bruits d'après les temps.

Pour établir une dynastie ici il faut être extraordinairement riche ; fabuleusement ! Il faut avoir une avarice qui se soit transmise héréditairement depuis des siècles (depuis sous Henri II au moins) et qui ait pu constituer un trésor de guerre immense de finesse, d'entregent, de brutalité, de douceur, de force morale, de force physique, de malice, de ruse, d'hypocrisie, de grandeur, de ténacité, d'obstination, de patience, d'orgueil et de cent mille autres sentiments constitués par des monstruosités psychologiques, aussi étranges dans le corps d'un homme que des licornes dans une étable de chrétien.

Cependant, à cet endroit-là où m'avait laissé mon copain, il y a au moins un Charlemagne. Je ne sais pas pourquoi je dis au moins, puisque, s'il est vraiment Charlemagne, il est seul. Et il l'est vraiment. Et il est bien seul, comme la logique le veut. Je ne l'ai pas vu. J'ai vu ses traces. J'ai vu sa maison : le gel ne l'avait pas rongée de la même façon qu'il avait rongé la maison d'à côté ; les portes avaient moins peur de la solitude que les portes d'à côté ; les fenêtres regardaient assez insolemment, paupières mi-closes, et le porche abordait la petite route avec une lippe très dédaigneuse. Un petit chemin qu'on était allé chercher au tonnerre de Dieu, malgré toutes ses reculades et ses tirages au renard du côté de cerisaies ou de lavandes vers lesquelles il aurait aimé gambader (vers lesquelles même il aurait *dû* gambader) finissait par venir lécher servilement les murs de la maison. Un autre petit chemin (qu'on était aussi allé chercher au tonnerre de Dieu, à coups de quoi ? fouet, maîtres-mots ?) venait également lécher les murs. Un autre petit chemin ; tous les chemins, grands ou petits venaient lécher les murs. Et l'orientation des touffes de lavandes cultivées qui sont alignées comme dans des sillons n'était pas laissée au hasard. Une avarice de cette taille *ne laisse rien au hasard* ; elle veut tout, même l'orientation des raies de lavandes qui convergeaient vers cette maison. Pas celle d'à côté, exactement celle-là. Quoique l'autre soit à quinze mètres à peine, et que quinze mètres ne soient rien, vus de deux ou trois kilomètres, toutes, absolument toutes les lavanderaies, à plus de trois kilomètres à la ronde, étaient orientées vers la maison de Charlemagne. Exactement, et pas du tout sur celle d'à côté, il n'y avait pas à s'y tromper.

Et ce n'était pas d'hier, car les cerisaies, composées pour la plupart d'arbres énormes plusieurs fois centenaires étaient elles aussi orientées sur la même maison. Tout tournait autour de cette maison. Tout : le rouement des champs, l'orient des labours, des lavandes, des vergers, l'enlacement des chemins, des sentiers et des pistes ; la prodigieuse *avarice* de l'empereur de ce territoire avait même *ramassé* autour de lui le ruissellement des eaux, les lignes de plus grande pente, l'affleurement des bancs de rochers, l'ondulation érodée des crêtes ; l'Ouvèze elle-même, domestiquée, semblait n'être née que pour venir ici servir d'abreuvoir aux bêtes domestiques, le lit du vent charriait manifestement les vols de grives vers les postes à feux de cet empire et, tout autour, l'horizon n'était que la ligne unissant les points d'où l'on pouvait apercevoir cette maison capitale.

Je me garde bien (maintenant, dans mon olivier, pendant que je prends ma leçon d'avarice) d'essayer de voir l'homme qui est là empereur en exercice. Pour dire vrai (j'ai menti tout à l'heure quand j'ai dit que je ne l'avais pas vu. J'ai menti pour me protéger), le jour où mon copain m'a laissé dans ce hameau de quatre ou cinq maisons, et où je l'ai attendu jusque tard dans la nuit, j'ai naturellement vu cet homme. Qui serais-je si je n'avais pas, ayant vu ce que j'avais vu dans les traces, essayé de voir l'homme? Je l'ai vu, et j'ai vu sa femme, et j'ai vu sa fille, et j'ai vu l'intérieur de sa maison. Mais ici, nous avons affaire à un gars bien plus costaud que le cireur de bottes. Le cireur de bottes, j'ai pu le prendre et le laisser ; il m'a mené un tout petit peu dans Toulon ; il m'a fait comprendre ce qu'à l'occasion il serait capable de faire ; on s'est quitté bons amis — peut-être qu'on se reverra — mais on s'est quitté. L'empereur, si je fais tant que de dire : il était comme ci, il était comme ça, je ne vais pas faire long feu : il va me *ramasser*, comme il a ramassé tout le reste.

Le pays dont j'ai parlé, le pays où il habite est à plus de cent kilomètres à vol d'oiseau dans le nord du pays que j'habite ; à plus de cent kilomètres à vol d'oiseau de cet olivier dans lequel je *ramasse* mes olives, mais à travers ces cent kilomètres d'air éperdu (il fait toujours un vent et une lumière de fantasia) il est assez costaud pour envoyer son bras, m'attraper par la peau du cou comme un petit chat, m'arracher de *mes* olives et aller me flanquer dans mon fauteuil, devant ma table, pour que je sois son historiographe.

En réalité, il se fout de moi comme de ses premiers houseaux. Il doit être là-bas en train de gouverner (un mot qui, ici, dans notre façon régionale de comprendre les mots, signifie s'occuper des bêtes, les faire boire et les faire manger), et si on lui disait qu'il est ce que je dis, et qu'il fait ce que je dis qu'il fait, il ne rigolerait même pas, tellement ça lui paraîtrait bête et sans aucun rapport avec ce que vraiment il est et il fait (à son idée).

Pour moi, il a ses champs autour des pieds comme d'immenses raquettes, de façon à pouvoir faire route à travers toutes les Sibéries ; comme ces énormes pattes de grenouille en caoutchouc que les plongeurs ont pris la mode de se mettre aux pieds pour vadrouiller dans les fonds sous-marins et, ainsi chaussé de ses nageoires en souples champs de terre jaune, je le vois vadrouiller paisiblement dans tous les gouffres, comme un ange-poisson.

Je pense à ces pattes de grenouille en caoutchouc pour avoir vu, exposé à la vitrine d'un magasin de sports à Marseille, un équipement de pêcheur sous-marin. Il va falloir, à un moment ou à un autre, que je parle de ce voyage auquel j'étais résolu aux premières pages de ce livre. Et que j'ai fait ; car il fallait absolument que je m'évade de cette prison à la Piranèse dans laquelle

j'errais, d'échelle en échelle, à travers les gémissements, les ténèbres et les rayons poussiéreux
venus de je ne sais quelles lucarnes qui décou-
vraient, dans les niches des murs, des entremê-
lements de têtes sans corps et de corps sans têtes.

Je vais être obligé même d'en parler assez vite
de ce voyage et, en tout cas, de dire tout de suite
comment un matin, dans la rue de Rome (Dieu
sait si elle se prête peu à ces jeux cependant),
à l'embouchure de la rue de Rome quand elle se
jette dans la place Castellane, j'ai senti une violente
odeur de narcisses.

Il n'y avait pas de magasins de fleuristes dans
les environs, non : un bar-tabac qui sentait l'anis,
un kiosque à journaux qui ne sentait rien ; un
autre bar sans tabac qui sentait l'anis ; un marchand
de souliers qui ne sentait pas le cuir (tant s'en
faut!) et un autre bar plus petit ; le reste de la rue
était tout obscurci de l'échappement d'un gros
camion à remorque qui brûlait du mazout puant
comme un bûcher d'Indou moderne. D'ailleurs,
les fleurs des fleuristes ne sentent pas, en tout cas
jamais cette odeur puissante dans laquelle il y avait
l'odeur du printemps dans les champs et des eaux
réveillées.

Je me demandais ce que cette odeur venait faire
là. Elle parlait de choses importantes. Je venais
de quitter le tramway 54 ; je me proposais de
descendre la rue de Rome jusqu'à la préfecture
et il n'y avait rien d'important ni en moi ni autour.

L'odeur cependant m'accompagnait, était très
précise et répétait inlassablement des thèmes
que je ne comprenais pas. J'avais ralenti mon pas,

sans me soucier du reste de Marseille qui me frôlait et me bousculait même un peu, en costume de Brummel des Antilles, et j'essayais de répondre à l'odeur. Elle s'adressait manifestement à des endroits de moi-même où, sous des voûtes retentissantes, sont entreposés de grands entrepôts de poudre à canon.

Elle était comme un sauvage qui essaie d'expliquer l'approche d'un grand événement naturel ; mais il n'a pour s'exprimer qu'un dialecte de plages désertes, un biche-la-mar connu seulement de sa tribu. Et il appelle d'autres sauvages ; il lui semble qu'en étant plusieurs à répéter la même chose on finira peut-être par comprendre qu'il ne faut pas se fier à la soi-disant solidité de l'instant, et que des bouleversements sont déjà en train de rouler, majestueusement quoique à toute vitesse, vers cet endroit-ci. Car j'étais arrivé près de l'éventaire d'une écaillère, et l'odeur des coquillages se mit à me répéter de sa voix rauque tout ce que me disait l'odeur des narcisses. Les mots qu'employait cette voix étaient tout aussi incompréhensibles que les premiers ; mais il y avait dans la façon de les prononcer un timbre, une hâte gutturale qui donnaient une forme, sinon au sens, mais à l'esprit même.

Je sentais qu'il était question d'un de ces sentiments épais et mordorés comme du goudron qui changent brusquement les êtres vivants en flambeaux.

Je m'arrêtai au bord du trottoir, pas très loin des premières huîtres de la saison, et au vent, j'entendais très bien que ce que me disaient les narcisses, et ce que me disaient les mollusques était valable pour tout le monde que charriait cette rue, pour tout le monde que charriaient toutes les rues de Marseille, aussi bien que pour tout le monde répandu bien au-delà de la ville, dans les vallées, les collines, les plateaux et les montagnes ; et pour toutes les autres villes, vallées, collines, plateaux, plaines et montagnes ; pour tous les continents, les îles et les archipels. Et pas seulement valable pour les êtres vivants de la surface de la terre (quoique comprenant les plantes et les bêtes) mais valable pour tout ce qui pouvait vivre dans les profondeurs de la terre et de la mer et des airs. Il suffisait d'être vivant, et immédiatement ça vous concernait. Cela ne faisait pas que vous concerner, c'était un mot d'ordre si puissant que les corps y obéissaient sans que les intelligences aient besoin de participer à cette obéissance.

Cet innocent tramway numéro 54 menait vraiment dans de drôles d'endroits. Il n'est certes pas extraordinaire de rencontrer la mer à Marseille, mais ça l'est tout de même assez de la trouver en pleine rue de Rome ; exactement en face du kiosque à journaux qui est en bordure des petits jardins sinistres de la Préfecture ; cinquante pas plus haut que le monument dédié (je crois) à la mort du roi de Serbie. Et la mer était là, non pas comme elle est sur une plage, ou dans un port, mais c'était le large avec son bleu intense, et ses beaux glacis d'eau pure, et son bruit par temps calme qui est un énorme *do* étiré inlassablement sur une immense corde de contrebasse.

Le camion à remorque de tout à l'heure, avec son moteur qui marchait au bûcher d'Indous, était toujours là, maintenant coincé de biais dans une dizaine de petites autos scarabées qu'un tramway avait poussées contre lui ; il semblait même que, dans cet endroit-là, il y avait une sorte de petite guerre de Troie, avec invocation aux dieux, défis et insultes. Tout autour, sur la chaussée même où le trafic était interrompu et sur les trottoirs, continuait à trotter, comme le flot des rats envahissant Harlem, une foule noire à la fois fouineuse et effarée.

Et ils étaient tous dans la mer ; elle recouvrait les petits jardins sinistres de la Préfecture, la rue, et très probablement la ville même (je voyais les lointains, aussi bien du côté de Castellane que du côté de la porte d'Aix, tout obscurcis par le tremblement éblouissant de la canicule marine). Elle devait également recouvrir les vallées, les collines, les plateaux, les plaines et les montagnes. Je la voyais telle que je l'avais vue deux ans auparavant devant les falaises de Cassis (falaises que me rappelaient le ton de la pierre et la nature verticale du monument du roi de Serbie), vineuse et glacée d'or, faisant sauter contre les rochers à pic de longues touffes de narcisses salés.

Car, contrairement à ce qui aurait été logique, ce n'était pas l'odeur des coquillages qui évoquait la mer, c'était l'odeur des narcisses. L'odeur des narcisses lui donnait son étendue, ses jeux de lumière, ses fraîcheurs, ses souffles, ses écumes, ses mouettes, ses embruns, ses halètements, ses replis, sa violence de rapt, d'enlèvement et de départ, sa *romance*. Tout ça était très joli et parlait de cloches de mai.

L'odeur des coquillages parlait d'autres choses. Elle parlait des racines profondes. L'étendue couvre quelque chose, la lumière ne joue pas sans raison, les fraîcheurs ont des adresses précises, les souffles viennent de quelque part, les écumes ont des significations, les mouettes accomplissent une œuvre aussi nécessaire que celle des anges, les halètements dénoncent une émotion et les replis ; la violence de rapt, d'enlèvement et de départ est comme un fragment de paradis terrestre dressé dans les irisations du prisme.

Je ne cherche pas à mettre de la clarté dans des enseignements qui m'arrivaient de façon confuse, mais à les exprimer tels qu'ils m'étaient donnés, avec leur hermétisme et leurs couleurs.

C'était déjà assez surprenant tel que c'était ; mais, quand je me rendais compte que tout cela se passait dans la rue de Rome, vers un cinq heures du soir de fin octobre, en face des sinistres petits jardins de fusains sordides et poussiéreux qui bordent le flanc de la Préfecture, je me disais que, vraiment, cette fois-là, mon imagination me jouait un tour pendable.

D'habitude, elle me donnait toujours au moins un, et parfois mille, mais au moins un personnage en chair et en os, dans lequel, pour si compliqué ou pour si universel et général que soit le sentiment du drame, il finissait par entrer avec un petit claquement sec, comme les mètres à ruban métalliques entrent s'enrouler dans leur boîte ronde. Ici non, rien que ce thème lancinant des narcisses, des cloches de mai, d'un printemps de la mer et le thème lancinant des coquillages ou, plus exactement, des mollusques ; thème sur lequel je ne pouvais pas mettre de nom ou d'image, mais dont je savais seulement d'une façon certaine qu'il représentait le côté profond de la chose, le côté gouffre, glu, glouton et sournois de la chose ; le côté puissance ; le côté vérité ; le côté *fond des choses*.

Je me dis que, de toute façon, il était maintenant trop tard pour monter la rue Sylvabelle et gagner la colline de Notre-Dame de la Garde, comme j'avais eu l'intention de le faire en quittant le tramway 54 et en m'engageant dans la rue de Rome, et qu'il serait déjà bien beau pour ce soir de mettre un nom et des images sur ce thème des mollusques, comme je l'avais fait pour le thème des narcisses.

Naturellement, le crépuscule est venu et les vitrines ont allumé leurs lampes ; il y a aussi des tramways jaunes pleins de têtes qui passent comme les paniers de Samson, éclairés à l'électricité, et pas mal d'entrecroisements de rayons de lumière, ce qui ne fait que rendre la mer de plus en plus vineuse, et de cinabre, et de plus en plus glacée d'or. Mais l'éclairage des vitrines, le halo des réverbères, les étincelles qui jaillissent de la roue des trolleys rehaussent maintenant les formes et les visages de la foule qui passe sur les trottoirs, achète là-bas, de l'autre côté de la rue, son journal du soir au kiosque à journaux, se plante parfois devant l'étalage du tailleur et celui du charcutier (on commençait à vendre l'an dernier des charcuteries roses et noires). Cette électricité qui les frappe violemment de face, ou coule sur eux de très haut, ou les saisit dans le magnésium d'une forte étincelle bleue, fait ressortir toutes les sinuosités des visages : les nez avides, les bouches goulues ou amères, les mentons, les joues, les oreilles, les creux noirs au fond desquels est complètement cachée cette couleur du regard avec laquelle on peut encore un peu faire illusion.

C'est la forêt de Brocéliande des visages. Au coin des lèvres, au détour des narines, au flanc des joues, sous les oreilles, dans les chevelures, sont tapis et guettent les Merlin, les Mélisande, les Arthur, les Guenièvre, les chevaliers Perceval, Rois Pêcheurs, poissons avaleurs d'anneaux, chevaux nourris de chair humaine, échiquiers où cliquète le sautillement des pièces qui jouent toutes seules, châteaux bâtis en trompe l'œil, dont la façade se crève comme un cerceau de cirque, huttes de branchages qui se déploient finalement comme une lunette d'approche en immenses galeries de Versailles fourrées de droite, de gauche, de dessus et de dessous d'escaliers, de couloirs, de portes battantes, de salles, de passerelles, de coursives, de conduits, de caves, d'alcôves, de voûtes bourrées d'échos, de vides, d'ombres et de vanité.

Je vois successivement : un monsieur noir, bien mis, une femme blonde, un petit garçon qui court. Le monsieur noir doit être un comptable ; un autre monsieur noir, moitié noir, pantalon à raies : chef-comptable ; une, deux, trois, quatre femmes blondes, il m'en passe de tous les côtés, derrière, devant et une même me frappe le côté avec son sac ; un bon gros type très extasié, pipe, et il traîne un peu les pieds ; une ménagère, sac à provision, et encore tout un troupeau de tous les âges de femmes blondes qui manifestement ne se connaissent pas les unes les autres, ne sont pas ensemble, tapent du talon pour leur propre compte et se dépassent ou se côtoient avec un mépris évident les unes pour les autres. Elles marchent vite et battent des coudes comme si elles battaient d'ailes rognées, comme on rogne les ailes des poules quand on ne veut pas qu'elles s'échappent du poulailler ; pour un peu elles s'en battraient l'une l'autre. Enfin une brune énorme et qui déplace les cent kilos qu'elle a sous ses jupes en avançant alternativement deux colonnes grecques chaussées de souliers vernis. Derrière elle piétinent tous ceux que sa masse retient. Enfin, ils réussissent à passer un à un : les uns mettant le pied sur la chaussée, les autres se glissant à côté de l'onduleuse énorme jupe de satin noir et la dépassant dès que se présente l'opportunité d'un renfoncement qui leur permet d'en faire le tour. Elle se promène, elle va négligemment, sans se soucier de ceux qui de nouveau piétinent derrière elle ; elle tient dans sa main grasse une rose à longue tige qu'elle a peut-être achetée aux fleuristes du cours Saint-Louis, ou bien elle est fleuriste elle-même, car elle porte le tablier boutonné dans le dos par deux boutons blancs et une paire de ciseaux pendus au cordon de sa taille ; à moins que ce soit une poissonnière. En déplaçant son énorme bras court qui a l'air de rouler aux épaules dans du cambouis très épais elle balance sa rose. Elle s'arrête pour regarder la devanture d'une parfumerie, à cinq ou six mètres plus haut que moi, et je la vois bien. Sous des cheveux impeccablement alignés et graissés, et dont le noir reluit plus que l'or, elle a un beau visage grec, régulier, gras, poudré blanc, sur lequel sont dessinés au fusain d'irrévérencieux sourcils, et au crayon rouge de cocasses fausses lèvres.

Et du temps que je la regardais, bien entendu n'ont pas cessé de couler sur ce trottoir, sur celui d'en face, sur la chaussée même entre les autos et les trams, les hommes, femmes, enfants de la ville. Il vient même de s'en agglomérer tout un banc derrière moi, dans l'éclairage de la devanture du tailleur, et ils regardent tous avidement leur journal, car il s'est passé je ne sais quoi aujourd'hui, ou peut-être c'est le résultat d'une élection.

La rue maintenant est littéralement bondée de gens qui ont l'air de vouloir rentrer chez eux le plus vite possible. Il doit être l'heure de sortie des bureaux et des magasins. On sent que tous ces gens-là sont lâchés, relâchés, et aussi libres qu'ils peuvent l'être. Il m'est difficile de rester planté au bord de mon trottoir. J'essaye pendant un moment de résister au flot qui me bat et, en fin de compte, je me laisse emporter. C'est d'ailleurs de ce côté-là qu'il me faut aller pour rentrer.

A partir de ce moment-là, je fus constamment intrigué par le leitmotiv du thème des narcisses et du thème des mollusques.

De temps en temps ils arrivaient ; j'étais parfois bien tranquille et loin de penser à eux, dans quelque rue artisanale, en train de regarder le trafic, ou chez un bouquiniste, ou me faisant cirer les chaussures dans une de ces boutiques orientales et souterraines, ce que j'aime beaucoup, pas pour le cirage, mais pour tout cet envol de gestes, de claquements de brosses, de rythme, de danse d'almée autour de mes pieds. Chaque fois le leitmotiv ajoutait quelque chose à l'instant, s'adaptait tout de suite aux gens qui se trouvaient là. Cela semblait être une émanation générale.

S'il s'agissait de l'aura d'une combinaison dramatique, il n'était certainement pas question d'une ruse spéciale des dieux dans le genre de celle qui prend Œdipe dans ses filets, mais d'une bonne grosse *combine*, cousue de fil blanc, solide à toute épreuve et destinée à ratisser aussi bien la belle pièce que le menu fretin.

L'homme qui a établi une dynastie — ou plutôt qui a continué une dynastie établie par un de ses ancêtres, il y a plusieurs centaines d'années dans les terres jaune-vert de la haute vallée de l'Ouvèze, — je me demande de quelle façon il se débattrait dans ce filet à *tout venant*. Il est incontestable que depuis des centaines d'années tous les chefs de la dynastie ont eu à se débattre contre mille sortes de filets, mille sortes de mailles, mille sortes de tours de mains, mille sortes d'emmaillotages, et que, s'ils ont pu se garder d'être tirés au sec, c'est qu'ils ont des reins solides et que leur avarice royale les rend plus lourds que la main des dieux n'est forte. Ou plutôt, leur avarice royale les rend agréables aux dieux ; les dieux prennent du plaisir à les voir vadrouiller dans les fonds, patouillant avec leurs fausses nageoires en caoutchouc jaune — peint de lavanderaies et de cerisaies.

C'est pour cela qu'ils leur laissent la dynastie. Ils ont certainement plaisir à leur voir tirer l'orient de toutes choses vers leur maison pour centre. Car, je ne dis pas trop du thème des narcisses : c'est jeunesse de vent passant sous saules verts, et j'ai vu des dynastes capables de garder leur dynastie et de se réjouir des cloches de mai, des printemps sur la mer et des glaçures d'or qui brisent à midi sur des étendues illimitées. Ils en tiraient même profit ; leur aptitude à jouir complètement les rendait plus irrésistibles ; on finissait par croire que leur force était de regarder le vol des pies et, à l'abri de cette croyance, ils préparaient paisiblement les coups de Jarnac, les assassinats du duc de Guise, Saint-Barthélemy et autres *Sinigaglia* et *bellissimo inganno*. Mais il est plus difficile de faire son compte avec ce qu'annonce le thème du mollusque.

Quelques jours avant de quitter la ville, je fis une dernière fois cirer mes chaussures par un décrotteur qui était bossu et avait de longs bras de singe. C'était la première fois que je venais dans ce quartier excentrique et solitaire. Le petit bossu et moi nous avions le temps. Il me demanda s'il devait me faire un nettoyage à l'essence. Je lui dis certes, il fallait absolument faire ça. Mais, il m'arrêta tout de suite avec sa longue main ; il voulait bien faire le nettoyage à l'essence, le travail ne lui faisait pas peur, mais il me prévenait : un nettoyage à l'essence n'était digne de ce nom que s'il était suivi des *deux flanelles*. Je lui dis que, pour ce qui en était de ce qu'il appelait la finition de son travail, je lui faisais entièrement confiance. Alors, me dit-il, puisque j'avais l'air de comprendre très bien les choses, il allait me proposer ce qu'il ne proposait pas à tout le monde ; ce qu'il ne proposait en réalité à personne ; seuls les initiés le priaient quelquefois de faire ce qu'à moi il me proposait. Il s'agissait du « décrottage en rosace » et, ajouta-t-il, « en rosace, et tournant ». Je lui répondis : « Je n'ai peur que d'une chose, c'est que la résistance de mes chaussures ne soit pas à la hauteur. » Sur quoi, le petit bossu exécuta un très brillant solo de castagnettes avec le dos de ses brosses et il commença le jeu. Au bout de trois minutes, j'avais comme des pieds de silex tendre, desquels mille petits frottements d'acier doux tiraient des étincelles de beurre. Le petit bossu semblait au centre des quatorze bras de Vichnou.

C'est à ce moment-là que je pensai à une chose étrange. J'avais, évidemment, depuis l'aventure de la rue de Rome, essayé toutes les combinaisons d'images pour tâcher de comprendre de quelle force irrésistible cette odeur de mollusque voulait parler. Ce n'était certainement pas un truc à la Gilliat, travailleurs de la mer et autres pieuvres, Kraken ou calmars géants et, si on se mettait à démesurer, il y a, dans l'avarice capable d'asseoir une dynastie de plusieurs siècles sur des cerisaies du haut pays, une démesure constamment plus monstrueuse. (Évidemment, à ce moment-là, je ne pensais pas à mon homme de la dynastie des terres de l'Ouvèze, puisque je viens à peine d'y penser maintenant et à cause de ma compréhension toute nouvelle de l'avarice ; mais je me rendais bien compte qu'il existe dans le cœur des hommes, dès qu'ils ont une certaine qualité, des sentiments capables de lutter victorieusement contre le ciel entier changé en grouillements de pieuvre.) Cette fois-là, sous les brosses du petit bossu, je pensais à un mollusque de dimension ordinaire (pour une force irrésistible et universelle, les dieux, me semblait-il, devaient se servir de l'ordinaire) mais chaud. Pas chaud comme les huîtres dans la soupe ou les moules dans le pilaf, mais à sang chaud. Une huître à sang chaud, par conséquent qui serait capable de vous lécher comme un chien ou de vous embrasser comme deux lèvres !

J'avais incontestablement là une démesure qui portait la marque olympienne : elle était entièrement installée dans l'ordinaire, le portatif et le quotidien ; elle surprenait par son degré de monstruosité ; rien de plus monstrueux que des langues sans chien. Des baisers sans *arrière-pays*. Elle séduisait comme un serpent tentateur pour homme. A quoi sert un Paradis terrestre si l'on n'a pas la tentation de le perdre ? Cette fois on avait les moyens de le perdre soi-même et non plus par personne interposée, mais d'avoir l'initiative de la perte.

Il me semblait bien que je possédais là une sorte d'explication et qu'il me serait possible de faire entrer les thèmes de la rue de Rome dans un personnage.

Le petit bossu, évidemment ; c'est à lui que je

pensai tout de suite et je vis que tout cela lui allait comme un gant. Il avait une petite entreprise de ressemelage de talonnettes et de protège-semelles ferrés. A en juger par les diverses paires de souliers qu'il avait sur son établi et sur une petite étagère, il était en contact avec tout le quartier : hommes, femmes et enfants. Il était facile de l'enivrer de narcisses et de mollusques. Il avait des yeux de gazelle.

Les comptables en noir, sans aucun doute ; il suffisait d'opérer avec une arrière-salle de café, des billes de billard ou des cartes, ou une femme de quarante à cinquante ans, habitant la banlieue, adultère et triste ; parfait si la femme travaille dans la même entreprise que le comptable.

Le chef comptable, mêmes ingrédients, mais chauffer au bec Bunsen les billes et les cartes, et donner un petit coup de lampe à souder sous les jupes de la femme et laisser faire le chef qui sait compter.

Ça marchait avec tout le monde ; même avec les lecteurs de journaux ; même avec le prototype du lecteur de journal, celui qui y trouve son pain et son couteau : il n'y avait qu'à faire passer en première page les exploits d'un type qui ferait son Milord l'Arsouille contre les continents, les idées générales, ou les plans préconçus. En chauffant moyennement on obtient l'état primaire du drame dit social ; à haute température, ça peut donner les Perses, ou les Sept contre Thèbes. Mais il faut une main du tonnerre de Dieu.

Quoique ce fameux mollusque chaud soit plutôt une image et une tentation pour hommes on pouvait même arriver à le combiner avec la grosse femme grecque à cheveux de charbon gras. Elle me faisait penser à Phèdre avant les poètes.

Somme toute, cette odeur de mollusque chaud ne serait pas autre chose que l'odeur de la passion. Il ne s'agit, bien entendu, pas uniquement de la passion de l'amour, comme pourrait le laisser mal entendre la Phèdre ci-dessus, mais de toutes les passions. Ce n'était devenu le thème de la rue de Rome que parce que, ce jour-là, ces immenses noces contenues et perpétuellement gâchées des foules et des passions étaient peut-être plus suantes. Il y avait peut-être eu brusquement, et par hasard dans cette rue de Rome, au moment où j'y arrivais, une plus grande proportion qu'à l'ordinaire de gens ahanant sur une passion quelconque et faisant fumer leur suint — Roméo et Juliette du pouvoir de l'action de la rapine ou du sexe. Mais c'était un thème général, valable aussi bien pour toutes les rues de la ville que pour le monde entier.

Mais mon empereur dynastique de la haute vallée de l'Ouvèze, où en est-il maintenant ? Je vois, par exemple, pas très loin de chez lui (car cette dynastie, malgré le mot, n'est pas dans la forêt mérovingienne, elle est dans un canton français de la France de 1946), un bourg, un gros village, un chef-lieu de canton. Il doit bien y en avoir un, en réalité ? Qu'est-ce que c'est ? Je ne sais pas. Mais admettons que ce soit, disons Buis-les-Baronnies. C'est un joli nom, et c'est vraiment dans les alentours de cette haute vallée de l'Ouvèze. C'est un petit bourg que je connais, mais que je ne connais pas très bien. Je l'ai traversé en auto en 1930, je crois : nous allions, ma femme et moi, à l'enterrement d'une de nos cousines à Dieulefit. Nous étions arrivés par le col de Fontaube et, ayant suivi une route qui, pendant trois kilomètres (je crois), remontait le cours de l'Ouvèze caché sous des saules rouges, nous étions entrés à Buis-les-Baronnies pour le traverser et aller au-delà tournoyer dans des collines âpres et désertes, flagellées d'une route en longe de fouet sur le dos d'un âne, pour finalement descendre, après, un autre col et des traversées de forêts de chênes dans la vallée de l'Aygues.

Je me souviens, à l'entrée de Buis, d'une maison d'assez belle apparence dont on était en train de recrépir la façade, et d'un très beau laurier planté près de cette maison, que les maçons, du haut de leurs échafaudages, salissaient de plâtre et de mortier. Avec une très belle allée de platanes non taillés et laissés libres en haute futaie (à quoi je suis toujours très sensible).

C'est à peu près tout ce que je connais de Buis. Je peux donc mélanger à ce gros village tout ce que je connais des vieux villages des collines, des vieilles capitales délabrées du roi René. Je peux m'en faire une ville à moi et l'inventer comme je veux. Je ne suis gêné par aucune réalité.

Notre auto a suivi la belle allée de platanes, assez étroite et très haute, comme une longue nef pleine d'ombre, au bout de laquelle luisait une plaque de soleil portant en filigrane (à cause de la visqueuse lumière d'été) les barrières de fer d'une

114

bascule de pesage public qu'un peintre barbouil-
lait de minium.

(Peut-être n'est-ce pas en été que j'ai fait ce
voyage. Je crois que notre cousine est morte en
octobre. Mais je le vois en été, une gloire d'été
et de grands chênes dans un pays désert au sommet de collines dont le moutonnement emplit les
quatre horizons.) Au bout de l'allée de, platanes
nous avons pris à gauche vers un vallon enfoncé
qui s'appelait, il me semble, Fontaine d'Annibal.
Nous avons laissé tout le bourg à notre droite.
C'est tout ce que j'en sais.

C'est plein de petites rues étroites et sombres qui
grouillent, passent sous des arcades, sous des
voûtes, des arcs contournent le ventre bombé des
façades lépreuses de très vieux palais servant
d'écuries, de greniers à foin de Cercle de la Renaissance, de tribunal de Commerce ; longent les murs
de jardins clos, enfermés dans des Nords parfaits,
sans soleil, noirs et humides, comme des soutanes
de paysans ; se réunissent, se nouent, se dénouent,
se désunissent sur de petites placettes, rondes
comme des fonds de puits, autour de fontaines
en ruine faites avec des flèches de clochetons
romantiques, ou des débris d'aqueducs romains,
s'étirent entre de hautes maisons paysannes,
raides comme des falaises, sans fenêtres, à peine
trouées d'une ou de deux lucarnes d'où dépassent,
comme de nids d'aigles, des touffes de paille,
des branchages de fagots ; se faufilent dans des
agglomérations compactes de maisons bourgeoises
qui se soucient d'alignement comme de charité
chrétienne, empiètent sur l'espace communal,

tordent la rue d'avancements, de montoirs, de marches d'escaliers, la couvrent de balcons, d'encorbellements, de loggias à la turque ou à la florentine, aux vitres collées de papier vitrail, et que l'humidité et l'ombre rendent noirâtres et rouillées comme de vieilles lanternes de coche oubliées dans les caves d'une ancienne auberge de roulage; des rues qui font brusquement demi-tour et rentrent sous terre comme des lombrics dès qu'à la périphérie des murs elles arrivent devant le rutilant espace où l'été joue sous les saules verts et les peupliers vermeils.

(Je prends en ce moment un grand plaisir à l'aventure de la phrase. Elle va dans au moins cinquante petites capitales de barons de ce pays.)

Beaucoup de ces rues sont en escaliers et montent vers des quartiers appelés la Souillarde, ou la Pouilleuse, ou le Château. Les larges marches sont pavées de petits galets ronds laissés tels qu'ils sont sortis du lit du torrent. L'herbe pousse entre ces pavés. Les lapins domestiques des maisons voisines (où on les garde dans des caisses qui à la fin sont brûlées d'urine) viennent jusque-là pour brouter. Ils ne sont effrayés ni par les chiens ni par les chats qui les reniflent et les contournent prudemment. Ils ne peuvent plus sauter; ils ont des ventres gazeux énormes et ils se contentent de taper de leurs pattes de derrière et de remuer leurs longues oreilles. Des jets de lauriers, des lilas d'Espagne, des orties montent avec la rue, d'escalier en escalier. De loin en loin, un rideau de raphia devant une porte basse et dont l'encadrement lancéolé porte encore blason, martelé ou intact, ou simplement usé de vent, signale une maison habitée. Quelquefois, l'habitant met son visage au carreau. D'autres fois, si c'est le plein été, il a sorti un escabeau. C'est une vieille femme qui dort, ou qui marmonne, ou qui rêve, ou qui parle aux lapins qui ne lui appartiennent pas ; mais précisément, parce qu'ils appartiennent à une de ces femmes d'en bas à qui elle ne parle pas, elle parle aux lapins ; ou bien elle écoute le vent.

Il y a un vent éternel sur ces pays. Et comme avec ces escaliers peu à peu on s'est élevé plus haut que les toits des maisons, on l'entend. Plus haut, il y a de petites terrasses de terre avec un olivier et quatre plants d'artichauts ; et un olivier et quatre raies de petits pois ; et un pêcher et quatre raies de haricots ; et un abricotier et une planche d'épinards ; et un petit cerisier de griottes près de quatre choux, et de vieilles jarres enfoncées dans la terre qui font citernes, à côté desquelles il y a toujours une boîte en fer blanc, boîte à sardines, boîte de harengs marinés (du temps des sardines et des harengs marinés) qui sert à puiser l'eau dans la jarre et à la verser dans la petite canalisation d'arrosage.

La ruelle en escalier continue à monter peu à peu à travers les jardinets de Babylone car, auparavant, ici, elle passait à travers des maisons, et ce qu'on bêche sur les terrasses ce sont les poussières de petits palais campagnards ; et les murailles qui soutiennent ces terrasses sont faites avec les pierres des salles de garde, des chambres d'écuyers, de beaux escaliers tournants, des voûtes. Et on arrive ainsi sur le sommet du tertre. Si c'est le printemps, il y a ces beaux amandiers des terres pauvres, si nobles, si sveltes, modelés de vent ; si passionnés qu'ils en sont noirs et tordus comme des martyrs de bûchers, mais couverts de fleurs roses ou légèrement vertes dans un blanc de neige sentant l'acide prussique et le miel. Il y a toujours des chênes ; ils sont même parfois alignés comme pour faire une allée ou une promenade ; et on dirait une gracieuseté faite par des ours. Il y a des ronces, et soudain, dans un coup de mailloche du vent sur le ciel tendu, tant d'espace solitaire qu'on est tout étonné d'entendre en bas le klaxon d'une auto ou la mise en route d'une scie circulaire qui commence un solo américain dans ce concerto pour vent et orchestre d'instruments anciens.

Toute la ville est en effet là, aux pieds : et par les fentes de sa carapace de tuiles on voit ses ruelles profondes. Dans une de ces rues, très solitaire (elles le sont toutes, mais celle-là l'est plus que toutes : de tout l'hiver elle ne dégèle pas), entre deux belles maisons pourries décorées d'arcs, de fenêtres à meneaux et de linteaux historiés s'ouvre une porte qui donne sur un couloir, au fond duquel on arrive dans une petite cour de trois mètres carrés verte de mousse. Dans un coin de cette cour qui est sombre naturellement, une porte vitrée sur laquelle on a l'impression, tout à coup, qu'on a peint en couleurs vives une de ces magnifiques et extraordinaires cellules de moines du Moyen Age, immenses, dans lesquelles il y a tout le couvent, ses bibliothèques, ses chapelles, ses couloirs, ses carrelages de mosaïques, ses animaux familiers depuis le paon jusqu'au rat, les écuelles de faïence et, par la fenêtre du fond (grande dans le tableau comme l'ongle), tout un envol dans un paysage italien.

(Je pense au *Saint Jérôme* d'Antonello. J'ai reçu une reproduction sur carte postale du *Saint Jérôme* d'Antonello en 1939, au fort Saint-Nicolas pendant que j'y étais en prison. La carte postale venait de Hollande et mon correspondant inconnu me disait : *Isn't this an ideal studio ?* — Est-ce que ça n'est pas un studio idéal ?)

On entre et on est dans le tableau, qui n'est pas un tableau du tout, mais simplement la réalité. C'est un cabinet d'affaires. On a eu l'illusion parce que, par la porte vitrée, on a vu en effet la construction d'un intérieur moyenâgeux et monastique, tapissé d'étagères sur lesquelles sont alignés des dossiers, des minutes, des liasses de documents, d'actes, et qu'au fond de la pièce, devant une fenêtre violemment émaillée par un jardin illuminé sur lequel elle donne, de haut, il y a un vieux pupitre à écrire soutenant de grands in-folios ouverts. Ce sont des cadastres. Ces cadastres ne devraient pas être là. Ils devraient être dans une salle spéciale de la mairie où tout le monde pourrait aller les consulter. Mais ils sont là. Et si on veut les consulter, il faut venir là. Cela ne se passe pas du temps des rois ; cela se passe actuellement, en 1946 pour préciser. Et, en 1947, 48, 49, 50, etc., les cadastres seront encore là, sur ce pupitre. Cet endroit est un endroit suspendu à la cardan dans les tangages et les roulis de la *gloria mundi*.

Si on a une affaire particulière qui demande qu'on consulte le cadastre, vous viendrez là où vous ne le consulterez pas. La loi veut que ce cadastre soit à votre disposition dans une salle de la maison commune et vous avez le droit (c'est inscrit) de le consulter à votre gré. Mais, vous viendrez le consulter ici ou vous ne le consulterez pas. Ceci n'est inscrit nulle part, mais c'est ce qui est.

On ne fait d'ailleurs aucune difficulté pour vous le laisser consulter, au contraire, on vous en prierait presque. Et on ne vous demande rien de votre affaire, au contraire, on parle gentiment avec vous de choses et d'autres. Si on pouvait déceler une ruse quelconque dans la conversation qu'on vous tient, ce serait plutôt précisément la ruse de parler d'autre chose.

Celui qui vous parle ne s'approche pas de vous. Il se tient au moins à cinq ou six mètres (ce cabinet est immense : il a plus de quinze mètres de côté ; c'est un ancien économat de couvent) et il vous tourne le dos ; avec ostentation même ; et il fume un mégot de cigarette ; et il a les mains dans les poches ; et il regarde le plafond. Si vous vous embrouillez, si vous ne trouvez pas la page qu'il faut, si vous demandez conseil, il s'éloignera de vous encore de quatre ou cinq pas, s'enfonçant encore un peu plus profond dans l'ombre de la vaste pièce et il vous dira : « Non, non, cherchez, je n'ai pas le droit ; je ne me mêle que de ce qui me regarde. » Ce n'est que parfois, de guerre lasse, et avec des gens dont il est sûr de la nullité qu'il dit, sans se retourner et sans sortir de l'ombre : « Vous l'avez passé, c'est trois pages avant. » Ou :

« Prenez le folio quatre, c'est dans le milieu » ou :
« Sous votre main gauche, dans l'angle du bas ; il
y a une demi-heure que vous le regardez. »

Si le renseignement que vous êtes venu chercher
doit vous aider dans un litige ou dans un achat
intéressant, une vente difficile, un partage, une
combinaison de jouissance, de nue-propriété, un
différend de bornage, une indivision, vous allez
partir et vous allez faire votre affaire avec un
notaire de Buis ou d'ailleurs, de Séderon, de
Sainte-Jalle ou de n'importe où. Vous pouvez
accumuler les notaires, les huissiers, les avoués et
les officiers ministériels, en monceaux, en trophées,
en pyramides et en ce que vous voudrez. Vous
pouvez les faire déployer suivant l'art de la guerre
de Machiavel, ou à la méthode Boer, vous n'arri-
verez à gagner que si l'homme au mégot de cigarette le veut. Il a, tout de suite après votre visite,
ou un peu avant, selon les circonstances, préparé
ses combinaisons, et vous ne gagnerez (mais alors
avec une facilité surprenante) que s'il a intérêt
à ce que vous gagniez. Et s'il a intérêt à ce que
vous perdiez, vous perdrez ; feriez-vous appel au
procureur de la République ou au ministre de la
Justice. Ces deux derniers d'ailleurs, s'ils avaient
une entrevue avec le bonhomme défendant son
intérêt, c'est-à-dire en pleine action, seraient
enfermés dans une maison de santé pour le restant
de leurs jours après vingt minutes de conversation.

C'est un nommé (le nom me viendrait si j'en
avais besoin). Il a cinquante et quelques années.
Célibataire. Il roule ses cigarettes lui-même avec
le tabac d'un paquet de gris qu'il garde tel que

(il découpe juste le dessus qui sert de couvercle)
dans la poche droite de sa veste. Il fait de petites
cigarettes dures, très serrées qu'il allume dix fois,
puis finalement il les suce pendant des heures.
Il est extrêmement ordinaire. Il a du linge propre :
pas plus propre que celui de tout le monde. Il
achète ses chemises au marchand de chemises de
Buis. On les lui sort de papier cellophane. On
lui dit que M. le docteur a acheté la même, et le
notaire aussi, et l'huissier aussi, et le pharmacien
aussi, et le garagiste. Alors, il achète la même.
Il a aussi des cravates comme tout le monde, qui
ne se voient pas. Il garde ses costumes le plus
longtemps possible. Il en prend soin lui-même.
Un costume auquel on est bien habitué est très
agréable pour tout le monde, aussi bien pour
celui qui le porte que pour ceux qui le regardent.
Il a choisi une qualité de gens dans laquelle il veut
qu'on le classe. Il est comme le docteur, le notaire,
l'huissier, le pharmacien, le percepteur, le contrôleur, exactement pareil : pas plus, pas moins. Il
a une très forte protubérance du front entre les
deux yeux, juste au-dessus du nez ; et des regards
très vifs ; mais il porte des lorgnons. Petite moustache qui ne dépasse pas la bouche et le ras des
lèvres. Heureusement, rien de sensationnel sur
le visage : ni laideur ni beauté. Voix égale : jamais
de cris, jamais de disputes, jamais un mot plus
haut que l'autre. Il va au café, comme tout le
monde. Régulièrement, comme tout le monde.
Il joue aux cartes. Avec le docteur, le percepteur,
le contrôleur. Si on discute politique, il écoute.
Si on crie aux cartes, il cède. Toujours. C'est le

contrôleur qui crie. Il est plus jeune. De peu, mais il a des intrigues (peut-être pas grand-chose au fond, quoique ce soit avec des femmes mariées). C'est pourquoi il crie aux cartes. L'autre cède. Toujours. Parfois même si, à force de crier, le contrôleur s'est fâché provisoirement avec les deux autres partenaires, lui non. Il s'arrange même, ces soirs-là, pour raccompagner le contrôleur jusque chez lui. Sans aucune obséquiosité. Faire quelques pas. Amical. A tour de rôle il fait pareil avec le docteur et le percepteur. Si on met sur le tapis une question qu'il connaît comme sa poche : il écoute. Il est très généreux de son tabac. A la longue, si c'est la dixième fois qu'on lui en demande, il fait comme tout le monde, il dit : « Alors, vous n'avez que votre bouche pour fumer ? » Mais gentiment. Il prend pension officiellement à l'Hôtel de la Poste depuis plus de vingt ans. Mais, le dix-neuf du mois, si c'est un mois de trente, et le vingt si c'est un mois de trente et un, il va manger pendant trois jours à l'Hôtel de la Fontaine, pendant deux jours à l'Hôtel des Allées, pendant deux jours au Café de la Bascule (qui fait restaurant), et les quatre jours suivants, un jour chez chacune des quatre gargottes à bergers, bûcherons et paysans qui sont chez les mères Machin-Chose par-ci par-là dans les rues. Il a réglé cette affaire-là il y a vingt ans avec beaucoup de prudence et d'amabilité, à l'époque. Il paie d'ailleurs son mois complet à l'Hôtel de la Poste qui n'est lésé en rien. Chez les autres, il arrive comme un habitué et mange à table d'hôte. Chez les mères Machin il flatte un tout petit peu la

123

cuisine et, de temps en temps (deux ou trois fois au plus par an), il s'arrange pour faire, pendant qu'il mange, un petit clin d'œil à la patronne. C'est rare, précisément, et c'est beaucoup. Comme le mois de février n'a que vingt-huit jours, il enlève un jour à l'Hôtel de la Fontaine et un jour à l'Hôtel des Allées dont la clientèle est à peu de chose près la même qu'à l'Hôtel de la Poste. Les années bissextiles, il s'arrange tantôt avec l'Hôtel des Allées, tantôt avec l'Hôtel de la Fontaine, mais jamais au hasard. Dans la rue, il salue. Aux gens qui sont habillés comme lui, il donne un coup de chapeau ; aux dames, il ajoute la petite inclinaison de tête qu'on fait ici. Aux commerçants qui sont sur le pas de leur porte, il lève le chapeau et il courbe un peu sa marche vers eux comme s'il allait leur parler. Mais il ne leur parle pas et il ne leur sourit pas. A moins que, le voyant venir, le commerçant ait fait un pas en avant et soit descendu de son seuil ; alors, il ralentit et il courbe plus fortement sa marche vers eux, et quelquefois, on dirait que sous sa moustache il a un tout petit sourire engageant. Mais c'est alors que ce commerçant-là vient d'avoir des traites protestées, ou qu'il a une faillite en train de voltiger autour de ses oreilles ou, au contraire, actuellement, il faut que ce soit à la veille d'un échange de billets, d'une déclaration d'impôt de solidarité, ou plus couramment d'un suintement de marché noir. Les paysans, il les salue de leurs prénoms ; les vieux, il les appelle père. Si, pour une raison toujours précise il parle à quelqu'un dans la rue, ses trois premières phrases touchent en plein dans le domaine affectif de son interlocuteur et exactement à l'endroit sensible. Ça a beau n'être qu'une arrière-petite-cousine qui est malade ou qui divorce et que ce soit à l'autre bout de la France, si, du temps de votre jeunesse, vous avez fait un peu la cour à cette cousine, ou s'il y a une raison quelconque pour que cette cousine lointaine ait une place particulière dans votre façon de penser, les trois premières phrases seront destinées à cette cousine. Elles auront un certain tour s'il s'agit de maladie, et un autre tour s'il s'agit de divorce. Si vous allez bien, si exactement tout votre parentage va bien, si tout va bien (si tout allait vraiment bien, il ne vous parlerait pas. S'il vous parle, c'est qu'il y a quelque part quelque chose, pour si infime que ce soit, qui ne va pas bien pour vous ; admettons donc que tout aille bien) ses trois premières phrases iront droit dans un endroit de vous-même qui a besoin d'affection, de compréhension grave et d'amitié. Et tout ça vous sera donné. Les phrases suivantes aborderont le sujet ; il y en aura à peine deux ou trois dans lesquelles vous vous sentirez comme écorché à vif et la dernière sera immanquablement : « Passez me voir au bureau. » Mais, au bureau, il se servira d'un autre langage. Quand il y a un conseil de révision, il sait exactement qui est *pris bon*, qui est ajourné, qui est réformé. Les conscrits qui sont *pris bons*, il connaît leur affectation, le numéro du régiment, de la compagnie, le nom de leur adjudant, des sergents et du cantinier de la caserne. On dirait qu'il l'inscrit. Très exactement il l'inscrit. Il a des fiches par bourgs, par villages, par hameaux, par fermes, par familles, puis personnelles pour tous les membres de la famille, sur quelles fiches il a consigné sans équivoque tous les événements jusqu'à une rougeole, jusqu'à une préférence de papier à cigarettes ; ces fiches sont constamment tenues à jour et constamment consultées, constamment remises en mémoire. Mémoire excellente, sans un trou. Vous habitez à cinquante kilomètres de là, vos affaires vont bien, vous ne le connaissez pas, vous ne savez même pas qu'il existe ; il sait que vous existez, il vous connaît. Tout indique qu'il n'aura jamais besoin de ce qu'il sait de vous, mais vous ne pourrez pas téléphoner au docteur sans qu'un quart d'heure après le fait soit mentionné sur votre fiche, que le soir, au retour de sa partie de belote, il complétera du diagnostic et de tous les renseignements complémentaires. Et votre fiche sera revue tous les jours, comme il revoit toutes les autres. Il se permet chaque jour cinq secondes par fiche ; il les connaît par cœur, la vôtre aussi ; et il regardera la vôtre pendant cinq secondes chaque jour jusqu'au jour où, si vous le rencontrez pour le bon motif (on ne le rencontre jamais autrement), il sera le maître. Il est serviable. On a institué des visites médicales scolaires. Le médecin visiteur était assisté d'une assistante sociale. Cette jeune fille qui était chargée d'établir les fiches des enfants mangeait à l'Hôtel de la Poste. Il ne lui a pas plus adressé la parole qu'aux autres hôtes. Mais elle a eu la grippe. Il s'est proposé pour la remplacer provisoirement. Et il l'a fait. Très soigneusement. Il emportait même du travail chez lui pour le finir. La maladie de la jeune fille a duré une semaine pendant laquelle il a visité toutes les écoles du canton. Quand l'assistante sociale a été rétablie, ses fiches étaient toutes parfaitement à jour. Elle a voulu lui faire un petit cadeau. Il a accepté sans rire un stylomine en métal blanc. Il a rendu d'immenses services à des quantités de gens. Des services totalement désintéressés. Cela dénote même une sorte de bonté inhumaine. Il y avait six hommes d'affaires dans le canton et les trois cantons voisins. Ces hommes-là pratiquaient l'usure, naturellement. Ils ont tous, une fois ou l'autre, trouvé un os dans ce qu'ils mangeaient. Ils étaient habitués à un certain laisser-aller ; leur clientèle n'était pas tout à fait sous une vis à pressoir, elle ne faisait que leur abandonner les trois quarts de bénéfices si considérables que le dernier quart la contentait. C'était de l'usure bon enfant et donc, légèrement téméraire ; mais ça marchait de père en fils depuis toujours sans aléa, par convenance tacite. Le premier a achoppé sur un petit bout de note tracé au crayon, de sa main, au dos d'une vieille enveloppe. Ça a failli se terminer en Cour d'assises. On a tiré sur ce petit scandale de bout de note et puis, un à un, les scandales sortaient l'un après l'autre du même endroit comme les lapins du chapeau de Robert Houdin. Le procureur de la République en était vert. A la fin, on ne sait qui donna quelque part un tour de clef et ça s'arrêta à la limite des travaux forcés à temps. Le second, très impressionné par l'histoire, trouva devant lui un type très simple : un bûcheron, qui ne savait ni lire ni écrire, avait soumissionné dans une adjudication par personne interposée, parlait à peine le français et vivait dans les bois. Et soudain, le peu de français qu'il parlait devint singulièrement éloquent ; si éloquent que l'homme d'affaires qui s'occupait de lui préféra mettre les clefs sous la porte. Les quatre autres hommes d'affaires essayèrent de limiter les dégâts dans leurs propres terrains de chasse et se mirent en sommeil comme des marmottes. Mais il semblait que le ciel avait pris à tâche de ne pas les laisser dormir ; ils furent dégoûtés, jour après jour, de plus de cent fantômes, œil de Caïn, main de Macbeth, convocations anodines mais répétées au chef-lieu, tantôt chez le préfet, tantôt chez le juge, tantôt chez le procureur. C'était le plus souvent pour un mot, un renseignement, une précision à donner, mais le cœur avait eu le temps de battre. Finalement, les uns et les autres se décidèrent à la retraite (et totale) ou à l'exil (et loin). Mais, tous les six furent obligés (le premier avant d'entrer à la prison de Valence, et les autres avant leur fuite) de venir passer un petit moment dans la cellule monacale à l'Antonello de notre *Saint-Jérôme*. Ils lui apportèrent les uns et les autres des sacs de papiers qu'il promit de brûler. Et, très ostensiblement d'ailleurs, quelques jours après, il mit le feu à sa cheminée en brûlant des papiers.

Il est de Nauteuil-le-Haudoin (Somme ou Picardie). Il est arrivé ici pendant la guerre de 14, vers la fin de 1915, en convalescence de blessure. Croix de guerre avec palmes. Réformé presque tout de suite. Il était seul. Il se présenta chez maître T., le vieux notaire, qui gérait en outre l'étude du concurrent plus jeune et mobilisé. Il montra des titres de licencié en droit et demanda du travail. Maître T. avait déjà un premier clerc, très suffisant, un boiteux. Il dit qu'avec tout son bon vouloir (les études, quoique provisoirement jumelées, étaient en sommeil depuis la guerre), il n'avait qu'une place de saute-ruisseau indigne d'un licencié en droit titulaire de la croix de guerre avec palmes. L'impétrant répondit que tout cela lui convenait au contraire très bien. Avec des appointements de grouillot il travailla jusqu'à quatorze et quinze heures par jour, nettoyant les litiges et les suspens que le boiteux avait laissés s'accumuler, ne demandant en échange que la permission de rester au bureau qui, disait-il, était plus confortable que sa chambre d'hôtel (et chauffé l'hiver) pour y préparer son examen de notaire et y poursuivre ses « petits travaux particuliers » (il laissait entendre qu'il préparait une mono-graphie historique, économique et législative du canton, pour se distraire ; on était porté à être très indulgent pour le genre de ses distractions à cause de sa licence, ses palmes, sa blessure, et surtout sa solitude). En 1917, l'huissier d'ici fut tué dans une attaque contre le point X aux Eparges. Ç'avait été un homme violent. Notre *Saint-Jérôme*, sans abandonner le notariat, s'occupa de gérer l'étude de l'huissier pour la veuve. Il n'était pas un homme violent et il continua, au surplus, à noter, colliger et recopier les documents néces-saires à sa « monographie ». Elle partait pour être sans aucun doute, un ouvrage considérable. Plus encore qu'on ne croyait car, exactement le 11 novembre 1918, en pleine soûlographie de victoire, il en fit déménager les documents qu'il avait entreposés chez l'huissier. Il y en eut plus de vingt charretons. Le charreton, traîné par deux ferlampiers, à moitié saouls, fit plus de vingt fois la navette entre la maison de l'huissier et la cellule à l'Antonello qu'il avait louée, six mois auparavant avec bail, trois, six, neuf. En période normale, ce transfert, qui dura tout l'après-midi, aurait attiré l'attention. Ce jour-là, il passa parfaitement inaperçu. Au début de 1919, *Saint-Jérôme* remercia tout particulièrement le notaire et tout particulièrement la veuve de l'huissier. Cette dernière était une forte femme moustachue et méfiante ; elle était des Basses-Alpes et, « Bas-Alpin coquin » comme dit le proverbe, et le coquin soupçonne toujours. Malgré la victoire, elle avait vu charger les charretons. Du 11 novembre 1918 jusqu'au début de 1919 où *Saint-Jérôme* lui donna, pour ainsi dire, sa démission, elle se leva toutes les nuits à deux heures du matin ; et, de deux à six, elle faisait l'inventaire de ses dossiers et de l'apuration des comptes. Mais, le jour où la démission fut donnée, on ne sait ce qu'elle avait trouvé dans ces inventaires et apuration, mais elle accabla *Saint-Jérôme* de prévenances, de gentillesses, qu'il accepta sans sourire. On aurait dit même qu'elle était un tout petit peu lèche-bottes. Les huissiers de petits bourgs, vous savez, ont souvent un squelette dans le placard. Le vieux notaire — le jeune notaire était revenu — ne fit pas tant d'histoires. Environ six mois après, une très belle affaire qu'il avait soigneusement préparée depuis au moins deux ans lui claqua brusquement dans les doigts ; en même temps qu'elle claquait dans les doigts de son jeune confrère. Il dit au boiteux : « Regarde donc un peu le vieux dossier, Scipion, si par hasard on ne m'aurait pas *égaré* les notes concernant le domaine de Barème. » Le boiteux regarda et dit que non ; elles étaient là. « Parfait », dit le notaire. Lui aussi se leva vers les deux heures du matin pendant plus d'une semaine. A peu près un mois plus tard il rencontra *Saint-Jérôme* et il lui dit très gentiment : « Et cette monographie, ça marche ? — J'allais justement vous en faire hommage », dit *Saint-Jérôme*, tirant un opuscule de sa poche. En effet, elle était imprimée à l'Imprimerie centrale de Valence et elle avait presque deux cents pages.

On avait installé une municipalité bleu-horizon. On s'occupa aussi des Anciens Combattants. *Saint-Jérôme* ne fit pas de politique, mais s'occupa des Anciens Combattants. Le maire était un ancien combattant ; il avait aussi une palme sur sa croix de guerre. Un des premiers actes du Conseil municipal fut de faire recrépir à neuf la salle des délibérations de la mairie. Les maçons dressèrent des échafaudages, frappèrent les murs à coups de picosse, firent fumer du plâtras et voltiger du mortier. C'est là-dedans que *Saint-Jérôme* vint tranquillement s'installer pour consulter le cadastre qu'on avait recouvert d'un drap. Il avait mis, pour la circonstance, un petit veston d'alpaga noir. Les maçons furent obligés de surveiller leurs truelles et leurs pinceaux, mais rien n'est plus fuyant que le plâtre. Le maire arriva en traînant sa jambe (il était proposé pour la médaille militaire) : « Mais, camarade, vous êtes très mal là pour... qu'est-ce que vous faites ? Vous consultez le cadastre ? » *Saint-Jérôme* lui parla de monographie et de... monographie et de... évidemment, solitude dans laquelle les déracinés comme lui étaient définitivement repoussés par les temps modernes.

(On parlait déjà de temps modernes dans ce temps-là ; on parle de temps modernes à toutes les époques, et cette locution est particulièrement désagréable à tous les proposés à la médaille militaire.)

« C'est que, dit le maire, je n'ai pas d'autres pièces disponibles, et ça a l'air de vouloir durer assez longtemps ce travail-là, d'autant qu'après la pièce serait humide du temps que les plâtres sécheraient, et où avez-vous été blessé ? Au moulin de Laffaux. Je veux dire dans quelle partie du corps ? A l'épaule. Il reste toujours une certaine propension aux rhumatismes, et les murs nouvellement crépis ne sont pas très indiqués pour les blessures à l'épaule, d'autant que cette pièce est exposée au nord et qu'elle va mettre au moins six mois avant d'être sèche ; dites donc camarade, et si vous les emportiez chez vous ces cadastres ? Est-ce que ça vous gênerait ? Si d'ici là quelqu'un a besoin de les consulter, il ira chez vous. Vous aurez la bonté de l'accueillir. »

Et maintenant, si tu affrontais ton Saint-Jérôme de Buis-les-Baronnies au Charlemagne de la haute vallée de l'Ouvèze, est-ce que ça ne ferait pas des étincelles, tu crois ? J'ai l'impression que ça en ferait. Et cet affrontement n'est-il pas naturel ? N'a-t-il pas tout ce qu'il faut pour ne pas paraître combiné et pour les besoins de la cause ?

Toutes ces terres avec leur sillons orientés, leurs plantations orientées, leurs écoulements d'eau et leur viabilité orientés vers cette maison capitale, est-ce qu'elles ne sont pas marquées sur le cadastre avec des numéros de folio, des contenances en hectares, ares et centiares ? Bien sûr qu'elles y sont. Est-ce que, étant donné l'importance du morceau, n'importe quelle guerre, de Trente ans ou éclair, menée contre ce royaume ne pourrait pas être profitable, soit en petits émoluments réguliers, soit par de gros butins immédiats ? Est-ce que Saint-Jérôme, dans sa cellule à l'Antonello, n'a pas, sur ses étagères et sur ses cartes, tous les documents nécessaires pour combiner toutes sortes de dépêches d'Ems, Fachoda, Agadir, Diète de Ratisbonne et autres camps du Drap d'or ? Et est-ce que des combinaisons de ce genre et leurs variations à l'infini ne sont pas sa raison d'être ? Est-ce qu'il n'est pas le spécialiste des *échec et mat* en quarante-cinq coups thématiquement parfaits dans lesquels tout est nécessaire et tout s'enchaîne, depuis la cigarette offerte en 1923 jusqu'à la prise de possession du domaine en 1938 ?

Charlemagne, lui, n'est pas tombé de la dernière pluie. C'est bien pourquoi cela doit faire des étincelles énormes. Tous les combats de Saint-Jérôme, jusqu'à présent, ont été plus ou moins des coups fourrés. Il n'y a même pas eu de cliquetis d'armes. A peine s'il reste sur les victimes le léger bossellement de terre qui couvre le corps des légionnaires que César abandonna le long des routes forestières de Gaule. Saint-Jérôme est plutôt un terrassier qu'un soldat : il ne donne jamais l'assaut ; il présente à ses adversaires des travaux de siège si parfaits que, dégoûté de toute résistance, on apporte les clefs sur un plateau. C'est d'ailleurs la seule chose qui reste à faire. Charlemagne est un soldat. Il a la brutalité d'un lansquenet du baron des Adrets. Des deux adversaires, c'est le seul qui, dans un cas désespéré, est capable de faire appel à la force physique. Saint-Jérôme passera des années à étudier le nœud gordien ; neuf fois sur dix il le dénoue ; la dixième fois il n'échoue pas ; il remet patiemment en question, en tenant compte d'une multitude de conditions nouvelles. Charlemagne essaye aussi de défaire le nœud — d'abord — mais pendant qu'il essaye, de temps en temps il touche la poignée de l'épée ; à la fin il tranche : dix fois sur dix. Il perd la corde, c'est entendu, mais le nœud est défait.

Naturellement, il n'est pas question ici d'un combat entre Olivier et Roland avec toutes les villes de la vallée du Rhône en attente et en prières pendant que les paladins... ni d'un combat pour le titre de champion du monde à Madison Square Garden. Non : ça va être un travail de mines et de contre-mines.

Voyez par exemple Charlemagne à une foire de Buis. Son avarice est si majestueuse depuis le temps qu'elle s'exerce, et se distille, et s'alcoolise dans le sang de tous ses générateurs le long des siècles, qu'elle a la puissance totale des plus magnifiques vertus. Elle va jusqu'à la générosité (qui est la plus épaisse des barrières, la plus épineuse de toutes les haies, le fossé le plus profond dont on puisse entourer une position quelconque). Quant à l'aimable et à tout ce qui fait ici qu'on aime un homme, rien n'en donne plus que le bien ancien qui ne fait tort à personne, ou qui a fait tort en tout cas depuis si longtemps, que c'est comme s'il n'avait fait tort à personne, et qui pose donc, gratuitement si on peut dire, son propriétaire, lui donne, de droit presque divin, l'entregent et la main de justice. Regardez-le aller d'abord à ses affaires ; et comme elles sont vite conclues, à son avantage naturellement, mais exactement comme on s'y attendait. Et maintenant il va à travers les groupes, et les uns et les autres, en quête de casuel, d'aventures et d'occasions. Et dites-moi si, à le voir ainsi, on aimerait l'attaquer de face, au grand jour, devant tout le monde, et si on aurait le toupet de résister à la clameur de haro ?

Ça ne sera certes pas Saint-Jérôme qui commettra cette imprudence. Et peut-être même qu'actuellement il ne se montrera pas sur le pré de foire ; certainement même il ne s'y montrera pas. Il restera dans sa cellule à s'occuper d'autres choses ; à s'occuper de petits grignotages sans rapport. De même : il est bien entendu qu'il en veut à tous ces hectares *d'un seul tenant ;* mais vous croyez que c'est ça qu'il va attaquer de face ?

Il y a au moins vingt ans que, tout seul ici dans sa cellule, il a joué la première pièce de plus de dix mille parties simultanées. Il y a des échiquiers en train depuis vingt ans sur lesquels on n'a pas joué deux coups ; l'adversaire n'est même pas prévenu que la partie est commencée. Saint-Jérôme s'est simplement octroyé les *blancs et le trait*. Cela posé, les combinaisons sont possibles. Quand il faudra que l'adversaire vienne jouer, on le lui dira. En attendant, supputons les éventualités et leurs conséquences, et conséquences des conséquences. L'étude des variations peut prendre vingt ans. Que croyez-vous que fait Saint-Jérôme sur son lit de sangle (il couche dans sa cellule) les yeux au plafond immobile ? Que croyez-vous qu'il fait ? Qu'il rêve ?

Savez-vous pourquoi le 3 septembre 1921 il était, vers les sept heures du soir, à trois kilomètres de Sainte-Jalle, au bord de la route, avec un vélo à plat, *faisant le stop* des automobilistes ? Non ? Eh bien, lui le sait.

Avez-vous imaginé que cette partie se jouait avec des huissiers, du papier timbré, des assignations ? Qu'est-ce que vous voulez timbrer ? Qu'est-ce que vous voulez assigner que Charlemagne ne puisse *détimbrer* et *désassigner* avec de l'argent, ou simplement sa bonne foi, multipliée par sa grosseur ? Savez-vous que, de sa maison capitale à la cellule à l'Antonello il y a trente petits kilomètres et, en camionnette, il faut une demi-heure pour venir de là-bas ici ; il faut une minute pour entrer ici dedans ; il faut ensuite deux secondes pour y faire exploser un scandale à se faire entendre de Valence, de Lyon, de Paris, et même des *pires sourds*. Et si on commettait la bêtise de le pousser dans ses derniers retranchements — ce qui est toujours possible contre n'importe qui avec des hommes de paille, témoins à gages et prix qu'il faut — ce serait finalement un jeu de dupes, car il a au moins cinq fusils de chasse et assez de *foutre* pour s'identifier à la justice.

(Quelle belle image on a, ici, pour parler de la colère ; on dit : le foutre *m'a pris*. C'est presque du Dante.)

Mais Saint-Jérôme ne s'occupe pas de Dante. Il ne joue pas avec les chevrotines. Charlemagne peut se promener sur toutes ses frontières : elles ne sont entamées de nulle part ; rien ni personne ne touche à ses bornes.

Admettez seulement que Charlemagne n'ait pas d'enfants mâles ; ce qui est le cas. Admettez qu'il n'ait qu'une fille unique ; ce qui est également le cas. Voilà un moyen d'entrer sans toucher aux bornes. Remarquez que la combinaison est aussi belle avec un fils unique ; elle est peut-être même plus belle : elle a plus de développement et on doit faire appel à des velours. Mais le fait est qu'en l'occurrence ce n'est pas à un fils, mais à une fille unique qu'on a affaire. Cela pour dire, bien entendu, que tout ce mécanisme d'horlogerie et d'œil électrique n'a pas été monté pour aboutir finalement à un mariage avec la fille de Charlemagne : ce serait chasser les puces avec un canon et tant vaudrait alors à apprendre à bien tourner la valse. Et puis, quoi : marié, est-ce qu'on possède quoi que ce soit ? La dot, et encore ! Qu'est-ce que vous voulez que Saint-Jérôme fasse de la dot? Les espérances? Qu'est-ce que vous voulez qu'un joueur d'échecs fasse d'espérances? La femme? Qu'est-ce que vous voulez qu'il fasse d'une femme? Est-ce qu'il n'a pas mieux? *L'arrière-pays*, si on en a besoin, étant à la portée de toutes les bourses!

Mais on peut faire marier cette fille avec un homme; et, au préalable, on peut avoir poussé la partie avec cet homme à un point qu'il ne faut plus qu'un coup — ou deux, c'est encore plus beau — pour faire mat. Ça, c'est assez joli. On peut même, pour embellir, avoir fait jouer à cet homme une partie inconsciente. Il ne sait même pas qu'il a joué; qu'il a déplacé ses pièces; il ne sait même pas la signification du mot *mat*. Il l'apprendra, sur l'instant même où il sera mat. Quel parfait ouvrage de sapeur; et quelle belle économie de moyens! Qui peut se parfaire encore, et s'embellir car, sans jamais se montrer, on peut avoir poussé par en dessous et faire que ce soit Charlemagne lui-même qui ait choisi ce gendre. C'est un jeu d'enfant. Dans toutes les belles machines, d'ailleurs, c'est pareil; il ne faut qu'un effort minuscule pour mettre en mouvement des masses énormes. Saint-Jérôme est expert dans ces ajustages de leviers combinés. Charlemagne a cinq fusils et du foutre, mais il a aussi autour de lui cinquante kilomètres carrés de territoire dont les sillons, les plantations, les eaux et les chemins convergent vers lui. Il a un sang qui, depuis des siècles, sert de centre. S'il n'était pas orgueilleux, il ne serait pas Charlemagne, il serait Dieu.

Est-ce qu'il n'y a pas, du côté de Sainte-Jalle, un... je cherche le mot, parce que le mot peut créer d'abord un malentendu, que je dissiperai, bien sûr, par la suite, mais il vaudrait mieux ne pas le laisser s'établir, un château, une gentilhommière ? Je voudrais donner l'idée d'une de ces familles classiques, avec nom et pignon, pas du tout extraordinaire, pas romantique, au contraire ; du nom et du pignon auxquels on est parfaitement habitué : de la noblesse de père de famille ; mais noblesse. De grands bâtiments sur le plateau, dans des chênes, avec de la belle vue, des sauts de loup, des douves (ce sont ces mots qui risquent de créer un malentendu), des hypothèques. Un de ces endroits où, d'ailleurs, il ne pousse que des hypothèques, où les mains ne servent qu'à tenir des emblèmes (modestes : une toque de juriste, une lunette de capitaine de corvette, un anneau d'évêque) dans une galerie d'ancêtres, d'ailleurs dispersée chez des antiquaires depuis 1920. Le dernier du nom, célibataire et grand amateur d'automobile. Du billard pour Saint-Jérôme. Qui commence l'affaire avec un pneu de bicyclette à plat.

Charlemagne peut très bien avoir envie d'un type dans ce genre-là. Il n'est pas question d'illusion. Il s'en fout de s'appeler monsieur de. Mais, si sa fille s'appelait madame de...! Lui, il a tout : son royaume, son empire fonctionne depuis des siècles sans aléa. Des cerisaies dont les arbres sont plusieurs fois centenaires sont orientées vers lui. Qu'est-ce qu'il peut donner à sa fille ? Les cerisaies, elle les a déjà. L'orient des choses ?

139

Elle l'a. Qu'est-ce qu'il y a qu'elle n'a pas ? Elle a tout, elle aussi. Madame de... Ça, c'est à avoir.

Cette envie est extrêmement facile à déclencher : le docteur, le jeune notaire, le nouvel huissier, le patron de l'Hôtel de la Poste, ou ce grand charpentier qui mange chez la mère Machin peuvent très bien dire un mot (qu'ils n'ont pas été chargés de dire, mais qui est en l'air. Il suffit d'amorcer). Charlemagne en fait des pas et des pas, de long en large, sur ses terres, pour bien se gorger de l'orient des choses. Et il voit, là-bas sur l'aire, sa fille qui jette du grain aux poules.

Mais, cette fille, si on essayait un peu de voir ce que c'est ?

Sur cette aire où elle va, donnant aux poules, aux oies, pintades, pigeons, canards et dindes, quoique toute ventilée d'ailes qui battent autour d'elle et dispersent des éclairs de toutes les couleurs, elle est, physiquement, rouge écarlate : c'est la couleur d'une grosse jupe de laine qu'elle a. Quant aux traits, elle est assez florentine, c'est-à-dire le visage taillé à grands coups, mais *de maître*. Son menton est lourd et un peu double, c'est-à-dire qu'il fait un peu la poche en dessous ; elle a la bouche mince des visionnaires ; un grand nez ; et un front solide, pas très haut mais bien bombé. Elle vient du père. Et lui-même vient de ces perpétuelles *fuyardes de Montargis* qui, vers 1569 furent, une fois ou l'autre, saisies sous les ramées par les arquebusiers florentins des capitaines guisards ; dont les unes moururent ; dont les autres s'en allèrent faire fruit à l'ombre ; d'où

140

sort finalement la gloire de Dieu, diraient les anciens ministres.

Elle vient donc du père. C'est incontestable : il n'y a qu'à la voir, de quelle façon elle a fièrement armé son corps solide d'un jupon de laine écarlate et ce qu'elle en fait, en marchant, se baissant, virevoltant d'un pied sur l'autre pour se détortiller de toutes ces ailes affamées ; car elle est gaie.

Elle est gaie, mais pas du tout légère. Et si je pense à Saint-Jérôme, je suis tenté de dire « doucement les basses ». Car j'ai l'impression que, cette fille-là, c'est plutôt un endroit dans lequel éclatent les pistons, bugles, trompettes et cors d'harmonie. Je crois qu'elle est très exceptionnelle pour ces quartiers où elle est née. Je crois qu'elle est la fontaine de vieilles eaux historiques qui, après un long chemin souterrain de corps en corps, dans ce corps-ci ressurgissent.

Je ne veux pas dire que ce soit autre chose qu'une jeune paysanne ; c'est une jeune paysanne ; elle s'achète des bagues de deux sous au colporteur (même de nos jours. Le colporteur a fait du vélo pendant l'occupation, et maintenant il recommence à faire de la camionnette ; et il a toujours des bagues à deux sous ; mettons qu'il les fasse payer cent francs). Devant un éventaire de boutons assortis, de rubans et d'épingles anglaises enrichies de celluloïd colorié, elle est folle et vendrait sa vie pour patouiller dans ces richesses ; c'est une jeune paysanne. Mais, j'en connais qui ont été de jeunes paysannes, sont nées à S. (par exemple) et maintenant valsent dans de l'iris.

Elle a tous les orgueils du père ; elle a aussi son jugement, multiplié par mille. Orgueil, par exemple. Qu'est-ce que vous voulez qu'elle fasse de Monsieur de... ? Celui qu'elle choisira sera Monsieur de..., quel qu'il soit. Jugement ? Eh bien, mais, en effet, un tel jugement que c'est la vérité absolue : si elle choisit quelqu'un, il sera certainement Monsieur de... et même quelque chose de plus.

Et a-t-elle choisi ? Ah !

Eh bien, oui, elle a choisi. Et elle n'a pas eu à aller très loin pour choisir. Elle a choisi, sur place, à côté d'elle. Car il s'est trouvé que celui-là était précisément à côté d'elle. Hasard ?

Non.

On me dira : pourtant, ça n'arrive pas souvent, presque jamais ; c'est donc le hasard ? Non, non. Ça devrait arriver plus souvent. Et en réalité, quand ça n'arrive pas, c'est par un défaut de jugement ou un défaut de qualité. Elle a choisi un homme qu'elle connaît depuis l'enfance. Ils ont le même âge, ils ont été jeunes ensemble. Ils ont gardé les moutons ensemble. Ils sont allés à l'école ensemble. Ils n'ont pas fait la première communion ensemble parce qu'il a deux ans de plus qu'elle. Elle le connaît comme sa poche. Et, le connaissant comme sa poche, le voyant chaque jour longuement, plusieurs fois par jour, elle l'aime et désire vivre avec lui. Quelle description plus totale du parangon puis-je faire ? Il n'y a là aucun hasard : ils sont de la même race ; ils ont eu à résoudre les mêmes problèmes : elle l'a vu qui les résolvait d'une façon qui lui donnait — à elle —

toute satisfaction. Il habite une des trois autres maisons du hameau.

Ce serait trop beau s'il n'y avait rien d'autre. Et bien entendu qu'il y a quelque chose d'autre! Vous avez souvent vu marcher le monde, vous? Il y a que le frère aîné de ce garçon est un simple. Ça lui est venu après une typhoïde qu'il a eue à sept ans. Il y a naturellement que la famille est très pauvre. Il y a naturellement que la famille, étant très pauvre, n'est pas considérée, ni ici ni ailleurs. Il y a que le frère aîné de ce garçon est un simple, et on le rencontre au bord des chemins, ou près des haies, ou assis au pied des arbres, souillé de bave, inconscient, vide ; et c'est un spectacle qui ne prédispose pas à la considération.

La jeune fille n'en est pas troublée le moins du monde. Si elle rencontre l'idiot, elle lui dit : « Allons, Achille, *je te rentre.* » Et Achille se laisse rentrer.

« Qui m'aime, mon chien le sait » pourrait dire le garçon. Lui, c'est un beau jeune homme sain et robuste. Et il aime la fille d'un amour aussi paisible, indifférent à tout le reste. Si elle avait un frère idiot, il dirait : « Allons, Achille, amène-toi, je te rentre », aussi tranquillement que ce qu'elle le dit. Je sais qu'on n'a pas l'habitude de décrire l'amour de cette façon, mais c'est ainsi que je le décris. Ça n'est d'ailleurs pas si maladroit que ça. Et c'est juste du ton qu'il faut pour que je puisse me permettre de dire ensuite que le gentilhomme peut se fouiller. Et l'on se rend compte que c'est vrai. (En amour, un idiot n'est jamais tout à fait inutile.)

Pendant que le père regarde la fille en jupe écarlate, en train de jeter du grain à la volaille, et qu'il se dit : « Madame de...! »

Il finit par le lui dire à elle. Alors, tous les deux, ils entendent un beau silence, car la force de leur sang (qu'ils ont pareil) leur a bouché les oreilles. Ils voient autour d'eux trépigner, sauter et se battre les poules, les oies, les pintades, les canards, mais sans aucun bruit, comme au cinéma quand la machine qui fait le bruit s'arrête et qu'il n'y a plus que l'image qui s'agite dans une sorte de ronronnement.

La fille dit : « Je me tuerai. »

Or, Charlemagne en est arrivé au moment où il est tellement assuré de la solidité de son empire, il est tellement empereur qu'il s'est laissé aller peu à peu à se permettre la faiblesse d'avoir de la tendresse pour sa fille. Et il secoue les oreilles au milieu de cinquante images de filles pendues, de filles noyées dans des citernes, de filles qui boivent de la teinture d'iode, de filles vertes ; d'un vert bleuté qui est le complément exact de l'écarlate du jupon.

Mais, il faut que, toute affaire cessante, je vous parle longuement du voyage auquel j'étais résolu aux premières pages de ce livre, et que j'ai fait.

Je pris la micheline de sept heures du matin.

Je ne suis pas obligé de passer dans la ville pour aller à la gare. Je descends de la colline où ma maison est bâtie, je traverse un endroit qui

144

s'appelle Saint-Pierre, qui est le vaste cimetière où, en 1533, on enterra les vingt mille morts de la peste, devenu maintenant un quartier de jardins luxuriants ; je rejoins la voie du chemin de fer que je longe ensuite jusqu'à la gare. C'est beaucoup plus agréable que d'aller prendre le petit car dans Manosque. Cette descente de la colline est' déjà un très beau petit voyage. Je vais toujours par là, même au gros de l'hiver, quand il fait encore nuit à sept heures du matin, qu'il y a de la neige, qu'il faut s'aider d'une lampe électrique.

Ce matin-là, c'est septembre, et par conséquent il fait clair, vert et rose. Les grands ormes d'un petit parc que mon chemin longe pendant cent mètres sont bondés de mésanges et de rossignols ; dans les mûriers du ruisseau, des pelotes de rouges-gorges se battent, font un bruit et du tumulte de feuilles remuées comme s'ils étaient le vent. Les prés fument ; l'herbe est vernie des premières rosées de fin d'été. Le soleil est tout à fait sorti des Alpes, sur lesquelles dort le bleu des lointaines forêts. Il y a beaucoup d'échos dans le matin vide, surtout dans cet endroit que je traverse, car il porte, contrairement à l'habitude des terres de ce pays, de très grands arbres épais.

La veille, quand j'avais préparé mon petit bagage (il allait tout dans une gibecière que je m'étais fait construire par le bourrelier de Forcalquier) toute cette foule de personnages qui emplissait mes couloirs, mes escaliers et mes chambres s'était mise à sécher et à jaunir. Le jaune les prenait les uns après les autres, comme si un embaumeur prodigieusement habile s'était mis à les enlacer de bandelettes jaunes, de loin, à la manière des experts au lasso dans les rodéos. Ils étaient tout embaumés de sécheresse et ils faisaient un bruit de blé mûr, pendant que je plaçais les objets de toilette dans la première poche de la gibecière, les chemises, mouchoirs, cravates de rechange dans la deuxième poche, un livre ou deux dans la troisième (c'était *Discours politique* et *Histoire de Florence*). Ils ne parlaient plus ; ils n'agissaient plus ; ils ne se regardaient plus entre eux ; ils n'avaient plus de drames personnels : ils étaient comme la foule devant le palais d'Agamemnon après le premier cri de Cassandre.

Maintenant, dans l'air du matin, à chacun de mes pas, ils s'écroulaient comme de grands pans de murs. Les uns tombaient raides comme la justice ; d'autres, hydropiques de vent (si l'on peut dire) se crevaient en tombant comme de vieilles calebasses, mettaient à l'air de vieilles glaires sèches, des graines mortes, empaquetées dans des poignées d'étoupe. Mais, ils n'avaient pas l'aspect de cadavres, ni les uns ni les autres, et même ces graines de courges, de calebasses, luisaient encore dans leurs petites crêtes, malgré l'étoupe qui les entourait ; c'était plein de ressources. Les momies dans leurs bandelettes avaient l'aspect de gros bourgeons.

Il y a généralement de la place dans cette micheline de sept heures du matin. Elle ne vient que de Digne et elle n'a pas le temps de ramasser beaucoup de monde. J'ai un bon fauteuil, et à côté de quelqu'un qui ne craint pas les fenêtres ouvertes.

Je sens l'odeur de la vallée et sa fraîcheur quand

nous nous approchons du lit de la Durance. On va jusqu'à toucher des bords où le feuillage un peu mûr des peupliers, les saules épais et les aulnes rouges sentent le martin-pêcheur et le silex mouillé. Puis, on remonte vers des collines toutes cendrées de romarin et de sariette. Des vols de grives éclatent de chaque côté de nous.

J'aime mon métier. Il permet une certaine activité cérébrale et un contact intéressant avec la nature humaine. J'ai ma vision du monde ; je suis le premier (parfois le seul) à me servir de cette vision, au lieu de me servir d'une vision commune. Ma sensibilité dépouille la réalité quotidienne de tous ses masques ; et la voilà, *telle qu'elle est :* magique. Je suis un *réaliste.* Il faut se servir de cette micheline comme Rabelais se servait d'une baleine. Le reste est vanité, orgueil ; et solitude : la vision commune est solitude.

Autrefois, dès que j'étais seul, je rêvais à des Napoléonades de passions. J'ai fait mon compte. Je suis moins naïf. J'ai appris à mes dépens qu'il ne faut pas prendre la volée pour le bond et qu'il est indispensable, avant tout, de dissimuler comme une maladie secrète l'infernal besoin de croire.

Je ne veux pas être obligé de compter quand je donne. Mais je n'ai pas su comprendre que, dans ce cas-là, il fallait accepter d'être dupe. C'est une science dans laquelle je suis en train de me perfectionner lentement. Ce n'est pas l'amour-propre qui me gênait ; c'est qu'il fallait diminuer la confiance et en rabattre sur les questions de beauté générale. Prier, somme toute, qu'on remette son masque ; accepter la paresse d'esprit.

Il y a naturellement cent remèdes modernes ; mais je me sers d'une pharmacopée moyenâgeuse. Elle a l'avantage de ne pas me guérir tout à fait. Il y a tant d'occasions où il est bon de retrouver des rêves absurdes. C'est pourquoi je garde soigneusement un côté nigaud. J'admire ceux qui sont bien guéris et je reconnais qu'ils ont, sur le champ de bataille, une aisance plus séduisante que ma gaucherie et qui les rend neuf fois sur dix vainqueurs dès les premiers engagements de fer. J'ai autant de mépris que ce qu'ils en ont, mais je ne m'en sers pas. Je me sers de tendresse pour le cas où je serais en présence de la dixième fois où ma gaucherie remportera, alors, la seule victoire qui compte.

Bien entendu, de ce temps les années passent ; mais je préfère cette terrifiante sensation de bateau sans port qui fait de moins en moins d'erre et de plus en plus d'eau de toutes parts, à la malheureuse facilité de mépriser ce qu'il eût fallu aimer.

Le chemin que nous suivions, où est installée la voie ferrée de Manosque à Marseille, descend d'abord tout le long de la Durance ; à certains endroits il la frôle à un mètre. On est à côté des grandes eaux grises, on les voit se nouer et se dénouer dans les limons, puis, par la porte de rochers de Mirabeau, on entre dans une des premières plaines de Vaucluse. On la traverse de biais, vers des collines très romantiques, noires de pins, portant des châteaux à la Vauvenargues, dominées dans le lointain par le cimier bleu de

148

Sainte-Victoire. On monte lentement dans ces collines par des pentes raides jusqu'à Venelles où, sur le plateau, le train le plus poussif s'en donne tout de suite à cœur joie de décrire au milieu d'un paysage de parcs, de ruines et de chênaies, un très vaste arc de cercle qui le place enfin face à une Sainte-Victoire rapprochée, semblable maintenant à un très beau voilier de rochers blancs. On plonge vers Aix pendant que se déploie un vaste horizon romain où des aqueducs marchent pesamment, pas à pas, en enjambant des cyprières, des pinèdes, de l'architecture et des carreaux de mine. (Je mélange tout ce qui va de Roquefavour à Gardanne ; quelques villages en gâteaux de miel, et la ville d'Aix que, du train, on voit en clochers, vieux jardins et vieux toits en haillons, verrières, galeries, étagements de mansardes ; cheminements de poursuites à la Fantomas.) Sous le hall de la gare d'Aix on rencontre le grisâtre et le froid. Cet endroit-là du monde n'en est pas encore revenu de voir passer des trains. On y reste un petit moment, dans un silence sépulcral, et on s'en va en catimini, sans siffler, en prenant les aiguillages en douce, comme si on se débinait. La folie du chemin de fer éclate à Aix ; la gare même n'y croit pas. Il y a également un tramway qui joint cette ville à Marseille, mais par des chemins extraordinaires (c'est la grand-route : et c'est une des grand-routes sur lesquelles s'est conservé le plus tard le brigandage de grands chemins : attaques de diligences, détroussages, siège de fermes, etc). Le tramway d'Aix-Marseille n'est pas une entreprise de transports, c'est un pastiche mécanique d'un chant de l'Arioste. Il finit quelquefois par arriver à Marseille; quelques voitures arrivent également à Aix. Entre-temps, on ne sait pas ce qu'elles font : auto-stop, remorque, mendicité ou cheval volant. On les soupçonne même de se faire traîner par leurs propres voyageurs. En tout cas, ça arrive ; le fait est prouvé. Notre véhicule a moins de fantaisie. Il s'en va sur la pointe des pieds, mais il s'en va. Le chemin de fer est vraiment une entreprise sérieuse comme un pape. Tout y est fait pour inspirer confiance. Il n'est pas jusqu'à la saleté charbonneuse qui n'ait son petit air honnête et raisonnable. Le costume des employés ne pré-dispose pas à la folle gaieté, mais un air morne et triste convient à la fidélité. Ils sont en deuil de galops, de clochettes, de fantaisie. Ils sont veufs éternels.

Je fais ces réflexions pendant que nous passons en gare de Luynes, que nous brûlons. Cet arrêt ne signifie plus rien depuis le temps des autocars. Pour un train qu'il fallait venir prendre à la gare à huit cents mètres, les habitants de Luynes avaient cent cars qui passaient chaque jour au ras de leur porte. Après Luynes il y a, du côté gauche de la voie, cinq minutes de très beau paysage. On pour-rait y inscrire le martyre d'un admirable saint, et plus particulièrement saint Sébastien. A cause des flèches. Ce qui permettrait, non seulement d'entourer le corps supplicié de collines à seins de femmes, de petites métairies soigneusement peintes, du poisson qui gobe les mouches au-dessus du vivier, jusqu'à la paille que les pigeons poussent hors de la lucarne, de piétons à leurs affaires, de chasseurs, d'insoucieuses jeunesses, bras-dessus bras-dessous le long des routes, mais encore de faire entrer dans la chair même du martyr un peu du bois de ces beaux arbres, si veloutés.

Tout de suite après, d'ailleurs, une courbe de la voie vous jette devant Sainte-Victoire. D'ici, la montagne, avec sa fantastique voilure de rochers blancs, est comme un vaisseau-fantôme de plein jour. Le Hollandais-volant de midi.

Puis, cette voie, remarquablement bien construite, continue à tourner et nous fait arrêter pile aux quais de Gardanne, devant les immenses cache-pots de zinc d'une usine de produits quelconques.

Depuis Aix, nous sommes en train de traverser le dernier palier. A Septèmes, nous dominons déjà la mer de très haut. Nous commençons tout de suite à dévaler cette pente raide, un peu follement, sur des rails qui nous balancent de droite et de gauche, pendant que la corne à deux tons de la voiture joue sans arrêt sa fanfare mélancolique à travers des bosquets, des prés, et devant le visage ahuri de très belles maisons aux volets fermés. Mon père m'a parlé très souvent de ces belles propriétés princières qui couvraient ces collines avant qu'on perce la voie ferrée au travers. J'ai placé dans un de ces premiers wagons de chemins de fer qui grimpèrent lentement de Marseille vers Septèmes et Aix un petit épisode de la vie de Pauline vieille, et de son fils, et de son petit-fils ; quand ils vont signer la vente du domaine de Rians ; en réalité, la vieille femme va pour s'abandonner un peu plus encore entre les

mains de ce mort qu'elle n'a jamais cessé d'aimer
— à sa manière — et qui lui a retiré *la terre sous
les pieds*. Je n'ai pas fait un gros usage de cette
voie ferrée. C'est purement épisodique. J'y pense
seulement parce que je suis en train de passer à
l'endroit où j'ai imaginé que le petit Angélo II,
mal habitué aux chemins de fer, a un peu mal au
cœur. Mais mon père m'a raconté que l'on fit
passer cette voie à travers des parcs où les riches
Marseillais entretenaient, au-dessus de la mer,
des paons, du silence, de belles ombres, même
des biches.

Les maisons, qu'on voit très bien maintenant
(on défile à toute vitesse au ras des perrons) ont
des façades admirables ; quelques-unes ont encore
leur crépi d'époque avec un granité que l'air salin
n'a pas pu entamer. Toutes révèlent, dans leurs
proportions, un soin exquis, une sollicitude, un
goût très rare au service de qui sait quelles amours !

Nouvelles nuits arabes. Haroun al Rachid armateur. Il arrivait de la ville à la nuit, se hâtant vers
ses féeriques réalités, et les biches qui reconnaissaient l'odeur de son suint de gros brun barbu
venaient chevroter sur ses pas. Au matin, madame
faisait installer sur la terrasse le trépied de la
longue vue et elle guettait sur la mer la flotte de
son seigneur et maître.

Mon père fit un des premiers voyages. On avait
déserté toutes les maisons que les locomotives couvraient de fumées et de bruit. Il me dit que tout
ce monde était parti si vite qu'on en avait oublié
les domestiques et qu'on voyait errer dans des
tronçons de parc des valets de chambre à gilets

rayés, éperdus comme des mineurs remontés trop vite au grand jour, et des femmes de chambre sans tablier, semblables — en robe noire — à des charitones d'orphelinat. Ce sont ces valets de chambre et ces femmes de chambre que je me suis contenté de mettre sous les yeux du petit Angélo II.

De ce temps, nous dévalons à toute allure à travers les parcs, les éventrant de tranchées, les surplombant de ponts de fer qui grondent le tonnerre, et nous cornons éperdument de notre cor à deux tons. Il n'y a plus ni valets ni femmes de chambre. Des valets que je vois rose tendre, je ne sais pourquoi : peut-être à cause du vert sombre des taillis de lauriers et de fusains dans lesquels mon père m'a dit que ces valets se promenaient comme des flamants roses. Et les arbres à travers lesquels nous passons, comme un obus qui glisse et ricoche dans l'herbe d'on ne sait quelle monstrueuse contrescarpe, je les vois antédiluviens ; vraiment de très *grand format* dans toutes les directions ; dans l'étrange et dans le colossal. Cela provient peut-être de ce véhicule qui m'approche et m'arrache d'eux dans le même instant, suivant les courbes de la voie qu'il suit à toute vitesse, et peut-être aussi de ce que la fenêtre par laquelle je regarde ne me permet pas de les mettre à leur place dans la création ordinaire et de les mesurer avec les collines, les maisons ou la mer. Car, je vois brusquement contre mon visage une sorte d'énorme camélia vert tendre qui souffle comme un chat surpris, et c'est le cœur d'un gros hêtre contre lequel nous venons de passer. Ce hérissement de fers bourgeonneux et tordus, ces plaques de tôles déchirées, ces volutes entrelacées, ces agaves noirs, profonds comme des bols à bijoux, qui contiennent des nids d'oursins et des fenaisons d'algues, c'est (je m'en aperçois en me penchant à la portière et en regardant derrière nous) un bosquet de très gros marronniers. A chaque instant, je suis jeté contre une sorte de cristallisation minérale, en vert, avec le jeu des prismes et des lumières dans une inhumaine froideur tellurique, comme si je me promenais dans les vastes espaces moléculaires d'un porphyre. Tel feuillage d'orme contre lequel je glisse à toute vitesse écarte contre moi, d'un seul coup, les grumeaux d'un lait mordoré, qui est peut-être le feuillage intérieur d'un silex chuintant sous les vents d'un pôle particulier et que, par exception maintenant, je vois et j'entends avec une sorte de microscope, avec également un micro-téléphone qui m'apporte, dans le tumulte des bruits humains multipliés, le crachement de chat surpris du vent d'un monde à mille dimensions.

Nous continuons à corner éperdument du cor : nous penchons vers des prés qui courent sous de petits vergers, tombent au-delà vers une énorme masse amorphe et grisâtre couverte de pustules fumantes, de crêtes de coqs, de cicatrices ; dans laquelle on ne comprend pas qu'il puisse y avoir une sorte de vie quelconque ; et cependant on la voit qui joue avec la mer, se servant de petites palpes autour desquelles l'eau bouillonne. Car nous approchons de Marseille, et nous nous redressons pour glisser en droite ligne, puis nous nous penchons de l'autre côté et le vent de l'intérieur des pierres nous crache à la figure chaque fois que nous frôlons les feuillages d'un arbre. Et, de nouveau, nous voilà penchés vers les prés moins verts portant quelques cabanes de bois. On dirait qu'au-delà il se met un peu d'ordre dans cette masse de chairs grises qui joue avec la mer. Non pas qu'elle prenne, comme on dit, *figure humaine*, mais on peut presque mettre un nom sur certaines choses qui seraient, par exemple, des bras ou des tentacules, et d'autres choses à sépia de calmar. Et l'on commence même à voir une chose qui a un nom connu, et qui s'appelle l'étendue des toits de Marseille, qu'on surplombe de cent mètres de haut et au-dessus de laquelle on tourne. Mais à peine si l'on a le temps de voir la fumée qui suinte des joints de cette carapace : à peine si l'on a le temps d'entendre une bouffée de sons dans lesquels sont mélangés les borborygmes de tous les ventres, le piaulement des cornemuses, le bruit de tambour des poches à sépia qui se contractent pour lancer des jets de fumée, et le grondement souple que fait un sang d'autos, de camions, de tramways coulant le long des tentacules, qu'on plonge de nouveau dans des feuillages, que nous essuyons nos visages dans les arbres.

Qui est-ce? Astolphe, Ogier, Brandimart, ou peut-être Roland lui-même, qui cache son visage dans l'herbe fraîche avant d'aborder le dragon?

A peine s'il se passe trente secondes pendant lesquelles nous ne cessons de sonner du cor miraculeux, et voilà qu'apparaissent et nous entourent des couvents, des chapelles, des églises, des orphe-

linats, des patronages, des sortes d'ermitages construits jadis pour le désert, et qui vont maintenant
le long de rues à moitié champêtres, bras-dessus,
bras-dessous avec des bars-tabac, épiceries, bals
musette, tonnelles et banquets. Tout cela doit être
extrêmement sérieux car voici que nous ralentis-
sons. Nous passons au pas d'une chamelle de prophète devant une église dédiée à saint Barthélemy.
La voie est sous nous comme une laine douce, à
part les rails qui, de minute en minute, donnent de
grands coups de marteau dans nos roues. Et nous
nous arrêtons à des disques d'entrée. En bas,
devant, une dizaine de petits bonshommes noirs
s'affairent autour d'une grosse boîte noire, d'où ils
tirent des caisses noires et des objets noirs ; ils sont
dans le rayonnement à plat d'un immense soleil
noir. C'est la gare de Marseille. Nous sommes arrivés.

Pour les gens de Manosque, Marseille est une
sorte de Moscou. Je veux dire une ville de rêve. Ils
conjuguent pendant toute leur vie le verbe *aller à
Marseille*, à tous les temps et à toutes les personnes.
Cela est également valable pour les kilomètres
carrés qui entourent Manosque jusque là-haut à
Banon, dans les solitudes, jusque là-bas vers Riez,
dans une campagne romaine d'Hubert Robert,
jusqu'à Sisteron ; valable pour les villes, les villages
et les champs. Sur tout ce territoire, il n'y a pas un
seul ménage qui n'ait passé sa première nuit de
noces à Marseille. A l'aide d'autocars (qui, parfois,
partent de si loin qu'ils sont obligés de quitter le
village ou le petit bourg avant le lever du jour), de
trains et de michelines, il se fait un grand trafic de

156

luxurieux, de gourmands, d'envieux, de cupides, d'ambitieux, de paresseux, de violents, d'hérétiques, de séducteurs, augures, simoniaques, sorciers, imposteurs, hypocrites, voleurs, falsificateurs, semeurs de discordes, faux-monnayeurs, fornicateurs et adultères de tous genres entre les collines de bronze et Marseille. Dans un carré de cent kilomètres de côté qui comprend vallées, vallons, plateaux, montagnes, friches, landes, limons, forêts et déserts, dans chaque maison des villes et des villages et dans chaque ferme, il y a chaque soir, au-dessus de chaque lit, dès que la lampe est éteinte, une sorte de brouillard dans lequel apparaît une ville d'or semblable à une couronne de roi, semblable à une vaste couronne d'élu : c'est Marseille.

On croit que dans les montagnes de rochers blancs qui entourent Marseille, il y a des joueurs de cystres, cymbales et tympanons qui, sur leurs instruments irritants chantent des messes d'ossements et de cendres ; et que c'est l'écho de cette musique qui retentit dans tout le pays environnant et crée des mirages.

Je vais chez Gaston P., à l'extrémité du boulevard Baille. Et d'abord, en sortant de la gare, il me faut prendre un trolleybus qui me mène à la place Castellane. De là, je marche quelque cent mètres, jusqu'à l'arrêt du tramway 54. Mais, ce matin, j'aime mieux ne pas attendre le tramway. Le boulevard Baille, dans cette lumière, est charmant, surtout après qu'on a dépassé la rue de Lodi, et surtout du côté gauche à cette heure. Il y a là cent mètres qui me rappellent la rue d'une ville inconnue que je vois souvent en rêve. C'est toujours la même ville : je fais le rêve quatre ou cinq fois par an. Chaque fois j'en visite un quartier nouveau, et je me souviens des quartiers déjà visités et de leur organisation par rapport au quartier que je visite. C'est vraisemblablement une ville d'Europe centrale (où je ne suis jamais allé). Il y a un fleuve sombre, profondément encaissé dans des rives rocheuses, romantiques, dont les anfractuosités moussues sont hérissées de sapins morts semblables à des arêtes de poissons. Il y a une cocasse place de la Gare, très en pente, toute ridée d'ornières de chars et de charrettes, semblable à l'aire de campement que laissent les armées : de la boue durcie par d'innombrables piétinements. Un peu partout, sur cette place, mais plutôt sur les bords cependant, il y a une quantité de pierres de taille, toutes prêtes on ne sait pour quelles constructions, quels monuments, quels escaliers, quelles balustrades. Mais on sent que l'entreprise est laissée à l'abandon.

Je ne sais pourquoi ces cent mètres de boulevard Baille (de la pharmacie qui fait le coin de la rue de Lodi jusqu'au Bar Sicre) me font penser à cette ville inconnue. Je me suis demandé si ce n'était pas simplement à cause d'une façade de maison timidement de style gothique (oh! très timide, à peine une intention — heureusement — dans les fenêtres du premier étage). Mais, il y a quelque chose d'autre ; peut-être dans la largeur du trottoir sur lequel, dépassé un petit atelier de dépannage et gonflage de pneus, il n'y a presque jamais personne (comme dans mon rêve) ; ou peut-être dans la lumière glauque qui suinte du feuillage des platanes (mais il y a une lumière semblable dans d'autres rues). Ou alors, voilà ce qu'il y a (et j'y réfléchis pendant que je parcours lentement les cent mètres dont je parle) : cet endroit-là est particulièrement silencieux ; on a dépassé le bruit, à partir de la rue de Lodi ; ici, à part le bruit du tramway 54 qui passe rarement et quelques autos qui filent vite, il n'y a presque pas de trafic ; très peu de passants, pas de magasins, des volets clos. On marche, soudain on entend son pas, le bruit de sa propre marche. On a cette impression bizarre (ou tout au moins j'ai cette impression bizarre) d'être allé plus vite que le son, plus vite que le bruit qui est resté au carrefour de la rue de Lodi et, pour si fugitive et si légère que soit cette sensation, c'est une sensation de rêve.

Il y a, en outre, en continuant à descendre le boulevard, au-delà du Bar Sicre, après la rue des Vertus, un charmant petit commissariat de police qui se comporte de façon à augmenter cette sensation de rêve.

Je ne prétends pas qu'on vous y interroge au son des Variations Goldberg ou du Clavecin bien tempéré, dans une atmosphère de *Verts Pâturages* ; peut-être qu'on vous y tord les naseaux, là comme ailleurs, d'une façon fort classique ; je ne sais pas (je ne sais pas *encore*, pourrions-nous dire dans ces temps élégiaques). Mais ce que je sais, c'est la grâce avec laquelle ce commissariat de police danse.

Je me suis aperçu qu'il dansait un après-midi de mai. Le tram 54 arrivait nonchalamment du fond du boulevard (il y a un arrêt juste en face du commissariat). D'ordinaire, il fait un grand bruit de ferraille ; cette fois, il arrivait, se dandinant silencieusement comme un voilier. Il s'était établi un grand silence, tel qu'on entendait se mouvoir le feuillage des platanes. Je ne veux pas dire qu'il s'agissait d'un événement exceptionnel ; comme, par exemple, si Dieu avait posé brusquement un doigt sur Marseille à cet endroit précis ; non : c'était simplement un silence de mai, très naturel. J'eus l'impression d'être arrivé à l'endroit d'un film de Charlot qui se place toujours après le coup de poing de la brute ; où Charlie Chaplin installe tout de suite un ballet. Je pense à l'*Idylle aux champs*. Quand Charlot a été roué de tous les coups, sa personnalité éclate et, à la place de sa pensée, s'installent les *événements arrivés pendant le sommeil*. C'est ainsi qu'on a la danse des petits pains ou l'entrelacement des routes parcourues par les patins à roulettes. Ma personnalité, évidemment, était très loin d'avoir éclaté. Néanmoins, le commissariat de police se mit à danser.

Il s'agissait d'une jeep munie d'un poste de radio. La jeep exerce une fascination sur tous les gourmands primaires de la volonté de puissance : quand elle est par surcroît munie d'une radio capable de transmettre les ordres instantanément, Dieu seul résisterait à cette tentation d'omniprésence.

Il y avait également le tramway 54. Je parlerai tout à l'heure plus abondamment de ce tramway 54. Mais il faut déjà dire ici qu'il arrivait du bout du boulevard où se trouve son terminus (donc son départ, si l'on peut comparer les petites choses aux grandes) avec sa cargaison d'hommes et de femmes ; autrement dit, avec sa cargaison de spectateurs ; de *sujets spectateurs*.

J'ai déjà dit quelque part (je crois que c'est dans le « Voyage en calèche ») qu'un tyran, un vainqueur, un grand capitaine, un César, Alexandre, Napoléon Ier n'auraient eu aucun plaisir à installer leurs triomphes dans la lune où personne ne les verrait. Les spectateurs sont indispensables au bonheur des gourmands primaires de la volonté de puissance.

Le tramway 54 arrivait lentement, chargé de spectateurs jusque sur ses plats bords.

La jeep était rangée le long du trottoir, crânement chapeautée de son antenne en plume d'oie sauvage. Le premier qui s'avança, sortant de la porte du commissariat comme d'une coulisse, fut un civil. Dans sa gravité, sa lenteur, la décision de son pas, de son approche, la sourcilleuse impassibilité de son masque d'empereur romain, il disait l'autorité dont il était revêtu. Comme il faisait en avant son quatrième pas, un agent, de bleu sombre et d'argent vêtu, portant sur l'épaule gauche une pèlerine pliée, s'encadra dans l'ouverture de la porte ; pendant qu'il faisait son cinquième pas, l'agent se déploya sur la droite ; quand il fit son sixième pas, un autre agent, semblable au premier, s'encadra dans l'ouverture de la porte ; quand il fit son septième pas, cet agent se déploya sur la gauche, et, régulièrement, marquant les temps, marquant les pas que le coryphée lentement approchait de l'instrument divin, au rythme des huit, neuf, dix, onze, douze, treize... trois, quatre, cinq, six agents, semblables au premier, s'encadrèrent dans la porte, se déployèrent alternativement, à droite, à gauche, et, au stop, quand le coryphée s'arrêta devant la jeep, ils étaient alignés derrière lui, de bleu sombre et d'argent vêtus, pèlerine pliée à l'épaule, comme des ailes au repos.

C'est le moment que choisit le tramway 54 pour s'arrêter pile à son arrêt, à côté de la jeep. Il dut y avoir dans le tramway ce que les auteurs de livrets d'opéras appellent « rumeurs confuses des choristes » et qui devait dire : « Regardez, voici une de ces nouvelles voitures de la police », car le wattman lui-même, après avoir serré son frein, abandonna sa manette et mit le nez à la portière.

Alors, le coryphée s'approcha de la jeep et se pencha sur le tableau de bord. Les six agents de police portèrent tous ensemble leur main à l'épaule pour assujettir la pèlerine, et tous ensemble firent un pas, et se penchèrent sur le tableau de bord. Le coryphée manipula prudemment des curseurs et des roulettes, puis il fit un pas en arrière et regarda l'antenne (semblable au manche de fouet qui fléchait l'avant des carrosses). Les six agents firent en même temps un pas en arrière et regardèrent l'antenne. Tout restait toujours en plein silence de mai, sirupeux, tiède et lourd, et dans lequel les gestes avaient un beau ralenti méridional. Le coryphée regarda le tramway. Il avait le regard dominateur et enveloppant de Napoléon. Les six agents de police regardèrent le tramway. Ils avaient le regard rigide de l'état-major de Napoléon. Le wattman retira son nez de la portière et donna un petit coup de manette à son rhéostat. Le tramway 54 glissa lentement vers l'arrêt de la rue de Lodi.

Le coryphée pivota sur ses talons : la file d'agents de police lui donna le passage. Il marcha à pas comptés vers la porte du commissariat, pendant que les agents, d'un large mouvement, inutile mais plein de grâce, et si résolument du Sud, déployèrent pour le plaisir les six pèlerines qui firent, au ras de leurs épaules, comme l'accroupissement final d'une « Mort du Cygne noir ».

A côté du commissariat de police, et toujours en allant vers cette extrémité du boulevard Baille où se trouve le logement de mon ami Gaston P. qui m'a accueilli si souvent, et me recueille encore si souvent que je prends sans effort sa maison pour la mienne, il y a une sorte de garage ou d'entrepôt en sommeil. Après le garage, sur plus de cent mètres, on longe *Notre-Dame de Charité* qu'on appelle aussi le *Refuge*, ou les *Repenties*. Ce sont de hauts murs d'où émergent une chapelle et des arbres. Une chapelle, sèche et raide et froide d'un faux gothique de tailleur de pierre pour monuments funéraires ; des arbres gris qui sont un pin couvert de poussière et des ifs qui semblent faits en vieille lustrine. Au-dessus de ce jardin pauvre (qui doit être fort vaste) quand, par une belle matinée semblable à celle-ci, je remonte, sur le trottoir d'en face, le boulevard que je suis maintenant en train de descendre, il y a toujours un beau ciel tendre, nostalgique, plein d'avenues, même s'il est de bleu pur sans nuage. Oui, même si la perspective ne s'éloigne pas dans ce ciel à travers des nuées orientales semblables à des touffes de pâquerettes, de reines-des-prés et de narcisses, des routes droites comme des rayons de soleil en percent le bleu et vous attirent comme si on se penchait sur des profondeurs.

C'est le long de ce mur qu'un soir j'ai rencontré un personnage qui devait tenir une grande place dans ma vie. A dire vrai, j'en avais déjà fait une première rencontre dans le courant de la journée, dans un endroit très extraordinaire de Marseille, et peu connu, qui s'appelle l'avenue Flotte. Il n'y a peut-être pas un Marseillais sur cent qui sait où c'est. C'était au cours d'une journée grise de novembre. Ce personnage arriva, mais je le vis mal. Je parlerai de cette journée, de l'avenue Flotte, du domaine Flotte. Vers sept heures du soir, je rentrai à la maison (c'est-à-dire chez Gaston P.). On n'avait pas encore repris les illuminations du temps de paix, et, à partir de la rue des Vertus, le boulevard était dans une obscurité presque totale. A peine si quelques becs électriques de faible intensité mettaient de loin en loin une tache rouge. Seul, là-bas au fond, le tramway 54 quittant son terminus, cracha quelques longues étincelles bleues. Je me souviens qu'il faisait du vent ; un vent froid, qu'un Bas-Alpin comme moi devait apprécier. Je l'appréciais, il me parlait de mon pays.

En arrivant à la maison, comme tous les soirs, Nini et Gaston m'attendaient avec leur bon sourire. Je dis : « Nini, je viens de rencontrer un type épatant. — Nous le connaissons ? dit-elle. — Pas encore, dis-je, mais vous le connaîtrez sans aucun doute. — Vous trouvez toujours des types épatants, Jean, dit-elle ; je ne sais pas comment vous faites. — Je n'en sais rien non plus, lui dis-je. En tout cas, cette fois, il n'y a pas à s'y tromper. *C'est un cavalier qui semblait un épi d'or sur un cheval noir.* A mieux le regarder, j'ai reconnu *que c'était un officier des hussards du roi de Sardaigne en grand uniforme.* — Où l'avez-vous rencontré ? dit-elle. — Là, sur le boulevard, le long du mur des Repenties. — Est-ce que c'est vrai ? dit-elle. — Bien sûr, dit Gaston. — C'est tellement vrai, lui dis-je, que c'est peut-être même la seule chose vraie de tout Marseille ce soir.

« Je leur dis que c'était un affilié à la charbonnerie, qu'il avait été obligé de quitter Turin après avoir tué en duel un certain baron Schwartz, suppôt de la tyrannie autrichienne. Qu'il s'était réfugié en France en disant : *Je suis au pays natal de la liberté. Qu'il y avait alors à Turin un intendant de police très entendu sur l'escrime au sabre.* Que la blessure mortelle du baron *lui avait paru parfaitement parlante,* qu'il avait dit : *C'est un coup qui exige dix ans de pratique et trois cents ans de désinvolture héréditaire.*

— J'aime beaucoup les trois cents ans de désinvolture héréditaire, dit Nini.

« Que l'intendant de police avait alors envoyé huit argousins au palais Pardi. Que *ces hommes simples* avaient demandé au portier *le colonel de hussards Angélo. C'était le fils naturel de la tendre et passionnée duchesse Ezzia Pardi. Un très grand jeune homme de vingt-cinq ans aux lèvres minces et aux beaux yeux de velours noir.* Qu'on leur avait dit qu'il était sorti ; mais que :

« *Deux jours après, le douanier français qui, le soir, se dégourdissait les jambes sur la route d'Italie,*

*au Mont-Genèvre, vit monter du côté de Cezana
un cavalier qui semblait un épi d'or sur un cheval
noir. A mieux regarder, il reconnut que c'était un
officier des hussards du roi de Sardaigne en grand
uniforme. La douane piémontaise est plus bas, cachée
derrière le tournant de la route. Le cavalier était
donc déjà sur le territoire français. Il avait l'air
néanmoins d'accomplir son invasion avec un déta-
chement parfait.*

« *Il faisait un temps de suavité printanière qui,
dans ces hauteurs et au crépuscule, porte facilement
aux résolutions extrêmes. Le douanier venait de
souper d'oignons crus au corps de garde. Cet étincelant soldat lui donna de l'humeur. Il arma son pistolet.* »

J'avais déjà rencontré ce cavalier au cours de
l'après-midi, dans l'avenue Flotte. (Il va falloir
que je décrive cette avenue Flotte, sinon on va
s'imaginer que c'est une avenue comme il y en a
tant ; pas du tout...) Mais il n'avait fait que me
frôler comme une fumée. A peine avais-je eu le
temps d'apercevoir *les arabesques et les trèfles de
galons qui escaladaient le dolman, et le casque d'or
emplumé de faisanerie* sous lequel était *un très pur
et très grave visage.*

Dans ma jeunesse, je venais passer une partie de
mes grandes vacances chez une de mes tantes qui
habitait la banlieue de Marseille. Un de mes
cousins, de vingt ans plus âgé que moi, était cocher
de fiacre. Dans cette ville du Sud, les fiacres
n'étaient pas des caisses noires, mais des sortes de
corbeilles d'osier clair tressées en forme de calèches
et ombragées d'une ombrelle blanche. Souvent,

pour me distraire, mon cousin (il s'appelait Michel) me menait avec lui. Nous partions de Saint-Julien par le premier tram du matin. Nous descendions au carrefour de la Madeleine, et tout près de là, dans une rue dont j'ai oublié le nom, nous allions à l'écurie. Nous attelions le cheval à la corbeille d'osier ; je montais sur le siège à côté de Michel ; il faisait claquer le fouet et sa langue et nous partions en maraude à travers la ville. Après quelques claquotements de sabots dans les rues désertes, et quelques détours que, dans la quasi-solitude du premier matin, Michel prenait raides à faire grincer les essieux, nous arrivions en haut de la Canebière. Chaque fois que je me trouvais ainsi en face de cette avenue tombant vers la mer, à cette heure matinale où l'on voyait tout son vide, mes boyaux se serraient comme quand on se penche sur un abîme.

J'ai conservé de ces promenades en calèche d'osier avec Michel (en plus de cent mille autres souvenirs), l'habitude de regarder dans la profondeur de la Canebière, chaque fois que je croise cette avenue. Et je la croise chaque fois que j'arrive, peu après être descendu du train. Le trolleybus que je prends pour aller à la place Castellane (et ensuite tâcher d'attraper mon tramway 54) descend le boulevard d'Athènes et, pour entrer dans le cours Lieutaud, il traverse la Canebière. Il marque même généralement un temps d'arrêt à cet endroit-là où la circulation est réglée et où il n'a pas toujours le passage. J'en profite pour jeter mon ancien coup d'œil dans la profondeur de la Canebière.

Mais j'y vois des choses bien différentes ; mes boyaux ne se serrent plus ; ce n'est pas une question de manque de profondeur, au contraire. C'est une question de confiance en soi et d'appétit. Serais-je devenu un *Amateur d'abîmes*, suivant la belle formule de mon ami Samivel ?

Il y a bien toujours quelques mâts (il y a très peu de mâts dans le port de Marseille) mais il y a surtout, haut sur l'horizon et murant entièrement tout le fond de la Canebière, le magnifique corps en forme de couronne du fort Saint-Nicolas. Le grand mur du fort qui me fait face se termine vers la gauche par une belle arête de proue. C'est exactement dans cette proue que j'avais ma cellule en 1939.

J'ai passé dans cette prison quelques-unes des plus belles heures de ma vie. Je ne mens pas. Notamment un matin de novembre vers six heures. J'étais sorti la veille au soir d'une réclusion complète de vingt jours sans lumière (nourri une fois tous les quatre jours ; ce qui est d'ailleurs une erreur. Je me souviens d'avoir dit au gardien quand je suis sorti que, pour que la réclusion soit intenable, il faudrait nourrir le reclus de faisans et de langoustes. Alors oui, il s'énerverait contre les murs. Mais, avec ma demi-boule de pain et ma cruche d'eau tous les quatre jours, que voulaient-ils que je fasse, sinon rêver ? Et, rêver, ils étaient bien petits garçons pour reclure mes rêves). Quoi qu'il en soit, on m'avait sorti de là et mis au régime des droits communs. C'était parfait.

J'avais cependant remarqué quelque chose. Je

souffrais d'être privé de lecture. Je me disais : ce ne sont ni les histoires ni les récits qui te manquent ; depuis vingt jours tu t'es raconté plus d'histoires qu'il n'y en a dans les mille nuits arabes. Il était malgré tout incontestable que le manque de lecture me faisait souffrir. Ce devait être une chose connue de ceux qui avaient plus l'habitude que moi de la réclusion car j'étais à peine enfermé dans ma nouvelle cellule (accolée à d'autres, celle-là, et fermée simplement de grilles) que je m'entendis appeler à voix basse par mon nom, et d'une cellule voisine, on me demanda si je ne voulais pas un livre. Celui qui m'appelait était collé contre les barreaux de sa porte comme un grand singe, de l'autre côté du couloir. J'apercevais sa forme grâce à la lampe grillagée elle aussi, qui, de l'autre côté d'une fenêtre, éclairait la cour de la prison. Il me dit qu'il allait passer le livre à travers les barreaux et l'envoyer bien à plat, le plus près possible des miens. Je lui demandai ce que c'était. Il me dit : « C'est un truc d'Alexandre Dumas. » Il fit comme il disait, mais j'eus beau étendre mon bras hors des barreaux, ma main ne put pas rencontrer le livre dans l'aire qu'elle pouvait atteindre. « Attends, dit-il, je vais appeler le papa Muller. » Il tapa contre les parois de sa cellule et celui qu'il appelait le papa Muller mit lui aussi le nez aux barreaux (je dois dire qu'il était neuf heures du soir et par conséquent nous étions obligés au silence, en principe). Papa Muller était un Alsacien que je connus mieux par la suite quand il nous raconta comment il avait fait une petite fortune en vendant des épingles an-

glaises aux Indiens du bassin de l'Amazone. Ils
s'en faisaient des colliers, paraît-il, et ils les
achetaient par dizaines de grosses. Pour ce soir-
là, le papa Muller me fit passer fort adroitement
une règle qu'il détenait (contrairement à tous les
règlements) et qui était destinée à aider précisément le petit trafic de cellule à cellule. Grâce à la
règle, je pus faire glisser vers moi le livre qui était
tombé hors de mon atteinte. Je rendis la règle
à papa Muller et, au moment de la ronde de
dix heures, tout était parfaitement en ordre et
chacun chez soi en train de dormir, ou de faire
semblant.

Il n'était naturellement pas question de lire
dans cette obscurité rouge. Mais je m'aperçus
avec stupéfaction que mon appétit se satisfaisait.
Le poids, la forme du livre donnaient à mes mains
un plaisir magnifique et très suffisant pour l'instant. J'étais déjà bien calmé quand au matin on
nous fit sortir dans la cour, aux premières lueurs
de l'aube.

C'était une aube admirable, à peine un peu
citronnée de froid. Au-dessus du préau de la
prison s'écartaient de très beaux nuages verts
qui avaient la forme d'une immense aile d'ange,
un ange qui se serait tenu au-delà des murs,
debout dans la mer qu'on entendait battre contre
le flanc du fort. Je me réhabituai peu à peu à la
lumière, tenant bon jusqu'au moment où je vis
passer, au-dessus de la prison, une mouette non-
chalante. Alors, j'ouvris mon livre et, tout en
faisant les cent pas, je me laissai envahir par le
bonheur. Il ne s'agissait pas de lire ; aux livres

des prisons, quels qu'ils soient, il manque une page sur deux (l'autre a servi aux soins intimes. La privation de papier hygiénique est si avilissante qu'on se servirait du *Cantique des cantiques* si on l'avait sous la main au moment où l'on en a besoin). Il s'agissait même si peu de lire qu'au bout d'une minute je tins le livre à l'envers et, ainsi tenu, il me donna le plus grand plaisir qu'un livre ait jamais pu me donner (à part « Don Quichotte »). C'était une bénédiction de l'œil. Ce n'était pas mon esprit qui était affamé du livre : c'était mon œil qui était affamé de typographie. Je n'avais pas été privé d'esprit (Dieu merci!), j'avais été privé de cette forme typographique dont mon œil avait l'habitude de se repaître et dont il se repaissait maintenant, à son aise, dans le calme du matin, sous l'aile verte de l'ange.

Il paraît que vingt jours de *mitard*, comme je venais de passer, c'était beaucoup. J'étais maintenant avec des voleurs professionnels et un assassin (passionnel) qui me le dirent. Je fus très gêné avec eux au début parce qu'ils avaient l'air de croire que j'étais *un dur*. Ils savaient bien qui j'étais, et que j'étais là pour des raisons qu'ils appelaient, fort justement d'ailleurs, *des conneries*. Mais le fait que j'avais passé vingt jours au *mitard* sans y devenir *marteau* leur plaisait. Que j'en sois sorti avec ma bonne humeur les avait comblés de joie. *Tu le leur as bien mis*, me disaient-ils.

Je ne les détrompais pas. Mais, si j'avais fait ce qu'ils disaient, c'était bien par surcroît et en pensant à autre chose. Cette aile verte, cette aile d'ange au-dessus de la prison, on va la retrouver.

171

Et l'on va également retrouver ce qui, bien indûment, me faisait passer pour *un dur*.

(J'ai appris avec une stupeur amusée après ma mise en liberté que le sergent-chef Césari n'en dormait plus la nuit, à cause de ma *dureté*. Pendant plus de trois semaines, paraît-il, il me surveilla lui-même à travers une lucarne qui donnait dans le préau. Le bruit courait que je fomentais, je ne sais quoi, une révolte — pour quoi faire, mon Dieu? — alors que, fort simplement, je racontais des histoires à mes camarades assis autour de moi. De simples histoires, monsieur Césari, dormez sur vos deux oreilles : des Tristan et Yseult, des Roland furieux, des Persilès et Sigismonde.)

On me libéra vers la fin de novembre. La *Nouvelle Revue Française* allait publier la traduction de *Moby Dick* que nous avions achevée peu de temps avant la guerre, Joan Smith, Lucien Jacques et moi. J'avais l'intention de faire précéder cette traduction d'un petit livre de salutation à Melville. C'est ce que je commençai à écrire tout de suite après être sorti de prison. Les événements ne m'avaient pas laissé le temps de me procurer en Amérique les documents nécessaires pour composer une solide étude de la vie de l'écrivain. Je connaissais tout juste de lui une biographie approximative, mais j'avais — à ma place — traduit son livre avec amour et j'avais l'impression — que j'ai toujours — de fort bien connaître son cœur. Son vieux cœur mort. Je composai donc mon livre sur lui tout simplement avec mes souvenirs de prison.

On m'a souvent demandé : « Vous n'écrirez

rien sur le temps que vous avez passé en prison ? — Certes non, dis-je, pour le faire, il faut y avoir passé longtemps, être Latude ou Dostoïevski. Mon livre de prison c'est : *Pour saluer Melville.* »

Je ne sais plus à cause de quoi je ne m'installai pas comme d'habitude dans mon cabinet de travail en haut de la maison. Si ; je me souviens maintenant : les maçons étaient en train d'y construire une cheminée. Je me mis donc, pour écrire, dans ma bibliothèque, au rez-de-chaussée. C'est une longue pièce au bout de laquelle, par une arche couverte d'une tenture, on entre dans une assez grande resserre où je tiens des grains, des légumes secs et toute espèce de provisions fermières. Ce local sans porte donne au nord et est froid. C'est d'ailleurs pourquoi je l'utilise comme grenier, mais il entretient dans la bibliothèque une atmosphère glaciale et sonore.

On était en décembre. J'avais beau allumer du feu dans la grande cheminée et tirer chaque jour ma table de plus en plus près du brasier, je n'arrivais à me réchauffer qu'à grand-peine.

J'ai toujours aimé avoir froid aux mains quand j'écris, ce qui ne m'est guère difficile car j'ai les mains glacées même en été (cela signifie simplement que pendant que j'écris cette phrase j'ai un très grand froid aux mains ; et que c'est pour cela que je l'ai écrite). Mais, cette fois, c'étaient non seulement les mains, mais les poignets, les bras, les épaules, les genoux et les pieds ; il n'y avait que mon dos qui rôtissait jusqu'à en avoir la peau craquante, mais sans profit pour le reste du corps. La lumière était également très diffé-

rente de celle dont j'ai l'habitude dans mon cabinet de travail. Il est sous les toits et, comme ma
maison est bâtie sur le flanc d'une colline, mes
fenêtres contiennent plus de ciel que de terre ;
ce qui donne une très grande sensation de liberté.
La bibliothèque, au ras du jardin, était, malgré
sa large fenêtre, obscurcie par les branchages des
arbres et le feuillage sombre des cyprès. Cette
obscurité, jointe au froid et à la sonorité de cette
longue pièce, doublée d'un grenier sur les murs
duquel le moindre vent tambourinait, continuait
à me tenir entre les murs du fort Saint-Nicolas.

J'y avais, au long des solitudes du quartier
des droits communs, savouré les étranges voluptés
des échos, de l'ombre, du froid, et des voyages
dans l'entrecroisement vertigineux d'échelles de
Jacob qu'une âme sensible ne manque pas d'écha-
fauder dans le vide des bâtiments à vastes car-
casses. Il en était né, non pas un personnage, mais
un curieux volume informe de sentiments divers,
quelquefois contradictoires, à quoi la contradic-
tion même donnait l'unité et la vie. Si une ville
est un personnage, ou la mer, ou un massif de
montagnes, ou le brasier des passions, alors oui,
ce volume de sentiments auquel je ne pouvais
donner aucune forme en était un. Il m'accablait
de mille jouissances très vives, mais je ne pouvais
pas me le représenter. Si j'essayais de le faire et
de lui donner forme d'homme, ou de femme, à
peine avais-je tendu autour de lui une peau quelconque qu'elle se boursouflait comme le drap
avec lequel on veut éteindre les flammes, puis elle
craquait de partout, laissant jaillir (dans des

174

formes dont je n'étais plus le maître) des romanesques, des passions, des sensualités, des amours,
des générosités, des égoïsmes, des haines, tout un
pandémonium. Ce qu'on pouvait simplement en
dire — et je me l'étais dit, couché, les yeux ouverts,
sur ma couchette étroite — c'est que c'était bien
un personnage à faire arriver en face d'un poète
au détour d'un chemin.

Je m'étais donc mis à écrire, non pas ce qu'on
appelle d'ordinaire une biographie, ou une vie
romancée, mais une sorte d'hommage à Melville,
une *salutation* dans laquelle je voulais surtout lui
dire que j'aimais beaucoup la tendresse timide de
son cœur forcené ; qu'il n'avait pas réussi à se
cacher tout entier sous ses baleines, ses Squid,
ses Achab, ses Quequeg, et ses orages tonitruants ;
qu'il en dépassait assez pour que, le saisissant
par là, on le tire de sa saumure et on le mette un
peu à se débrouiller simplement avec les démons
familiers. C'est en poursuivant ce dessein que
j'entendis autour de moi des bruits de jupe, des
bottines craquantes, et enfin une petite toux.

Ayant levé les yeux et cherché autour de moi
avec beaucoup d'attention, je vis, dans la partie
la plus sombre de la bibliothèque, une silhouette
de femme qui s'éloignait. Elle devait venir de
passer près de moi et me frôler. Elle s'éloignait
en direction de rayons de livres dans lesquels elle
entra ; non par une porte quelconque ou par un
mécanisme, mais tout simplement en se fondant
dans le luisant des reliures et le brun des basanes.
J'étais très intrigué. Je n'avais pas vu son visage
(c'est pourquoi d'ailleurs Melville, d'abord, ne

verra que sa main, puis sa tournure). Je me demandais qui c'était. Je restais un bon moment sans perdre de vue l'endroit où elle avait disparu. Et j'allais me remettre à écrire quand je me sentis de nouveau frôler, en même temps que je respirais une odeur délicieuse de violette et de vanille (c'était l'odeur de la poudre de riz de ma mère. Du temps de ma jeunesse c'était une odeur qui me faisait rêver au point d'en rester debout, pétrifié et abruti. Souvent, j'embrassais sa joue poudrerizée et je me mettais en même temps à renifler si fort que ma mère se mettait à rire nerveusement et à me dire : « Tais-toi, Jean, tu me souffles dans le cou. » J'avais cinq à six ans ; elle en avait quarante-cinq), en même temps que j'entendais le craquement des bottines, le bruit de jupe et la petite toux.

J'ai l'habitude de ces personnages qui ont ainsi l'air timide, qui arrivent dans des moments où l'on n'en a pas besoin (il le semble tout au moins) et qui ont l'air de dire : « Je ne vous force pas à vous servir de moi. Dieu m'en préserve ; je suis tel (ou telle) que vous voyez, mais libre à vous de m'abandonner à mon triste sort. Vous avez un plan. Évidemment, je n'ai rien à y faire dans ce plan. Eh bien, tenez-vous-en à votre plan! » Ce sont, d'ordinaire, des monstres de passion, de séduction, de romanesque, des pandémoniums qui font tout éclater pour installer à la place de votre volonté ordonnée leur propre volonté véhémente. Donc, entendant le bruit de jupe, le craquement de bottines, la petite toux, je ne me retournai pas. Je me dis : « Diablesse, je le connais,

ton visage! » Je fis semblant de m'intéresser prodigieusement à la ligne que j'étais en train d'écrire,
et c'est seulement quand le personnage m'eut
dépassé et qu'il s'éloignait de nouveau dans la
partie sombre de la bibliothèque que je levai les
yeux pour le regarder.

Je l'ai décrite en crinoline (et c'est pourquoi
d'ailleurs maintenant je parle de bottines qui cra-
quaient) mais, ce jour de la bibliothèque, elle
portait une jupe écossaise, des bas verts, des souliers rouges, une jaquette de laine du même écossais vert et rouge que la jupe et un chapeau de
feutre gros comme le poing, emplumé d'une immense plume de faucon très aiguë et teinte en
rouge. (Dans ma mémoire, l'atmosphère du fort
Saint-Nicolas est verte et rouge. Verte des murs
humides couverts de mousse, verte de l'aile
d'ange en nuages écarquillée au-dessus du préau
où je faisais les cent pas en tenant mon livre à
l'envers — douceur de ce matin que je n'oublierai
jamais plus — verte de la couleur générale des
visages tenus anormalement à l'ombre et appartenant à des corps nourris de pain, d'eau et de
légumes secs. Rouge ? Oh ! simplement à cause
des perpétuels demi-jours et des lampes électriques
à très faible voltage éclairant les couloirs ; et les
lanternes que les gardiens balançaient à leur poing
pendant les rondes jetaient du rouge dans les
cellules devant lesquelles ils passaient ; et du rouge
dans les paupières baissées sur des yeux qui imi-
taient le sommeil, mais continuaient à voir.)

C'est ainsi qu'est née Adelina White. En vérité,
on ne peut pas dire que quelqu'un naît quand il

arrive vêtu d'écossais vert et rouge et chapeauté
d'un feutre à plume de faucon ; je devrais dire :
« C'est ainsi que je fis la connaissance d'Adelina
White, fille du fort Saint-Nicolas. Et de ses
œuvres. »

Quand dans mon trolleybus de Castellane, je
traverse la Canebière, je vois, là-bas au fond, le
fort Saint-Nicolas et, à l'endroit où le mur a son
arête en forme de proue, l'emplacement de ma
cellule. Alors, à côté de moi, j'entends une petite
toux. Je n'ai pas besoin de tourner la tête. Je
peux continuer à regarder le spectacle de la rue,
pendant que le trolleybus, ayant traversé la Canebière, s'engage dans le cours Lieutaud. Je suis
parfois assis à côté de qui sait qui ? Un homme,
une femme, un prêtre, un général, un douanier ?
Je me dis : « Bonjour chère amie, comment allez-
vous ? » Je lui demande des nouvelles de sa famille, de son père, de sa mère, de ses frères. Suivant le cas, elle me dit qu'un de ses frères est
mort, tué par un taureau pendant qu'il traversait
un pré ; ou que sa mère se fait vieille, mais que,
depuis qu'on lui a fait ces piqûres, sa tension est
tombée à 16.

C'est ainsi que j'ai connu l'avenue Flotte. Un
jour, je lui ai dit : « Vous avez donc quitté Leeds,
vous savez bien : Seathing Roads, Leeds. — Ah!
oui, dit-elle, ouï, je me souviens, mais maintenant j'habite Marseille. — Quelle drôle d'idée,
ai-je dit. Et comment faites-vous alors pour vous
procurer des jardins enchantés, des jardins d'Ar-
mide, ces prairies où il était si facile au poète de
dresser les décors de la brume ? — Je n'arrive

plus à m'en procurer », dit-elle. Je trouvai la chose fort triste. Je lui demandai dans quel quartier elle habitait ; elle ne voulut pas me le dire. Elle me dit seulement que son quartier était bourgeois. A quoi je répliquai qu'il devait être sinistre, et je fis, je crois, un peu de lyrisme amer sur l'absurdité des spectacles de tous les quartiers bourgeois· et plus particulièrement de ceux de Marseille, supérieurement fournis en Don Juan empaillés et bouches en culs de poule. Elle dit qu'en effet le spectacle de ces âmes pourrissantes et du reflet dont elles teignaient même les façades de leurs maisons aurait été insupportable si, de la fenêtre de sa cuisine, elle n'avait eu la vue sur un jardin sauvage et le fronton d'une vieille chapelle espagnole, peut-être moins vieille que ce qu'on croyait, mais en tout cas de style jésuite, ce qui faisait à son gré, disait-elle, Jardin des Andes ou Terre de feu.

Mais elle ne voulait plus se payer d'illusions (ce qui me parut extravagant pour une femme de sa qualité, de sa *teneur en illusion*, si l'on peut dire). Et, elle cherchait des appartements. « Et comment faites-vous, lui dis-je, pour chercher des appartements ? (car, je me disais : « Si *elle* cherche des appartements, c'est " qu'il y a quelque chose, non plus de *pourri*, mais de *fleuri* dans le royaume de Danemark " »). — Je vais chez les agents immobiliers, dit-elle. — Tiens, ça c'est drôle, lui dis-je. Et quand vous entrez chez les agents immobiliers, qu'est-ce qu'ils font ? — Comment, qu'est-ce qu'ils font ? — Oui, dis-je, est-ce qu'ils se dressent et qu'ils disent : Bonjour madame, asseyez-vous madame, qu'est-ce qu'il y a à votre service madame ? — Mais, bien entendu, dit-elle. Pourquoi voulez-vous qu'ils ne le fassent pas, s'ils sont polis ? — C'est, lui dis-je, que je croyais être seul à vous voir. »

En arrivant à la maison, je pénétrai dans la cuisine, et je dis : « Mémé, cette fois, c'est à vous que j'en veux. » Mémé est la mère de Mme P., de Nini. C'est une vieille Marseillaise. Ici, vieille signifie expérimentée. Elle a vu *se faire Marseille* pour une bonne part. Des rues qui, dans la jeunesse de Mémé, n'étaient pas plus longues que ça, sont maintenant des rues à quatre cents numéros. Mémé a vu s'étirer Marseille. Quelquefois, dans mes maraudes, j'arrive dans des quartiers que je vois pour la première fois. Je suis par exemple étonné d'un petit hôtel bourgeois à préambule de jardin en plein milieu de rues ouvrières ; ou de telle maison qui fait une moue particulière au fond d'une impasse, malgré les torsades d'iris et de narcisses de pierre dont elle est couronnée, comme si, dans un temps très ancien, on l'avait préparée pour quelque sacrifice, puis oubliée ; ou simplement surpris de la verdeur d'un carrefour, de la nonchalance d'un boulevard désert, du hautain visage d'un palais dont la bouche est rongée d'affiches de cinéma. Chaque fois, en rentrant, je demande à Mémé les explications de toutes ces énigmes. Et chaque fois, j'en ai l'histoire complète, claire et conforme à tout le romanesque qu'en attendant je m'étais inventé. Conforme en ce sens que le romanesque de la vérité de Mémé est toujours plus romanesque que celui de mon invention.

« Est-ce que vous connaissez, lui demandai-je, une vieille chapelle espagnole, de style jésuite, dont le fronton domine un jardin sauvage, qu'une exagération féminine exagérément comprimée pourrait prendre pour un jardin des Andes ou de la Terre de feu ? »

Mémé pinça les lèvres et se tourna vers son fourneau à gaz. « Espagnole ? me demanda-t-elle au bout d'un moment. — On prétend qu'elle est espagnole, dis-je, mais cela signifie simplement qu'elle a l'allure espagnole. Espagnole coloniale, puisqu'il est question ensuite de jésuites, d'Andes et de Terre de feu. »

Dans son fauteuil, Gaston qui lisait le journal me regarda par-dessus ses lunettes. Nini qui mettait la table pinça les lèvres comme sa mère. Elle s'en alla dans la cuisine et j'entendis qu'elle disait : « Est-ce que ça ne serait pas dans le quartier du Camas ? »

« Il faut, me dit Mémé une fois à table, pendant que je mangeais une soupe de moules, rouge et dorée comme un foulard de pirate, que ce soit une chapelle particulière. Une de ces chapelles qu'on faisait construire dans les " propriétés ". Je ne vois pas que ça puisse être autre chose. Dans le temps, les gens se faisaient construire des chapelles dans leurs jardins et suivant le goût qu'ils avaient... »

Je me demandais alors comment une de ces chapelles, je comprenais bien, mais comment une de ces chapelles pouvait être venue, par exemple, devant la fenêtre d'une cuisine. Eh bien, c'était fort possible, car, ces *propriétés* étaient au ras des

murs de Marseille ; des anciens murs qui n'étaient
pas à proprement parler des murs ; on dit murs,
mais c'était simplement l'endroit où les rues débouchaient finalement sur la campagne. Cette
campagne n'était pas comme la campagne de Manosque, des champs où l'on fait du blé, des prés
où paissent les moutons, des halliers où les chasseurs se promènent ; mais des *propriétés*, des *domaines*, des *parcs* clos de murs, contenant des
forêts en miniature, des collines en miniature,
des étangs romantiques en miniature, des miniatures de splendides paysages recomposés pour le
plaisir. Quand la ville s'est mise à grandir, il a
fallu prolonger des rues. La ville grandissait
parce qu'il y avait des gens fraîchement riches,
c'est-à-dire des gens qui avaient brusquement
beaucoup d'argent, mais pas du tout l'habitude
de beaucoup d'argent. Ils avaient beaucoup d'argent, mais de plus le goût des casernes ; parce que
la caserne permet le grade et l'usage du grade, et
qu'ils se seraient *perdus en conjectures* si on leur
avait dit que beaucoup d'argent permet de se
passer de grade, permet la solitude et ses embellis-
sements. On éventra donc les domaines et les
paysages de plaisance pour faire passer les avenues
bordées de casernes à bourgeois, avec premier,
second, troisième, quatrième, cinquième, chambres
de bonnes, hiérarchie ; portes devant lesquelles
on peut faire attendre un équipage ou laisser sa
de Dion-Bouton en étalage de galons.

Admettez qu'on ait négligé un petit coin de
parc ; qu'on se soit dit : « Qu'est-ce qu'on en fout
de ces trois arbres, de cette portion de bosquet,

de cette bicoque qui ressemble à une chapelle ?
Ça va coûter plus que ça ne rapportera, c'est déjà
enclos de bâtisses de tous les côtés. » On a très
bien pu ainsi oublier un petit coin de jardin sauvage et une chapelle des Andes (ou de la Terre
de feu) devant les fenêtres de la cuisine d'un ap-
partement bourgeois de Marseille.

Ces domaines, il y en avait, paraît-il, de magnifiques dans la direction où l'on prolongea par la
suite la rue Paradis. Notamment le domaine de
Lorenzy-Palanca, et celui de M. Trèfle ; et celui
d'un nommé Barnabus qui appelait son territoire
la Thébaïde.

Une nuit, j'ai logé à la Thébaïde. C'était à
l'époque où l'on trouvait difficilement des
chambres dans les hôtels. Il me fallait venir à
Marseille, je ne sais plus pourquoi (un procès,
je crois, des experts, un avocat), au mois de juillet,
à une époque où Gaston est à la montagne avec
toute sa famille. Après avoir vu mes experts, je
m'en allai dans le quartier de Notre-Dame de la
Garde que j'aime beaucoup, à cause de son caractère de village de colline qu'il conserve malgré
qu'il soit attenant à la ville. Je me disais que, dans
ce quartier excentrique, j'avais beaucoup plus de
chance de me loger pour une nuit, et que, de toute
façon, je ferais une balade agréable, quitte, si je
ne trouvais pas, à me rabattre sur les hôtels
borgnes. J'étais, je crois, dans la rue de la Guadeloupe, ou des Caraïbes ou de la Nouvelle-Calé-
donie, et je m'adressai à une crémerie ; une toute
petite crémerie : les rues sont très étroites, très
tortes et les magasins sont minuscules. « Pardon,

madame, est-ce que vous ne connaîtriez pas par ici un hôtel où je pourrais loger pour la nuit ? » D'ordinaire, quand je demande ça, je prends mon bel air d'innocence ; j'éclaircis le plus que je peux le bleu de mes yeux. Il est rare qu'une crémière y résiste. Celle-là n'y résista pas. Elle me dit : « Vous pouvez peut-être trouver ça à la Thébaïde. » J'avoue que ce nom me remplit de fierté : loger à la Thébaïde, quand des préfets étaient obligés de dormir à la salle d'attente, me semblait être une de ces aubaines de poète qui n'arrivent que lorsque Dieu les regarde et sourit.

Cette Thébaïde était cinquante pas plus loin, à droite, après le détour de la rue. J'ai déjà dit que ces rues sont étroites : elles sont étroites, tortes, bordées de chaque côté d'échoppes et de magasins peu reluisants. Je restai donc béat et pétrifié, la bouche ouverte quand, après le détour de la rue, je tombai sur une grille en fer forgé, dorée du pied jusqu'à la pique, de presque vingt mètres de large, portant en ferronnerie ornementée des massacres de cerfs et une forêt vierge de feuillages d'acanthe. Un énorme écusson de bronze vert, de plus d'un mètre de long, placardé dans les volutes d'or à plus de deux mètres de haut, pro-clamait en calligraphie de fondeur que c'était ici la Thébaïde. J'avoue de nouveau que cette fois je trouvai le sourire de Dieu un peu appuyé.

Comme je cherchais fort timidement de quelle façon on pouvait mouvoir cette énorme porte, une vieille dame qui passait, un cabas à la main, me dit : « Vous voulez entrer là, monsieur ? » Je lui dis qu'en effet c'était mon intention. Elle eut l'air de me considérer comme un phénomène, puis elle me dit : « Eh bien, poussez le petit portillon ! » Je le poussai ; il s'ouvrit. « Et suivez l'allée », me dit la vieille dame qui disparut. Non pas en fumée, mais en trottinant.

L'allée ! C'était une allée de pins romains aux troncs rouges. Elle m'amena dans un bosquet de fusains d'une noblesse sans défaut. A ce moment-là éclata autour de moi le coassement de milliers de reinettes, de grenouilles et le clouquement mélancolique des crapauds. A travers le feuillage, j'aperçus la plaque d'un vaste bassin d'eau verte, lourdement armurée de mousse. Marseille avait disparu : Marseille, la Guadeloupe, les Calédonies, les crémières et les Caraïbes. Le ronflement de la ville, qui continuait à gronder au-delà des frondaisons était simplement comme doit être le déroulement de la mer dans le ciel d'Ys engloutie.

L'emprise audacieuse et soudaine des feuillages, leur vert épais, presque noir, la luisance des bassins cachés (car, après celui que j'avais aperçu à travers les branches, j'arrivai au bord d'un second, puis d'un troisième ; celui-là entouré de rocailles romantiques, avec une fausse cascade, une fausse grotte et une île grande comme le plateau d'un garçon de café), la couleur de bronze de ces eaux plates, les mousses dont elles étaient chargées, la mélancolie dodelinante du chant des bêtes aquatiques : tout concourait à donner l'idée d'engloutissement. Même mon pas, tout d'un coup solitaire, qui craquait dans les graviers de l'allée.

J'arrivai à une sorte de temple minuscule,

entièrement rond, beau, mais définitivement hors de sens : il avait l'air d'appartenir à quelque Grèce dont on ne connaîtrait pas les dieux.

La première émotion passée, je prenais goût maintenant à l'aventure. La première émotion, d'ailleurs, n'avait été que de plaisir. Je contournai le temple rond et, dans le hublot verdâtre d'une allée de noisetiers taillés en berceau, j'aperçus le bas de visage d'une maison. Comme je m'approchais, un *œil électrique* (mais semblable à celui qui aidait Merlin et Urgande la méconnue dans leurs apparitions subites) fit apparaître subitement au seuil de la maison une femme ; ou tout au moins l'apparence. Elle était vêtue de torchons. Je ne peux pas mieux dire. Imaginez des torchons avec lesquels on essuie le dos des casseroles et parfois même le dessus du poêle, faites-les servir pendant des mois, et après, assemblez-les en corsage et jupes, vous aurez le costume de cette femme. Elle était par ailleurs sèche, maigre, jaune et toute rafistolée d'épais tendons qui saillaient sous sa peau et ficelaient tant bien que mal tous ensemble ses bras, ses jambes, son tronc et sa tête.

Je lui dis qu'on m'avait laissé espérer qu'elle louait des chambres. Elle me répondit qu'elle ne louait pas de chambres, mais que ce soir (et elle appuya sur *ce soir*) elle avait une (et elle appuya sur *une*) chambre à louer. Je répondis qu'il ne m'en fallait pas plus. Et, comme je faisais délibérément un pas vers la maison, elle m'arrêta et elle me dit : « Non, c'est dans le pavillon. »

Je la suivis le long d'allées nouvelles, dans des quartiers de plus en plus invraisemblables. D'après l'endroit où j'avais trouvé la grande grille dorée, dans la rue de la Guadeloupe, ou de la Calédonie, le domaine devait se trouver sur le flanc nord de la colline Périer. Et, en effet, nous suivions, la femme et moi, des sentiers pierreux qui montaient et descendaient à travers des rochers blanchâtres couverts de thym, de cystes, de térébinthes, de genévriers, tout ça soigneusement muré tout autour par les frondaisons épaisses d'énormes marronniers, acacias, pins, cyprès et thuyas, au-delà desquels j'entendais parfois crier les rails du tramway qui, en bas dessous, montait et descendait la rue Paradis. A plusieurs reprises, toujours voilées de ramures énormes, m'apparurent les façades blêmes de divers petits bâtiments, à forme de Parthénons de poche, Kraks des chevaliers miniatures, châteaux de Sans-Souci en réduction. A chaque instant nous longions, ou apercevions de nouveaux bassins, tous de bronze plat chargés de mousse, mais de toutes les formes et ceinturés de berges élégiaques ou romantiques, ou virgiliennes, ou de l'Astrée, avec des roseaux, des saules pleureurs, des lauriers-roses, des magnolias, des Bernardineries de Saint-Pierre, naïves et fort touchantes. La lumière seule était uniforme : glauque, légèrement sirupeuse, juste un peu plus foncée qu'au début, car il était dans les environs de sept heures du soir. Uniforme aussi la dodelinante mélancolie des clouquements de crapauds et coassements de grenouilles qui accompagnait le silence et le crissement des feuillages le long de nos pas.

Le pavillon, il fallait contourner pas mal de taillis de fusains pour y arriver et, enfin, escalader une fausse petite Alpe en faux rocher ; alors, en traversant finalement un bosquet de lilas et de rosiers, on trouvait la porte.

C'était une porte de derrière. En aucune langue il n'y a d'autre façon de désigner la porte devant laquelle je me trouvais et que poussa la femme sèche. C'était une porte de *catimini*, de rendez-vous secret, d'enlèvement, de fuite ; une porte de Calderon. J'avais dans l'idée qu'un pavillon était quelque chose de carré, de réduit, quelques pièces à peine, mettons quatre, réunies sous le bonnet de nuit d'un toit à quatre pentes. La porte s'ouvrit sur un long couloir ; à l'estime, malgré l'ombre, on pouvait dire qu'il y avait dans les vingt à trente mètres ; autant qu'on pouvait juger, il desservait sept à huit portes. Celle de la chambre qu'on me destinait était la première. On l'ouvrit. Aussitôt, comme si j'étais le roi des batraciens, je fus salué, non seulement de volées de coassements et de clouquements à bout portant et d'une sonorité étourdissante, mais, comme la femme refermait la porte un peu fort, du bruit de multiples plongeons dans de l'eau profonde ; à quoi succéda un assez curieux silence. « C'est le bassin, me dit la femme. — Car, il y a un bassin ? dis-je d'un air idiot. — Sous la fenêtre », dit-elle. Je m'avançai de la fenêtre ouverte et, en effet, il y avait là, au ras des murs, le bassin le plus sinistre, le plus sournois, le plus bouché d'ombre que j'aie jamais vu. Sur quoi tombait un crépuscule qui, maintenant, se hâtait.

La chambre dans laquelle cette femme me laissa (elle disparut à la façon des vapeurs que le soleil dissipe. Ici c'était l'ombre qui la dissipait. Je la vis se recomposer au-delà des taillis, dans une éclaircie des feuillages) était strictement nue, à part un lit de sangle, étroit, une chaise et une ampoule électrique suspendue par un fil, sans abat-jour, au milieu du plafond. Il était malgré tout trop tôt pour que je me couche (il pouvait être huit heures du soir) ; il ne fallait pas compter retourner sur mes pas tout seul pour retrouver la rue de la Guadeloupe ou Calédonie et aller casser la croûte dans un bistrot : je serais peut-être arrivé à sortir de cette Thébaïde, mais quant à retrouver dans la nuit le chemin de ce pavillon, c'était de l'ordre de ces gageures que les saints ermites imposent aux chevaliers à la queste du Graal. Je ne me voyais pas du tout en train de me dépêtrer de l'entrelacs des taillis et des bassins au sein d'une nuit noire.

Je me passe assez volontiers de manger le soir ; cela allait donc tout seul de ce côté-là. Si l'on s'étonne de me voir sans bagage, brosse à dents, rasoir et serviette éponge, je dois dire que, pour ces voyages courts, je ne peux pas résister au plaisir de les faire les mains dans les poches. C'est si agréable de ne pas dépendre d'une valise (si petite soit-elle) pendue au bout de votre bras pendant que les événements se proposent à vous. Se laver ? Eh bien, pour une fois, on se passe de l'eau sur la figure avec les mains et on s'essuie avec son mouchoir. Pour une fois on n'en meurt pas ; et en compensation on éprouve cette extra-ordinaire propreté d'âme qu'on a quand on se balade les mains dans les poches. La seule chose gênante, c'est que je n'éprouvais aucune sympathie pour la chambre dans laquelle j'allais coucher.

Et, dormir! Ça, c'était une autre affaire. L'un après l'autre et l'une après l'autre les crapauds et les grenouilles s'étaient remis à chanter. Ce bruit ne me gênait pas. Il était en lui-même fort beau. Et générateur de rêves aquatiques ; ce que je ne déteste pas. Ce qui me gênait, c'était une odeur. Et une vilaine odeur. Ce n'était pas une mauvaise odeur ; c'était évidemment, par surcroît, une mauvaise odeur, mais elle était plus inquiétante que dégoûtante. Il ne s'agissait pas de remugle de vasque à toilette : il n'y avait pas de vasque à toilette. Il ne s'agissait pas de table de nuit malpropre : il n'y avait pas de table de nuit. Alors, la lampe ? Non. La chaise ? Il aurait fallu imaginer qui sait quoi! Non. Le lit ? Je le découvris : les draps étaient propres (un peu humides à la main, me semblait-il, mais très blancs, blancs de chlore, mais très blancs). A part ça, il ne restait que les quatre murs, nus, sans placards, sans chromos. Je me dis que, des fois, les vieilles tapisseries ont cette odeur. Mais en moi-même, un sens en éveil me disait que certainement non. Ce n'était ni une odeur de tapisserie, ni une odeur de bassin, ni de feuillage. C'était une vilaine odeur. Laide et très inquiétante.

Je commençai le grand exorcisme : je fumai une pipe. La grosse. J'en ai une grosse et une petite. C'était incontestablement l'occasion de fumer la grosse ; maintenant ou jamais. Pour être bon, le tabac a besoin de sonorités parallèles ; par exemple, l'odeur de cuir améliore le goût des pipes. Parfois l'odeur des bassins. Ce n'était pas le cas ; celui qui était sous la fenêtre avait pourtant l'odeur requise : de mousse humide légèrement anisée, mais mon tabac avait goût de terre. Il semblait être dit qu'ici rien ne pourrait l'exalter, au contraire ; jamais je n'avais fumé de plus mauvaise pipe. Je le mis sur le compte de cette odeur persistante que rien ne pouvait masquer, de plus en plus laide.

Sans elle, il y avait ici tous les éléments d'une belle nuit romantique, comme je les aime. Je m'en suis souvenu en écrivant le *Hussard*. Le pavillon dans lequel on loge Angélo au château de la Valette a sous ses fenêtres le bassin que j'avais sous la mienne, cette nuit-là. Et l'odeur exquise qu'il y sent (et qui vient de ce petit mouchoir de femme caché dans le pot à fleurs — l'odeur de Pauline — l'odeur qu'il appelle *l'odeur si belle* — l'odeur dont il dit : *Quel est l'être passionné qui a inventé de porter ce parfum, et laisse ainsi des traces devant tous les pas que je fais ?*), je me demande jusqu'à quel point l'odeur *si belle* qu'il sent dans *son pavillon* n'est pas fille de cette odeur infernale que je sentais dans le mien...

Je viens de dire le mot : elle était infernale. Elle parlait d'enfer, de souterrains, d'endroits où, d'éternité en éternité, ne passera jamais d'air pur. La nuit était venue. Je fis de nouveau une inspection très soignée de la chambre. Ni l'état des murs ni l'aspect du lit ne pouvaient expliquer l'odeur. C'était une odeur abominable.

Il fallait me décider. La décision fut que je ne devais pas faire l'imbécile. Le plus simple était de me coucher et de dormir. Je me déshabillai. Naturellement, le commutateur électrique pour éteindre la lampe était près de la porte d'entrée, à au moins deux bons mètres de la tête du lit, et il me fallait éteindre avant d'entrer dans le lit. J'ai dit que les draps étaient très blancs, mais cette couleur ne pouvait plus me servir à rien dans l'obscurité. Par contre, ils étaient parfaitement humides.

Le chant des crapauds et des grenouilles était maintenant dans toute sa frénésie. C'était un tel délire exaspéré de sons qu'il irradiait la nuit comme un incessant épanouissement d'éclairs. Mon oreille était éblouie. Ce n'était pas désagréable, au contraire ; j'étais inondé d'images vertes qui ruisselaient en moi avec le scintillement des torrents au soleil, et je crois même que l'ivresse et l'accablement que me procurait cet entrechoquement de formes entremêlées comme l'entrechoquement des mille formes de l'eau, cette vibration continue du fond de mon oreille m'auraient rapidement fait dormir, si la laideur insupportable de l'odeur ne l'avait empêché. Depuis que j'étais couché, cette odeur était de plus en plus forte. Je reniflai mon tr versin à côté de ma joue. Évidemment, cet endroit-là sentait mauvais, mais pas assez pour empuantir toute la chambre et m'emplâtrer le nez. Je tournai le traversin, mais, brusquement l'idée me vint de renifler le lit lui-même. Alors, à travers l'odeur de chlore des draps, une ignoble bouffée de puanteur épaisse me suffoqua au point que je sautai du lit et que je restais debout dans le noir, un bon moment, avant de reprendre mon souffle et d'aller à la porte donner de la lumière.

J'ôtai le drap. Dessous c'était un matelas de kapok, je crois. Il était taché d'une très grande tache rectangulaire ou, plus exactement (cela a son importance) en forme de trapèze allongé, le grand côté étant du côté de la tête du lit, presque à l'endroit où j'avais tout à l'heure mes épaules, le petit côté étant du côté du pied du lit et à l'endroit où, tout à l'heure, j'avais mes deux pieds réunis (et à peu près de la grandeur de mes deux pieds réunis). Cette tache brune avait vraiment un très vilain aspect et même (je frémis quand j'y songe), l'ayant touchée du doigt pour voir si elle était encore humide, je la trouvai non seulement humide, mais la simple pression de mon doigt fit juter à travers la toile à matelas quelques perles d'un liquide qui devait imbiber le kapok.

De tout le temps que je faisais ces découvertes, j'étais comme en suspens ; je ne savais que penser. Mais enfin, le *corps du délit* était là ; et avant même de savoir ce qu'était au juste le corps du délit, une chose était cependant certaine : c'est qu'il ne pouvait plus être question de me coucher sur cette tache qui avait d'ailleurs (il semblait qu'on l'avait fait exprès) la grandeur et presque la forme de mon corps.

J'étais en train de me rhabiller quand j'entendis, à travers le délire des grenouilles et des crapauds, des bruits qui paraissaient venir du couloir. Je les mis d'abord sur le compte de mon ivresse auditive, d'autant que la femme qui m'avait conduit ici m'avait dit que j'étais tout seul dans ce pavillon. Elle avait même insisté sur le fait que les autres pièces n'étaient même pas meublées. Et elle avait vaguement rigolé. Ce que j'avais supposé être sa façon spirituelle de se moquer de l'ameublement succinct de cette chambre-ci.

Mais bientôt me voilà de nouveau en suspens, et comme projeté hors de moi, laissant mes doigts vides arrêtés dans les lacets de mes souliers. Il n'y avait pas à s'y tromper, il y avait effectivement des bruits dans le couloir. Ce n'était pas un mirage d'oreille ; cela ressemblait à des glissements de savates. *C'étaient* des glissements de savates. C'était même le glissement de toute une armée de savates (enfin, ce que le couloir aurait pu contenir d'une armée), *le piétinement sourd des légions en marche*, mais en savates. Je blague parce que c'est passé, que j'en suis loin, que je suis bien au clair, bien au chaud, bien au calme dans mon petit pigeonnier, mais je vous assure que je n'avais pas du tout envie de blaguer. L'odeur parlait depuis longtemps avec assez d'insistance de lémures et de harpies. Un jet de peur bien glacé fusa le long de mon échine.

La peur, dans ces cas-là (j'y suis sujet ; et elle détermine toujours la colère), après avoir fait la tringle tout le long de mon dos, m'entoure le cou, puis me glace tout le derrière de la tête et enfin m'applique sur le crâne un casque de givre. A ce moment-là, instantanément, mon cœur se met à bouillir, et c'est la colère.

J'allais en être à la colère quand, plus vigoureux que le premier jet, un second jet de peur fusa le long de mon échine. Le bouton de la porte tournait. La porte s'entrebâilla. L'enfer tout entier ne pourra pas être plus noir que l'entrebâil de cette porte qui s'agrandissait peu à peu sous la poussée de l'inconnaissable, sans rien montrer que du noir ; jusqu'au moment où l'entrebâil fut assez large pour encadrer un visage de vieille dame. Une vieille dame *grecque*, surgissant toute matérielle de l'Hécube d'Euripide, grâce à des papillotes de papier qui la couronnaient de la lourde couronne d'argent de Troie. Elle m'aperçut et ouvrit la porte en plein, et je vis derrière elle ce qui me parut être une multitude de visages d'autres vieilles dames (en réalité très exactement six).

J'ai souvent expérimenté qu'au cœur du drame j'ai toujours mon sang-froid. J'ai peur avant. Je n'avais plus ni peur ni colère. Je dis simplement : « Bonsoir mesdames. » Et si les Erynnies elles-mêmes étaient entrées, ou les Parques, j'aurais dit : « Bonsoir mesdames », de la même voix. — « Bonsoir, monsieur », me dit la Reine de Troie en inclinant sa tête lourdement couronnée de papier. Elle regarda le lit. Et voici le dialogue qui suivit :

« Où est Mme Donnadieu ? — Qui est Mme Donnadieu ? — Est-ce qu'on l'a enfin emportée ? — Je ne sais pas. — Vous n'êtes pas son parent ? — Non, je ne sais pas qui est Mme Donnadieu. — Vous ne l'avez pas vue ? — Non, est-ce la dame qui m'a mené ici ? — Qui vous a mené ici ? — Une femme assez malpropre. — C'est Eugénie. Non, Mme Donnadieu était sur ce lit. — Il n'y avait personne sur ce lit. — Alors, pourquoi vous a-t-on mené ici ? — Parce que j'ai demandé une chambre.

— Pour quoi faire ? — Pour dormir. — Et c'est Eugénie qui vous a mené ici ? — Si Eugénie est la femme malpropre, c'est Eugénie qui m'a mené ici. — Et vous dites qu'il n'y avait rien (elle se reprit) personne sur le lit ? — Je n'aurais certainement pas accepté un lit sur lequel il y avait déjà quelqu'un. D'autant, ajoutai-je, qu'il est très étroit. »

Ma dernière phrase détermina un petit gloussement de rire. Il provenait d'un des visages de la multitude : un visage long, maigre, encadré de la chute de cheveux blancs, lourds, lisses ; le rire sortait d'une bouche qui déchira le plâtre de ce visage sous de très grands yeux, très cernés. La reine de Troie dit paisiblement : « Il n'y a pas de quoi rire. » Elle fit un pas en avant, puis deux, trois, quatre et elle entra tout à fait. Et, derrière elle, dans un bruit de multitude chaussée de savates, sa compagnie la suivit. C'étaient sept vieilles dames, en camisole et toilette de nuit (ce n'est que longtemps après que j'eus l'esprit de les compter et de connaître qu'elles n'étaient que sept : six, plus la reine de Troie).

On rencontre de ces vieilles dames qui ont l'air radoubé avec des bouts de ficelle et des morceaux de papier collant. Ce sont généralement des veuves sans enfants ou de vieilles filles. Elles ont beau prendre toutes les précautions (et elles en prennent d'extraordinaires) pour maintenir ensemble leurs membres, leur corps et leur tête, il s'en faut toujours d'un peu que ces matériaux soient bien agglomérés. Elles donnent une impression de désordre, même si les cheveux sont en place et les

attaches consolidées de cols de jais, de gros bracelets et de ceintures de faille. Il y a on ne sait
quoi qui démesure les espaces de leur condition
chimique. Elles ont des regards affolés à sentir
qu'une lente explosion continue tend à les dis-
perser en poussière aux quatre coins de l'univers.

C'était cette sorte de vieille dame qui était
entrée dans ma chambre.

Le présent est toujours une chose fort simple et
sans aucun pathétique. Les vieilles dames, même
déglinguées, aiment le cérémonial ; et je suis, de
par ma nature timide, très porté sur la politesse.
Une conversation de bonne compagnie ne tarda
pas à s'établir entre elles et moi, bien qu'elles
fussent en camisole de nuit et jupon de dessous.
Pour moi, je clochais sur un seul pied chaussé. Et
voici ce que j'appris :

La Thébaïde était une sorte de maison de retraite pour vieilles dames. Oui, Eugénie était en
quelque sorte la patronne. Peut-être n'était-elle
que l'émanation d'une patronne supérieure —
elles aimaient à le croire — étant donné qu'elle
était peu représentative, mais la vérité les forçait
à reconnaître qu'elles n'avaient jamais vu qu'Eugénie, et que c'était à Eugénie qu'elles versaient
leurs rentes. Oh! de très petites rentes. Par les
temps qui courent, on ne peut pas exiger que les
gens entre les mains desquels on verse des rentes
si petites soient vêtus de satin et parfumés à
l'opoponax. Les rentes régulièrement versées leur
donnaient droit à l'usage d'une chambre (chacune,
ajoutèrent-elles) et d'un réfectoire (commun), là-
bas, au château (elles tendirent toutes ensemble

l'index du côté de la fenêtre, vers les au-delà nocturnes du bassin aux grenouilles). Elles étaient huit. Les sept qui étaient ici (elles se regardèrent entre elles) et Mme Donnadieu qui était là (elles pointèrent toutes ensemble l'index vers le lit — mon lit). Mme Donnadieu avait été étendue sur ce lit, les mains jointes, avant-hier soir. Car, Mme Donnadieu était morte avant-hier midi. On avait télégraphié à son neveu qui habitait l'Ardèche. Et, en attendant le neveu qui habitait l'Ardèche, on avait étendu Mme Donnadieu sur ce lit. Mme Donnadieu était une vieille dame assez corpulente. Mais déjà hier soir, Mme Donnadieu, qui attendait bien sagement, les mains jointes, son neveu ardéchois, Mme Donnadieu (dirent-elles) avait bien perdu de sa corpulence. « Nous sommes en juillet (dirent-elles avec un petit rire bref en casse-noisette) et la chaleur, humide au surplus à cause du bassin et des feuillages épais, n'est pas à conseiller pour la bonne conservation des cadavres corpulents. » Elles avaient rendu à leur amie les devoirs qu'on doit rendre aux morts, et elles s'étaient chargées à tour de rôle de veiller ici même, la première nuit, puis la deuxième nuit. Mais, après cette deuxième nuit (ce matin donc), elles avaient prévenu Eugénie que, si l'on continuait à attendre le neveu de l'Ardèche, il faudrait transporter Mme Donnadieu à sa dernière demeure dans des seaux. (Elles parurent assez satisfaites de cette image et marquèrent un temps pendant lequel je sentis monter le long de ma gorge un effroyable haut-le-cœur). Eugénie, poursuivirent-elles, abonda véhémentement dans leur sens. Et aujourd'hui même, à midi, elle leur annonça à table, que désormais Mme Donnadieu pourrait continuer ses transformations dans un endroit plus discret, en toute tranquillité pour tout le monde. De quoi elles n'avaient pas été peu satisfaites, étant donné qu'il faut de l'ordre en toute chose et que, dans une occasion aussi sérieuse que la mort, il en faut encore beaucoup plus qu'ailleurs. Mais, ce soir, comme elles tiraient leurs contrevents (l'une après l'autre ou toutes ensemble), elles aperçurent, à travers les feuillages, la lumière qui venait d'ici. Elles imaginèrent qu'Eugénie leur avait *monté le coup* (c'est l'expression dont elles se servirent. Est-ce qu'on peut jamais savoir au juste d'où viennent les vieilles dames ?). Elles imaginèrent que Mme Donnadieu était encore ici, toute seule ; ce qui aurait été parfaitement indécent. Elles voulurent en avoir le cœur net. Elles avaient traversé le parc nocturne à la queue leu leu. Et les voilà !

Je priai la compagnie de vouloir bien me pardonner si je donnais une minute d'attention à mon pied droit. Je tenais à le chausser le plus vite possible Après quoi, ayant mis ma veste sous mon bras, je sortis avec elles. Je crois même que j'oubliai d'éteindre la lumière.

Sitôt dehors, les vieilles dames semblables à la nuit se fondirent dans la nuit ; à peine s'il y eut derrière elles, pendant quelques secondes, dans les taillis, un bruit de remuement de branchages semblable au sillage d'une belette. Je me dis que ce serait bien le diable s'il n'y avait pas dans ce parc un petit endroit d'herbe sèche. Après m'être rendu compte que tous les bassins étaient soigneusement balisés de coassements de grenouilles, et que je ne risquais guère, en allant pas à pas, de faire un plongeon, je me mis tout doucement à monter vers le sommet de cette colline, au flanc de laquelle avait l'air de s'étendre cette bizarre *propriété*. Je ne tardai pas à rencontrer, sous mon pied, des pierrailles, et même du thym dont l'odeur se mit à fumer. Maintenant que j'étais dégagé des grands arbres, arrivé sur les dernières pentes d'une sorte de tertre presque nu, avec seulement quelques amandiers, je voyais la nuit admirable. Les étoiles étaient dans le ciel comme l'avoine dans la mesure.

J'étais dans la pleine campagne. Je revenais de beaucoup plus loin que la pleine campagne ; je revenais d'un lieu que je me refusais à croire géographiquement localisé.

Cependant, à côté de moi, le clocher d'une église d'Endoume sonna dix heures et, au-dessous de moi, le dernier tramway se mit à parcourir la rue Paradis. Il était à peine à deux cents mètres plus bas que cette colline où j'étais couché dans le thym. Je voyais les étincelles bleues qui éclataient sous la roulette de la perche chaque fois qu'elle passait sur un embranchement ; j'entendais le roulement de la lourde voiture dans le couloir sonore de la rue déserte. Le tramway s'éloigna du côté de Saint-Giniez. A d'autres endroits de l'énorme ville sans lumière qui était couchée à mes pieds, d'autres derniers tramways s'éloignèrent, dans des avenues si désertes, si sonores que, malgré la distance, je pouvais entendre le ronflement de l'accélération et le gémissement des rails dans les courbes. Puis, peu à peu ces bruits se turent. Vint l'énorme soupir d'une ville endormie ; puis, le vent qui fit trois pas dans les feuillages, trébucha sur les branches des marronniers et s'allongea dans les ramées comme un ivrogne.

Je regardai le ciel pendant un long moment et il me sembla que sans cesse des étoiles s'ajoutaient à des étoiles. J'entendais cependant que des autos rapides s'étaient mises à parcourir la ville. Ce devaient être d'énormes engins bourrés de bonne essence. Elles avaient l'air d'être fort nombreuses et occupées toutes à la fois à sillonner tous les quartiers. Les grondements qu'elles avaient dans les longues lignes droites, le crissement des virages brusques, le halètement avec lequel elles reniflaient dans l'entrecroisement des rues étroites, et une sorte de rugissement qu'elles poussaient en se ruant vers je ne sais quoi, dessinaient en traits sonores, dans la nuit, le plan de toute une ville cachée, aux aguets. Quelques coups de revolver claquèrent du côté du Prado ; une mitraillette cassa du bois dans la fosse du Vieux-Port ; bien plus tard, une grenade éclata dans la direction du boulevard Sakakini, jetant une brève lueur rouge.

Je me réveillai à l'aube. J'avais dormi près d'un mur par-dessus lequel je regardai. Juste de l'autre côté, c'était le haut du boulevard Périer. Je ne me sentais tenu à aucune politesse envers Eugénie. Je sautai le mur, et je me mis à descendre à grandes enjambées vers le Prado où j'espérais trouver un bistrot ouvert et une goutte de café.

La Mémé me dit qu'il existait des quantités de vieux domaines semblables ; mais qu'à un moment donné, ils avaient été jeunes, et florissants, et pleins de gaieté. C'était à l'époque des attelages à la Daumont. Les équipages attendaient toute la journée devant le Café Riche, le Gymnase, l'Alcazar. Dès que la nuit tombait, ils remontaient la rue Paradis. Elle allait à peine cent mètres plus haut que la rue Estrangin. A cet endroit-là, le pavé cessait pour devenir chemin de terre ; à cet endroit-là également se trouvaient les dernières maisons de Marseille. A partir de là, le chemin était bordé de chaque côté de murs d'où passaient des frondaisons, des tumultes d'oiseaux, des roulades de rossignols, le cri des paons et le roucoulement des fontaines.

Dans une des dernières maisons, à droite, à peu près à l'angle de ce qui est maintenant la rue Dragon, se trouvait le cabaret des Faux-mollets. C'est là que se réunissaient les laquais porteurs de lanternes. En hiver, ils se réchauffaient de vin chaud ; en été, ils se rafraîchissaient à l'anisette sous les tonnelles, en attendant l'arrivée des équipages. Ils reconnaissaient tout de suite le leur au pas, au roulement, grelots de colliers, cris du cocher. Ils empoignaient leur grosse lanterne et s'approchaient de la tête des chevaux pour reconnaître et se faire reconnaître, tournant la vitre éclairée vers leur visage. Puis ils s'en allaient à pied devant l'équipage, éclairant la montée en balançant leur fanal. La voiture les suivait au pas. Il y avait ainsi, chaque soir, huit à dix attelages qui rentraient au château, se suivant en file indienne ou allant de conserve derrière les lanterniers, qui étaient toujours des hommes énormes au grand pas de montagnards. Quelquefois, quand les voitures ramenaient les belles patronnes, les lanterniers chantaient des chansons de leurs montagnes.

Cela se passait dans les parages de ce qui est maintenant la façade de la salle Prat, jusqu'à l'arrêt du tramway, un peu avant la rue Fargès. Là, la route était en palier, les attelages prenaient un petit trot pendant que le lanternier courait devant de toutes ses forces. Puis, très vite, les attelages se dispersaient, l'un à droite, l'autre à gauche, entraient dans de petits chemins et s'arrêtaient, pendant que le lanternier ouvrait les grandes grilles. Ils pénétraient au pas dans les parcs, sous les dômes apaisants de la nuit, des feuillages et des oiseaux.

Les personnages extraordinaires ne manquaient pas. Il faut être quelqu'un pour acheter des arbres, des fontaines, des bassins, de l'herbe, et attraper le bonheur par des détours, dans une ville qui avait cinquante beuglants bourrés de femmes en pantalons à volants, plus le Gymnase qui, chaque samedi, faisait danser le French Cancan sur le trottoir du cours Belzunce. Il ne s'agissait pas de désirs virgiliens, malgré la proximité d'une mer où se promenaient les cyprès de la campagne de Rome. Il fallait gagner son *beefsteak d'arbres* dans des entreprises assaillies de Grecs.

Les assaillants étaient casqués de Bourse du Commerce, brandissaient des avocats, des avoués et des huissiers dans chaque main, avançaient sous l'égide d'un code rédigé par des marchands de tapis, faisaient tumulte de jurons et d'imprécations soigneusement rédigés dans des officines. Ils disposaient de dieux qui pouvaient *saisir* des flottes jusque dans le port de La Havane, brouiller le sens des boussoles et la fidélité des capitaines, condamner à de puérils cabotages infinis des cargos bourrés de poivre. Ils s'entassaient avec des gourmandises tranchantes comme des rasoirs, dans des chevaux mécaniques innocemment posés sur les paillassons, ou ils poussaient gentiment par le dos, vers des labyrinthes de douanes, des minotaures à calotte de soie et trente ans de service dans des postes subalternes (ce qui aiguise l'appétit). Certains même avaient des colloques secrets avec des mages syriaques, apprenaient les jongleries arméniennes, les tours de bâtons turcs, l'usage arabe des fantômes, et finalement apparaissaient en tête des assiégeants, revêtus des splendeurs de l'oracle de Delphes, organisaient l'assaut avec l'agrément de la justice immanente.

Il fallait résister à toute la malice d'un port méditerranéen, avec des têtes qui, parfois, ne venaient pas de plus loin que les Basses-Alpes, ou le Var, ou la Drôme ; avec des sangs qui s'étaient définitivement alanguis le long des siècles, depuis la lecture de l'*Astrée* ; avec des viscères fabriqués sous des Watteau et des estampes galantes ; des âmes tapissées d'Hubert Robert. Il fallait non seulement résister à l'envahissement de l'écume que les vents entassent dans les golfes des ports méditerranéens, mais il fallait y gagner de quoi vivre. Et vivre, c'était entrer chaque soir sous les dômes apaisants de la nuit, des feuillages et des oiseaux.

Ces nécessités donnaient naissance à de curieux esprits qui, à la longue, façonnaient de curieuses anatomies. Ces derniers rejetons des familles nobles paysannes ont tous un physique d'insectes. C'est

une sorte d'uniformité dans l'extraordinaire. Ces
familles ont tenu *le haut du pavé* dans les collines
glaciales des Basses-Alpes, les déserts du Var, les
prêches de la Drôme. Il fallait une force morale
prodigieuse pour ne pas perdre la face dans des
pays où la ruse et la malice ne jouent pas. Il ne
fallait en raconter à personne au point de vue de la
noblesse ; il était indispensable d'être noble, non
de particule, mais de comportement. Cette longue
habitude leur a donné à la fois le romantisme et le
goût du frein serré à bloc ; en même temps qu'une
certaine habileté plastique. Qu'il soit dans les solitudes du plan de Canjuers, dans le mistral de Banon,
ou au prêche darbiste de Dieulefit, ce Seigneur de
la dernière moitié du XIXᵉ siècle a été obligé d'apprendre à changer de forme vingt fois par jour.
Avec les nouvelles lois, il ne lui était plus possible
de montrer la vérité de ce qu'il était, ni à ses pairs
branlants au manche comme lui, ni aux bourgeois
qui fournissaient tout le matériel des deux Chambres, ni aux premiers ouvriers des manufactures
qui commençaient à savoir jeter des pierres dans les
réverbères. Aussi bien, quand il décida d'abandonner ses nids d'aigles, de descendre jusqu'au
bord de la mer, vers *les sablons d'or*, de mettre la
main à la pâte, et de livrer carrément bataille aux
Levantins, il ne lui a pas été difficile de prendre
une nouvelle forme qui est devenue sa forme définitive : celle qu'on pouvait voir vers 1895 dans les
calèches, breaks, boggeys et tonneaux qui, le soir,
remontaient la colline vers Saint-Giniez.

Le climat, la langueur orientale des vastes eaux,
les étés torrides, les siestes dans les salles fraîches

où le bourdon des guêpes organise le halètement sensuel de rêves lourds, l'extraordinaire richesse des butins donnèrent à ces hommes aux ancêtres soldats une âme de chevalier en Syrie. Il n'était certes pas question de revêtir l'armure de Godefroy de Bouillon. Cependant, la brutalité, la cruauté des luttes commerciales, dans un Marseille où commençait à se former le catalogue des vrais maîtres de la démocratie, faisaient précisément désirer ces sortes d'armures. Ces anciens habitants de terres sauvages ne pensèrent peut-être pas, mais leur sang pensa instinctivement à ces insectes qui hantaient les landes natales et vivaient, malgré les gels et les orages.

C'est pourquoi, tel armateur dont les flottes touchaient Jamaïque et Floride au son des guitares, des tambours et des bombardes, déclenchait des jambes minces comme des tuyaux de pipes mais solides comme des nerfs de bœuf, dans le pantalon rayé des hommes d'affaires, et tournait au-dessus de son haut col cassé, la tête sans menton, aux yeux énormes, à la bouche de fer d'une sauterelle. D'autres ressemblaient à des bousiers, avec des ventres larges, des dos en forme de chasuble, revêtus d'alpagas luisants ; leurs gros bras courts faisaient constamment le geste d'arrondir des pelotes, leurs mains épaisses tripotaient même au repos, sans cesse et dans le vide, des matières grasses, onctueuses et gluantes (on a l'impression qu'il pétrira dans ces pelotes imaginaires toutes ses possessions matérielles : or et femmes. Il a des yeux d'almée, une bouche de marchand de confiture ; souvent, à la suite d'on ne sait quel miracle intérieur, son regard est mélancolique et triomphant comme une fleur de narcisse). Certains avaient des corps de mygale, cette vélocité de l'araignée qui semble écartelée aux quatre coins de l'horizon par ses pattes, mais bondit en réalité en droite ligne vers la proie ; ce corps abondamment velu. (Au bout de ses bras, ses mains étaient elles-mêmes de grosses araignées constamment accroupies au bord de la table, pendant qu'il discutait tonnages, prêts, assurances et bureau Veritas ; constamment accroupies, prêtes à filer en droite ligne vers la proie, pendant qu'il discutait galamment d'alcôve avec les *premiers sujets* du Gymnase et de l'Alcazar, car il était un peu porté sur les frou-frous.)

Chaque dimanche, les landaus amenaient au parvis de l'église Saint-Vincent-de-Paul des cargaisons de blattes, hannetons, capricornes, araignées, empuses, mantes et scolopendres, dont les mandibules, rostres, griffes et dards amassaient et protégeaient des entrepôts de rhum, café, arachides, coprah, poivres, toutes sortes de cantharides et d'opiums ; mais les élytres, les carapaces, les attitudes spectrales contenaient des âmes sensibles.

Tous ces insectes étaient accouplés à de magnifiques Geneviève de Brabant, à des femmes nées sous le pinceau de Vinci, des Bronzino, des Raphaël, des Della Francesca, des Pollaiolo, qui, s'arrachant de la toile, de la fresque, de la palette, de la couleur broyée, emportaient avec elles, comme écharpe ou comme bijou frontal, ou comme ruban de cheveux, pectoral, plaques de colliers, broderies de manches et de gorgerins, les sublimes paysages, les tendres cyprès, les pins funèbres, les plaintives fontaines et les grands ciels bouillonnants sous la nage des dieux. Certaines, plus rusées (ou plus totalement ravies par le démon de leur cœur) avaient carrément installé les splendeurs sur leurs lèvres et dans leurs yeux.

Les jockeys au chic anglais, les lieutenants de diverses armes vêtus de bleu ciel et de rouge sang, les gandins à hauts cols durs qui suçaient l'ivoire en pomme des cannes de jonc, faisaient la haie sur les escaliers de l'église, guettaient le passage de ces lèvres sombres comme les forêts approfondies par l'enrouement des cors, ou sèches et passionnées comme les rochers arides de Giotto, et ces regards dans lesquels des perspectives inouïes aplatissaient l'argent étincelant des méandres de fleuves, et l'entrecroisement étagé de vallons couverts de chênaies où s'enfonçaient des milliers de chemins de fuite.

Le romantisme des cœurs tendres, excité par le loisir, l'opulence et le climat, ne peut trouver de bride que dans l'opinion publique et la religion. Les familles qui venaient à la messe en landaus étaient assez puissantes pour n'avoir de comptes à rendre ni à l'une ni à l'autre. Les tonnes de vanille, café, cacao et cannes à sucre ont toujours donné, non seulement indulgence plénière, mais ont, de tout temps, facilité la plantation de paradis terrestres particuliers. Il aurait été évidemment très mal porté de se jeter, au su et au vu de tout le monde, dans les bras de ce capitaine de zouaves qui avait de si belles moustaches, ou de prendre sur les genoux, dans le landau familial, cette mousseuse « premier sujet ». Mais il était extrêmement facile de combiner des chemins détournés.

Ce qui faisait la grandeur de ces âmes sublimes, c'est qu'elles connaissaient très bien *l'auberge espagnole* où l'on ne trouve que ce qu'on apporte. Elles ne tenaient pas du tout à *la fortune du pot* qu'elles savaient ne contenir que saupiquet et miroton ; elles voulaient des repas princiers ou, tout au moins, des noces de Gamache et, sagement, elles les fournissaient.

Tel bosquet de hêtres pourpres, cette cyprière qui ombrage un petit temple grand comme la main, cette pinède qu'une colline de craie hausse dans l'aveuglant miroitement de la mer n'ont été plantés que pour recevoir congrûment l'embrassement du zouave, ou du marin, ou du jockey, ou du sombre fils du peuple. Ou peut-être pour simplement dresser le théâtre du rêve qui les contenait. Ce magnolia, cette fontaine, cette bergerie, cette grotte, cet aqueduc dont les canalisations chantent, cette cascade, cette harpe éolienne de bambous ont été savamment installés pour que, dans le faux lointain des pelouses, ils jouent la grandeur et la noblesse candide autour d'une petite tête saturée d'Offenbach et de rouerie professionnelles.

L'histoire de ces parcs est souvent singulière.

Un certain Melchior, natif d'une haute vallée des Basses-Alpes, était propriétaire d'une raffinerie d'huile à Saint-Louis. Il se maria avec une Creh... Rachel ; une Judith charnue aux cheveux de charbon, au beau visage de pieuvre. Les hautes vallées des Basses-Alpes ont irrigué pendant des siècles, avec de l'eau de glacier, des arbres généalogiques qui ont donné des fruits royaux mais à saveur enfantine. Celui de Melchior avait porté sur des branches collatérales des évêques jansénistes et un convulsionnaire de la nuit du 4 août ; entre autres tout aussi royaux et enfantins.

A la raffinerie d'huile de Saint-Louis, Melchior revêtait un costume de bure, chaussait des sabots et mettait la main à la pâte. Il fit une fortune qui pouvait être qualifiée d'américaine, avec cette différence que la naïveté, la candeur basalpines la rendirent indestructible. Il avait puissance de tout faire.

Rachel était d'une race qui sculpte des jugements derniers dans du loukoum. Une sorte de prophète personnel avait dû la persuader qu'elle était sur la terre uniquement pour transformer de la matière. Elle ne cessait pas de transformer faisans, cailles, grives, rôtis, sucreries de Constantinople, pâtisseries grecques, confiseries syriennes. Elle se bourrait d'anis de Naples pour les vents, buvait des Lacrimachristi et des Samos. A vingt-six ans, elle avait déjà un plein coffret de fort belles bagues trop petites ; à trente ans, grâce à un peu de savon, elle réussit à passer à son annulaire le bracelet d'or que Melchior lui avait offert pour son mariage. Trop grasse pour enfanter, elle essaya néanmoins chaque fois, à force de chaise longue, de hamacs et de lits de plume, de n'avorter que le plus tard possible. Ces tentatives (où elle établissait des sortes de records que, l'an d'après, il fallait battre) étaient ses seules distractions, mais suffisantes ; et, heureuse et paisible, elle avait conservé ses beaux yeux immenses, tendres comme le printemps sur la mer au large de Chypre.

Il n'existe pas de Bas-Alpins superficiels. C'est pourquoi ils ont deux gourmes à jeter : une vers vingt ans, comme tout le monde, l'autre vers cinquante ans, comptes faits.

A cet âge-là, Melchior était resté sec comme une gousse de vanille. A quoi pouvait-il penser dans le break qui chaque jour le conduisait de Longchamp, où il habitait, à Saint-Louis ?

Il acheta un morceau de la colline Périer, face à la mer. Puis il prit un fondé de pouvoir ; sans le choisir ; il savait que sa candeur basalpine lui permettait d'être impunément imprudent. Il n'alla plus jamais à Saint-Louis. Il passait tous ses après-midi dans les plates-bandes et les serres d'un jardinier paysagiste qui avait installé ses pépinières et ses vitrages le long de l'Huveaune. Après avoir soigneusement passé tous les arbres en revue, vers le soir, Melchior et le jardinier s'en allaient ensemble boire l'absinthe dans un caboulot de la Pointe-Rouge, en face de la mer. Cette guinguette avait une sorte d'appontement en bois qui s'avançait de cinq à six mètres sur la petite baie. C'est sur cette estrade qu'ils faisaient porter une table et qu'ils s'asseyaient. Après le cinq ou sixième verre, le jardinier couvrait les vagues de forêts : c'étaient de chênes, ou d'yeuses, ou de hêtres, ou de sapins que Melchior effaçait d'un geste de bras. Il s'agissait d'autres choses. Il n'était pas question de planter sur la mer les végétations mordorées des hautes vallées, de peindre la terre d'ici avec les vieux ors, les verts persans, les roses des déserts d'Arabie qui colorent les terres natales de Melchior. Il s'agissait du rêve de Koubla-Khan. *C'est à Xanadu que*

*Koubla-Khan fit bâtir un fastueux palais de plai-
sance.* C'est pourquoi d'ailleurs, en son âme enfantine et royale, Melchior avait trouvé la malice
d'amener chaque soir le jardinier devant la mer.
C'était une admirable table rase sur laquelle, sans
se soucier de rien, il voulait qu'on dressât la ma-
quette des jardins qu'il rêvait.

La colline Périer est comme celle de Notre-Dame
de la Garde, en rochers arides. Il fallut creuser
des réservoirs en tête du domaine que Melchior
avait acheté. Une station de pompage les remplit
d'eau douce. On recouvrit également toute la pente
de trois mètres d'épaisseur de terre végétale, en
ayant soin de combiner tout un sous-sol spécial,
car Melchior ne voulait que des arbres *svelte :*
bouleaux, peupliers, ifs, cyprès ; et des buissons de
bambous.

Pendant ce temps, Rachel continuait à grossir.
Il avait fallu scier le bracelet trop étroit pour son
doigt. Elle disait fort plaisamment que l'or ré-
trécissait sur elle. Son visage était quatre fois plus
large que du temps de sa jeunesse. Mais rien ne
pouvait lui ôter sa beauté : ses yeux, sa voix semblable à celle des rossignols dans ce qu'elle a de
plus velouté quand ils s'endorment, l'aube étant
au seuil des jardins ; son teint ; la pureté exquise
de sa chair ; ses gestes, que la graisse obligeait
à rouler lentement en des courbes qui semblaient
dessinées par des compas obéissant aux nombres
d'or, étaient d'un charme inexprimable.

Elle ne put sortir de l'hôtel Longchamp que par
la porte cochère. Elle fit volontiers les quatre pas
qu'il fallut faire pour traverser le trottoir et monter

en calèche, pendant que deux hommes faisaient contrepoids sur l'autre marchepied. Une fois installée, elle dit qu'on pouvait « fouetter cocher ». Ce qui ne donna malgré tout qu'une allure fort noble de demi-trot, presque dansé sur place par les deux chevaux.

C'est ainsi qu'elle traversa tout Marseille, qui ne manque pas de femmes énormes ; mais on se retourna sur son passage. Et il ne manqua pas non plus d'Hercules barbus et poilus, aux prunelles de braise, pour la désirer violemment ; car, laiteuse, elle souriait aux anges et ses yeux étaient comme deux bouquets de violettes.

Au bas de la colline, on attela un troisième cheval en flèche et Rachel fut haussée lentement, toute souriante, jusqu'à la porte de ses jardins. Melchior, assis en face d'elle, lui tapotait gentiment la main.

Après la grille et une courte montée qu'on avait adoucie le plus possible, on arrivait de plain-pied sur la plus haute terrasse et, tout de suite, on était aveuglé par le miroitement de la mer. Mais, pendant qu'on restait ainsi un instant, les yeux clos, à regarder le frémissement de la mer courir en ondulations noires sur le rouge des paupières fermées, on était enveloppé de ce baume de liberté qui emplit les vents marins. Brusquement, le poumon devenait un appareil de gourmandise et, par conséquent, un appareil de connaissance (même pour nous qui ne vivons pas comme des odalisques. Quel dut être l'extraordinaire bonheur de Rachel devant ces énormes cuisines! Rachel mangeant du ciel). Il suffisait de la première aspiration pour connaître la profondeur des abîmes de l'univers, non plus comme on peut les connaître par l'intelligence, mais comme un chien connaît la présence du lièvre. On s'apercevait que ce jardin était une très ingénieuse machine à voyager immobile. Rien n'avait été laissé au hasard ; tout avait été pensé à l'avance, en vue du but à atteindre, et le but à atteindre était d'alimenter Rachel avec la nourriture des dieux. Elle dut être tout de suite dans une telle ivresse qu'il lui fut sans doute impossible de se rendre compte de toutes les ingéniosités de Melchior. Ces êtres enfantins et royaux, quand ils sont amoureux, ont d'ailleurs des délicatesses si subtiles qu'on ne peut pas leur en tenir compte ; elles sont invisibles ; elles procurent le bonheur par endosmose. Rachel dut se contenter sans doute de roucouler, comme quand il lui offrait quelque magnifique boîte de confiserie : « Quel bon Roumi, quel bon Roumi ! »

En fait, tout, jusqu'à peut-être l'indication des feuillages, avait été combiné. Cet éblouissement qui vous frappait dès la première terrasse avait été préparé avec soin pour que Rachel soit obligée de fermer les yeux et de trouver tout de suite son chemin de Damas vers les rêves.

Il n'y avait là que des bambous noirs, extrêmement vernis, dont la gracilité laissait passer librement la lumière et dont le biseau multipliait le frémissement du soleil sur la mer. Par des glissements imperceptibles, les terrasses coulaient de terrasse en terrasse, portant des bouleaux élancés aux troncs en peau de cheval blanc, aux branchages étincelants comme des cristaux de lustres, de longs peupliers d'Italie ruisselants d'un vert doré ; des rangées d'ifs semblables aux ferronneries lancéolées des couvents espagnols, des cyprès de bronze. Ces arbres, soigneusement ébranchés jusqu'à trois mètres du sol, laissaient bondir librement une lumière blonde aux pieds de sel, à laquelle de vastes bassins plats pleins d'eau claire servaient de tremplin et de tapis gymnasiarque. Des haies d'un buis qu'on avait choisi très sombre et très brillant bordaient les paliers, et quelques escaliers qui tombaient à pic vers la mer qui déroulait au fond de ces puits les replis d'un velours violet.

Actuellement, sur l'emplacement de ce domaine passent les rues Cisneros, de Dakar, la rue d'Antibes et la montée Gustave-Labret. Il y a aussi un dépotoir de boîtes de conserves américaines et l'emplacement de trois batteries. Le lieu même où Rachel fut mise en présence de l'éblouissement se trouve exactement derrière le comptoir de la petite épicerie — vide — dite *Aux produits de Corse*. Bien entendu, il n'y a pas de produits de Corse ; il n'y a également pas de produits d'ailleurs : il y a un tiroir qui, une fois tiré, se trouve exactement à l'endroit où Rachel, qui était de petite taille, avait sa majestueuse poitrine de neige (elle portait des corsages très largement décolletés, étant absolument certaine de la beauté de ce qu'elle montrait). Le tiroir est plein de tickets. On doit construire un garage sur l'emplacement du réservoir d'eau ; il paraît qu'avec très peu de chose on en fera un réservoir à essence, qui restera vide, bien entendu, tant qu'on manque d'essence, mais qui servira dès qu'on sera revenu à l'abondance. Pour suivre le cheminement des promenades que Rachel faisait à travers le jardin dans une corbeille d'osier traînée par deux petites mules, il faudrait passer par le couloir du 17, rue de Dakar, traverser la cuisine, sauter le mur de la cour, entrer dans la salle à manger du 25 de la rue d'Antibes, descendre les escaliers du sous-sol, longer le lavoir, enjamber le charbon de la resserre, se glisser par la lucarne, atterrir sur la toiture de la villa *Mon Bonheur*, 4, montée Gustave-Lambret, se glisser le long des tuyaux de descente, se dégager de l'étendoir à linge, escalader le mur du jardin, traverser la rue Cisneros, entrer au Bar des Amis, sortir dans le jeu de boules (d'où l'on voit la mer) et, de là, continuer une route qui vous ferait traverser les salles à manger, cuisines, caves, chambres à coucher, magasins, de plus de cent petites maisons de briques loties dans cette colline devenue de craie pure, pendant que le vent de l'Estaque soulève des tourbillons de poussière et agite les castagnettes métalliques du dépotoir de boîtes de conserves.

Il y a aussi l'histoire de cet armateur qui avait sept filles enfants de Marie, et qui planta le parc de la *Commandance* à Saint-Barnabé, dans lequel les filles jouaient avec des reproductions grandeur nature de la grotte de Lourdes, du sanctuaire de la Salette, de la maison de sainte Thérèse d'Avila, du désert de Marie-Madeleine. Il y a l'histoire de l'*Ennemi de la race humaine* et des chemins qu'il avait su si bien enchevêtrer en méandres dans ses massifs qu'il pouvait y faire de véritables marches de plusieurs heures, en pleine solitude et devant des paysages constamment renouvelés. A tous les carrefours un garde-chasse nègre lui présentait les armes, au garde à vous, sans mot dire. Il y a l'histoire du parc appelé l'Aurore, du domaine des Terres chaudes, des jardins de Fabrice Colonna, mais, sans contredit, la plus belle histoire est celle de l'*Empereur*.

Empereur? Pour celui-là, je vois d'abord le père : Maxime Empereur. Il est fait avec tous les *êtres pensants* que j'ai rencontrés dans les banques, chez les agents de change et les hommes d'affaires ; il est fait d'un grand morceau de la rue Montgrand, quartier des experts près les tribunaux, et de cinq ou six façades sinistres de la rue Armény derrière lesquelles sont les cervelles de la police, de l'état-major et de quelques avocats. (Je ne sais pas où habitent les politiques de Marseille. Je ne sais pas comment sont faits leurs vestibules, bureaux de travail, valets de chambre, soubrettes, secrétaires, ni comment ils se débrouillent avec des pyjamas, plastrons empesés et agents provocateurs, sans quoi Maxime Empereur serait également, en son âme, composé de tous ces matériaux : c'est un aggloméré.)

Je le vois au début propriétaire de deux cargos : *la Carmen* et *Magenta*, avec lesquels il fait le transport et le commerce des oranges des Baléares. C'est la première concurrence sérieuse faite aux balancelles barcelonaises. Puis, je lui vois trois, cinq et dix cargos. A l'époque des deux cargos, quand *la Carmen* et *Magenta* étaient encore en projet, il s'est marié avec une fille de l'aristocratie marseillaise.

Caractéristique des filles de l'aristocratie marseillaise : elles sont toutes uniques, et toutes orphelines de père ; régulièrement. Le père est généralement mort très vite après avoir fécondé. La mère joue à la bourse ; elle passe tous les après-midi dans les banques ; sur sa table de nuit il n'y a pas d'eau de mélisse, mais la cote Desfossés, un carnet et un crayon. La fille, vers les vingt ans, a eu la bouleversante aventure suivante : on lui a ouvert un compte en banque — à sa mesure — et on lui a permis de spéculer. Elle a gagné treize cents francs en spéculant sur du Mexican Eagle à terme. Elle en rêve la nuit, ne dort que par soubresauts et si, dans une conversation mondaine avec les amies de sa mère on prononce le nom de Mexican Eagle, elle se trouble, rougit et savoure son doux secret. Les moins défendues ont quelquefois des intrigues avec un chef de titres.

C'est avec une de ces filles que Maxime se maria. J'essaye de construire les ascendants à chaux et à sable.

Celui qui m'intéresse est le fils de Maxime : Empereur Jules.

Maxime n'a pas construit de parc. Il en a eu un en dot de sa femme ; tout ce qu'il a fait ensuite, au fur et à mesure que les cargos se multipliaient sur la ligne des Baléares, c'est d'acheter tout ce qui touchait ses murs. Il ne se cassait la tête ni pour choisir ni pour planter. Le notaire lui signala une fois, comme il était mitoyen, une ferme de laitier qui allait se vendre. Il acheta, sans voir. C'est le notaire lui-même qui se passionna par la suite, prenant plaisir à imaginer quel beau territoire feraient, en fin de compte, ces arrondissements. Pendant des années, Maxime annexa ainsi, par principe et par habitude. Si ce qu'il achetait était en prairies, il laissait les prairies ; si c'était en collines, il plantait des pins. Et c'était réglé une fois pour toutes.

Cette façon désinvolte de se constituer un domaine composa en fin de compte un paysage d'une noblesse et d'une grandeur vraiment impériales.

A l'époque où les gosses de son âge n'avaient pour toute prairie de Fenimore Cooper que des coins de préau d'école communale, Empereur Jules avait tout un duché sous ses ordres.

Les filles de l'aristocratie marseillaise, devenues femmes, sont sauvées (pour si peu que ce soit) si elles donnent naissance à un enfant mâle car, instantanément, elles deviennent amoureuses de leur fils. Elles n'ont jamais été amoureuses de leur mari. Elles se laissent enfin emporter par la passion pour un être vivant. Dix ans de spéculation sur les Mexican Eagle préparent à toutes les folies.

Empereur Jules eut tout ce qu'il désirait, depuis la carabine à air comprimé jusqu'au poney, qu'il appela naturellement *Mustang ;* car le duché a beau être immense, c'est toujours au-delà de ses frontières que se trouvent les mines d'or.

Disons que ces jeux d'enfants avaient une grande importance. En effet, il s'en allait dans le

219

royaume de son père par les collines couvertes de pins, à travers les troncs desquels il pouvait apercevoir la ville grise et ses abords où s'ouvraient les rues, dans le couloir desquelles dormait une ombre triste où s'agitaient par soubresauts les voitures rougeaudes des lourds omnibus ; alors, il poussait doucement du genou le cheval qu'il appelait *Mustang* et il descendait dans des vals herbeux, pleins de fleurs vermeilles, vers des fermes paisibles où on l'accueillait comme le fils du maître, en petit prince à qui l'on donnait confiture de groseille et fromage de chèvre. Et souvent il restait ainsi jusqu'au soir à inventer des mines d'or.

Il se fit ainsi une âme avec des arbres, des oiseaux et cette si belle couleur verte de l'herbe tendre ; toutes choses qui prédisposent à la romance quand elles sont travaillées par l'intelligence fraîche d'un garçon de quinze ans.

Quand il rentrait à la Résidence, sa mère l'attendait avec des concerts de quatuors. Évidemment, la vieille spéculatrice qui perdait le nord dans l'amour pour son fils, s'accrochait terriblement aux trois autres points cardinaux. Les musiciens dont elle faisait usage étaient de pauvres professeurs de violon assez maigres, souvent mal rasés, toujours tremblants de cette terreur panique qui affole les compagnons de Mozart en esclavage chez les bourgeois. Mais les dieux jonglent avec les joueurs de Mexican Eagle. Ces visages harassés de misère, ces vêtements qui sentaient la friture d'oignons, ces yeux bordés de paupières rougies, qui attendaient dans un coin du grand salon, se transfiguraient dès les premières mesures. Ils prenaient autorité.

Empereur Jules, qui passait toutes ses journées à chercher sa jouissance dans les nuances du cœur, trappeur des sons les plus légers, des iris que le vent brasse dans le blond des avoines sèches, des fumées, des odeurs, des silences avec lesquels il composait son bonheur quotidien, était très sensible à ce changement de figure.

Entendons-nous : je ne compose pas un personnage qui tout à l'heure va s'échapper subrepticement pour aller glisser dans la main du musicien d'Hector Malot la petite bourse qui contient ses économies. Aussi bien, les musiciens qui sont là, quand ils sont en liberté fricotent dans les bouis-bouis, sont de sacrés feignants, picolent dur, trompent leurs femmes, battent leurs filles, violent leurs petits frères, ont des cadavres dans leurs boîtes à violons, comme tout le monde ; vivent, quoi ! Je n'en fais pas une *affaire d'État*. Quand ils viennent ici, ils disent : « On va chez cette salope de mère Empereur. » Elle leur donne autant que ce qu'on leur donnerait pour aller racler dans une salle de danse. Ils vont y racler après d'ailleurs. Non, je ne connais pas de saints et je ne me mêle pas de vertus édifiantes. Mon rôle d'historiographe est de dire simplement que, chaque soir, Empereur Jules a, dans une île de la Bidassoa, des entrevues avec des ambassadeurs d'une autre *Prairie de Fenimore Cooper*. Quand il voit comme ils deviennent lumineux dès qu'ils parlent de leur pays, Empereur Jules a brusquement la connaissance d'un far-west où l'on peut faire galoper

Mustang en ligne droite pendant toute la vie.

C'est ainsi qu'il se compose : un peu du Mexican Eagle de sa mère, « frissons quand je touche ton beau bordereau », un peu de prés à narcisses, collines balsamiques, oiseaux suaves, même les corbeaux qui grognent dans les buissons comme des porcs ; un grand morceau du père Maxime à cause de ces sacrés cargos ; on imagine difficilement un opium plus envoûtant (archange ravisseur) que le parfum des grandes tôles salées, quand la mer bouillante de juillet les enduit comme d'une purée d'algues et de mollusques ; et finalement il contient ces terres inconnues, ces far-west à faire galoper Mustang toute la vie, dont les ambassadeurs lui ont apporté les cartes blanches dans la Bidassoa des concertos.

Au physique, c'était ce qu'on appelle un gosse de riche, de visage agréable, bien bâti, l'air à la fois timide et suffisant, pas sympathique jusqu'à vingt ans, tant qu'il eut l'habitude d'avoir dans le monde un côté *faiseur* qu'il tenait de sa mère, et sous lequel il dissimulait une très grande timidité. Jusqu'à vingt ans aussi il soigna un peu trop ses joues, auxquelles il consacrait des après-midi entiers de coiffeur, à la mode marseillaise, avec renfort de serviettes chaudes, massages à la crème, nuages de poudre, *extirpations de points noirs ;* et sa chevelure, qu'il faisait graisser, onduler et plaquer près des oreilles. Il détestait les jours de vent. Et ses cravates, dont il refaisait dix fois le nœud, qu'il changeait trois fois par jour et qui, le restant du jour le faisaient loucher, ce qui lui donnait un air engorgé d'orgueil!... Il y avait de

quoi le gifler; et ses chaussures, somptueuse-
ment méridionales : des pains de beurre ruisselants de soleil, historiées comme des chartes de
nègres !

A vingt ans, il va devenir bellâtre et Don Juan
de port méditerranéen ; mais il fait un voyage
aux Baléares, sur un cargo paternel, puis, coup sur
coup, deux, trois, quatre, dix, vingt, trente voyages
aux Baléares. On ne peut plus le sortir de dessus
les cargos. Il se rase lui-même avec un rasoir-
couteau, porte parfois la barbe, se bronze (la mode
était aux teints de crème), se tanne, prend l'œil
clair. Le père Maxime le tire de dessus les cargos
par la peau du cou. Mme Empereur est folle
pendant six mois : il tache de graisse les fauteuils
sur lesquels il s'assoit ; il mange comme un rustre
en tenant solidement son assiette de la main
gauche, comme s'il avait peur qu'on la lui vole. Il
n'a pas peur qu'on la lui vole, mais il est habitué
aux roulis. Cela n'échappe pas au père Maxime
qui se lèche les babines. Il attire Empereur Jules
à la Société Méditerranéenne de transports. Un an
après, la Bourse a pris l'habitude de compter deux
fois avec ce nouveau corsaire.

Maxime meurt. Mme Empereur aussi.

A cette époque, le duché est bordé au nord par
la route d'Allauch aux Trois-Lucs ; à l'ouest par
la ligne de tramways (récente) de la Pomme-Plan
de Cuques ; à l'est, par une autre ligne de tramways, récente également, qui va à Saint-Julien.
Au sud, il touche le haut du boulevard de la Madeleine. Les pieds plantés sur sa terre aussi grande
qu'un canton administratif, Empereur Jules, par-

dessus son mur, pourrait, s'il le voulait, faire causette avec les commerçants qui tiennent boutique dans la ville et, le soir venu, prennent le frais sur le trottoir. Naturellement, il ne le fait pas, et même, pour s'éloigner un peu de ces *artères* où circule déjà plus de bruit que de sang (à son avis) il vend (très cher) toute la pointe de son territoire qui touche le boulevard. Il se retire. Il mène en effet une vie assez retirée. Il est resté célibataire.

Entrée d'Hortense. Depuis longtemps, les marieuses ont classé Empereur Jules dans les sauvages. Elles ont joué le jeu. On a fait des dépenses folles de petits fours. Il est infréquentable. Et dangereux, car il est très beau : svelte à trente-cinq ans au milieu de jeunes poussahs qui ont déjà dix ans de triples mentons. Il a fait flamber de brusques passions chez les oies blanches, grises et noires qu'on poussait dans ses parages pour le bon motif. Il s'en est servi pour le mauvais motif. Clameurs de hauts cris ; et depuis, on fait rentrer les basses-cours à son approche. Il vit seul, à la Résidence : quatre domestiques mâles et deux femelles, vieilles. De temps en temps, il fait quelques incursions sur le territoire de la République française. C'est dans un bourg de cette nation voisine de son duché, à Allauch, qu'il rencontra Hortense.

Quoi dire d'Hortense ? Au moment où l'on a à décrire la perfection féminine, on s'aperçoit que les mots manquent et qu'on n'a pas d'exemple. Belle corps et âme ? Est-ce qu'on me croira ? Plus tard, Empereur Jules s'apercevra, dites-vous, qu'elle a roupie au nez ? Mais, il n'y aura pas de plus tard.

Parlons d'Hortense toutefois pour qu'elle ne soit pas coupée du réel ; et disons des choses banales. L'Hortense qu'Empereur Jules va aimer est à celle-là ce que la chair est au squelette.

Elle a une vieille amie à Château-Gombert qui, dès qu'elle arrive, l'embrasse et dit : « J'aime vous embrasser parce que vous êtes saine. » Allauch est un petit pays où viennent se mettre rapidement au vert des gens qui ne veulent pas perdre Marseille longtemps de vue. Notamment une entremetteuse notoire, peinte comme un clavecin et plus rehaussée de dorures qu'une chapelle péruvienne ; enfin quelqu'un qui, dans sa partie, sait ce que parler veut dire. Elle boit l'anis à la terrasse du bistrot. Hortense passe. La maquerelle la suit de l'œil et dit : « Si elle voulait, cette femme-là ferait de l'or. » Elle ajoute d'ailleurs avec un soupir : « Mais ces femmes-là n'ont pas le sens commun. » Au fond, ce qu'on pourrait dire d'Hortense, c'est qu'elle est en voyage sans connaître les chemins. Sous sa peau, les plus fabuleuses bêtes qui font le bonheur de l'homme sont à l'ombre.

Empereur Jules aima d'une façon si franche et si naïve qu'il se fit aimer. « Comment pouvez-vous être jaloux, lui dit-elle un soir qu'il souffrait d'imagination, alors que je suis l'être le plus foncièrement fidèle ? Mon sang fait de la fidélité comme certains sangs font des acides qui donnent de l'enflure aux chevilles. Je suis tout impotente de fidélité. — Croyez-vous que je serais jaloux de quelqu'un d'infidèle ? lui répondit-il. Quand il s'agit de vous, je voudrais être jusqu'au receveur d'omnibus à qui vous donnez deux sous pour votre ticket. »

Ils étaient éblouis l'un de l'autre. Il n'y avait plus pour eux de monde réel.

Ils ne consentirent à faire un peu toilette que pour assister à une représentation du *Don Juan* de Mozart qu'une troupe de chanteurs célèbres, venus de Vienne, donnait à l'Opéra. Empereur Jules et Hortense étaient dans le fond de leur loge, les mains liées, se regardant avec des yeux pleins de larmes, quand la voix du chanteur se cassa tout à coup en une sorte d'exclamation réprobative. Suivit un tumulte qui mit malgré tout un peu de temps à les tirer de leur ivresse. On donnait des coups de pied dans les contrebasses et il y avait un très grand brouhaha de cris et de fauteuils renversés. Les mains toujours liées, ils vinrent au balcon de leur loge. Le parterre n'était plus qu'une très sordide bataille de plastrons, de queues de pies, de robes de soie d'où jaillissaient des gémissements stridents et des jurons. Sur la scène vide, les décors étaient déjà renversés dans des flammes et de la fumée. Il leur fallut cependant plus d'une minute pour se rendre compte que le théâtre brûlait.

Ils étaient au deuxième étage. Ils sortirent de la loge et furent emportés par un flot de gens qui avaient déjà sur leurs visages soudain dénudés les stigmates de la cruauté de la mort. Les escaliers étroits et en colimaçons ronflaient comme des cheminées de boulanger. Toute cette foule reflua

226

dans le couloir et commença à se battre pour s'approcher des fenêtres. Empereur Jules, qui n'avait pas lâché la main d'Hortense, la tira vers une petite porte à laquelle personne ne songeait. Elle donnait dans un couloir désert dont un des murs était percé d'une grande fenêtre.

Ils appelèrent dans la rue et réussirent à attirer l'attention de gens qui, de dessus la porte d'un petit café, regardaient l'incendie en s'exclamant. Il y avait également là quelques pompiers ébahis et les bras ballants. Ces gens bien intentionnés essayèrent de leur tendre des échelles qui étaient toutes trop courtes. Enfin, un des pompiers eut l'idée d'aller chercher une couverture et, la tendant avec six hommes solides, on leur cria de sauter.

Hortense et Empereur Jules n'avaient pas peur ; ils étaient trop occupés de la merveilleuse découverte qu'ils faisaient l'un de l'autre. Le visage d'Hortense n'avait jamais été si rayonnant d'amour, et jamais Empereur Jules n'avait encore eu un tel sentiment de possession totale de la femme qu'il aimait ; en conséquence son visage était extrêmement séduisant. Ils enjambèrent tranquillement la fenêtre. « La vie nous berne, mon cœur, dit Empereur Jules en montrant à une dizaine de mètres au-dessous d'eux la couverture tendue, et ceci n'est que la couverture qui nous a fait sauter jusqu'ici. Il s'agit simplement d'y redescendre. Sautez la première, mon âme, je vous suis. » Hortense sauta, mais ils avaient oublié qu'ils se tenaient toujours par la main. Elle entraîna Empereur Jules. C'est seulement en l'air que leurs mains furent désunies par une force incompréhensible. Hortense tomba sur le trottoir et se tua sur le coup. Empereur Jules frappa dans la couverture que les pompiers affolés avaient à moitié lâchée et il s'écrasa les deux jambes.

Au cours de cette nuit, les hôpitaux de Marseille furent bondés de blessés et de moribonds. Des infirmiers bénévoles les charriaient à pleines charrettes et charretons. Il fallait les déposer sur le trottoir où ils attendaient qu'on leur fasse de la place. Quand l'hôpital était plein, on transportait ceux qui restaient à d'autres hôpitaux, parfois à l'autre bout de la ville. Dès l'aube, les établissements hospitaliers avaient dû se faire prêter les dortoirs des couvents et même les réfectoires, sur les tables desquels on alignait les uns à côté des autres des êtres inconscients qui sentaient la côtelette grillée.

Empereur Jules, que les clients du petit café avaient transporté à divers endroits, fut déposé de guerre lasse dans le jardin d'une mission de la rue de la Loubière. Il resta tout le reste de la nuit sous un bosquet de lilas qui l'abritait un peu de la petite pluie fine qui avait commencé à tomber, mais le dissimulait presque complètement. C'est seulement au jour qu'il fut transporté sur une paillasse dans un couloir.

Les chirurgiens et les docteurs ne pouvaient pas soigner tout le monde en même temps. Il se passa plusieurs jours. Un praticien compétent finit par arriver au chevet d'Empereur Jules qui jusque-là n'avait reçu que les soins empressés mais maladroits des bonnes sœurs. Il avait l'odeur sucrée de la mort. La gangrène s'était mise dans ses fractures ouvertes. Il fallut lui couper les deux jambes en pleine cuisse.

L'événement avait été si rapide qu'Empereur Jules fut obligé de réfléchir lentement. C'est à peine s'il demanda des nouvelles d'Hortense. Il avait eu le temps, au moment où ses jambes se brisaient, de voir au pied du mur du théâtre l'amas sanglant et désarticulé qui ne bougeait plus. De jour en jour, le regard d'Empereur Jules se fit d'une dureté impitoyable.

L'incendie de l'Opéra avait eu lieu dans le courant du mois de décembre. En mai, Empereur Jules fut ramené à la Résidence. Les arbres étaient en fleurs. Le jour même il se fit porter à ses bureaux et tout de suite après à la Bourse du Commerce. Dans le courant de ce printemps-là, éclata brusquement une bagarre terrible à propos de stocks de vanille et de poivre. Toute la colonie levantine et tout le sous-bois des margoulins se précipita comme d'usage dans la mêlée. Mais, les coups qui étaient cette fois assenés étaient si forts et procédaient d'une stratégie si brutale que, presque tout de suite, la meute s'écarta prudemment en glapissant, s'en allant lécher de terribles blessures au fond de leurs cafouines. Beaucoup étaient restés sur le carreau, et le spectacle de leurs entreprises écartelées hanta les nuits des survivants qui ne mirent plus le museau au trou. La bataille entre les gros dura tout l'été, au long duquel, de temps en temps, retentit l'écroulement de colosses blessés à mort. Le brinqueballement des cuirasses vides que les faillites traînaient au long des rues troubla la sieste de toute la ville. Quand on se précipita pour lécher les pieds du vainqueur, on s'aperçut qu'il n'en avait pas. Deux garçons de bureau, l'ayant pris par-dessous les bras, descendirent l'homme-tronc sous lequel flottaient les deux jambes du pantalon rayé et l'installèrent dans le break, le calant sur la banquette avec de gros coussins de crin. Le reste de l'été fut d'un silence sépulcral. On se souvenait avec terreur de ces yeux durs et de cette bouche crispée.

Le silence de l'été ne dura pas. D'ordinaire, après des engagements semblables (mais aucun n'avait été aussi violent que le dernier), les armées soufflaient paisiblement pendant assez longtemps. Cette fois, après un court répit pendant lequel les blessés et les rescapés ne cessèrent de trembler, une convulsion qui s'annonça tout de suite comme plus brutale que la précédente secoua le monde des affaires. L'initiative des combats avait été prise ouvertement par l'homme-tronc et, dès les premiers coups, deux géants qu'on considérait comme invincibles et éternels s'écroulèrent, faisant retentir la terre de leur chute. Tout le petit peuple resta terré, mais les terriers eux-mêmes furent éventrés et des chasses au rat menées avec une vigueur sans exemple épouvantèrent les officines. Quelques-uns essayèrent de composer. On s'efforça de payer tribut et de faire soumission jusque dans le bureau directorial. Empereur Jules, calé dans son fauteuil par deux coussins de crin, soufflait une atmosphère glaciale qui endormait toute sa maison. Dès l'entrée, une chape de gel courbait les échines et solidifiait les mensonges dans les bouches. Les employés eux-mêmes semblaient vitrifiés dans des blocs de glace. Le dernier adversaire dont les entreprises, la famille et la vie privée avaient reçu impitoyablement de la hache dans les œuvres vives, se suicida mélodramatiquement avec un pistolet dans l'antichambre où il avait supplié qu'on le laissât attendre vainement un mot d'humanité. Empereur Jules, emporté sous les bras par les deux garçons de bureau, regarda la flaque de sang et dit : « Balayez ! »

Cette fois, le silence s'établit si solidement qu'on commença à entendre les moineaux pépier dans le fronton grec de la Bourse.

La Société Méditerranéenne de transports (l'usage n'était pas encore aux initiales) digéra paisiblement ses buffles : la Compagnie maritime pour l'Indochine, l'Union des flottes de commerce pour l'Amérique du Sud, le Comptoir des épices et les Associés réunis.

Quand la digestion fut finie, Empereur Jules possédait une entreprise qu'il appela : Maison Empereur. Il ne s'agissait plus des dix cargos de son père. Il en avait plus de cent cinquante. Son pavillon flottait sur toutes les mers. Un très large no man's land entourait ses affaires.

Il ne voulait pas entendre parler de fauteuils roulants. Le matin, à la Résidence, le valet de chambre et le jardinier le prenaient chacun d'un côté par-dessous les bras et le portaient au break. Ils le calaient sur la banquette dans des coussins de crin et l'attachaient avec une sangle. Il arrivait ainsi à la porte de la maison Empereur, boulevard des Dames. Deux plantons l'attendaient, défaisaient la sangle, écartaient les coussins de crin, le prenaient chacun d'un côté par-dessous les bras et le montaient à son bureau. On le calait dans son fauteuil. Deux garçons attendaient dans l'anti-chambre. Au coup de sonnette, ils entraient et c'est soutenu par eux qu'Empereur Jules vaquait dans la maison Empereur. Ils étaient également les témoins obligatoires d'humiliants besoins.

Un de ses capitaines au long cours lui fit cadeau, au retour d'un voyage, d'un matelot fuégien. C'était une brute géante de plus de deux mètres de haut.

Un des tourments les plus aigus d'Empereur Jules était de très bien savoir qu'il ressemblait à une lourde araignée quand deux hommes le trans-portaient en le prenant sous les bras. Il y avait peut-être là le secret de ses cruautés et par consé-quent de ses victoires.

Le sauvage tomba en arrêt pendant plusieurs jours devant ce fragment d'homme. On aurait dû voir qu'il se prenait peu à peu de passion pour lui. Enfin, une fois qu'on emportait l'infirme de la façon habituelle, il s'en saisit malgré les cris, les imprécations et même les coups de poing. D'une ou deux volées de mornifles il épouvanta les comp-tables et les employés de bureaux et, ayant fait le vide autour de lui, il se mit à examiner soigneuse-ment Empereur Jules qui avait roulé sur le tapis et essayait convulsivement de se relever sur ses moignons et de se traîner comme un crapaud. Avec une très grande tendresse, quoique d'une façon assez primitive, cet homme simple saisit Empereur Jules par la peau du cou, puis il se le campa sur le bras et il l'emporta triomphalement comme on emporte un bébé. Les employés, terrifiés de la lâcheté qui risquait de leur coûter leur gagne-pain, voulurent s'élancer sur lui, mais Empereur Jules, à qui le rose commençait à revenir aux joues, les arrêta.

Ce mode de locomotion, qui avait pour Empereur Jules la douceur d'être de nouveau à hauteur d'homme, eut, pour l'avenir de la maison Empereur, des conséquences incalculables.

Quand on en était encore à la période de ce transport entre deux valets dont l'obséquiosité même était insolente, Empereur Jules, par certains beaux matins, se faisait voiturer dans la brouette du jardinier jusqu'à un endroit de la pelouse de la Résidence où il y avait foison de pâquerettes. On connaissait alors ses ordres qui, au début, avaient soulevé de timides protestations. On déchargeait Empereur Jules carrément dans le pré. Il fallut se retirer le plus rapidement possible. Empereur Jules s'assurait soigneusement de sa solitude, puis il commençait à se traîner lentement dans l'herbe. Il se tirait de place en place en se cramponnant à pleines mains. Souvent, il basculait et tombait, le visage en avant, dans les fleurs et le foin. Au bout d'un petit moment, quand il avait ainsi gagné le large du pré, il s'ébattait avec la plus grande liberté, se roulant sur le dos comme un chien, agitant ses moignons de cuisses et ses longs bras, haussant parfois au ras de l'herbe ce visage glabre et froid dont la cruauté épouvantait Marseille. Depuis que les soubresauts de ce monstrueux batracien avaient donné des convulsions hystériques à une pauvre femme de journée qui l'avait aperçu en traversant le parc, tout le temps que duraient ces ébats le valet de chambre, le jardinier, la cuisinière et la vieille nourrice, tous datant du temps de M. Maxime, montaient la garde autour de la pelouse.

Portant ce débris d'homme au bras, le sauvage était fou d'amour et d'orgueil. Les richesses de la Résidence, la luxuriance du parc et sa splendeur verte, la soumission et, jusqu'à un certain point, la tendresse des cinq ou six domestiques, en tout cas leur attachement à un ordre de choses établi, donnèrent au Fuégien l'idée que ce qu'il portait ainsi avec amour était au surplus un dieu très puissant. Il apprit très vite suffisamment de français pour comprendre les ordres qu'on lui donnait, tant il lui était voluptueux d'obéir. Il se fit, avec des lanières de l'écurie, une sorte de harnais avec lequel il assurait solidement à son bras l'assiette de l'idole ; avec cet appareil, il pouvait le transporter n'importe où, sans limite de temps ni de distance. Il avait des jambes énormes et des pieds formidables ; le reste de son corps avait la rondeur et la solidité d'une colonne corinthienne, à quelle ressemblance ajoutaient encore ses monstrueux cheveux noirs, non pas frisés, mais en feuilles d'acanthe. A son bras, Empereur Jules était alors comme un dieu se promenant avec un morceau de son temple.

Maintenant qu'il avait à sa disposition cette façon miraculeuse de se déplacer, Empereur Jules allait de moins en moins en ville à ses bureaux. Il avait recommencé à parcourir son parc. Les parties de pelouses et de pâquerettes étaient également plus nombreuses. Elles avaient lieu maintenant tous les matins de beau temps. Le sauvage portait son idole jusqu'au milieu de l'herbe et il le déposait par terre. Il faisait ensuite en courant une ronde rapide sous les cèdres pour chasser les importuns. Les vieux domestiques qui continuaient à monter la garde étaient obligés de se cacher. Puis, le sauvage revenait se coucher à côté d'Empereur Jules et ils se vautraient de compagnie.

Mais, au-delà de ces abords immédiats de la Résidence, il y avait toujours le vaste duché. Empereur Jules commanda à son cocher d'acheter un solide cheval breton. Ce fut une belle bête grise et fauve, large, solide, très haute de garrot, qui enchanta le sauvage. Il lui parla dans sa langue natale ; il lui disait des phrases à sonorités très douces. Le cheval gémit, mais vint soigneusement renifler cet être étrange qui ressemblait à un arbre avec ses deux grosses hanches, ses quatre bras et ses deux têtes, dont l'une bourdonnait de sons plus doux que le miel et l'autre regardait avec des yeux pleins de tristes tendresses. C'est sur ce cheval, qu'on appela *Mustang*, que les rêves recommencèrent.

Le sauvage ne se servait ni de selle ni d'étriers, et il ne connaissait que le galop. La lourde bête prenait lentement cette allure, mais quand elle y était installée, elle s'enlevait comme sur de robustes ailes. Sans oublier le respect qu'il devait à son idole (sentiment dont il tirait tout son bonheur) le sauvage, tenant solidement Empereur Jules dans ses bras et avec des sangles, poussait des hurlements qui enivraient le cheval. Ils parcouraient au galop les larges allées entourées de pinèdes, montaient aux collines, en dévalaient vers des fermes où, comme au temps de la jeunesse du prince héritier, on continuait à offrir des goûters de confitures, de lait caillé et de crème.

Il ne faut pas oublier que, de ce temps, les tramways, de création récente, entouraient la propriété de rails sur lesquels toute la population des faubourgs glissait vers l'esclavage de la fin du XIXᵉ siècle. Quand, dans leurs cavalcades, Empereur Jules, son sauvage et le cheval arrivaient à proximité des murs d'enceinte, il leur arrivait de voir émerger des tessons de bouteilles la perche d'un trolley roulant sur des fils aériens. Parfois même ils apercevaient le fronton d'un tramway qui emportait une réclame rouge et or du vin Mariani. Et, d'autres fois, la trompe à pompe aspirante dont le wattman se servait pour signaler le passage de la voiture s'entendait du milieu du duché.

Il y avait maintenant plus d'un an qu'Empereur Jules n'était plus venu aux bureaux. Il s'était remplacé par un fondé de pouvoir qui, chaque soir, montait aux ordres. Cet homme dévoué et qui devait tout à Empereur Jules s'ébahit au début d'avoir ainsi des conférences avec un patron les joues parfois souillées de boue et dont la bouche directoriale mâchait des pâquerettes, des violettes ou des roses, suivant la saison, et quelquefois même des brindilles de thym, et tout le monde sait que c'est une herbe à lapin. A différentes reprises, il dut même faire antichambre et, avant d'être reçu, il vit arriver au perron le centaure tricéphale, suant, hennissant, hurlant : le visage qui terrifiait Marseille gémissait de bonheur d'entre ses lèvres desserrées. Le fondé de pouvoir était là en présence d'un spectacle qui, fort naturellement, donne occasion de mépriser. Il commença à venir sans crainte à la Résidence et même à avoir des idées personnelles.

Il n'est pas normal qu'on laisse trop longtemps pépier les oiseaux dans le fronton grec de la Bourse. Il y eut quelques petits engagements de fourrageurs. La maison Empereur ne quitta pas ses quartiers d'hiver. Il y eut deux ou trois brèves batailles, sans conclusion, les adversaires ne perdant pas de l'œil la grosse maison qui, à chaque instant, pouvait saisir les marrons de tout le monde en précipitant ses troupes au combat. La grosse maison ne bougea pas. Un peu inquiets de cette immobilité, et se souvenant de l'impitoyable massacre précédent, les combattants reniflèrent aux grègues. Sans qu'on soit bien assuré qu'ils aient senti la véritable odeur, ils s'empoignèrent un peu plus sérieusement. Il y eut alors une véritable mêlée d'ensemble, tout à fait semblable à celles qui suffisaient à passionner l'opinion avant la grande défaite. Et le vainqueur osa tout de suite attaquer très fermement les avant-postes de la maison Empereur.

Le matin même de l'attaque, Empereur Jules, porté par son sauvage, arriva boulevard des Dames. La maison respira. Jamais le patron n'avait été accueilli avec autant de sourires et d'empressement, l'obséquiosité même semblait de bon aloi. Il s'installa dans son bureau.

Mais il ne s'agissait pas de vétilles. Il s'agissait de communiquer de toute urgence avec le nommé Joseph Polliac, capitaine commandant le cargo *Empereur III*, en rade de Rivedavia, Patagonie. Il fallait tout de suite (il y avait une très grande insistance dans les mots « toute urgence, tout de suite, immédiatement, toute affaire cessante » qui furent transmis tous par câbles, sans se servir de code) qu'il se mette tout de suite en quête des graines d'une plante qui devait s'appeler *Tea* ou *Smilie*, ou quelque chose d'approchant. Se renseigner chez les cultivateurs les plus sauvages. Il s'agit peut-être du *Tussac*. Rapporter une cinquantaine de kilos de ces graines. En outre, obtenir vingt mille boutures d'un arbre dont le nom doit être *Sal*, ou *Seal* ou *Shag*, ou peut-être même *Turn*. Nota : ces arbres sont communs dans la baie Pebble, le port Tamar, la baie Keppel, les Cayes Jason Ouest et les îles du Passage. Nous disons vingt mille boutures, et se renseigner sur les soins à donner pendant la traversée. De plus, rapporter cent cinquante mille plants d'un arbuste dont le nom est *Tide, Cliff*, ou *Bense*. Nota : ces noms nous sont fournis par un homme commun, originaire du golfe de Penas ; péninsule Forelius. Cent cinquante mille plants d'une sorte de pin (autant que nous pouvons juger) dont le nom est *Cirujano*, cent cinquante mille plants d'un bouleau de grande taille (ce renseignement est précis) dont nous ignorons le nom, mais très commun dans l'île Boscosa. Donner des ordres fermes pour commander cent cinquante mille plants de chacun des arbres suivants nommés *Chico, Acero, Canalès, Jésuitas, Chéape*. Passer les ordres à Camille Barberis, capitaine commandant le cargo *Empereur IV*, actuellement en rade d'Antofagasta, pour qu'il prenne ces plants sur sa route de retour, ces deux cargos sont désormais à mon service particulier. Annuler tous frets autres que celui des

238

arbres sus-indiqués, résilier contrats et payer dédits ; soigner tout particulièrement les plants et boutures. Au besoin, engager cultivateurs ou forestiers du pays pour les accompagner pendant la traversée. Fonds illimités chez notre correspondant de Punte Arénas et dans toutes les succursales de la Banque pour le commerce des terres Sud.

On essaya bien de lui faire entendre qu'on menait un combat assez dur aux avant-postes. Il entendit d'ailleurs parfaitement, mais il se contenta de sourire et il s'en alla, porté par son sauvage. Il avait un air de bonheur parfait qui lui épaississait les lèvres, et il dit fort aimablement en passant la porte : « Bonsoir messieurs. »

Voilà comment je vois Empereur Jules.

Depuis que la Mémé a commencé à me parler de ces grands domaines qui entouraient Marseille il y a à peine une cinquantaine d'années, et que je me suis mis à me souvenir de ces lambeaux de domaines que, pendant ma jeunesse, je traversais parfois, les matins d'août, en accompagnant mon cousin Michel, tout ce quartier de l'extrémité du boulevard Baille où je vadrouille : rue Mouren, rue Nègre, Bar du Terminus, est devenu forestier. Des parcs, et ces brumes qui fument des feuillages sombres tapissent les façades des maisons, les boutiques, le tramway 54 ; et une sorte de terrain vague qui est là, un désert de Gobi avec la carcasse rouge et bleuâtre d'une vieille auto éreintée, je le recouvre à chaque instant avec des prés, des herbages, des pelouses. Si une femme parle dans la sonorité d'un couloir, j'entends de romantiques échos. Si c'est le matin, à l'heure où les femmes n'ont pas encore

eu le temps de s'enrouer dans leurs soucis, et qu'on
traîne en plus des poubelles sur le trottoir, et qu'il
y ait, par exemple dans les détours de la rue Crillon, le marchand de peaux de lapins qui chante, ou
le vitrier ; si les pneus d'un taxi en maraude font
bruire le pavé fraîchement arrosé, alors les frondaisons imaginaires sont éclairées de lumières plus
belles que toutes celles qui existent dans la réalité.
Des splendeurs que je n'ai jamais vues que là (ou
dans des moments semblables ; quand je plante les
décors pour les mille drames qui précipitent soudain leurs personnages dans mes carrefours sacrés)
me forcent à d'innombrables détours.

Je descends dans la petite échoppe en contrebas,
où mon ami le cordonnier va rester toute la journée
assis à son établi qui le coupe en deux. Tout ce qui
émerge : le buste, les bras et le visage rêveur s'occupe de la paire de souliers. Nous parlons de choses
et d'autres pendant que je me demande comment
il fait pour transporter ce buste, ces bras et ce visage
rêveur jusque dans la rue Sainte-Cécile où je sais
qu'il a sa maison, sa femme et sa petite-fille. Alors,
je lui propose de venir prendre un *arrosé* (c'est un
godet de café avec une giclure d'eau-de-vie) au Bar
Terminus à côté. Et fort simplement il se dresse
sur ses propres jambes. Mais elles sont entourées
d'un tablier de grosse serge bleue tout arrondi
autour de lui ; on ne voit même pas la pointe de ses
pieds et on dirait qu'il est planté dans un tronçon
de colonne drapé de bleu. C'est cependant cette
colonne qui le transporte jusqu'au comptoir du
Bar Terminus où nous buvons paisiblement notre
arrosé, pendant que je tiens la conversation d'une

façon très naturelle, parlant peut-être de la situation politique, ou du ravitaillement, pendant qu'au-delà des vitres je vois une réalité d'il y a cinquante ans, et même plus de réalité du tout.

En sortant du Bar Terminus, je serre la main à mon ami le cordonnier, qui s'appelle Jules, et je lui dis de ne pas manquer de faire un très bon ressemelage à la paire de souliers que je lui ai confiée, avec double semelle s'il se peut, et il me dit que, pour les amis, ces choses-là sont très faciles et que je peux compter sur lui.

Pendant que je m'extasie en constatant encore à quel point il y a désaccord flagrant entre son buste, ses bras, son visage rêveur (qui contient dans les plis autour de sa bouche et le regard de ses yeux une très populaire tendresse un peu triste) et ses jambes cachées dans le fourreau de serge bleue, si bien que, de plus en plus, ces deux parties du même corps ont l'air d'appartenir à deux personnes différentes (celle à qui appartiendraient les jambes serait une sorte de personnage composé de motifs architecturaux), il se baisse pour descendre dans son échoppe en contrebas et il a l'air de se glisser dans les herbes, les humus, les fourrés et les trous de rats d'un parc très luxuriant ; car l'extrémité du boulevard Baille est, à ce moment-là, étouffée sous des feuillages épais d'un vert sombre, et même la devanture du Bar Terminus qui n'est qu'à trois pas de moi, n'est presque plus visible dans l'entremêlement des branchages, et le rouge d'une réclame de Byrrh est tout à fait semblable à un trou d'ombre très profond, mais que la grande lumière du matin illumine quand même à travers les feuilles. Un foin dru recouvre les pavés, et c'est dans ce foin que Jules, qui entre dans son échoppe en contrebas, semble se glisser pour aller se consoler de sa tendresse un peu triste, à l'abri des regards indiscrets.

Je me demande si je vais partir par la droite ou par la gauche. Et si j'étais parti par la droite, l'Opéra de Marseille n'aurait pas brûlé et Empereur Jules aurait gardé ses deux jambes (malgré le tablier de serge bleue) et Hortense aurait eu une grande et belle vie ; ou bien elle serait morte de ce qu'on appelle sa belle mort ; ou bien il serait arrivé à ses amours ce qui arrive aux amours. Mais, j'ai pris par la gauche et j'ai tourné dans la rue Crillon qui m'a mené jusque devant la porte d'entrée de l'hôpital de la Conception. A cette heure de la matinée, c'est bien rare s'il n'y a pas là un taxi ou deux qui amènent des blessés, ou des ambulances qui déchargent des brancards, et toute une entrée et sortie de gens empaquetés dans des pansements qui viennent à la visite, ou en sortent, tous avec un petit sillage d'odeur d'éther, ou de fruits suris, ou de pot à fleurs dont on a oublié de changer l'eau.

Il m'arrive souvent de rester là un bon moment, le long des grilles, près du petit pavillon du concierge. Quelquefois même je donne la main pour aider à descendre un brancard et, en attendant que les infirmiers arrivent, j'ai une partie du poids du malade ou du blessé dans ma main ; ou bien, je tiens la portière du taxi pendant que les parents soutiennent le blessé ou le malade ; et il fait un pas pour descendre de voiture et, toujours, il manque le marchepied, parce qu'au lieu de regarder le marchepied il regarde la façade de l'Hôpital. Je le sais à l'avance. Je l'ai vu cent fois.

Je sais aussi qu'à ce moment-là, le parent, ou la parente, ou les parents et parentes qui accompagnent le malade ou le blessé le soutiennent négligemment, parce qu'en même temps ils sont préoccupés d'un sac à main ou d'un cabas, ou d'un petit bagage. C'est pourquoi généralement, tout en maintenant la portière du taxi avec mon genou, je tiens ma main toute prête et, neuf fois sur dix, au moment où le pied manque le marchepied, je suis là pour soutenir, et on me dit merci.

Le plus souvent d'ailleurs personne n'a besoin de moi et je reste à regarder du côté du pavillon du concierge. A voir ce va-et-vient d'ambulances, de taxis et de piétons enturbannés ou empaquetés des mains, ou portant leurs bras raidis entre deux planches, ou traînant la jambe, il est facile d'imaginer qu'il y a quelque part dans la ville une fabrique de blessés et de malades.

Je m'en vais par la rue de la Loubière et je passe devant le petit jardin d'une mission. Deux ou trois lilas très touffus balancent des branches au-dessus du mur et entre les barreaux de la grille. Je me dis que si par hasard l'usine à blessés et à malades se mettait à fonctionner à plein rendement, on pourrait déposer des brancards dans la petite cour de la Mission, sous ces beaux lilas (mais imaginer la nuit et l'angoisse du blessé oublié sous les lilas qui sont trop beaux et le cachent trop bien). Et comment pourrait-elle se mettre à fonctionner à plein rendement cette usine à blessés et à malades ? Ici je vois mal des barricades,

243

mais je vois très bien une épidémie de choléra. Et ce que je vois mieux encore dans cette ville où tous les dieux barbares sont en liberté, c'est un incendie, un beau bûcher soudain en pleine Canebière, devant lequel les tramways renâclent et tirent au renard, autour duquel court la piaillante lâchée de toutes les écoles, collèges et lycées, et les pompiers qui voient grand et ne pensent qu'à aller tremper carrément leurs tuyaux dans la mer, pendant que ronfle gaiement la rôtissoire à ménagères et chefs de rayons.

Je me souviens d'avoir vu brûler l'Opéra. C'était en 1920. Je travaillais au Comptoir National d'Escompte, place Saint-Ferréol. Il était six heures du soir. Je finissais de totaliser les pochettes d'une remise coupon. Les grandes fenêtres qui donnaient sur la place et celles qui bordaient la rue Montgrand s'emplirent d'un sang rose très insolite. Celui qui faisait la caisse, celui qui faisait les titres et ceux de la conservation, peu à peu, nous levâmes tous le nez vers ce sang frais qui coulait du ciel dans nos vitres. Quelqu'un venu de dehors nous dit que l'Opéra brûlait. Heureusement c'était avant la représentation, disait-on. Si ç'avait été trois heures plus tard, on jouait *Zampa*, alors vous pensez, qu'est-ce qu'il y aurait eu comme morts! Là non. L'Opéra était vide. Il y avait juste quelques machinistes. Ils ont sauté dans des couvertures. Il n'y a pas eu de victimes.

A la sortie du bureau, les rues étaient tellement bondées de monde qu'il me fut impossible d'aller à ma pension (pension Nathan, allées des Capucines). Le flot m'emporta par la rue Paradis jusqu'aux abords de l'Opéra qui finissait de brûler.

L'incendie est un très beau personnage dramatique. Ce n'est pas, comme la tempête, ou le tremblement de terre, ou la foudre, les manifestations d'un dieu : c'est un dieu, en chair et en os (le choléra, ou la peste, sont également des dieux en chair et en os). Il n'y avait qu'à regarder ce qu'on voyait. Et encore, c'était la fin de l'incendie. Écouter le crépitement, les grondements, et voir le débat des flammes, entendre les gens qui parlaient de cette fameuse *part du feu*, faire *la part du feu*. Et parfois *la part du feu*, c'est une centaine d'hommes, de femmes et d'enfants qui, au moment même où ils comprennent qu'ils sont dans cette part, qui est reconnue comme appartenant au feu, redeviennent brusquement sauvages comme avant l'invention de toutes les sciences. Ce qui est bien le type même des transformations qu'apporte dans l'homme l'approche d'un dieu.

Mon grand-père paternel est mort dans un incendie. Il est rentré volontairement dans une maison en flammes pour aller sauver je ne sais plus quoi, certainement pas une vie humaine, il avait trop de mépris pour ses contemporains. On n'a jamais su ce qu'il voulait censément sauver au juste, et tout de suite après la maison s'écroula sur lui. Il n'a pas de tombe.

D'autres fois, l'après-midi je prenais un tramway et j'allais du côté de la Pomme, ou de Château-Gombert, ou des Trois-Lucs, ou d'Allauch, la Valentine, la Treille, sur l'emplacement de cet immense duché.

Certes, maintenant il n'est pas possible d'imaginer que tout cela a pu appartenir à un seul homme il y a à peine cinquante ans. Ces rues de banlieue ont plus de cinquante ans ; regardez la lèpre grisâtre des façades. Cette vieille épicerie a plus de cinquante ans, cette meunerie aussi, et cette tannerie abandonnée où des paquets de joncs ont poussé dans les fosses et qui porte un amandier sauvage sur son toit a plus de cinquante ans. Et vous n'allez pas nous faire croire qu'aux alentours de 1900 un armateur, pour si cossu qu'il ait été, a pu posséder des villages aux abords immédiats de Marseille.

Mais je quitte le tramway des Trois-Lucs au terminus, sur la placette, et je prends à pied la route d'Allauch ; quand j'ai fait cinquante mètres sur cette route, je tourne à droite dans un petit chemin. Il est bordé de vieilles murailles, à hauteur d'homme, et souvent un éreintement, qui n'est que la fatigue de ce vieux mur dont pas une pierre n'a bougé, le fait courir plus bas qu'à hauteur d'homme. D'ailleurs, partout on le dépasse de la tête en se haussant sur la pointe des pieds.

Le sol du chemin est un tapis de centaurées qui, dès qu'elles sont foulées, font fumer une odeur amère. Amère aussi l'odeur de très vastes pinèdes dans lesquelles on entre tout de suite, et où retentissent des volètements de vents.

Le long du mur, le chemin tourne, retourne, contourne des tours, comme si on longeait les remparts de quelque immense Aigues-Mortes des champs.

De loin en loin, soit d'un côté, soit de l'autre du chemin, un écroulement du mur laisse pénétrer le regard dans un enchevêtrement de vallons déserts, boisés, bleuâtres, comme si cette petite demi-heure depuis laquelle on marche avait suffi à vous transporter dans des collines sauvages. A quoi répond le coup de cor que le tramway des Trois-Lucs pousse avant de quitter son terminus en direction de Marseille. Et on s'aperçoit qu'on n'est pas loin du tout, puisqu'on entend même le bavardage des gens que le coup de trompe appelle, et qui sortent du bistrot.

Ici le chemin monte, et il fait très chaud entre ces deux murs où le soleil tombe d'aplomb. Et quand le tramway s'est éloigné, on entend un très strident concert de sourdines. Cela semble paradoxal qu'un concert de sourdines semble strident. C'est cependant le cas pour le grésillement continu des courtilières, grillons, mantes et empuses qui habitent les centaurées et les tapis d'aiguilles de pins. Et, de nouveau, cela fait croire qu'on est très loin.

D'ailleurs, maintenant, il n'y a plus que quelques pas à faire pour être vraiment très loin. On suit une crête. Il n'y a plus qu'un seul mur, celui qui longeait le chemin à droite. On s'aperçoit que celui-là seul était sérieux ; l'autre s'est émietté, et de ce côté on a maintenant une épaisse pinède sauvage, toute fourrée de buissons d'asparagus, de genêts, d'argelas. Au-dessus de ces buissons, à travers les troncs, on voit courir un paysage composé de lointaines collines rocheuses, blanches comme de la craie, de petits tertres pomponnés de bosquets d'arbres ronds en pomme, de fermes d'un rose éteint portant des plumets de cyprès,

247

de deux ou trois villages couleur d'or, que le tuyautage des génoises et les tours des clochers rendent semblables aux petits villages symboliques dessinés parfois sur les armoiries ou les vieilles cartes à jouer.

Le mur qui est resté debout à votre droite s'est haussé et renforcé. C'est un véritable rempart, maintenant. On voit encore la pinède touffue qui le dépasse, mais les feuillages gris s'appuient comme sur des créneaux ou un chemin de ronde. Comme on arrive au sommet de la colline, une large brèche, semblable à celle que pourrait faire une armée victorieuse, éventre le rempart. Depuis le temps qu'on longe ce mur qui enferme une forêt, on a très envie de pénétrer dans cette forêt. Enfin, on va pouvoir le faire, mais si, avant de le faire, on regarde autour de soi, on voit, à travers les pins, la grande muraille qui s'en va, descend dans un vallon, remonte de l'autre côté du vallon, longe la crête, s'enfonce dans un deuxième vallon, en émerge, escalade d'autres collines, tourne à droite, tourne à gauche, en s'incurvant ou à angle droit, s'en va à travers tout le pays comme une muraille de Chine.

Dès qu'on a enjambé la brèche, de l'autre côté un sentier vous attend. C'est une pinède noire ; de celles qui sont obscurcies par les branches mortes. Les arbres, manifestement abandonnés, se sont étirés et émaciés, ils n'ont plus de ramures vertes qu'au sommet, et cette forêt serait la proie du soleil, n'était l'extraordinaire amoncellement de branchages de charbon qui chargent les arbres. Le sous-bois est à peu près semblable au sous-

bois de la pinède ouverte qu'on a longée tout à
l'heure ; il est encombré de hauts buissons d'asparagus et de clématites entremêlés, couverts de
genêts, d'argelas et de sauges ; mais les branchages
morts qui pendent de tous côtés en draperies
funèbres vous imposent tout de suite le silence
et une attitude prudente. On a nettement l'impression de n'être pas chez soi ; d'être chez quelqu'un. On se dit : « Est-ce qu'il y a indélicatesse ?
Est-ce que ceci est une propriété privée ? » Non,
on ne croit pas : les propriétés privées n'ont jamais,
actuellement, cette sévérité hautaine, cette noblesse impériale (vous pouvez encore apercevoir,
par-dessus votre épaule, la muraille de Chine
qui s'en va à travers le pays, chevauchant collines
et vallons). Pour moi, je me suis dit : « On verra
bien » et j'ai suivi le petit sentier.

Après s'être glissé dans les taillis, il descendait
à flanc de coteau. De toute évidence, je n'étais
pas le seul à l'utiliser : il était net et clair et ser-
pentait fort proprement. Fréquenté par qui sait
qui ? D'abord, dans cette partie où les taillis
étaient assez clairs, des pique-niqueurs du dimanche qui avaient laissé des papiers (pas gras
du tout, mais qui, manifestement, avaient été,
à un moment donné, entortillés autour de flûtes
de pain et de bouteilles) et quelques boîtes de
conserves américaines. Mais, au profond des
taillis, qui avait ainsi écrasé les sauges ? Est-ce
qu'on n'allait pas, d'un moment à l'autre, tomber
sur le cadavre fourmillant de l'encaisseur estourbi
et de la femme coupée en morceaux ?...

De gauche et de droite, je reconnaissais sous

les buissons de petites bauges où l'herbe avait servi de litière et qui ne me faisaient pas du tout penser à des sangliers, mais aux guinguettes des Trois-Lucs où le dimanche on danse au pick-up.

Toutefois, à mesure que je pénétrais plus profondément dans le bois funèbre, je laissai derrière moi les traces de boustifaille et les traces d'amour ; restèrent encore un peu à côté de moi les traces de ce furetage beaucoup plus dramatique qu'avaient laissées les explorateurs en quête de cachettes à cadavres ou à remords, ou à misère. Mais même celles-là disparurent, et, après avoir atteint le fond du vallon et m'être dépêtré de très hautes orties, menthes, joncs, je montai un talus et je tombai sur une véritable voie royale.

A première vue, on avait le sentiment (renouvelé) d'avoir vraiment commis une indiscrétion majeure, et d'être arrivé *chez quelqu'un*. La largeur du chemin, l'autorité avec laquelle il avait été tranché à travers les arbres me faisaient déjà préparer des phrases d'excuses. Mais les banquettes étaient mangées par des bardanes, le sol même de la route était jonché d'oreilles d'âne, de pieds d'alouette, de dents de lion, et, après avoir fait cinquante mètres, la voie, coupée de buissons, se perdait dans les taillis. Je revins sur mes pas pour trouver de nouveau la route coupée cent mètres plus loin. Il était toujours absolument certain qu'on était chez quelqu'un, la tranchée était trop noble pour ne pas le suggérer, mais on était chez quelqu'un qui devait tomber du ciel, faire cent ou deux cents pas sur son admirable chemin et remonter au ciel.

J'étais arrêté par des buissons de lilas, de fusains sauvages, de clématites et de buis. De derrière ces buissons, venait le bruit de gouttes d'eau tombant de haut dans un vaste bassin très sonore. Je me frayai un chemin à travers les branchages. C'était, en effet, un vaste bassin (le bruit ne m'avait pas trompé) en forme d'œuf avec, au fond, un empan d'eau verte, quoique très claire. Un vieux canon de fontaine tout engorgé de mousse laissait, du bout de sa barbe, suinter lentement de grosses gouttes. Je les voyais grossir, se gonfler, se détacher, tomber ; elles claquaient ; des cercles s'agrandissaient sur l'eau ; de très minuscules échos clapotaient contre les parois du bassin, puis, c'était de nouveau le silence.

Il était très agréable de rester là sans rien dire, sans bouger et sans rien faire d'autre que d'écouter cette goutte qui tombait de temps en temps dans le bassin ; et de jouir de la paix de ces lieux, en imaginant l'époque où la voie royale continuait librement à travers la forêt.

Sur ma gauche, un grincement de rails succédant à un bourdon, que j'avais pris d'abord pour celui de quelque ruche dissimulée dans les arbres, me fit comprendre qu'un tramway prenait une courbe à quelque cent mètres d'ici. En effet, le roulement s'accentua et il y eut même un coup de trompe. Je haussai le cou pour voir par-dessus les buissons. Mais je n'aperçus, au-delà des arbres, qu'un paysage de collines moutonnantes, à travers lesquelles courait la muraille de Chine dans les derniers plans ; une très longue allée d'arbres pomponnait les crêtes ; elle devait border une route.

Je montai sur un petit tertre qui dominait la fontaine et le bassin. De là le regard pouvait plus aisément s'échapper de la forêt. On voyait qu'elle finissait dans un pré, à deux ou trois cents mètres de là. Le vert du pré s'imbriquait dans deux ou trois parcelles de terres jaunes, elles-mêmes cramponnées par des sortes de mortaises ou queues d'arondes dans une vingtaine de champs diversement striés dans tous les sens par du jardinage en raies. Ces jardins étaient cousus de guingois à des landes de toutes formes, portant de vieux amandiers, quelques yeuses très sombres, des chênes gris, montant à des coteaux dont les uns portaient des fermes blanches, d'autres de petites constructions qui ressemblaient à des temples ou des ermitages ; enfin, couvraient une colline bien choisie, au milieu de toutes les autres, sur laquelle se tenait, exactement comme sur une image pieuse, un sanctuaire de petit format mais tout à fait semblable à celui de la Salette. Tout le paysage était baigné d'une lumière vermeille qui vernissait les couleurs, brunissait le vert de grosses menthes et d'énormes saponaires qui marquaient le cours d'un ruisseau, faisait resplendir les murs des fermes en s'accrochant dans la chaux des crépis, brossait les petites cloches de bronze des ermitages et badigeonnait le sanctuaire et sa colline de rayons mystiques qui cernaient d'auréoles les ogives, les oratoires du chemin de croix, les deux femmes noires qui montaient le chemin, et exaltait un pourpre et un bleu divins dans la rosace du portail. Plus près de moi, sur la droite, au-dessus d'un mur plus du tout semblable à la muraille de Chine, mais un simple mur qui avait l'air de contenir ce paysage comme une digue, je vis luire et trembler les fils de la ligne de tramway, soutenus de loin en loin par des potences. En suivant du regard cet alignement de potences je vis enfin, à sept ou huit kilomètres de l'endroit où je me trouvais, un petit village blotti dans des frondaisons.

Le bruit du tramway s'était éloigné, était redevenu semblable au bourdon d'une ruche, s'était tu. Et j'avais recommencé à entendre les gouttes qui, de temps en temps, faisaient retentir le bassin. Le paysage était très irréel. Je regardai de l'autre côté dans l'épaisseur du bois. J'étais ainsi à contre-jour et il me fallut un peu de temps pour comprendre que la masse noire qui, devant moi, émergeait des buissons, n'était pas un amoncellement bizarre de branches mortes, mais le toit à la Mansard d'un petit pavillon.

Quand on débouchait du taillis de lilas et de clématites, on se trouvait dans un espace libre où restaient des traces de terrasses dallées, de balustrades ventre-de-biche et de petites pelouses en forme de cœur. Toutes ces choses anciennes étaient revêtues d'un épais pelage de mousse vert sombre. Il y avait ici dans l'air qui, sous les branches mortes entourait le pavillon, une sorte d'exotisme dans le temps. Il se transposait en moi en exotisme dans l'espace, plus facile à concevoir. J'imaginais être arrivé en des lieux géographiquement très éloignés des pays et des climats qui composaient mon âme et les sens de ma chasse au bonheur. Avec, malgré tout, un tout petit relent d'éloignement historique ; une sorte de temple d'Angkor.

Je traversai cet endroit avec beaucoup de discrétion. Je me tins hors de vue de la porte qui me sembla d'abord fermée, puis entrouverte ; non, fermée. Je fis un détour dans les buissons en prenant toutes sortes de précautions pour ne pas faire craquer les buissons. Un petit sentier, plus au clair, montait à un tertre.

De là, on émergeait de la frondaison grise des pins et on dominait le pays. Dans mon dos se trouvait la masse de la colline dans laquelle j'avais erré jusque-là. A ma droite et à ma gauche, je voyais se déployer le serpentement de la muraille de Chine que j'avais traversée. De chaque côté, elle s'en allait à perte de vue. Elle descendait dans des vallons, remontait de l'autre côté sur le flanc des coteaux, s'éloignait le long des crêtes pour disparaître dans des creux et ressurgir, grimpant à des collines abruptes. Finalement, elle atteignait à l'horizon où, comme elle était violemment éclairée par le soleil, je la voyais continuer à serpenter sous la forme d'un petit ver rouge, puis elle disparaissait dans des brouillards de chaleur.

Devant moi, je dominais d'abord les frondaisons d'un épais bosquet où se mêlaient les feuillages d'immenses platanes, de sycomores, de bouleaux d'argent, de hêtres pourpres, d'où fusait le cristal à facettes frémissantes de longs peupliers d'Italie. La toiture dépenaillée d'un château émergeait aussi des arbres avec ses deux tourelles coiffées de calottes de zinc et de girouettes. Il devait dater de 1900.

Au-delà, une allée de gros marronniers, dont la

confusion des feuillages étalés en marécage semblait indiquer que d'abord elle devait onduler devant la façade, descendait ensuite vers des champs où elle finissait sur une grille dont j'apercevais les piliers et la ferronnerie bleutée.

A partir de là, balancés par les pentes, c'étaient des champs, des vergers de cerisiers, des chemins, des touffes de longues cannes vertes, des taillis sourcilleux de ronces, d'aubépines et de lilas, des chemins d'herbe luisant vers des métairies à moitié enfoncées dans la terre, ou voguant, superbement dressées, blanches de chaux au sommet de quelque lourde vague d'avoine ; des tertres, plantés de pins parasols, des aqueducs squelettiques qui faisaient craquer leurs vertèbres de cendres au-dessus de cultures maraîchères, entre des cyprès, des forêts d'échalas lourds de tomates, des armurages de petits pois et de haricots verts.

J'étais penché sur le plan cavalier du vaste domaine.

Une série de petits coteaux les uns pas plus gros que la butte d'une noria, les autres pouvant porter temple, tous pomponnés de pins parasols, hérissés de cyprès et d'ifs, couraient devant moi comme les débris d'une immense digue. Par ses brèches, on voyait la route sur laquelle l'alignement des potences marquaient la voie du tramway puis, ici, un cimetière, là, deux cheminées d'usine (qui ne fumaient pas), là, quelques alignements de maisons recouvertes de tuiles *marseillaises* (c'est-à-dire qui ne prennent pas la lumière, mais sont si faciles à poser). Ici, dans l'intervalle qui séparait ces tertres couverts de végétations noires, on voyait des mai-

255

sons affrontées en une rue, puis l'enfilade de la rue
elle-même qui allait aboutir à la route sur laquelle
passait le tramway. Au carrefour de cette rue et de
la route, le corps du village s'épaississait, et dans
ce corps on pouvait encore distinguer, au milieu
des toitures couvertes de tuiles marseillaises, trois
ou quatre toitures couvertes de tuiles rondes qui
boivent la lumière (mais sont plus lourdes à poser)
et se signalaient précisément par cette qualité.
C'étaient les maisons qui, à l'origine, avaient cons-
titué l'embryon du village. Deux, trois maisons
posées au carrefour ; c'étaient sans doute, dans le
temps, une auberge de roulage, un charron maré-
chal-ferrant avec sa forge, peut-être un bourrelier.
C'étaient, maintenant, je ne sais pas quoi, sans
doute un garage (on a presque partout utilisé —
d'abord — les auberges de roulage pour établir des
garages), un bistrot, n'importe quoi. Elles étaient
revêtues de nacre à cause de leur toiture couverte
d'une vieille argile façonnée à la main, mais personne ne voyait la toiture. Sauf d'ici.

Là-bas, autant que j'en pouvais juger par ce qui
m'apparaissait dans l'enfilade de la rue, il y avait
devant une de ces maisons au chapeau nacré un
groupe de gens qui attendaient, ou semblaient
attendre. Et je me dis que ce devaient être des gens
qui attendaient le tramway. Mais ce rassemblement
me parut, à la longue, trop important pour être
celui de gens qui vont prendre le tram ; ou alors
il s'agissait d'un orphéon, d'une académie de jeux
de boules, ou d'une société d'excursionnistes. A
moins que ce soient des gens en train de participer
à un encan, car, à force de les regarder, je me ren-

dais compte qu'ils avaient l'air de s'intéresser à quelque chose qui se passait dans une encoignure de porte. Mais nous étions dimanche : cela ne pouvait pas être un encan. C'était probablement alors une réunion politique.

Je voyais le plan cavalier d'assez haut, et par conséquent je voyais large. La route sur laquelle passait le tramway n'était qu'une petite ligne à travers les couleurs, tantôt blanche à cause du mur qui la bordait, tantôt bleuâtre à cause du goudron et soutachée de rails noirs quand un détour donnait du biais au mur de bordure. L'alignement de potences : il y avait tellement de potences peintes d'un minium gris qu'elles n'étaient plus que comme une vapeur répandue tout le long de la route.

Il faut dire qu'il y avait une lumière très éclatante qui engloutissait les formes et les couleurs dans des miroitements et des reflets ; si éclatante qu'elle réussissait à faire vivre quelques bleu chemise dans la réunion publique, et qu'elle transmuait à chaque instant des vert tendre en ocre clair, des gris en rose, des ombres bleues en ombres rouges.

Ce plumage de paon s'étendait très largement autour du petit village (qui était, je le sus plus tard, une agglomération de banlieue appelée La Valentine) et accaparait l'œil à son profit, en raison de la joie qu'il dispensait avec noblesse et générosité. Là aussi, mais fondus dans la lumière et la chaleur comme des grumeaux peuvent se fondre dans les moires sirupeuses et les lourds remous d'un métal enflammé, des tertres pomponnés ou hérissés de noir, des champs lisses, luisants et mordorés comme l'intérieur des coquilles fraîches, des bosquets de canniers dont les mille biseaux jetaient de furtifs éclairs, des murs de chaux cachés sous leur blancheur, des porches sous lesquels l'ombre était pourpre, des paillassons d'or, des tapis de vieilles laines, des tapisseries aux affabulations mystérieuses usées par le soleil étaient disposés sur le parquet de la terre ou pendus aux murs de l'horizon. Au fond, une caravane de collines chargées de bois sombres était agenouillée contre le ciel.

Voilà le duché qui, il y a cinquante ans, appartenait en propre à Empereur Jules. Le carrefour où, là-bas, le rassemblement écoute quelque orateur politique, a dû le voir arriver souvent, soit à l'époque d'Hortense, la conduisant peut-être par la main (car il était extrêmement enfantin et naïf dans ses passions), soit à l'époque du sauvage. Je le vois très bien, attablé sous les tonnelles que l'auberge avait dû installer dans les prairies de la croisée des chemins. Admettons que ce soit à l'époque où le pavillon couvert de mousse que j'ai rencontré tout à l'heure servait de refuge à ses amours ; alors, il s'attablait là-bas au carrefour, sous les tonnelles, au bord de la route, ce qui est une situation très recherchée par les âmes sensibles quand elles sont au plein du bonheur. Je les vois, Hortense et lui, assis côte à côte à une table où on leur a servi du vin blanc, du pain et du miel, ou du pain et du fromage de chèvre. Il ne se disent rien, ils regardent le trafic des routes croisées qui rend plus succulent encore l'entremêlement enraciné de leurs deux amours.

Ou bien, si c'est à l'époque du sauvage, je vois

258

l'homme-tronc porté par le Fuégien et par *Mustang* arriver d'abord sur le tertre où je suis, où ils s'arrêtent pour renifler l'espace, où il est si difficile désormais de faire courir la chasse au bonheur. Après, mais seulement pour s'assurer que la bête a bien débuché, ils descendront au pas, jusqu'aux tonnelles où, sans descendre de *Mustang*, Empereur Jules boira de la bière par ses deux bouches.

Et qu'est-ce que je vais en faire maintenant d'Empereur Jules ?

La partie qui a aimé Hortense, est-ce qu'elle ne peut pas maintenant avoir de nouveau envie d'un *Mustang* qu'elle soit capable d'enfourcher seule ? Est-ce qu'Empereur Jules n'a pas assez de sous pour faire acccepter à une femme ces cuisses sciées entre les genoux et les hanches ?

Mais alors, que fera le reste du centaure ? Il y a également des passions dans ce soubassement. Mme Empereur Jules, en robe de bal, entrera-t-elle dans les salons de la société au bras de son mari bicéphale ? C'est possible. La société marseillaise est plus qu'à moitié orientale. Elle s'accommode des monstres ; elle a la faculté d'en pouvoir faire un usage romanesque. On peut y danser la mazurka et la scottish dans un décor de miniature persane. Il s'y trouve des femmes capables de faire l'amour avec des *chameaux fantastiques*.

Si Mme Empereur Jules a de la tête, elle peut facilement imposer cette apparition et la précéder au seuil de tous les salons. Il suffit d'habiller correctement le Fuégien, de lui apprendre à s'asseoir sur les fauteuils. Il posera Empereur Jules sur ses genoux. De loin, on pourra croire que ces énormes jambes appartiennent à ce petit corps délié, élégant appartiennent à cette parole incisive et froide, sont au service de ce regard qui continue à terrifier Marseille. En poussant les choses jusqu'au comble de l'orientalisme, on peut même imaginer qu'en prenant la peine d'éduquer ces jambes fuégiennes, Mme Empereur Jules pourra, certains soirs, faire une valse dans les quatre bras de son seigneur et maître à deux têtes.

Ou bien, est-ce qu'il va y avoir des drames grecs, dans ce port méditerranéen où les gémissements même de Cassandre suintent des rochers frappés par le soleil ? Où n'importe quelle maison bourgeoise peut être brusquement renversée par les gesticulations d'Oreste ? Où les cafés sont bondés d'Œdipe qui font leurs comptes avec la démesure du destin, à l'aide d'anisettes et de jeux de loto ?

En réalité, je crois que tout simplement les deux hommes firent bon ménage. Empereur Jules est un sentimental. C'est ce qui explique sa dureté ; et sa fidélité à *Mustang*. Et le drame ordinaire vient encore une fois du *bon ménage*. Il n'y a qu'à imaginer que c'est le Fuégien qui meurt le premier.

J'aimerais assez, dans ce cas-là, le faire mourir lentement. De la poitrine, comme c'était la mode à ce moment-là. Une dame aux camélias de la mer Egée. On n'a pas encore inventé les montagnes. Les hémorragies ont lieu à domicile, dans la chaleur, la poussière, l'étouffement blanc des poussières du golfe et du miroitement de la mer. La maison Empereur ne peut pas empêcher l'été d'être lourd. Empereur Jules se traîne comme un crapaud autour du lit en renversant les cuvettes, et les infirmières sont obligées à chaque instant de l'enjamber. Il réussit à la fin à s'agripper à la courtepointe, et c'est ainsi qu'il voit encore une fois mourir *Mustang*.

Après ? Eh bien, après, de deux choses l'une : ou bien il accepte, ou bien il profitera de la nuit pour se brûler la cervelle.

Sur le duché, il y a maintenant les Trois-Lucs, la Valentine, les Camoins. Le tramway que j'ai entendu tout à l'heure allait à la Treille. Maintenant, il en revient. Je le vois arriver.

Je quitte mon observatoire, et, par un petit sentier qui fait un détour à travers la cerisaie, je rejoins l'allée de marronniers, assez loin du château pour ne troubler personne ; si toutefois il est habité, ce dont je doute, étant donné l'état de la toiture. Je descends l'allée. Au bout, l'état de la grille me confirme que le château doit être abandonné (la Résidence, qui est loin d'ici, à l'autre bout du duché, a été transformée en hospice pour les vieillards), à moins que dans les dépendances soient logés les Piémontais qui s'occupent de la cerisaie et nourrissent deux ou trois vaches avec les prés.

Je passe facilement la grille dégoncée et, de l'autre côté, je trouve une route blanche qui longe le petit canal d'arrosage ombragé de canniers. De là, j'arrive à passer dans l'intervalle qui sépare deux de ces tertres que, de là-haut, j'ai vu pomponnés de pins parasols. Cela m'amène au cimetière, puis à la petite usine (c'est une fabrique de conserves de tomates), puis je débouche sur la route et, peu après j'entre dans cette rue de la Valentine que j'ai vue d'enfilade.

J'arrive au carrefour ; c'était bien une réunion publique. Sur l'estrade qu'on a dressée dans une encoignure de porte, une femme parle. C'est une petite boulotte, assez jeune. Elle plante à chaque instant des convictions avec son poing, comme des clous. A chaque coup, ses seins, qu'elle a assez gros, tressautent dans sa chemisette de fil. J'arrive à temps pour prendre le tramway de la Treille ; et c'est lui qui m'emporte vers Marseille.

Je fais un gros usage de tramways, mais celui que je prends le plus souvent, c'est le tramway 54. Il attend à l'extrémité du boulevard Baille, devant la grille de l'hôpital de la Timone. De ma rue Mouren, moi, je n'ai qu'à prendre la rue Nègre et je débouche sur le boulevard, juste à l'endroit du terminus. Je n'ai jamais à me presser. Si, quand j'arrive, les voitures sont déjà pleines, je les laisse partir, je m'assois sur un banc ou je vais dire le bonjour à Jules, ou à mes amis du Bar Terminus. De ce temps, d'autres voitures arrivent, manœuvrent, se placent sur les rails de départ, et je suis le premier à monter dans des voitures vides.

Le matin, cette extrémité du boulevard Baille a une activité très particulière. Elle est généralement baignée de lumière blonde à cause du soleil bas sur l'est qui l'éclaire à travers les feuillages tendres des bouleaux plantés dans la cour et les jardins de l'hôpital et le long du ruisseau qu'on appelle le Jarret.

Je suis dans mon tramway pendant que le watt-man et le receveur, descendus sur le trottoir, lisent le journal et discutent violemment de politique. De l'autre côté du boulevard et en face du tramway dans lequel je suis assis s'ouvre le portail d'une de ces anciennes remises du temps des équipages. Elle fournit maintenant les fiacres et les corbillards d'enterrements (car, pas très loin d'ici, il y a le cimetière Saint-Pierre ; il est derrière les frondaisons de bouleaux de l'hôpital, du côté où le soleil se lève). Pendant que je suis là (j'imagine qu'au-delà des bouleaux le soleil chauffant les tombes doit faire criqueter les pierres de taille et les couronnes de perles), c'est bien le diable si je ne vois pas chaque fois la sortie de deux ou trois convois *qui vont charger*. C'est d'abord le corbillard qui sort le premier avec ses pompons, ses plumes d'autruches et ses caparaçons (je me dis que j'ai rarement vu sortir ce qu'on appelle le corbillard des pauvres, le corbillard de Victor Hugo ; à Marseille il faut vraiment être *mort dans la rue* pour être enterré dans le corbillard de Victor Hugo. Pour peu qu'on ait mille francs à la Caisse d'Épargne, on se fait acheter des plumes d'autruches noires par acte notarié) puis, c'est une file de deux ou trois fiacres ou plus ; suivant l'importance des parents et amis accompagnateurs.

Généralement, il y a un très grand nombre de parents et amis accompagnateurs, car l'action d'accompagner est sacrée et procure toujours quelques heures ou parfois une demi-journée de congé. La balade en fiacre, cigarette aux doigts, flatte le goût arabe des Marseillais. Là, elle est gratuite ; et puis, on a l'occasion de parler de sujets nobles.

Quand je croise ainsi — moi au repos dans mon tramway en attente au terminus, lui s'en allant au trot dans une sorte de macabre goguenardise espagnole — un des convois qui *viennent de charger*, je vois toujours par les portières des fiacres des gens qui fument la cigarette et s'entretiennent gravement. Mais le fiacre ne passe jamais assez vite pour m'empêcher de voir sur les visages un parfait contentement. Contentement d'être vivant, de bien parler, et d'être en fiacre.

Seuls, les cochers sont tristes. Pas quand ils *vont charger ;* non, là ils sont *naturels ;* et même ils font de petits saluts aux copains, ou bien ils sourient, ou bien ils parlent du temps, ou bien ils ont l'air d'avoir des ennuis, mais sans rapport aucun avec la mort. Mais quand ils viennent de charger, alors les cochers sont tristes. Il font prendre à leur cheval un petit trot, évidemment, parce que le cimetière est loin, et qu'après ça d'ailleurs le boulot n'est pas fini, mais ils ont sur leur visage le regret mortel d'être obligés de faire trotter. Ils ont l'air de s'en excuser ; pis : ils ont l'air d'en avoir honte. Ce sont les derniers pleureurs. Muets. Comme les canards muets. Des pleureurs domestiques qui restent au sol et barbotent dans les mares à purin, mais de la même race que ceux qui voyagent en plein ciel et savent que la terre est ronde.

Il y a aussi, sur cette extrémité de boulevard, à cette heure de la matinée, les prisonniers et les prisonnières que l'on mène à la visite. Ce sont des hommes, puis des femmes encadrés par des agents de police. Ces prisonniers ne sont pas enchaînés. Ils mettent ostensiblement les mains dans les poches avec un visible plaisir. Ils ont le regard long. Ici évidemment, de trois côtés ils ne l'ont pas aussi long qu'ils veulent. A droite, leur regard est arrêté par le mur qu'ils longent ; à gauche, il ne peut parcourir que la largeur du boulevard ; devant eux, malgré la beauté des feuillages de bouleaux et du soleil levant, leur regard est arrêté par les grilles de l'hôpital vers lequel ils vont. Mais derrière eux, il y a toute la longueur du boulevard dans laquelle leur regard peut s'en aller librement jusque dans les fonds où se trouvent la place Castellane et la ville. De temps en temps ils tournent la tête vers ces profondeurs. Cela pour les hommes.

Les femmes qu'on amène entre deux agents à la visite de l'hôpital coquettent tout simplement avec la police ; qui se rengorge ; ou bien jettent des regards professionnels aux passants, ou à moi-même (qui suis encadré à mi-corps comme un portrait de famille dans ma portière de tramway). Et la police s'en aperçoit instantanément et regarde les passants, ou moi-même ; non pas d'un regard de police, mais d'un regard de coq, d'un regard de sultan offensé, d'un regard de seigneur et maître. Quelques-unes de ces femmes sont jolies : je les prendrais bien pour héroïnes. Elles sont toutes faites.

Il y en a une qui imite très bien la grande dame. Et les agents, poussière ! Elle le fait à la biche apeurée avec ses jambes maigres sur de hauts talons. Tout en marchant, elle redessine son rouge à lèvres. Ces héroïnes sont toutes prêtes à être utilisées. Elles sortent des vieilles chroniques italiennes. C'est ainsi que je me représente Juliette de Roméo.

Je sais très bien comment ça va se passer à l'hôpital et ce qu'on va leur faire. A quatre ou cinq mots près, il serait facile d'écrire le dialogue qui va s'échanger. A partir de ce que les agents et la femme disent au concierge en rentrant, et ce qu'il répond, jusqu'à ce que dira le docteur, et ce que répondra la femme, en passant par tout ce qu'elle a dit dans la salle d'attente aux infirmières et étudiants en médecine ; et ce qu'ils ont dit. Mais c'est tout à fait ainsi que je vois une héroïne de la Renaissance. Sagesse et science fortes en gueule ; Catherine Sforza, jupes troussées sur les murs de Forli. Et cependant, pourquoi écoutent-elles les chevaux de rapt qui galopent dans les accordéons du dimanche ? Est-ce qu'il est sûr, tout à l'heure quand elle sera étendue sur le dos, qu'elle n'aura pas peur ? Non pas du docteur, pensez-vous ! Mais peut-être de la tendresse vaporeuse d'une branche de bouleau qu'elle apercevra dans la fenêtre et d'un grand bout de ciel levant.

On la ferait certainement rigoler si on le lui disait (sauf en ce qui concerne l'accordéon).

Et si je disais à quoi je pense (dans mon tramway qui me donne ainsi une petite cellule monacale en pleine rue) je ferais certainement rigoler aussi ces élèves infirmières vêtues de blanc et ces étudiants en médecine qui vont au cours à l'hôpital, cahiers et livres sous le bras.

Il y a une quinzaine d'années, un grand docteur d'ici, précisément, m'avait invité à assister à je ne sais quelle cérémonie à la Faculté de médecine. Il y discourait, je ne sais pourquoi, devant des professeurs en robes et toges, lustrés les uns et les autres de décorations. Il y avait un général, le préfet ; je me demandais ce que je foutais là et si ça n'était pas une blague. Bougre non. Dans sa péroraison il avait cité cette phrase que j'ai écrite dans les *Vraies Richesses* je crois : « Ne faites pas métier de la science, elle est seulement une noblesse intérieure » ; et il disait : « Noblesse, je t'en fous, c'est bien joli, mais le beefsteak ? Le beefsteak, messieurs, qui le gagnera ? » Et ça, je vous garantis que ça touchait son monde, général compris, ou plus exactement général en tête. Somme toute, maintenant que j'ai un peu plus vécu (depuis l'époque où j'écrivais la phrase), je me rends compte qu'il avait raison.

Je me rends compte aussi que dans une autre occasion j'ai évité de très peu le moment où j'aurais mérité un bon coup de pied au cul. Un autre de mes amis — très grand docteur celui-là — me fit visiter une salle de l'hôpital de la Conception. Les étudiants et les étudiantes suivaient. On visita en particulier un tétanique. Mon ami me raccompagna ensuite jusqu'à la porte de sortie à travers les cours. « Vous devriez venir faire des causeries aux étudiants » me dit-il. Je ne sais pas parler en public. Il le savait aussi bien que ce que je le sais. « Oui, lui dis-je, je viendrai leur parler de la douleur physique. » Heureusement je n'ai pas tenu ma promesse. Je m'en félicite.

Le tramway reste au terminus toujours un bon quart d'heure. Je suis encore tout seul assis quand une grosse bonne femme monte et vient s'asseoir près de moi. « Je n'en peux plus, me dit-elle. *On me fait les rayons.* Vous ne pouvez pas vous imaginer comme ça fatigue. »

Cela me fait penser qu'en rentrant de la Valentine j'ai rencontré Adelina. Le lendemain. Je sortais de chez nous. J'avais, la veille au soir, abondamment parlé de mon équipée avec Gaston et Nini, et la Mémé m'avait demandé si j'avais trouvé ma fameuse église de jésuites espagnols style colonial et mon jardin des Andes. J'avais dit non.

Ce jour-là, j'avais envie de marcher. Au lieu de prendre par la rue Nègre, vers le tram, je remontai la rue Sainte-Cécile. Je n'avais pas fait dix pas que j'entendis à côté de moi le bruit de jupes et la petite toux : « Tiens, vous êtes là, dis-je ? Avez-vous continué à fréquenter vos agents de location ? — Bien entendu, dit-elle. — Et ils continuent eux aussi à vous dire bonjour madame, asseyez-vous madame ? A vous prendre pour une personne raisonnable ? — Je crois, dit-elle. » Il y eut une petite hésitation dans sa voix : « Qu'est-ce qu'il y a qui ne va pas, lui dis-je ? — Tout va fort bien, dit-elle au bout d'un moment. Vous vous souvenez de celui qui est grand et gros ? — Qui est grand et gros ? demandai-je. — Je vous ai parlé de ce gar-çon. C'est justement un agent de location. Il est très gentil pour moi. Il m'a fait déjà visiter au moins dix appartements. « Vous êtes très difficile, madame », me dit-il. Car, chaque fois je prétends que la décision doit être prise par mon mari. Ces appartements ne me plaisent pas. — Et votre mari a en effet quelque chose à dire ? — Naturellement, dit-elle. — Admettons, dis-je. Alors vous parliez de celui qui est grand et gros. — Il est très gentil, dit-elle. Il m'a finalement téléphoné pour me dire qu'il avait trouvé exactement ce que je voulais. « Telle que je vous connais, m'a-t-il dit, vous allez être folle de cette maison. » — Il est bien familier, dis-je. » Je n'aurais jamais imaginé que cette Adelina, qui enlevait les cerceaux de ses crinolines pour être plus à son aise dans les brumes où elle voulait marcher, permettrait un jour à un agent de location... « Il m'a dit, dit-elle, que c'était une maison en forme de Chartreuse. »

J'avoue que, sur le moment, j'eus le souffle un peu coupé. « Les agents de location marseillais, dis-je, ont une drôle de façon de s'exprimer avec les dames. — Le mot « Chartreuse » dit-elle de sa petite voix froide, aurait-il en marseillais un sens particulier? — Non, lui dis-je, à mon avis il n'a même pas de sens du tout. Qu'est-ce que vous voyez, vous, avec ce mot de Chartreuse? — Eh bien, la Chartreuse de Parme, par exemple, dit-elle. — Cela me paraît assez juste, dis-je au bout d'un moment. Et vous connaissez un agent de location qui sache ce que c'est que la Chartreuse de Parme? — Il y paraît, dit-elle.

— Admettons encore, dis-je ; pourquoi me racontez-vous tout ça? — Il m'a vaguement indiqué l'endroit, dit-elle, vous ne voudriez pas venir chercher avec moi? — Je ne crois pas, lui dis-je, à votre agent de location et belles lettres. Si vous cherchez la Chartreuse de Parme, vous ne trouverez pas. Il faut chercher une maison en forme de bouteille de chartreuse. Et, si vous la trouvez, il vous faudra encore une fois invoquer votre mari. Je ne crois pas que vous soyez femme à habiter dans une bouteille de chartreuse. Et d'ailleurs, qu'est-ce que c'est que la Chartreuse de Parme? En tant qu'immeuble susceptible d'abriter une

jeune femme romanesque, je veux dire? Qu'est-
ce qu'il entend par Chartreuse votre grand et
gros garçon? Est-ce qu'il a parlé de Parme au
téléphone, ou bien est-ce que c'est vous qui
l'ajoutez? — Naturellement, dit-elle, c'est moi
qui l'ajoute. — Pourquoi naturellement? dis-je. »
Elle ne répondit pas. « Et, dis-je, pourquoi avez-
vous ajouté Parme, alors? — Parce que je voudrais, enfin, trouver un havre de paix, dit-elle.

    — Vous savez que je suis sensible au mot paix,
lui dis-je, et c'est pourquoi vous l'employez. Je
vais effectivement vous accompagner dans votre
recherche, je vois qu'il n'y a pas autre chose à
faire. Laissez-moi cependant vous dire que, du
temps où vous habitiez les landes, les brumes magiques et le pays des enchantements, vous n'aviez
pas à permettre des familiarités à de gros et grands
garçons et que nul à ce moment-là ne pouvait se
flatter de vous connaître ; encore moins se permettre de vous dire que vous allez être folle. Je
n'aime pas que ce gros et grand garçon ait cette
idée-là. Allons, marchons, si tant est qu'il sache
ce que signifie le mot Chartreuse pour des êtres
comme vous. »

    J'étais d'assez méchante humeur. J'étais obligé
de reconnaître que le gros garçon avait été très
habile en employant le mot Chartreuse. C'était
un mot que j'aurais dû trouver le premier.

    De ce temps, j'étais arrivé en haut de la rue
Sainte-Cécile. Je tournai dans la rue du Platane.
Je passai devant cette église qui, maintes fois
déjà, avait attiré mon attention. Elle était très
stendhalienne, tout à fait dissimulée dans un pâté

de maisons, sans aucune façade ni rosace, donnant
sur la rue par un préau bordé de façades ocres ;
une sorte de place de marché où l'on imaginait des
paysannes en fichus, mantilles et ponchos, accroupies derrière des couffes d'ails, de citrons, de
gousses de vanille, de noix de coco. L'église était
au fond, dans un coin, une maison ordinaire avec
une grande porte cohère bien cirée et une génoise
très tuyautée, supportant une balustrade et deux
urnes.

Je pris par le cours Gouffé. Il était toujours très
1830 sous ses vieux ormes. De là, par de petites
ruelles et en traversant le grand chemin de Toulon, je finis par déboucher sur le Prado que je
suivis pendant deux cents mètres. Je montai le
boulevard Périer. Je pris la rue Paradis. J'arrivai
à la rue Wulfram-Puget.

— C'est ici, dit Adelina. Il faut tourner à droite.

En haut de la rue Wulfram-Puget prend une
ruelle qui s'appelle la rue de la Turbine et qui
s'en va dans la colline. — Comment pouvez-
vous espérer une chartreuse dans des lieux semblables, dis-je ? Reconnaissez que le mot turbine
coupe un peu la respiration. — C'est parce que
vous marchez trop vite, dit-elle, et que vous vous
faites vieux. Le chemin monte. Prenez-le à votre
aise ; la turbine ne vous inquiétera plus, et vous
vous rendrez compte qu'il y a, sur notre droite,
des maisons charmantes. — En effet, mais modernes, et...

Je m'approchai des grilles et je regardai dans
les jardins. Si j'en juge par la façon dont ils avaient
dissimulé les murs d'enceinte sous des lierres, des

vignes vierges, des bougainvillées, par la ruse qu'ils avaient déployée pour organiser des sortes de parcs de vingt mètres carrés avec des perspectives repliées sur elles-mêmes, le besoin romanesque des grands espaces et des frondaisons torture toujours l'âme de la ville. Mais ici, les *propriétés* avaient au maximum dix mètres au carré.

Cependant, je dois dire qu'un peu plus haut, les maisons étaient installées plus au large sous les pins de la colline. Je constatai toutefois avec une assez vive joie intérieure qu'en aucune façon on ne pouvait les qualifier de chartreuses. Elles avaient plutôt l'air de guinguettes. A quoi ajoutaient les criailleries de deux femmes qui s'interpellaient par-dessus un mur et disaient à haute voix leur façon de penser sur le manque de viande dont souffrait, paraît-il, le quartier (cette particularité, ainsi que quelques autres très aristophanesques, était lyriquement exprimée par le duo).

— Votre gros garçon était saoul quand il a parlé de Chartreuse, dis-je à voix basse (je ne sais pas triompher, c'est même un vice). Ce qui fait que je me promenai encore assez longtemps dans les ruelles transversales à la recherche du fameux havre de paix. Je crois même — parole — que je tirai la sonnette à la porte d'une villa au-dessus de l'indication : Madame Unetelle, professeur de piano (à cause d'une fenêtre vaguement en ogive, enfin, une fenêtre *qui avait des intentions*). Je me dis : c'est peut-être autour de ça que le gros garçon, qui me paraît être un fameux flibustier, a imaginé son appât romanesque. Si on avait ré-

272

pondu à mon coup de sonnette, j'avais l'intention
d'engager mes troupes de choc en deux temps :
premier temps (suivant la tête de Mᵐᵉ Unetelle :
je suis très impressionné par les grosses femmes
brunes portant moustache) balbutier par exemple
que je cherchais une maîtresse de piano pour une
jeune fille, petite fille, ma fille : c'est ça, une maîtresse de piano pour ma fille (avais-je l'air d'avoir
une fille ? Quoique j'en aie deux, ces femmes à
moustache m'impressionnent vraiment beaucoup). Deuxième temps, dire d'une façon déli-
bérée : « Est-ce que vous connaissez dans le quartier une maison en forme de Chartreuse ? » Mais
personne ne répondit à mon coup de sonnette.
   Finalement, j'abandonnai la rue de la Turbine
et j'allai reprendre la rue Wulfram-Puget quand,
à ma droite, je vis une rue intitulée : avenue Flotte.
Elle commençait comme une rue, mais on voyait
qu'à cent mètres de là elle était dans un mystère
d'ombre et qu'elle continuait au-delà.
   C'est ainsi que j'arrivai au Domaine Flotte : le
père de tous les domaines que j'ai décrits jusqu'ici.
C'est dans le serpentement de ses allées désertes.
à travers les cascades et les bassins plats en forme
de cœur que j'ai rencontré le romantisme des
temps disparus. Le château lui-même est une
énorme bâtisse carrée à tourelles, à vingt fenêtres
sur chaque côté. La porte d'entrée était ouverte
sur un hall vide dans lequel j'entrai. J'appelai
timidement : Madame! madame! (il ne me vint
pas à l'esprit une minute d'appeler monsieur, après
le serpentement dans les allées désertes). J'ap-
pelais ainsi dans la crainte d'être surpris brus-

quement en pleine indiscrétion et pour prévenir que le XXᵉ siècle était arrivé.

Mais les vastes pièces à usage de salons en enfilade à droite étaient vides, et les vastes pièces à usage de lieux de réception en enfilade à gauche étaient vides. La cage d'escalier dans laquelle aurait pu fonctionner verticalement toute une gare régulatrice d'ascenseurs était vide.

J'éprouvais l'insupportable envie de lâcher prise qu'on ressent au début d'une attaque de vertige. J'avais envie de pénétrer dans ces salons en enfilade, dans cet empilement les unes sur les autres de ces vastes chambres vides, de m'enfoncer dans les circonvolutions de cette immense coquille vide au fond de laquelle on entendait gronder la mer.

Je revins sur la terrasse. Elle était disposée devant une large échancrure qu'on avait ménagée dans les arbres. De là, on voyait parfaitement bien ce qu'on appelle *le derrière* des maisons de la rue Paradis : une sorte d'étendoir à linge du rez-de-chaussée jusqu'au dernier étage où séchaient les drapeaux, les culottes, les combinaisons, les chemises et caleçons longs de plus de cent familles bourgeoises ; on apercevait des réservoirs à gaz et la fumée des locomotives de la gare du Prado ; on était en face des derniers étages des maisons qui bordent l'avenue, des sortes de fronts de ciments grisâtres et obstinés. C'est seulement au-delà que s'élevaient les collines boisées de Mazargues, les forêts du château du roi d'Espagne, les rochers odysséens de Marseille-Veyre ; ce paysage illuminé émergeant des verrières en zig-

274

zags d'innombrables usines et du lamentable gris combine d'un stade à matchs de football.

Contournant la maison, un sentier montait à la colline. Là, on était tout de suite dans les cystes, les térébinthes et les romarins. La mer toute nue montait si haut sur l'horizon qu'elle avait l'air d'être ainsi tenue lisse et verticale par une sorte de monstrueux mouvement giratoire. On ne pouvait s'empêcher de frémir à la pensée que ce mouvement pouvait se détraquer. C'est là que je rencontrai pour la première fois ce personnage qui était comme un *épi d'or sur un cheval noir*. Il semblait être le fantôme des choses.

— Vous ne pouvez pas vous imaginer comme ça fatigue le cœur, me dit la grosse bonne femme qui était assise à côté de moi dans le tramway. De ce temps d'ailleurs, d'autres clients habituels du tramway 54 étaient montés dans la voiture. Nous n'allions pas tarder à partir.

J'occupais (la grosse bonne femme à côté de moi) la dernière place à l'arrière. Je voyais tous les voyageurs de dos.

Il y avait devant moi un jeune homme supérieurement fringué d'un tissu prince de Galles. Il avait la nuque rose, rasée au rasoir, sur laquelle ses cheveux noirs, ondés, étaient pommadés en petite queue pointue. A côté de lui était assis un petit homme maigre d'une cinquantaine d'années, dont trente ans d'anis, vêtu de bleu de chauffe et coiffé d'un chapeau melon. Il roulait une cigarette pour se la mettre sur l'oreille parce que c'est défendu de fumer dans la voiture. Entre la tête pommadée et le chapeau melon je voyais encore le banc de devant. C'étaient deux femmes. Une ayant tourné la tête, je vis que c'était une jeune fille ; à peine si elle devait avoir dix-huit ans. Elle était très jolie, bien mise, mais de dos elle était faite à lui donner plus de trente ans : des épaules virago et une de ces coiffures qui parlent ouvertement de vingt heures de boulot de coiffeur. Tellement, que cela doit être une coiffeuse. Rien entre elle et le prince de Galles comme on pourrait croire. Le prince lit *Le Canard enchaîné* ; la coiffeuse parle avec sa voisine et dit : « Vous pensez ! »

De l'autre côté du petit passage qui sépare la voiture en deux, il y a un monsieur bien : chemise blanche à fines rayures, très propre ; col légèrement amidonné ; cravate avec des intentions, mais discrètes, ce qui est rare ici ; veston de drap, dit peigné, dans les bleuâtres, ce qu'on pourrait appeler, dans ce pays, couleur de muraille, et d'une coupe très savamment ancienne, dite classique. C'est un veston qui exige au moins quatre essayages, trois de plus que le prince de Galles. Certainement, le tailleur de ce monsieur bien dit : « Le veston de M. Untel » et le recommande ainsi aux ouvriers. Décorations indéfinissables à la boutonnière ; volontairement indéfinissables ; rubans exagérément minces, mais très nettement du jaune et du rouge, si nettement qu'on pourrait appeler ce monsieur : le Jaune et le Rouge. Il tient une serviette de cuir à plat sur ses genoux. Sur la serviette il étale sa main droite : gros doigts

courts, poilus, grosse chevalière de gros or avec
grosses initiales en gros relief. Ce qui me fait alors
remarquer, au-dessus du faux-col légèrement amidonné, un quadruple menton avec bajoues adjacentes superbement rasées et poudrées, amenant
à une bouche très ecclésiastique. Je ne vois pas
la couleur de ses yeux, car ils sont de profil, mais
en œuf de pigeon. Il est coiffé d'un feutre mi-dur
couleur savonnette Palmolive.

A côté de lui, sans aucun rapport bien sûr, une
femme charmante. Elle dort. Elle a appuyé sa
tête contre le montant de la portière et elle dort.
Elle est montée dans la voiture tout à l'heure
juste au moment où je pensais aux cystes et romarins de la colline. J'ai dû être le seul à la remarquer
tant elle s'est glissée comme une souris et, tout de
suite assise, elle appuyé sa tête et elle s'est endormie.

Devant ces deux-là, deux *messieurs*, mais rien
ne l'indique, sinon ce qu'ils prennent soin de dire
à haute voix. Pour le surplus, ils sont vêtus d'im-
perméables cachou, de chapeaux cachou, de visages
cachou, têtes, mains et pieds cachou. Mais, ce
qu'ils disent n'est pas dans une bonbonnière. Ils
sont César et Sardanapale. Ils parlent à haute
voix (un peu plus haut que le vrai ton haut) de
Ce qu'il faut faire. Ce qu'il faudrait faire si le
monde, revenu à la raison, se confiait entre leurs
mains. Il y a une cabale qui les tient dans l'ombre,
et c'est pourquoi ils sont doctes et méprisants. Ils
disent ce qu'ils feraient de moi, de nous, de tous,
eux exceptés ; de la femme aux rayons, du Jaune
et du Rouge, du prince de Galles, de la femme

charmante qui dort, de la coiffeuse et sa voisine
qui pense, de moi, de l'homme au chapeau melon ;
je vous prie de croire que tout ça est organisé.
Et sans doute qu'ils organisent également toutes
ces têtes qui remplissent le tramway, et dont je
ne vois que le haut du crâne, et notamment ce
visage d'homme que j'aperçois à quatre ou cinq
rangs là-bas devant, entre la nuque à petite queue
pommadée du prince de Galles et la joue de
l'homme au melon (car, le prince de Galles s'est
penché à gauche pour mieux lire son journal, et
l'homme au melon, dès qu'il a eu posé sa cigarette
sur son oreille gauche, a penché la tête à droite ;
et maintenant, entre les deux, je peux voir un peu
plus loin). Ce visage d'homme, sûrement qu'ils
l'organisent. Il a les traits tirés, tristes ; des moustaches de gros buveur et de gros fumeur, cependant pas chauve, au contraire : une toison hirsute
de poils gris très drus. Cela doit être un mécanicien ; il a le front taché de cambouis. Cela ne
veut pas dire qu'il ne s'est pas lavé. Cela veut dire
qu'en venant prendre son tramway, il a rencontré
quelqu'un en panne et qu'il a bénévolement essayé de dépanner, ou, plutôt, non : c'est un homme
à motocyclette ; ce n'est pas un homme à tramway. Précisément parce qu'il a dans les cinquante
ans. Il est de l'âge d'or de la motocyclette, quand
elle était hippogriffe et tapis volant. A travers tout :
comptoir de bar et ménage — peut-être deux, trois
enfants, qui sait ? — il a conservé son tapis volant,
son Pégase, ses grandes ailes pétaradantes. Qui
ne sont plus de son âge ? Au contraire, qui lui permettent d'oublier son âge. C'est sa façon à lui de

faire le jeune homme. Et ce matin, en partant au boulot, il a eu une panne, peut-être même dans la rue ; peut-être même qu'il a dû laisser sa moto *en pension* chez son épicier, son coiffeur ; ou, ce qui serait plus grave, chez un épicier qu'il ne connaît pas, chez un coiffeur où il ne va pas. C'est pourquoi il a cet air « Albatros sur le pont du navire ».

A gauche de cet albatros (qui s'agite, regarde de tous les côtés, et même nos regards se croisent), j'aperçois le col d'une chemisette de femme et la montée lisse d'un cou nu ; des frisettes de cheveux blonds décolorés et une petite oreille avec un très gros pendant d'oreille, vraisemblablement en celluloïd ou quelque chose dans ce genre, et représentant une petite touffe de fleurs des prés : pâquerettes et bleuets.

Au-delà, une épaule d'homme et le bord d'un chapeau de feutre gris ; une épaule de femme couverte d'une étoffe ordinaire à pois blancs, un cou grisâtre et ridé, des cheveux blancs ; un chapeau de femme en feutre avec une fausse plume, je veux dire une simple plume de pigeon retaillée pointue en plume sauvage et teintée en ocre. Sous le feutre il doit y avoir une tête de dactylo.

Encore deux ou trois épaules et des emman-chures de cou, dont une cerclée d'un faux-col manifestement en celluloïd, si on en juge par son éclat. Et enfin, assise au fond, me faisant face celle-là, une vraiment très grosse jeune femme, très décolletée, très à son aise, qui, d'après la position de ses énormes bras nus, doit avoir les mains appuyées à plat sur ses cuisses. Elle regarde paisiblement tout le monde avec d'énormes yeux de vache, très beaux, très goudronneux ; et, de temps en temps, elle aplatit dans sa gorge, bouche fermée, les hoquets de son abondant déjeuner.

Mais nous sommes partis ; et nous avons donné un coup d'avertisseur à pompe. La plate-forme d'avant est bondée de monde, celle d'arrière aussi et, en partant, nous avons l'air d'entraîner toute une limaille multicolore d'hommes, de femmes et d'enfants qui sautent sur les marchepieds. Le wattman fait fonctionner sa pompe à pédale pour prévenir un de ses copains qui boit le jus au bar Terminus ; l'autre, le verre à la bouche, lui fait signe d'attendre ; nous patinons sur les rails ; il avale son jus, paye, court, se fait faire place entre deux femmes déjà agrippées aux mains courantes ; met délicatement son pied entre les pieds des femmes, s'agrippe, se soulève, s'insère entre les deux femmes et, cette fois nous partons.

Nous passons le long du boulevard devant l'endroit où, un soir, celui qui ressemblait à un épi d'or sur un cheval noir m'est apparu pour la deuxième fois ; où j'ai su qu'il s'appelait Angélo ; qu'il était colonel des hussards du roi de Sardaigne. Et avant que j'aie fait trois pas, il eut tout de suite sous mes yeux son aventure avec le douanier (et j'en ai vu soudain cent autres pendant que je faisais le quatrième pas).

Ce matin, malgré l'heure, sur cet emplacement qui est, non pas un trottoir mais un terre-plein qui longe les murs du Refuge (ou des Repenties), il y a deux hommes qui jouent aux boules dans ce qu'on appelle un *tête-à-tête*. Fort graves ; il ne s'agit pas

280

de rigoler. Ils s'accroupissent, lancent la boule et restent ainsi, le bras tendu, pétrifiés dans le geste qui l'a lancée, la suivant de l'œil comme si elle était en train de dessiner le signe d'un oracle. On dirait deux lamas dans un colloque philosophique. D'ailleurs, en longeant le terrain où ils officient, le tramway — quoique imperceptiblement — ralentit, et tous les voyageurs tournent la tête du côté où se joue la partie.

Le premier arrêt est celui — dont j'ai déjà parlé — qui est en face du commissariat de police de la rue des Vertus. Rapide figure du ballet policier exécutée par deux agents seulement ; il est encore de trop bonne heure, le commissaire n'est pas encore là. Nous chargeons encore sept ou huit personnes sur les marchepieds. Le prochain arrêt est rue de Lodi. Là, nous laissons deux voyageuses. Ce sont deux infirmières. Elles viennent de l'hôpital de la Timone et il est facile de se rendre compte qu'elles vont à l'hôpital Michel-Lévy. C'est à deux pas. Pendant qu'on traverse le carrefour à petite allure, on voit le porche d'entrée rue de Lodi et les deux infirmières qui se hâtent. On voit la rue de Lodi en enfilade, très peu de temps, un quart de minute, juste assez cependant pour, attention, connaître la lumière matinale et sa couleur dans une rue de Marseille orientée nord-sud. Lumière pourpre et verte (c'est l'été) comme une fente dans une pastèque mûre.

Mais c'est à partir d'un peu plus loin que je vais pénétrer dans Marseille de tous les côtés. Les deux infirmières ont fait à peine deux pas, je les abandonne. Je n'avais pas besoin de l'hôpital Michel-

Lévy. J'avais juste besoin, au début, de cette profondeur pulpeuse, rouge et verte, dans laquelle sont alignées les unes à côté des autres et entassées les unes sur les autres (comme dans ma prison à la Piranèse, mon ancien Pont-du-Gard, ma nécropole sarrasine où les drames s'en allaient les uns vers les autres par des ponts volants et des échelles) les centaines de milliers de chambres, de cuisines, de salles à manger, de couloirs : ces ruches à démêlés mesquins ou royaux.

Nous approchons d'un arrêt qui donne accès à plusieurs quartiers du sud de Marseille. Ici il faut être très attentif, quelques personnes vont descendre. Déjà, une partie de la limaille que nous avions aimantée et que nous traînions à nos marchepieds se détache et saute sur les trottoirs. Mais j'ai à peine le temps d'apercevoir des casquettes, des chapeaux, des ondulations Marcel qui, tout de suite, ont pris le pas de charge. Je n'ai pas le temps de cataloguer pour imaginer les combats auxquels ils courent (oh! je sais qu'ils sont tous des *héros* ; c'est-à-dire des êtres qui ne veulent pas être domptés. Mais ils le sont peu à peu chaque jour, et, c'est à ces Waterloo quotidiens qu'ils courent.) Enfin en tout cas, ici dedans, le Jaune et le Rouge se lève. Il tient solidement sa serviette en cuir dans sa grosse main à la grosse bague. Il s'enfonce d'une façon rogue dans ses multiples mentons et bajoues, car il va avoir à se frayer un chemin parmi les gens de la plate-forme. La femme qui pense, à côté de la coiffeuse, se lève aussi . Et là-bas, dans les parages de la fausse plume d'épervier, celle qui n'était qu'une épaule habillée d'une étoffe à pois se lève aussi. Tout à l'heure elle n'était rien ; maintenant elle se lève car elle est arrivée à destination, une destination à partir de laquelle elle va devenir, et elle est, une bonne ménagère paisible et sans passion, une mère de famille au visage neutre et invisible. Vraisemblablement elle va au marché du Prado ; elle a un sac à provisions en lustrine pendu au bras et elle serre un porte-monnaie dans sa main droite.

Ces trois personnages descendent à l'arrêt. Après, nous continuons nous autres à glisser tout doucement dans la pente du boulevard Baille, pas trop vite parce que nous allons arriver au carrefour du cours Lieutaud souvent encombré, et nous les dépassons. Ils marchent tous les trois sur le trottoir. Ils sont encore presque ensemble, à deux ou trois mètres l'un de l'autre. Contrairement à ce que j'aurais cru (ou inventé), c'est la ménagère à visage neutre qui a pris les devants. Elle marche bon pas ; elle doit même taper solidement du talon. Son visage est moins neutre : il est classiquement mère de famille. Elle court vers des *occasions*, cela ne fait aucun doute. Après, vient la femme qui pense. Elle a une bonne petite allure trotteuse. Si elle pense, elle pense brusquement à des choses diverses ; elle tourne la tête de tous les côtés, comme une poule. Derrière elles deux, à grands pas lents, vient le Jaune et le Rouge.

J'ai le temps de bien regarder. Comme d'habitude, un encombrement nous retient à l'embouchure du cours Lieutaud. Nous les avons dépassés ; ils nous dépassent, traversent le cours Lieutaud en direction de la place Castellane : la ménagère au visage neutre, la femme qui pense, le Jaune et le Rouge qui a l'air de retenir son pas, d'être assez indécis. Je vois encore la femme qui pense arrêtée au bord de la chaussée. Elle s'apprête à traverser ; la ménagère au visage neutre a atteint la place Castellane, a tourné à droite, a disparu ; le Jaune et le Rouge marche, très indécis ; on ne sait pas s'il va prendre à droite ou à gauche. Mais nous-mêmes avons maintenant passage libre ; nous tournons dans le cours Lieutaud ; je les perds de vue.

Après avoir fait mine de vouloir traverser, la femme qui pense est restée finalement de ce côté-ci du boulevard. Est-ce qu'elle a vraiment hésité à traverser, et est-ce qu'elle va essayer plus loin, ou bien est-ce qu'elle a seulement manœuvré pour donner le change à la coiffeuse ? Et maintenant que nous avons disparu, est-ce qu'elle va aller vraiment où elle veut aller ? La ménagère au visage neutre a continué à marcher bon pas. Elle est arrivée au détour de la rue de Rome. Elle a pris la rue de Rome, trottoir de droite, toujours bon pas, puis le trottoir de gauche, bon pas, tourné dans une petite rue dont je ne sais pas le nom. Tout ce que je peux dire, c'est qu'elle est essentiellement bourgeoise, si on en juge par les façades des maisons, qu'elle est très étroite et très longue ; on la voit même là-bas au bout monter fortement au flanc de la colline de Notre-Dame de la Garde. La ménagère à visage neutre a ralenti, imperceptiblement. Le Jaune et le Rouge est arrivé de son pas indécis à la place Castellane. Il a pris lui aussi la rue de Rome, mais il l'a traversée tout de suite et il a tourné dans la première rue à gauche. Somme toute, il suit une route parallèle à celle qui suit maintenant la ménagère à visage neutre. Il a traversé la rue Edmond-Rostand. Il a regardé soigneusement l'église des Dominicains de haut en bas, comme s'il s'intéressait à la sculpture commerciale de la fin du XIXᵉ siècle. Soudain, il se rappelle qu'il ne s'intéresse pas du tout à ça, et il fait quelques pas assez rapides en direction de la rue Paradis. Depuis qu'il a quitté le tramway, il a avalé une partie de ses mentons, semble-t-il, mais il est toujours très jaune et très rouge (enfin discrètement, à la limite de la chose nette) et chaque fois qu'il croise quelqu'un il *figure*. C'est une série de hauts et de bas. A cet endroit-là, il n'est pas très loin de la femme qui pense. Finalement, celle-ci a fait le tour de la place Castellane. Elle s'est engagée sur le Prado, côté droit, et elle a tourné à droite dans la rue Falque. Elle voit comme lui, au bout du chemin qu'elle suit, la rue Paradis qui coupe transversalement et qui, avec ses façades éclairées par le plein soleil du matin, est semblable à une barre d'or légèrement niellée par les zébrures des persiennes fermées ; ce que par contre ne voit pas la ménagère au visage neutre, car elle s'est dirigée d'abord d'un pas très ralenti vers cette partie de la rue Paradis qui prend vers la Bourse, et par conséquent est à cette heure-ci dans l'ombre. Tout ce qu'elle a aperçu de la rue Paradis, c'est un coin de l'église Saint-Vincent-de-Paul : deux colonnes et un triangle de chapiteau. Elle a d'ailleurs presque tout de suite tourné à droite et maintenant elle s'éloigne de la direction que suivent le Jaune et le Rouge et la femme qui pense. Elle entre dans des quartiers qui sont derrière la Préfecture, pleins d'ombre, très morceaux de pastèque : pourpres et verts ; les fenêtres sont dans l'ombre comme les grosses graines noires incrustées dans la chair de la pastèque. Les façades des maisons sont pulpeuses, humides ; il fait frais. Elle va maintenant très lentement, elle a l'air d'attendre. Le Jaune et le Rouge a atteint la rue Paradis et il la remonte en direction de Saint-Giniez. La femme qui pense n'a pas atteint la rue Paradis. Elle aurait pu. Elle en est à cinq à six mètres. Mais elle s'est arrêtée. Immobile, elle a l'air de faire un calcul. Elle rebrousse chemin. Le Jaune et le Rouge traverse la rue Paradis et prend des ruelles qui rejoignent la rue Breteuil. Elles sont pleines de soleil. Déjà, des enfants jouent au skiff à roulettes sur les trottoirs en pente. Le quartier est peu *passant*. Deux maisons sur trois sont occupées par des entrepôts ou garages particuliers, même des écuries. De loin en loin une porte de couloir et, au-dessus, des fenêtres, dardant sur la rue des flèches d'artimon aux haubans desquelles des linges sèchent. Mais les rues de derrière la Préfecture sont toujours pulpeuses, fraîches, pourpres et vertes. Derrière les fenêtres incrustées dans les façades comme des graines noires de pastèques, rien ne vit. Est-ce qu'on y dort ? C'est peu probable ; elles n'ont pas l'air de fenêtres de chambres à coucher. Les volets sont grands ouverts. Si elles sont noires, c'est du reflet des vitres donnant sur des pièces qu'on imagine vastes, vides et sombres ; des ateliers peut-être, mais où l'on ne travaille pas, alors. La ménagère au visage neutre entre bruquement sous une porte cochère large ouverte. Elle y disparaît.

286

Mais elle n'y reste même pas dix secondes. Elle sort tout de suite et prend immédiatement son pas de charge. Elle a naturellement toujours à son bras son sac à provisions et dans son poing droit elle serre toujours son porte-monnaie. Ostensiblement, dirait-on, de même qu'elle vient de ramener son sac devant elle pour que, en marchant, ses cuisses le fassent sauter ; ostensiblement, dirait-on ; désormais, dirait-on aussi. Elle a déjà tourné vers la place Estrangin. De la porte cochère dans laquelle elle vient de faire ce petit détour, émerge un petit homme en bras de chemise. Il porte une clef d'aiguadier. Il va en effet jusqu'au coin de la rue ; il branche une manche sur une bouche à eau. Il se met à arroser la rue. Le Jaune et le Rouge est arrivé à une porte de couloir au-dessus de laquelle il y a, comme tout le long de la rue, de loin en loin, une flèche d'artimon et du linge qui sèche. On dirait que là ce sont des maillots, drapeaux, langes et linges d'enfants. Le Jaune et le Rouge monte au premier et pousse une porte. Elle s'ouvre sur une pièce (c'est celle à la fenêtre de laquelle le linge sèche) contenant : des classeurs pleins de papiers liés en liasses et une table surchargée de papiers, à laquelle est assis, en train d'écrire, un homme que le contre-jour ne permet pas de voir autrement qu'en ombre. « Il ne fallait plus venir, dit-il. — J'ai fait aussi vite que possible, dit le Jaune et le Rouge. » Et il pose sa serviette de cuir sur la table. La femme qui pense a redescendu la rue Falque, s'est arrêtée, a réfléchi, a tourné bride, est revenue sur ses pas ; est montée jusqu'à la rue Paradis mais là, s'est immobilisée, a porté sa main gauche à sa bouche, mordu son index, et elle a de nouveau rebroussé chemin. Elle descend la rue Falque à toute vitesse. Le Jaune et le Rouge répète : « Je vous assure, monsieur, je suis venu aussi vite que j'ai pu. » Pendant que les skiffs aux roulettes de fer sont en train de s'enrager en bas, sur les trottoirs en pente. La ménagère au visage neutre monte les allées Pierre-Puget.

Nous, nous avons continué à descendre le cours Lieutaud. Et nous approchons d'un arrêt très important. C'est un carrefour de piste. Ici, la femme aux rayons ma voisine, la coiffeuse, les deux messieurs cachou, le pendant d'oreille pâquerette et bleuet et les énormes yeux de vache prennent leur élan. Le tramway va s'arrêter, ils vont être jetés dans la roulette. Je peux déjà imaginer que mes deux hommes cachou vont descendre le boulevard Salvator en direction de la Préfecture ou des permanences. Eh bien, pas du tout. Ils se sont séparés. Un traverse la rue et descend bien le boulevard Salvator, mais il regarde les femmes ; et il se regarde lui-même fort complaisamment dans la vitrine des magasins. Qu'est-ce qu'il trouve de bien à son imperméable cachou ? A moins que dessous il soit nu ? Non, il a l'air de se trouver très bien. Il assure le côté crâneur de son chapeau. Son copain monte vers le cours Julien. On est moins flambard quand on monte. Son imperméable lui bat fâcheusement les cuisses. Il est manifestement emberlificoté dans ce tissu caoutchouté, sa serviette de cuir, son chapeau, la chaleur et la montée de la rue. J'espère qu'il va *s'organiser*. La femme aux rayons est descendue péniblement. Quand elle a eu mis le pied sur la chaussée, elle a repris haleine. D'un geste très autoritaire de la main, elle arrête un camion et un cycliste qui essayaient de lui couper la route. Elle ne l'entend pas comme ça. On dirait que les rayons qu'on lui a faits lui donnent autorité. Peut-être que c'est Moïse. Pendant que le chauffeur du camion lui dit : « Alors, tu démarres !... » elle traverse paisiblement jusqu'au trottoir où elle arrive en même temps que pâquerettes et bleuets. Celle-là a sauté comme une biche. Elle a un joli petit tailleur bleu marine serré à la taille et une jupe courte qui s'arrête aux genoux, découvre de longues jambes galbées aux chevilles très fines, au bout desquelles de grosses semelles de liège font sabot d'animal forestier. Et c'est avec une ondulation d'animal qu'elle se glisse contre la femme aux rayons, entre quatre ou cinq passants, et en deux sauts elle est au coin de la rue, qui monte vers ces quartiers hauts qu'on appelle la Plaine. Elle tourne et disparaît. La coiffeuse descend le boulevard Salvator derrière le cachou n° 1. Maintenant qu'on la voit, elle est grande, extrêmement bien faite, et elle le sait de A jusqu'à Z. En réalité, si on pouvait l'examiner de près, on verrait que, non seulement l'ondulation, l'onction et la finition de ses cheveux ont exigé au moins trois demi-journées de coiffeur, mais la peau satinée de ses mollets (et vraisemblablement de ses cuisses) a exigé au moins trois demi-journées de ponceur ; et, malgré sa jeunesse, son corps tout entier a besoin de trois à quatre demi-journées de hammam, avec grosses suées et flagellations à la finlandaise. Qu'elle peut se payer bien qu'elle soit fille du peuple, comme le prouve sa démarche ; car les princesses de naissance n'ont jamais l'air princesse en gros ; elles ne l'ont qu'en détail. Et celle-là l'a en gros. Elle est tellement cambrée que ses seins sont à la limite de l'éclatement. Et elle roule un peu des hanches, de façon à en mettre plein la vue. Et elle y réussit, car c'est un miracle d'avoir la taille si fluide. Elle n'a presque rien sur le corps, sinon une étoffe d'été très claire, très fine, très fleurie, travaillée par des choses aériennes qui en font très exactement comme une peau. La grosse femme aux beaux yeux de vache est descendue elle aussi. Elle n'est pas allée loin : à trois mètres de l'arrêt elle s'est dirigée vers un magasin intitulé : « Laboratoire d'analyses. » Elle a mis la main sur le bec de cane de la porte et est entrée.

Mais, nous nous mettons en marche, nous aussi, continuons à parcourir le cours Lieutaud et je les perds tous de vue.

Pâquerettes et bleuets remonte la rue vers le quartier de la Plaine à petits sauts, en jouant des creusements de reins et du petit trot de ses longues jambes de biche à travers une foule de ménagères, de charretons, de piétons indolents chargés de couffes vertes (car on est à proximité du grand marché aux légumes). Loin derrière elle, monte, suivant la même direction, la femme aux rayons. C'est à ce moment-là que, dans un autre quartier, la femme qui pense, ayant parcouru la rue Falque à toute vitesse a débouché sur le Prado, est entrée dans un bar et a demandé un café sans saccharine. Elle est accoudée au comptoir et elle a tiré de son sac un morceau de sucre. La femme aux rayons ne se regarde pas dans les vitrines, mais, de temps en temps (car la rue monte terriblement), elle s'arrête, se frotte les flancs avec ses deux mains à plat et souffle fortement, émettant un son qui ressemble au son d'une flûte en fer. Elle regarde les passants qui la croisent d'un air de dire : « Alors quoi, on ne salue plus les supérieurs maintenant ? » Le cachou n° 1 est arrivé au bas du boulevard Salvator. Il tire sur les pans de son imperméable pour les mettre en place. Il a peur que la descente rapide qu'il vient de faire ait dérangé les plis qu'il s'efforce de faire juponner autour de sa taille (mais pourquoi a-t-il mis un imperméable ; c'est un beau jour d'été. Est-ce qu'il est nu dessous ?). Il traverse la rue de Rome. Dès qu'il est de l'autre côté, il vérifie de la main encore une fois les plis de son imperméable ; dans son dos cette fois. Il traverse la place Saint-Ferréol ; il aborde les allées de platanes du côté de la poste. A cette heure de la matinée, ici, l'ombre est belle. Elle est tellement pénétrée des reflets de la façade de la Préfecture, des reflets des pavés de la place, qu'elle est, non pas pourpre, mais rose ; et les feuillages dans lesquels soufflent les vents contrariés qui débouchent à la fois de la rue Saint-Ferréol et de la rue Montgrand sont vert profond. C'est ici une belle tranche de pastèque, pas trop mûre mais bien juteuse ; d'autant que quatre ou cinq arroseurs publics jettent de l'eau à pleins jets sur les pavés. A ce moment-là et pas très loin d'ici, et dans des endroits semblables, c'est-à-dire sur le cours Pierre-Puget plein d'ombre (plus sombre et plus pourpre), ruisselants d'eau (plus chantante car il y a moins de trafic, moins de bruits, et on entend le bruit du jet qui fuse des manches d'arrosage), la ménagère à visage neutre se hâte. Elle tient de plus en plus ostensiblement son porte-monnaie et son sac à provisions. Elle est de plus en plus visage neutre ; elle est même arrivée (sans doute en s'efforçant, il n'est pas naturel qu'elle y soit arrivée sans efforts) à être neutre des pieds à la tête. Elle n'est plus que sac à provisions et porte-monnaie de ménagère. Pour quelqu'un qui la regarde bien, il est incontestable qu'elle a un but précis, qu'elle va tout droit quelque part. Elle ne fait pas un pas de trop, mais le porte-monnaie et le sac suggèrent qu'elle va, qu'elle se hâte vers quelque endroit où elle craint d'avoir à faire la queue. Elle est entièrement ce personnage-là. Et cachou nᵒ 1 s'arrête devant la poste Saint-Ferréol et, tout à fait ébahi, regarde un camelot qui fait des grappes de bulles de savon en soufflant à travers un anneau de fil de fer qu'il a trempé dans une *solution*. Tellement ébahi qu'il manque de laisser tomber la serviette de cuir qu'il serrait cependant consciencieusement dans sa main cachou.

La coiffeuse, elle, descend en frégate de haut bord, cent canons aux sabords, la rue de Rome. Elle a un long regard, d'abord condescendant, puis légèrement, puis vite très envieux (et d'une façon si ingénue !) pour une immense affiche de cinéma qui représente une star aux cils en éventail de crayons faber, à la bouche en sexe d'éléphante rose. La coiffeuse pince la sienne (de bouche) et comme il n'y a pas à proximité immédiate de vitrine pouvant servir de miroir, elle baisse la tête et fait glisser son regard le long de ses seins ; et elle fait quelques pas plus longs pour apercevoir ainsi, du même coup, le mouvement de ses cuisses dans cette étoffe d'été à fleurs, comme une peau. Et c'est ainsi qu'elle reprend son calme et qu'elle continue à descendre la rue de Rome qui est déjà en plein commerce, en plein trafic de commerce, d'éclat de soleil et d'odeur de poussière, d'essence et de mazout ; cette rue pleine des couleurs de tous les produits qui y sont à vendre et pleine des reflets au soleil, des remous et des gestes de tous les gens qui vont et viennent pour acheter. Le cachou n° 2 lui, est arrivé dans un haut quartier où il fait frais. Il n'est pas très loin du cours Julien où se tient le marché aux légumes. C'est un haut lieu. C'est le sommet d'une colline. On y a établi une grande place nue, cimentée ; le ciment est percée, de loin en loin, de trous de sept à huit centimètres de diamètre dans lesquels les marchands de légumes plantent les manches d'énormes ombrelles de toile verte. Le ciment est jonché d'ails, de poireaux, d'oignons, de salades, de tomates en tas. Contrairement à ce qu'on pourrait penser, il n'y a pas de cris et de bruits ici. Il y en a même si peu, à part une sorte de bourdonnement comme d'abeilles, qu'on entend très bien un organiste qui répète on ne sait quoi de Bach ou de Haendel, ou peut-être simplement de Massenet, ou peut-être des grognements de jazz dans l'église de Notre-Dame-du-Mont. Mais il y a d'extraordinaires hurlements de couleurs et d'odeurs. Les légumes écrasés par les piétinements sur le ciment brûlant de soleil sentent terriblement fort. Le cachou n° 2 n'est pas encore arrivé à l'endroit où

il fait si chaud, sur le carreau même du marché.
Il a été embarrassé dans les longs pans de son
imperméable pendant qu'il montait la côte. Il
sue, et il a changé deux ou trois fois sa serviette
de main. On comprend très bien que, dès qu'il est
assis, il soit tout feu et flamme pour bouleverser
l'ordre du monde et le réorganiser à sa fantaisie.
En réalité, il ne devrait pas se couvrir d'un imperméable cachou au matin d'un jour de chaleur.
Il fait une longue pause au pied d'un platane, au
plein milieu d'un endroit où le vent passe bien.
Il pourrait peut-être entrouvrir son imperméable
cachou (à moins qu'il soit nu dessous); mais
non, il se contente de repousser en arrière son
chapeau cachou qui lui fait une marque sur le
front.

Enfin, à force d'arrêts, de frottements de flancs,
de regards d'adjudant et d'airs de flûte, la femme
à qui on a fait les rayons arrive au quartier qu'on
appelle la Plaine. C'est une vaste place encadrée
de chaque côté par deux allées d'arbres. Au printemps il y a ici dessus une foire. Du temps de ma
jeunesse, il y avait au centre de cette place un
bassin dans lequel évoluait un bateau à rames à
forme de petit paquebot et pouvant contenir une
dizaine d'enfants. Un feignant costumé en matelot
faisait faire pour deux sous trois fois le tour du
bassin, lentement, avec de longues pauses. Cela
s'appelait le tour du monde. Chaque fois que je
descendais à Marseille avec mon père, il me payait
ça. Je montais dans la barque et j'étais navré de le
quitter car il restait *à terre*. Il restait à terre et il
faisait lentement tout le tour du bassin en même

temps que moi car il était navré de me quitter. Mais, dès que nous arrivions à Marseille, lui et moi (j'avais cinq ans), il me disait : « Viens, Jean, je vais te payer le tour du monde. »

Il n'y a plus de bassin et d'ailleurs, pour la femme à qui on a fait les rayons, c'est le moindre de ses soucis. Ici, elle respire presque comme tout le monde et elle a un geste des bras comme pour dire : « Maintenant, à nous deux ! » et elle se dirige vers une boutique d'épicerie. « Quand est-ce que vous donnez vos pâtes, madame Charabaud ? — La semaine prochaine, mademoiselle Antoinette. Vous venez de vos rayons ? demande la voix du fond de la boutique. — Je suis encore plus fatiguée qu'hier. — On s'habitue à tout, allez, dit la voix. — Ah ! Faut ce qu'il faut », dit la femme à qui on a fait les rayons. Elle traverse la vaste place à petits pas, s'attardant sous l'ombre des arbres.

Il y a également beaucoup d'ombre dans la pièce aux classeurs et à la grande table surchargée de papiers où finalement le Jaune et le Rouge s'est assis et ne parle plus ; pendant que cet homme qui lui-même ressemble à l'ombre compte des papiers qui ont été extraits de la serviette de cuir sur laquelle, dans le tramway 54, s'étalait à plat la grosse main à la grosse chevalière de gros or, à grosses initiales. Mais ici l'ombre est chaude. Le quartier où se trouve cette pièce à la fenêtre de laquelle sèchent des maillots d'enfants et des langes, et qui, cependant, contient assez de classeurs, assez de papiers entassés pour faire tenir tranquille le Jaune et le Rouge, est dans un quartier torride. Et silencieux. On ne peut pas appeler bruit le roulement incessant des roulettes de fer des skiffs sur le trotttoir ; on ne peut pas appeler bruit le froissement des papiers que compte cet homme assis à contre-jour et qui continue à être semblable à de l'ombre.

Il y a également de l'ombre, mais torride aussi, et poisseuse comme du sirop, et sucrée, et un tout petit peu citronnée d'odeur d'acide dans cette antichambre où les beaux yeux de vache sont entrés. L'infirmière déchiffre une sorte d'ordonnance hiéroglyphique : « Vous venez de la part du docteur ?... » Les beaux yeux de vache disent le nom. « Asseyez-vous, dit l'infirmière, je ne sais pas si nous avons une lapine. » Elle sort. Elle revient au bout d'un moment. « Oui, nous avons une lapine. Voulez-vous venir avec moi ? » La femme aux beaux yeux de vache avait fait crier la chaise où elle s'était assise ; elle la fait crier en se levant. Elle suit l'infirmière. Elles pénètrent toutes deux dans une pièce qui donne par des vitres dépolies sur la rue où, tout à l'heure, se sont engagées pâquerettes et bleuets et la femme aux rayons. « J'en ai porté une petite bouteille, dit la femme aux yeux de vache. — Je ne le fais pas avec de l'urine, dit l'infirmière. Les résultats ne sont pas absolument probants. » Elle sourit et elle se reprend « On n'est jamais sûr du résultat avec l'urine. Je le fais avec du sang. Je vais vous faire une petite prise. Ce n'est rien du tout. Vous n'avez pas peur ? — Non, dit la femme aux beaux yeux de vache, mais qu'est-ce que j'en fais de ça ? » Elle montre sa fiole d'urine. « Versez-la dans l'évier », dit l'infirmière qui vient d'allumer une lampe à alcool.

La femme qui pense a tourné longtemps son sucre dans son café. Enfin, elle l'a bu, a payé, est revenue à sa rue Falque ; remonte la rue Falque en direction de la rue Paradis.

La ménagère au visage neutre suit le boulevard de la Corderie et, brusquement, elle s'immobilise à un arrêt du trolleybus pour le Roucas-Blanc. Elle est de plus en plus sac à provisions en lustrine et porte-monnaie.

La coiffeuse a tourné dans une rue perpendiculaire à la rue de Rome. Elle a fait encore une vingtaine de ses beaux pas, bien calmes, bien balancés, bien d'aplomb, où tout joue, de ses chevilles à sa nuque. Elle est entrée dans un magasin de coiffure. La coiffeuse est bien une coiffeuse. « Bonjour mademoiselle Amanda, dit-elle. — Bonjour, mon petit », dit Mlle Amanda.

La femme à qui on a fait les rayons a traversé la place du Tour du Monde. Elle est maintenant du côté des rues qui descendent vers le boulevard de la Madeleine. Elle monte sur le trottoir, elle entrouvre du bout des doigts le rideau de raphia qui pend devant la porte d'une boutique. « Monsieur Bernard, dit-elle, quand c'est que vous le donnez, le vin ? — Ah ! ça, j'en sais rien, mademoiselle Antoinette. Alors, vous voilà dehors ? — Dehors, d'où ? dit la femme à qui on a fait les rayons. — Je ne sais plus qui est-ce qui m'a dit que vous étiez à la Conception ? — Pas du tout. J'ai jamais quitté le quartier. D'abord, ce n'est pas à la Conception, c'est à l'hôpital de la Timone.

J'y vais le matin, on me fait les rayons. Ceux qui ne savent pas feraient mieux de ne rien dire. — Ça, c'est bien vrai, mademoiselle Antoinette. Enfin, pour le vin, c'est comme je vous dis ; on ne sait rien. »

De ce temps pâquerettes et bleuets a fait du chemin. Oh! qu'elle a fait du chemin! Quand on songe qu'elle est descendue du tramway 54 en même temps que la femme à qui on fait les rayons et qui continue à discuter pour son vin (tenant dans son poing droit un paquet de raphia du rideau de la porte), elle est au moins déjà un bon kilomètre plus loin, et dans des endroits imprévisibles. Elle est entrée dans de petites rues. Elle les a parcourues de jambes agiles, de reins souples, tapant les pavés de ses petits sabots de biche, se faufilant à travers la foule des gens qui vont au marché aux légumes. Elle s'en va à contre-courant. Et pourtant, elle ne heurte personne, elle se glisse entre les uns et les autres et, dès qu'elle atteint une portion de rue un peu plus libre, d'un coup de reins elle se précipite en quatre ou cinq bonds qui la poussent brusquement en avant. Elle est passée fort près de l'endroit où cachou n° 2 reprend haleine sous son platane. Elle a longé le parvis de Notre-Dame-du-Mont pendant que l'organiste faisait grogner les basses de l'orgue. Elle a sursauté, dressé la tête, vu par la porte de l'église ouverte (on fait le ménage) brasiller les cierges de l'autel. Pas très loin de là, sous son platane, cachou n° 2 entendant grogner l'orgue se demandait : « Qu'est-ce que c'est que ça? » Elle a traversé en diagonale la place du Tour du Monde.

Elle s'est lancée dans les rues qui descendent vers le boulevard de la Madeleine. A ce moment-là, la rue étant à peu près libre, elle s'est lancée dans sa grande vitesse ; c'est presque un galop. Mais c'est un galop jeune et printanier ; et quand on peut voir son visage sur lequel se rabattent des mèches de cheveux qu'elle écarte de la main, on s'aperçoit qu'elle sourit ; qu'elle sourit aux anges ; à des anges ; à des sortes d'anges qu'elle doit voir danser devant elle ; dont elle doit sentir le frôlement des ailes quand ils la dépassent, rasant le sol, rasant la moulure du correct petit tailleur de serge bleu marine, comme des martinets jouant avec une fleur de lilas d'Espagne. Elle a atteint le boulevard de la Madeleine à travers lequel elle s'est précipitée sans tenir compte de la circulation, elle est passée entre un camion qui a freiné brusquement et un tramway qui a jeté un hurlement éperdu de son avertisseur à pompe. Mais déjà, elle avait atteint le trottoir de l'autre côté. Et elle galopait dans les rues qui vont vers la rue Consolat et le boulevard Longchamp. Elle descend le boulevard Longchamp, elle s'engage dans le boulevard National. Elle trotte, elle galope, elle frappe du talon, elle se glisse à travers les passants, elle esquive à droite et à gauche avec de petits coups de reins précis ; elle saute, elle se précipite droit devant elle ; elle sourit.

A ce moment-là c'est très simple : la femme à qui on fait les rayons a laissé retomber le rideau de raphia du marchand de vin, a soulevé, dix mètres plus loin, le rideau de raphia de la crémerie et a demandé : « Madame Charlotte, quand c'est que

vous le donnez, votre fromage ? » La femme aux
beaux yeux de vache boutonne son corsage.
« Venez chercher le résultat après-demain », dit
l'infirmière. Le Jaune et le Rouge a quitté la
pièce torride où l'homme qui est resté une ombre
à contre-jour a fini de compter les papiers secs.
Le cachou n° 1, ayant acheté un flacon de *produit*
et un anneau de fil de fer, et les ayant serrés dans
sa serviette de cuir, est en train de descendre la
rue Saint-Ferréol. La coiffeuse, installée devant
la glace, se refait les bouclettes près de la rue de
Rome. Le cachou n° 2 a repris haleine et s'engage
dans la rue d'Aubagne. La femme qui pense
s'est décidée cette fois à aborder la rue Paradis
et la remonte en direction de Saint-Giniez. Son
petit café a l'air de lui avoir donné du cœur au
ventre. La femme au visage neutre a pris le trolleybus et est en train d'être voiturée vers le quartier du Roucas-Blanc.

Quant à nous, avec notre tramway 54, nous
continuons à glisser à petite allure le long du cours
Lieutaud. D'autres voyageurs sont venus s'asseoir
dans les places restées libres. A côté de moi, à la
place de la femme à qui on a fait les rayons, s'est
installé ce que, d'une façon générale, on peut
appeler un *contrôleur*. Un homme d'âge mûr qui
a des difficultés avec son estomac si on en juge
par son haleine sûrie ; des difficultés avec presque
tous ses impédimentas (si on peut dire), yeux, nez,
bouche, gorge, oreilles, bras et jambes ; une sorte
de rouage principal d'administration. Devant
moi et par côté, ce sont des femmes et des hommes
nouveaux, chargés de drames, d'itinéraires nou-

veaux, que je ne vais pas pouvoir suivre, mais que je vois très bien lancés dans Marseille comme une nouvelle poignée de graines, ou plus exactement, comme de petites gouttes de sang que le tramway 54 charrie et lance à chacun de ses arrêts à travers la ville.

Mais, attention : bien que nous soyons maintenant en pleine vitesse dans la partie descendante du cours Lieutaud, voilà mon chapeau melon et cigarette sur l'oreille qui se dresse, Il bouscule un peu les gens de la plate-forme et fort habilement il saute sur la chaussée. La cigarette n'a pas quitté son oreille ; le vieux chapeau melon : impeccable ; il s'est reçu sur des jambes qui, non seulement ont un très bon ressort mais beaucoup d'à propos (sur lequel il compte) car, dès qu'elles ont pris appui sur la chaussée, elles ont immédiatement *pensé* à exécuter un saut vers le trottoir au ras du mufle vernis d'une auto qui renâcle d'un coup de frein. J'ai juste le temps de voir que, d'un index précis, il cueille la cigarette sur son oreille et il se la met à la bouche. Je le perds de vue lui aussi.

Il a pris une rue à gauche. Il descend la rue d'Aubagne. Il arrête un passant, il demande du feu et allume sa cigarette. Un peu plus loin il se plante, les mains dans les poches devant la porte ouverte d'une boutique de décrottage. « Alors, Mille, qu'est-ce que tu dis de beau ? — Eh ! rien », dit la voix qui parle dans le claquement des brosses. Il y en a ainsi pour sept à huit minutes qui sont un très joli régal pour l'homme à la cigarette et l'homme aux brosses. Ils *blaguent* et, de temps en temps, quand la réplique est bonne, l'homme à la cigarette cligne de l'œil aux passants. Mais maintenant c'est l'homme à la brosse qui trouve des répliques piquantes. Tellement que ses clients se sont mis à rire ; et quand ils auront fini de s'esclaffer, ils vont se mettre de la partie, c'est sûr, maintenant qu'ils sont excités. « Oui, dit l'homme à la cigarette, tu t'en fous, toi, mais moi il faut que j'aille travailler. » Il pivote et, sans sortir ses mains des poches, il continue à descendre la rue. Un peu plus bas, il s'arrête devant un bar et il appelle le garçon qui sort : « Apporte-moi un *parfumé* », dit-il. Il attend sur le trottoir, pendant que le garçon va chercher le petit godet de café, *parfumé* d'une giclure d'eau-de-vie. « Entre! dit le garçon de là-bas dedans. — Non, dit l'homme à la cigarette, je suis pressé. » Le garçon lui apporte donc le verre sur le trottoir. Il boit. Il paye. Passe à ce moment un type bien fringué et qui marche en faisant flotter longuement un pantalon immaculé de très belle flanelle blanche. « Alors, dit ce dernier, tu as peur du chien, que tu restes sur le trottoir ? — Salut Marcel », dit l'homme à la cigarette. Tous les trois : le garçon, l'homme au pantalon de flanelle et l'homme à la cigarette, ils font une petite conversation qui, au début a l'air d'être assez intime, mais est vite destinée aux passants et s'exprime à très haute voix. Alternativement, l'un après l'autre, les trois hommes clignent de l'œil à la ronde, chaque fois qu'ils ont dit quelque chose de très mordant, ou de très drôle, ou qui contient des allusions, ou qui a rapport à une chanson en vogue, ou à une scie, ou à une passacaille. Et ils continuent jusqu'au moment où l'homme à la cigarette dit : « Vous vous en foutez, vous autres, mais moi il faut que je travaille. » Et alors il s'en va. Il passe, naturellement sans la regarder, à côté de la colonne qui porte le buste d'Homère. Il s'arrête devant la vitrine d'un bandagiste et il examine longuement des ceintures et pelotes à contenir les hernies. Puis, il continue à descendre la rue qui est de plus en plus encombrée de passants, à mesure qu'on s'approche du carrefour qui donne à la fois sur la halle aux poissons et sur les rues où se tient le marché Noailles, aux légumes. L'homme à la cigarette fait respecter son droit d'une façon très énergique. Il ne cède le pas à personne, surtout pas aux femmes. Son visage a pris l'air obstiné, rêveur et grave des grands révolutionnaires. Il est la réprobation en marche ; le reproche incarné ; le pivot de la société ; la fin de tout ; l'alpha et l'oméga social. Il est à la fois sincère et il s'amuse beaucoup. Il se sent mâle. Il est très content. Et il louvoie dans la foule vers les endroits les plus compacts où il pourra frapper du coude, et toiser, et même au besoin dire un mot cassant ou à défaut son « Et alors ! » qui signifie : et alors, après avoir fait ce que vous avez fait et après m'avoir vu, qu'est-ce que vous décidez ? Une sorte de « Je suis à votre disposition », de « Monsieur, voici ma carte » perpétuel, de « Mes amis rencontreront les vôtres ». C'est un demi-solde chez les ultras. Il s'amuse prodigieusement. Mais il se prend très au sérieux. Une femme qui vend des citrons à la sauvette lui fait signe. Il s'approche. « Planque-moi ça deux minutes », lui dit-elle, et elle lui glisse

303

un petit paquet dans la poche. Tout de suite après
elle chante les beaux citrons. Et l'homme à la
cigarette regarde à droite et à gauche d'un air tout
d'un coup apeuré. Il est en réalité très emmerdé.
Il fait le flambard et il dit à très haute voix :
« Alors, ma belle... » et « Je vais faire une cigarette »
« où c'est que j'ai mis mon tabac? » Il explique
tous ses gestes à haute voix. La marchande de
citrons qui est bien plus fine que lui ne le regarde
pas et continue à chanter les beaux citrons. Pendant que lui roule sa cigarette en jetant de petits
coups d'œil autour de lui. « De quoi elle a peur?
se demande-t-il. C'est des types de la secrète.
Qu'est-ce que c'est qu'il y a dans ce paquet?
Selon ce qu'il y a c'est quand même emmerdant.
— Donne », dit la femme, et en même temps
elle glisse la main dans la poche et elle reprend ce
qu'elle y avait glissé. « Ils sont partis? demande
l'homme à la cigarette — Oui », dit la femme.
D'un mouvement de menton elle montre un
coin de la foule : « C'est lesquels? — Les deux
en vestons clairs. — Fumiers », dit l'homme à la
cigarette. Il démarre. Il se remet à naviguer.
Il est moins content que tout à l'heure. Il est également un peu moins réprobation en marche. Il
fait quelques concessions. Au lieu de bousculer
et de dire : « Alors quoi? » il dit : « C'est pas
malheureux! Laissez passer que je vais travailler,
allons! » Il finit par déboucher sur la petite place,
devant la gare des tramways. Il prend à témoin
un patron de bar : « C'est pas malheureux! s'ex-
clame-t-il. Regarde ça si c'est pas malheureux! »
Il n'a pas sorti les mains de ses poches. Il ne

désigne pas plus spécialement ce qu'il faut regarder. Il doit vouloir dire qu'il faut tout regarder et que tout est marqué du signe du malheur. Il a l'air profondément dégoûté. Le mégot de sa deuxième cigarette pend à sa lippe, dégoûtée. Si c'est pas malheureux! Ah! ça, c'est malheureux quand même! « Eh bien, je vais travailler, moi, tiens », conclut-il. Il traverse la place. Il descend aux urinoirs souterrains. Il y a la dame des cabinets qui trône à un comptoir. Il y a aussi une petite boutique de décrottage. Mais l'homme à la cigarette est fâché avec le décrotteur. « Minute, madame Paule, dit-il à la dame, je vais d'abord pisser. » C'est une opération longue et délicate, et il se secoue pendant un bon moment, et il revient en boutonnant sa braguette et en jouant des cuisses pour se placer à son aise : « Vous me la donnez ma clef? » dit-il. La dame ouvre un tiroir, prend une clef et la lui donne. Elle ne dit pas un mot. Elle a l'air blasée. Elle compte des lèvres les mailles de ce qu'elle tricote. L'homme à la cigarette prend la clef. Ça a l'air d'être pour lui un moment très solennel. En même temps il soupire, s'appuie sur le comptoir et pousse son chapeau melon en arrière. Il a jeté un regard furtif et méprisant sur le décrotteur qui est son ennemi mortel. « Je suis un travailleur libre, moi, madame Paule, dit-il. Je ne suis pas un esclave. » D'un nouveau coup d'œil furtif il s'assure que le décrotteur peut entendre. A bon entendeur salut et il touche de l'index le bord de son chapeau melon. Mme Paule fait oui de la tête et de ses lèvres compte 84, 85, 86. Il sort en emportant la

clef. Le décrotteur se dresse de dessus la paire de
souliers qu'il était en train de brosser. « Travailleur libre ! » dit-il, en prenant le ciel à témoin.
Il rit noir, car il a toutes les dents gâtées. Mme Paule
fait oui de la tête et compte 104, 105, 106. L'homme
à la cigarette est allé de l'autre côté de la place.
Avec la clef il a ouvert une porte de remise. Il a
sorti un charreton et un écriteau. Il a placé le
charreton sur le trottoir et l'écriteau sur le charreton. L'écriteau porte, écrit à la main, en grosses
lettres : « Gazo-bras. Transports. Prix modérés. »
L'homme à la cigarette s'assoit au bord du trottoir, au pied du charreton, sous l'écriteau. Et il
roule une cigarette.

Pendant qu'il est là à attendre, à au moins trois
kilomètres de lui, dans le sud, la ménagère au
visage neutre descend du trolleybus du Roucas-
Blanc au terminus. Elle s'engage dans une ruelle
qui prend à gauche et circule entre des murs bas.
Elle est à ce moment-là à cent cinquante mètres
au-dessus de la mer qu'elle découvre dans son
immensité. Elle se hâte dans la ruelle. Elle n'a
plus du tout l'air neutre, au contraire : si quelqu'un venait en sens inverse, la croisait, il se
rangerait sûrement le long du mur pour la laisser
passer ; et quand elle l'aurait dépassé, il la regarderait s'éloigner. Sûrement, il sifflerait entre ses
dents un petit sifflet d'étonnement.

A ce moment-là, la femme qui pense est en train
de sonner trois coups à la sonnette d'une maison,
rue Paradis.

Et le Jaune et le Rouge, ayant quitté la maison
à la fenêtre de laquelle s'érige une flèche d'artimon

où sèchent des maillots, des drapeaux et des langes, ayant quitté la rue où gronde la course des skiffs à roulettes dans l'éclatant soleil torride, ayant quitté ce quartier qui monte à la colline, ayant pris les chemins qui descendent, ayant parcouru la rue Breteuil, ayant aperçu devant lui dans l'encadrement du bout de la rue les mâts des bateaux du Vieux-Port, redevient de plus en plus le Jaune et le Rouge, et reprend sa morgue, et ses mentons, et ses bajoues, et les bourrelets de graisse de sa nuque, se regonfle et fait un peu blouser le revers de son veston marqué des indéfinissables décorations rouges et jaunes très orgueilleusement soulignées de discrétion. Comme il fait halte au croisement de la rue Sainte pour laisser passer le bus, à la maison de la rue Paradis la porte s'ouvre devant la femme qui pense. Elle entre et se dirige vers l'ascenseur. On l'a laissé dans les étages. Elle appuie sur le bouton pour l'appeler. Juste au moment où elle l'entend descendre en ronronnant, la ménagère à visage neutre tire violemment le cordon à la porte d'une villa. On lui ouvre. Elle entre et dit : « Monsieur est là ? » A travers les troncs des pins on voit s'élargir la mer et éclater le soleil dans de l'émail, de l'étain, de l'argent éblouissant à l'infini. Des sandales claquent sur la terrasse. C'est un gros homme en pyjama. « Je les ai », dit la ménagère au visage neutre. Sa voix est très triomphante. « Dans mon bureau, s'il vous plaît », dit le gros homme en pyjama. Et il impose la discrétion en levant un index semblable à un énorme mal blanc ; et il fait la moue avec sa grosse bouche sensuelle d'évêque qui souffle du consommé trop chaud ; et il pivote sur ses sandales en imprimant un mouvement de rotation à la gélatine grise qui remplit son pyjama de soie violette à raies rouges ; et il précède la ménagère à visage neutre vers le bureau. Au moment où tous les deux ils marchent ainsi au-dessus de la mer, la femme qui pense monte inéluctablement en ronronnant vers le septième étage de la maison de la rue Paradis ; et, dans la boutique près de la rue de Rome, la coiffeuse assise sur un petit tabouret est en train de manucurer les mains d'un homme. Elle est semblable à ces beaux yachts de plaisance ancrés au large des eaux territoriales, où l'on joue à la roulette et où l'on boit du whisky défendu, où l'on vient se casser la gueule, et vomir, et se droguer ; dans les beaux flancs de ces yachts propres et blancs. Quant au cachou n° 1, il a pris la rue Dragon, il a pris la rue Paradis, il a pris la rue Venture, il a remonté la rue Saint-Ferréol que tout à l'heure il a descendue ; il a pris la rue Montgrand, il a pris la rue de Rome, il a repris la rue Saint-Ferréol. Et la femme à qui on a fait les rayons est arrivée chez elle et elle a trouvé son chat qui l'attendait au seuil du trottoir : « Ah! tu es là, toi », dit-elle. Cachou n° 2, suant et épongeant discrètement de l'index le tour de son cou, est arrêté au coin de la rue de la bibliothèque. La femme aux beaux yeux de vache a descendu le boulevard Salvator, traversé la place de la Préfecture, près la rue Saint-Ferréol (elle a croisé cachou n° 1), tourné vers la Bourse. Elle se dirige place de l'Opéra. Quant à pâquerettes et bleuets, il y a un soleil tellement blanc, tellement éblouissant dans les quartiers qu'elle traverse qu'on ne la voit plus ; on ne sait plus où elle est ; on entend encore un peu le trot de ses petits sabots de biche, mais il n'y a presque plus de trottoir, presque plus de pavés ici (qui est un quartier démoli par les bombes d'avions), il n'y a que des décombres, des sortes de chemins de terre, pleins de poussière de craie qui étouffe les bruits de pas ; et pendant de longs moments, de plus en plus longs d'ailleurs, on ne la voit plus et on ne l'entend plus.

Cependant que nous, dans notre tramway 54, nous sommes très visibles et on nous entendrait de cent lieues à la ronde s'il n'y avait pas autour de nous tout le tumulte de la ville, car nous sommes arrivés au croisement du cours Lieutaud et du boulevard du Musée, et nous faisons un tintamarre du diable avec notre avertisseur à pompe pour nous faire place dans tous ces charretons chargés de légumes, ménagères volant de butins en butins, colporteurs sous des pyramides de sacs qui descendent du cours Julien où se tient le marché. Nous semblons un hippopotame en train de beugler contre les nuées d'oiseaux qui couvrent sa mare ; nous ne voyons plus nos rails. Enfin, de ruade en ruade — on ne peut pas appeler autrement les petits sauts que nous faisons des quatre roues —, nous finissons par avancer vers la Canebière qu'on voit là-bas devant à cinquante mètres, comme on apercevrait un fleuve par une brèche de ses berges ; le déroulement gras, les lents remous, les flamboiements de milliers de chapeaux de femmes et d'hommes, de giletières, de colliers, de plumes, de rubans, de bracelets, de lunettes, lorgnons, boucles de ceintures, sacs à main, souliers, satin, soie, toile blanche, pipes, dents, bouches, rires, gestes, moirures des yeux dont on ne peut pas connaître la couleur particulière, mais dont on voit luire l'huile comme on voit luire les yeux des troupeaux dans les bergeries et les reflets du soleil sur l'eau des fleuves. Enfin, nous piquons tout doucement du nez dans cette foule qui rejaillit contre notre mufle et nous nous arrêtons.

A cet endroit-là presque tout le monde descend. C'est la grosse artère.

A cette heure de la matinée, coulent là-dedans les égoïsmes tout frais émoulus de leur sommeil, les jalousies réveillées depuis deux heures à peine, les délectations moroses qui reprennent du poil de la bête pour le fumer avec leur tabac. Des haines de ronds de cuir, que l'habitude de la station assise lovait à l'aise dans des foies hypertrophiés, se réveillent et frétillent maintenant que les jambes qui se rendent au bureau malaxent les bas-ventres, et je vois des yeux d'où pointent des têtes de couleuvres et de lézards, des bouches de salamandres et de chauves-souris, des langues de sauterelles qui lèchent des mandibules de perruches. Les cœurs, laissés au sec par l'antiseptique du sommeil, sentent fort comme les pièces anatomiques d'un musée Dupuytren mal soigné ou comme la glande sexuelle des boucs. Le grand soleil qui envahit complètement la large artère centrale fait fermenter ce ruissellement de bouches, d'yeux et d'entrailles. Quelques beaux niais déambulants pourrissent au fil de l'eau comme des chats crevés. D'ici, de là, quelques femelles de cygnes rament de la palme sous elles et glissent, ondulant du croupion à plumes, irradiant une blancheur dont l'étincellement aveuglant couvre des grappes de poux d'oiseaux, dardant le col, le bec peint et l'œil en bouton de bottine vers quelque succulente ordure. Des rats de ville, des loutres traînant dans leurs moustaches les écailles de leur dernier festin de poissons, gainés des boues du bon faiseur s'acagnardent aux plages des cafés. De somptueux alligators de tous sexes, escarbouclés de pustules, barbelés d'éclats de lumière traînent du ventre au seuil des grands hôtels-marécages, dans le clapotement de l'obséquiosité des larbins et des portiers qui battent de la casquette, susurrent des propositions louches, piquent le pourboire, font quelques pas et virevoltes d'échassiers, basques volants sur le trottoir, et replongent aux vestibules. Des oiseaux de paradis, des papillons, des aigrettes, des flamants roses s'ébattent avec toutes les marques extérieures de la joie, et même de la pureté, du bon dieu sans confession. A qui porte un beau rouge, un beau vert, un beau bleu, un jaune citron, ou tel aristocratique gris argent, on fait facilement confiance, on prête des intentions pures. D'ici, de ma portière de tramway, je les vois voltiger. Elles filent sur des talons si hauts qu'elles doivent tout le temps rétablir l'équilibre à petits battements d'ailes, de coudes ; elles s'approchent des vitrines et elles sont doublées de leur reflet comme des oiseaux qui boivent ; piquent du bec (mentalement) dans cette pourriture mordorée ; en font nourriture pour le plumage, et pour la grâce et les souliers à hauts talons. A chaque instant, il en passe des volées ; ou bien, quelques-unes solitaires. Pendant que glissent presque à la surface de l'eau des bancs de ce petit poisson bourgeois couleur de charbon, plein d'arêtes, court de nageoires et fort de queue, solide de reins, capable des plus stupéfiantes voltiges en bloc, découvrant alors des ventres de nickel et de papier, des giletières avec, comme pendeloques, des louis d'or du temps de Charles X, des armes de défense, d'attaque et de nutrition en forme de pique-feu, de pantoufles, de pincettes, de crayons, de stylographes, de stylomines à agrafes, de lunettes, de fronts de penseurs démesurés par des calvities arrosées de lotions pétrolifères ; agrémentés de moyens de propulsion en forme de droits de l'homme et du citoyen, trois glorieuses et autres révolutions de 48, en même temps qu'elles sont en forme de chambres à coucher, de salles de bains, de bidets à renversement de vapeur, de chauffage central, appareils de radio, télévision, cinématographe et Baron Louis. Ils vont par bandes de trois, quatre, cinq, six, très doucement, très doctement, balancés par le flot mordoré, si noirs, si luisants qu'ils donnent l'illusion d'occuper tout le plein de la grosse artère. Ils se chauffent au soleil en se laissant aller au fil de l'eau de n'importe quelle eau. Ils dorment aux terrasses de cafés, ou bâillent, ou frétillent au confluent des rues adjacentes, devant des éventaires volants de marchands de fixe-chaussettes et de cirages de

toutes les couleurs, Je me dis aussi que, naturellement, tout le monde n'est pas là ; qu'il y a très
peu d'ouvriers sur la Canebière à cette heure du
matin, car les usines sont loin d'ici dans des périphéries et des faubourgs, mais je sais que, dans
ces périphéries et ces faubourgs, si au lieu de
regarder la couleur des salopettes je me mettais
à regarder les âmes, je verrais les rues ruisseler
des mêmes formes et des mêmes puanteurs qu'ici,
des mêmes naïvetés, égoïsmes, bontés fugitives
et délectations moroses qui fument dans leurs
pipes des poils de chien en place de tabac. Et
j'imagine bien que, peut-être de la rue Thiers là-
haut, ou du Camas, ou de Longchamp, sortira
tout à l'heure, ayant essuyé ses mains sanglantes
au rideau en guise de signature, le Lautréamont,
Sade ou Saint-Just de ces beaux jours.

Mais le tramway 54 se remet en marche et,
après avoir tourné lentement sur ses rails, gagne
le milieu de la grosse artère où nous aussi nous nous
mettons ainsi à couler, nous qui sommes restés
dans le tramway : l'albatros, le prince de Galles,
la belle endormie, qui continue à dormir, et moi.
En ce moment la ménagère à visage neutre est
assise dans le trolleybus du Roucas-Blanc, en
train de faire retour au Vieux-Port. Elle a fourré
son porte-monnaie dans le sac de lustrine, et le
sac de lustrine, elle l'a roulé et elle le porte sous
son bras comme un rouleau à musique. Elle n'a
plus du tout l'air neutre, ni l'air ménagère, mais
tout à fait l'air de quelqu'un qui *connaît la musique*, comme on dit. Pendant qu'à la villa d'où
elle sort, le gros homme en pyjama qu'elle vient

de quitter ferme ses volets, fait la nuit autour de lui et, malgré l'heure matinale, s'étend sur un divan, dans une sorte de studio dont les murs sont tapissés de panoplies d'armes africaines ou chinoises. La femme qui pense, sortant de son ascenseur, vient d'avoir un *coup au cœur*. La petite bonne sortait juste de cette porte du sixième étage. « Comment va madame ? — Très bien », a dit la petite bonne, et la femme qui pense a poussé un soupir de soulagement. Elle s'appuie à la rampe. Elle a les jambes coupées. Elle va entrer. Mais elle reprend haleine d'abord. Elle s'habitue à n'avoir plus rien à se reprocher. Le cachou nº 1 fait des bulles de savon sur le parcours rue Saint-Ferréol, rue Venture, rue Paradis, rue Dragon, rue Saint-Ferréol et ainsi de suite. Le Jaune et le Rouge, ayant repris ses deux, puis trois, puis quatre, puis cinq et ainsi de suite doubles mentons (à mesure qu'il s'éloignait de la rue où roulent les skiffs à roulettes), est redevenu tel qu'en lui-même un lourd passé d'héroïsme le change. La femme à qui on a fait les rayons souffle son feu de charbon de bois en parlant à son chat, là-haut derrière moi, dans le quartier de la Plaine d'où, il y a un moment, j'ai imaginé que par la rue Thiers, ou le Camas, descendait le tigre, l'assassin quittant sa victime, *le tigre qui brûle clair au sein des fourrés sans lumière*, le tigre toujours un peu douanier Rousseau désormais. Le cachou nº 1 d'ailleurs, organise sa sueur sous son imperméable cachou. Les énormes yeux de vache emplissent d'œillades à la ronde un petit caboulot international de la place de l'Opéra. Elle a dit qu'on saurait le résultat après-demain. Les œillades prennent à témoin un matelot britannique, un oisif grec, un trimardeur suédois et des caïds arabes qui sont polis mais s'en foutent. Le type à la cigarette sur l'oreille dort au pied de son charreton et la biche qui court en agitant ses pendants d'oreilles pâquerettes et bleuets s'est tout à fait fondue dans le soleil, la poussière et le poudroiement blanc des quartiers dévastés.

Nous quatre : la charmante qui dort, l'albatros, le prince de Galles, nous glissons dans la grosse artère centrale, dans ce tramway presque vide et qui brinqueballe vers le terminus de la place de la Bourse, tout proche maintenant. Il ne nous reste plus que l'arrêt de la rue Longue-des-Capucins. C'est ici que l'albatros descend, et c'est cette rue Longue qu'il prend. Je le vois se hâter et disparaître. Il tourne dans de petites rues où habitent une population interlope et quatre ou cinq chapelles désaffectées servant d'entrepôts et de cinémas. L'une d'elles sert de garage. C'est là qu'il entre et qu'il va tout de suite droit à un étrange véhicule fait d'un châssis nu de grosse Daimler sur lequel on a carrossé, en vitesse, un siège en planches de caisse à savon. En même temps qu'il s'occupe ainsi de façon très directe de ce qu'il a à faire ou de ce qu'il veut faire, il parle à voix basse, à mots couverts, très rapidement avec le garçon du garage qui le suit. Et enfin il lui dit : « Aide-moi, on va la sortir à la main. » Et c'est ce qu'ils font, s'attelant l'un et l'autre de chaque côté du châssis qu'ils poussent, pendant que l'albatros, de la main droite, manœuvre le volant et dirige la voiture vers la porte. Une fois dehors, ils installent la voiture, l'avant pointée vers le haut de cette rue Longue qui est si longue et qui monte tellement qu'elle a l'air de finir en plein ciel, dans un ciel qui, ce matin, est bleu tendre et sillonné d'escadres de nuages blancs. L'albatros s'installe sur le siège. Il manipule les manettes pendant qu'il jette sur le garçon et sur le réservoir à essence un regard interrogateur. Le garçon fait un signe de tête pour dire qu'il a pensé au réservoir à essence et juste comme il fallait qu'il y pense. D'ailleurs, en même temps qu'il faisait le signe, la pétarade de l'échappement libre a éclaté et la voiture s'est élancée vers le ciel où naviguent les escadres. Il a gardé la mécanique en main comme on tient la bride courte à un pur sang arabe jusqu'en haut de la rue d'où il a basculé dans des au-delà qui sont, en particulier, des rues qui descendent vers la porte d'Aix, et dans cette descente il a continué à contenir la machine. Il a pris la route d'Aix. Il a été sifflé par un agent. Alors, il a un peu lâché la bride. Il s'en fout, son numéro est faux et il a parcouru assez vite toute la partie encombrée de charrois jusqu'à Saint-Henri, profitant de toutes les échappées, doublant tous les véhicules : tramways, autos, camions, tantôt d'un côté, tantôt de l'autre, n'ayant de code et de loi que le code et la loi de sa prévision et de son habileté ; rasant les trottoirs, sifflé une deuxième fois, mais mollement, dans les parages du grand abattoir, puis, plus sifflé du tout, bien qu'il ait monté comme un fou la côte de la Viste. Derrière lui, Marseille, de minute en

minute, s'aplatit de plus en plus plat au fond de
sa combe encombrée de fumées rousses et grises,
pendant qu'au large étincelle le matin d'été sur la
mer, pendant que devant lui dansent, dans la
musique de la vitesse, les collines des Aygalades,
les rochers blancs de Septèmes, les premiers champs,
les bois de pins, les lotissements bourgeois, les
« Mon Plaisir », les « Sam Suffit », les postes à
essence semblables à des candélabres de Gulliver
et, de temps en temps, quand il arrive au sommet
d'une côte, très loin devant lui, des montagnes
bleues.

C'est le moment où nous autres trois : prince
de Galles, femme qui dort et moi nous faisons
lentement le tour de la place de la Bourse et nous
arrêtons pile au terminus du 54. Le prince de
Galles descend. Je sais où il va. Il va remonter
pas à pas la rue Saint-Ferréol, la rue Saint-Fé,
comme il doit dire. Quand il l'aura remontée,
il la descendra, pour la remonter encore, à petits
pas, et faire admirer son costume, sa chevelure
calamistrée, sa fausse carrure de faux énergique.
Quant à moi je descends aussi (où aller ?), jetant
un coup d'œil à la femme qui continue à dormir.
Et le receveur du tramway est complice, me cligne
de l'œil et me fait « chut », un doigt sur les lèvres.
Laissons-la dormir. La bonne blague si, sans
qu'elle s'éveille, on la ramenait à son point de
départ. Sans compter que le receveur et moi,
sur cette place de la Bourse pleine de tumulte,
nous l'admirons.

Au point que je me mets à penser fortement
aux montagnes bleues qui bercent dans leurs

combes le silence et la paix ; où l'herbe sèche est plus douce aux reins que les sièges du tramway 54, où l'odeur balsamique des résines met au cœur des rêves d'ambre (étant donné que je n'ai pas d'uniforme, ni de tickets à distribuer ; que je n'appartiens pas à une compagnie). Je quitte Marseille. Mais, tout ce chemin tourbillonnant que la micheline a parcouru à toute vitesse pour atteindre la ville, soufflant son mugissement d'auroch, il faut d'abord le remonter lentement au rythme souple des essieux, des boggies et du claquement du joint des rails, à intervalles réguliers, à travers des feuillages qui ne sont plus que des feuillages, de vieux châteaux dont on voit bien les décrépitudes et les misères , et les jardins potagers minuscules où dans les choux et les carrés de salades, l'industrie obstinée des hommes a dressé des cabanes de tôle et des paillotes de torchis. Et c'est ainsi, sans émotion, que je gagne Septèmes. Sans autre émotion que de voir peu à peu, et un peu plus à chaque détour, un peu plus à chaque coup de reins de cette micheline qui me remonte dans la hauteur, s'aplatir sous moi, dans les fumées rousses et grises, cette ville qui prend maintenant, de minute en minute, l'aspect osseux des villes du désert. Au-dessus d'elle dort la mer qu'on voit finir au fond du ciel contre une ligne droite et noire, mais vient en bas jusqu'au ras des murs bouillonner dans des blocs de ciment et des usines silencieuses. Les étincellements du soleil d'été composent sur la mer une immense ville de ter-rasses habitée d'une population verte et vive, en burnous flottants et voiles de lin, coiffée de turbans, tarbouchs et couronnes d'or, jouant à des jeux miraculeux et des jongleries de lumières.

Je n'ai pas comme l'albatros, au volant de son châssis Daimler, la joie de pouvoir regarder en face la danse du pays vers lequel je vais. Je n'ai de visions que latérales par les portières de la micheline et c'est de là que, d'un côté, je vois disparaître finalement et la mer et Marseille et passer de l'autre côté des cheminées de fours à chaux. Nous avons atteint Septèmes et ainsi la première hauteur à partir de laquelle va courir jusqu'à Aix le premier palier. Nous passons dans une tranchée de rochers blancs et déjà, prenant la vitesse de sa marche en plaine, la micheline se balance et l'on sent qu'elle s'élance ; et, tout d'un coup, au débouché de la tranchée, elle tourne à grande vitesse dans une longue courbe qui fait défiler devant mon nez une exquise épaule blonde de coteau, vêtue du velours doré d'une éteule, d'une collerette de sainfoin verte et rose ; puis voici des hanches ceinturées d'amandiers, de saules et de peupliers d'où coule le satin vert brodé en noir au point de croix de lourds vignobles assemblés plis à plis ou à contre-fil. Au bout de la courbe nous nous redressons pour traverser le passage à niveau de la route d'Aix et filer vers Simiane et Gardanne, et alors je suis obligé de cesser de regarder l'immense corps et l'entremêlement des milliers de hanches, épaules, bras et cuisses qui bouleversent un océan d'éteules, de prairies, de bois de pins, de vignobles, de chênaies, de saulaies, d'amanderaies, émergent ou s'engloutissent, et disparaissent dans des frondaisons et des herbes comme si Vichnou était là en train de nager et de se débattre dans le monde végétal. Il me faut regarder dans l'autre portière car, dans celle-là, monte et s'organise un paysage de mornes couvert de forêts crépelées, un paysage très succulent, à la fois romantique et grec, à travers lequel on voit très bien Paul et Virginie faisant des promenades à âne à dos de centaure, une succession des pains de sucre de Pointe-à-Pitre, des sierras de la Manche, des cavernes de cyclopes et de monts Olympe en miniature. Il n'y manque ni la porcherie d'Eumée ni la tour des Burgraves et j'imagine facilement que, dans la pièce, au rez-de-chaussée, rafraîchie d'arrosages judicieux et tenue à l'abri de l'aveuglante chaleur derrière ses volets fermés, dans telle ferme à côté de laquelle nous passons en nous balançant, Doña Sol et la Belle Hélène, auxquelles se sont peut-être jointes miss Ketty et Clytemnestre, tiennent un de ces mols conciliabules de femmes, à mi-chemin entre la sieste, la connaissance profonde des hommes et l'abandon à des rêves personnels.

Et voici, débordant d'une côte inconnue, l'immense voilier blanc de Sainte-Victoire. Sous nous, le rail s'amollit comme un coussin de soie. Nous glissons vers Aix à travers des arches saintes et des légions romaines.

Il nous faut encore monter. Je me réjouis de comprendre que Manosque est par rapport à ce pays perché presque aussi haut que ce beau nuage à forme de cheval.

A La Calade, nous arrivons au deuxième

palier. Nous courons avec lui jusqu'à Venelles, le long d'un plateau sur lequel se mélangent les Alpes rébarbatives et la mer étincelante. C'est déjà la Durance ici qui commande le chaud et le froid, avec ses eaux de glace ou ses graviers découverts.

De nouveau le rail s'amollit comme un coussin de palanquin et, pendant que nous remontons le cours du fleuve gris à quelques mètres de ses eaux maigres, je me dis qu'il est bon d'entrer dans ce pays au pas rythmé des porteurs indigènes. Pendant que les deux rives chantent le chœur alterné des rochers blancs de soleil, des rochers bleus d'ombre, et que le fleuve se chasse les mouches en fouettant de la queue les plages de galets.

Malgré un incontestable pittoresque, le paysage a un air nonchalant et désabusé. Il ne fait pas de ronds de bras et de ronds de jambes. Tout au moins, il n'en fait pas pour moi. Je le soupçonne d'en faire pour les autres pendant le temps où je regarde sans voir. Car j'entends des enfants qui s'exclament : « Oh! le pont! — Regarde l'eau. — Vois l'oiseau. — Les arbres jaunes. » Et une jeune fille, fort bien d'ailleurs et d'âge à avoir grand soin de sa physionomie, s'écrase carrément le nez sur la moitié de vitre de la portière. Mais si alors je regarde avec l'intention de voir, c'est à mon endroit nonchalance et sifflotis désabusés, et l'air de s'occuper d'autre chose que d'être un grand pays sauvage d'une distinction inouïe. A part, de temps en temps, à des moments où ils peuvent peut-être croire que mon esprit est absent, le geste brusque d'un bosquet qui épie au creux d'un vallon, ou le visage d'un rocher qui émerge à contretemps du feuillage des yeuses, ou le sourire d'une parcelle d'eau qui se masque vite dans des joncs.

Et cette comédie continue pendant que nous arrivons à Mirabeau dont nous traversons la gare sans nous arrêter.

Je surprends, tout de suite après, trois immenses bouleaux en train d'étaler de somptueuses tapisseries gris argent. Je vois bien ce qu'elles représentent : ce sont des chevaliers armurés d'un acier blanc et soyeux, montés sur des chevaux pie et qui bouleversent d'une chasse, ou d'une guerre, ou d'une quête, ou d'une fuite, ou d'un simple galop de joie et de jeunesse, une forêt légère, vert tendre, baignée de soleil et éclaboussée de jaillissements d'eaux.

Je le vois parce que je me méfie ; sinon je serais dupe. Dès qu'ils m'ont senti attentif je les ai vus qui se reprenaient d'un geste brusque, avec un air de dire : « Eh! quoi, ce sont des feuillages de bouleaux! Tu n'as jamais vu de feuillage de bouleau? Ce sont nos feuillages, un point c'est tout, et après? Ça n'a rien d'extraordinaire! Ça fait mille fois que tu nous vois! » Pendant que, subrepticement et d'un coup de poignet aguicheur, ils détournaient pour les enfants, pour la jeune fille qui s'écrase le nez contre la vitre, un grand pan des belles laines magiques, historiées à perdre haleine. Ils se sont dit que la micheline passerait vite (ils sont déjà loin en arrière et je ne les vois plus) et que je ne ferais pas attention au spectacle qu'ils réservent à ceux qui s'écrasent le nez contre

322

la vitre. Mais, mes petits lapins, je suis beaucoup plus malin que ce que vous croyez. Et vous, les mûriers, vous imaginez que je ne vous vois pas ? Qu'est-ce que c'est en effet que cette centaine de mûriers alignés le long de la route contre laquelle nous passons quand, de toute évidence, on ne s'intéresse pas le moins du monde à l'industrie séricole, aux graphiques d'exportations de la soie et à la balance commerciale ? Mais croyez-vous pouvoir me cacher vos visages voilés et les grands panaches de plumes d'or dont vous vous êtes casqués pour venir vous agenouiller au bord des éteules ? Le pèlerinage que vous accomplissez, enveloppés de vos burnous noirs gonflés de gros muscles, accroupis au bord des routes, sans forme sauf cette coiffure d'immenses plumes d'or qui jaillit de votre tête, je le connais, pèlerins immobiles éparpillés sur la poussière éparpillée des dieux. Je n'ai l'air de rien mais je vous vois tous ; je vous vois très bien ; j'en vois même quatre là-bas au milieu du champ accroupis autour de je ne sais quoi comme des poules autour d'un ver de terre, ou plutôt autour de quelque perle, ou d'une chose qui luit, ou d'un couteau dont elles ne savent que faire ; ou plutôt comme des canards dorés si j'en juge par les rémiges de vos casques, ou plutôt comme des êtres déguisés en canards dorés si j'en juge par le falbala de vos plumes, l'irréalité de vos plumes trop longues, trop dorées, trop cocardières, trop conquérantes, trop sacerdotales, des plumes de prêtres qui veulent se faire prendre pour des oiseaux. Et quand je sais, par exemple, que vous êtes déguisés en oiseaux dorés

et que je vous soupçonne tous les quatre d'être
accroupis autour d'un couteau dont vous ne savez
que faire, vous voyez bien que ça change tout.

Ah! non, il n'est pas facile de truquer avec moi
quand il s'agit de mon pays, et des lumières qui,
depuis cinquante ans, me passent dans les yeux ;
et ce couteau sur lequel vous êtes penchés, comme
des poules qui ont trouvé un couteau, peut-être
bien que je l'ai vu déjà plus de mille fois luire dans
les pierrailles des champs, depuis le temps que
je vadrouille dans ces quartiers. Peut-être bien
que j'ai eu cent fois l'idée de me faire un casque
de plumes de canards sauvages (ces canards qu'on
appelle ici des *marocs* et qui traversent notre ciel
d'août en direction du nord, légers et translucides
dans la hauteur comme des copeaux de soleil),
non pas pour ressembler à un peau-rouge, mais
pour le plaisir d'avoir autour de la tête ces éléments
mystérieux de la liberté devant lesquels nous
sommes comme des poules qui ont trouvé un
couteau.

Moi aussi j'ai voulu « que mes cheveux soient
hérissés comme la plume des aigles ». Qui ne l'a
pas voulu ? C'est pourquoi les hêtres devraient
être un peu plus raisonnables.

Nous grimpons maintenant à petite allure et
en nous balançant à la dernière colline qui nous
sépare du territoire de Manosque (au dernier
moment, nous la traverserons par un tunnel) et
nous dominons d'assez haut, pour en voir tout le
galbe, le beau détour que la Durance fait dans
les limons de Mirabeau. Dans ce bassin où les
eaux s'endorment en méandres alanguis se sont

déposées toutes les graines que le fleuve a arra-
chées des montagnes et qu'il a charriées jusqu'ici.
Les rivages sont chargés d'une lourde forêt. Sur
les collines tout autour ce ne sont que bois de
pins grêles et gris, transparents jusqu'à l'os ;
en bas, les frondaisons ont l'épaisseur de peaux
de moutons fraîchement écorchées. On sent
qu'elles pèsent sur les branches et elles retombent
presque jusqu'à terre en flots de laine.

Il est inutile d'essayer de jouer double jeu avec
moi. Vous pourrez sûrement faire prendre des
vessies pour des lanternes à ce monsieur assis en
face de moi, qui a des moustaches en arêtes de
poisson et qui, depuis deux heures, s'efforce
d'apprendre par cœur le discours du président
du Conseil ; vous avez également des chances
avec cette femme assise un peu plus loin qui,
depuis également deux heures, fait des poids et
haltères politiques du plein de la langue devant
un auditoire médusé. Je fais le compte de ceux,
ici dedans, que votre jeu peut tromper et je cons-
tate en effet que vous n'avez peut-être pas tort
de vouloir paraître ce que vous n'êtes pas. Mais
je tiens le président du Conseil, quel qu'il soit,
pour un pauvre bougre, et la femme, je connais
bien les autres passions qu'une société vraiment
civilisée pourrait lui donner (je suis très poli
aujourd'hui), c'est pourquoi il faudrait que les
grands hêtres soient raisonnables et qu'ils n'aient
pas cet air nigaud quand je les regarde, du moment
qu'à la demoiselle qui écrase son nez contre la
vitre ils font des signes et de mirobolants tours de
passe-passe avec de longues mains roses. Qu'ils

325

se rendent compte une fois pour toutes qu'il ne s'agit pas de vestons ou d'âge (quoique, de là-bas où ils sont, les hêtres ne doivent pas se rendre compte de mon âge ; ils voient seulement un veston et ils en déduisent que je suis un pauvre connard) et que je sais très bien tout ce que les hêtres peuvent faire avec peu de chose (ou avec ce qu'on imagine être peu de chose). Le père, le grand-père, les arrière-grands-pères de ces arbres-là, je les connais non seulement pour avoir passé des jours et des nuits dans les forêts du haut pays, mais je les connais d'Ève et d'Adam. Dans ces bois épais qui, pour l'homme aux moustaches en arêtes de poisson ne sont qu'un brouillard vert quand il lève le nez de dessus son journal pour remâcher quelques mots, et qui, pour la femme athlète ne sont rien, car elle a des yeux pour ne pas voir (je lui en foutrai, tiens !), je sais très bien distinguer les hêtres des sapins, les sapins des bouleaux, les bouleaux des peupliers et des trembles (ce qui est plus calé) ; je sais faire le départ des arbres dont les graines ont été prises à droite, à gauche ou au nord par la Durance elle-même ou par ses affluents. Ce qui est descendu du Briançonnais quand la Durance hésite encore et ne sait pas si elle sera Durance ou Dora, si elle ira se jeter dans la Méditerranée ou dans l'Adriatique, si elle coulera en Provence ou en Piémont, si la graine qu'elle porte deviendra sapin, aulne, amélanchier dans les limons de Césana ou les alluvions de Mirabeau. Je sais que les grandes herbes où éclatent des fleurs qui sont des mariages monstrueux de soleils, d'étoiles, de nuages et de profondeurs nocturnes ont été charriées sous forme de poudre verte par les eaux de la Clarée qui vient du Lautaret. Ces peupliers, les routes des Alpes en sont bordées, où le charroi est resté musical et paisible, n'étant fait encore que par des mules habiles à jouer le tambour du trot et le tintinnabulement des clochettes. Et c'est probablement vers le soir quand, à travers la route vide coulait le vol silencieux des corbeaux et des gelinottes que des batailles d'oiseaux ont fait tomber dans ce fleuve cette farine couleur d'ocre d'où naissent les grands arbres élancés semblables à l'eau par les reflets et le murmure. Ces trembles, je sais comment le Largue les a arrachés à la plaine haute de Banon où il naît, où il dort longtemps avant de prendre sa course. Ce n'est pas pour moi qu'il faut être simple tremble de la combe de Mirabeau, à deux cents mètres de la voie ferrée de Marseille à Grenoble par Veynes (et Manosque) et jouer, pendant que la micheline passe, à retenir le scintillement de ses feuilles et à s'éteindre comme une vulgaire chandelle. Je suis très au courant de tout ce que sait faire l'eau noire du Largue dormant dans les sagnes de la plainette de Banon. Quand on descend la montagne de Lure de ce côté-ci et qu'on est sur la route de la Rochegiron, on se dit que, pour rejoindre la route de Manosque, on n'a qu'à prendre au plus court à travers cette étendue verte toute plate. C'est alors qu'au bout de quelques pas vos pieds s'enfoncent dans des trous dont il est impossible d'imaginer la profondeur, comme si, au-dessous de vous, la terre était toute juteuse jusqu'à la

327

périphérie des Antipodes, dans des Chines, des jungles, des océans amollis sous des soleils nouveaux. Et l'on voit luire l'eau noire du Largue chargée de toutes les lumières des profondeurs, l'eau qui s'empare lentement de sucs d'herbes et de graines, de pollens, et de l'écheveau des racines minces comme des fils l'eau qui par les clues et les gorges, frappant d'ici, de là dans les collines, les lavanderaies et les rochers couverts de buis, coule et va se déverser dans la Durance, à Volx, près de la Roche-Amère.

C'est pourquoi les trembles peuvent s'éteindre quand je passe (ou plus exactement quand la micheline passe), je suis bien capable de les rallumer tout seul et de ne rien perdre de tous ces clignotements qu'ils envoient à la demoiselle qui écrase son nez contre la vitre. Ainsi, bien avant d'avoir traversé le dernier tunnel qui va me faire rentrer dans mon pays, j'ai, malgré toutes les manigances, une vision des choses existantes bien plus large que celle que je découvrirai brusquement de l'autre côté de la colline.

Déjà, de son balancement souple, déhanché comme une femme qui monte, de marche en marche, un panier de poissons dans les escaliers des Accoules, la micheline de quatre heures du soir est entrée dans la tranchée et j'ai perdu de vue tous les arbres dont je viens de parler, mais, grâce à eux, je place devant moi les montagnes et les plaines, les coteaux et les vallées, les eaux, les labours, les fermes, les villages, les forêts, les landes, les plateaux, les gris, les bleus, les rouges, les jaunes et les verts dans la cadence sur laquelle ils vont danser. J'ai tous les éléments du ballet : les Alpes hérissées, la lumière du long crépuscule blond de fin d'été, les plateaux, les brouillards de perle, les lointains où la respiration des routes entassées est bleue et enivrante comme la fumée du tabac, les premiers plants où les centaurées, les bourraches, les chardons, les euphorbes sont plus gros que les chênes-rouvres disséminés dans la vallée, les chaperons rouges des fermes, des villages, des villes qui émergent des frondaisons, comme les capuchons des petites paysannes émergent des foins quand les écoles de la campagne ouvrent leurs portes et que les enfants sont lâchés dans les champs. Et nous entrons dans le tunnel quand déjà je l'ai traversé.

Mais, les mesures dans lesquelles la réalité est contenue ont une extraordinaire puissance de mise en place. Brusquement, je cesse d'inventer pour recevoir, parce que les choses elles-mêmes sont là. Nous sommes sortis du tunnel ; les parois de la tranchée se sont tirées de côté comme un rideau de théâtre. Les Alpes véritables, la vraie lumière du crépuscule, les vrais plateaux, les vrais brouillards, les centaurées qui ne sortent plus d'un souvenir de primitif italien, les toitures de tuiles qui n'ont plus rien d'un capuchon, les fermes, les villages et les villes qui ne sont pas des petites filles ni des groupes de petites filles, et des frondaisons qui n'ont aucun rapport avec le foin sont devant moi comme le canevas d'un dessin que j'ai colorié à l'aveuglette. J'avais beau connaître d'Adam et Ève l'emplacement des lignes de la réalité et la tonalité des couleurs, mes formes ont débordé les formes exactes, mes couleurs ont des rapports dans un autre ton, ont coulé sur des formes qu'elles ne devaient pas colorier. Cette toiture qui dépasse les feuillages du verger n'a pas la forme d'un chaperon. Elle n'est pas rouge. Elle est couleur de rouille. Elle appartient à une ferme qui s'appelle : « le Petit Moulin ». J'ai associé tout à l'heure le souvenir de ce que maintenant je vois au souvenir d'une chose que j'ai vue : les petites filles sortant de l'école de Ragusse ; une école de plein champ qui se trouve par rapport à la micheline qui continue à glisser, à une vingtaine de kilomètres au nord. Dès qu'on les avait lâchées, elles s'en allaient par groupes : trois, quatre, six dans le foin haut vers leurs fermes. Quelques-unes s'arrêtaient pour cueillir sans doute des fleurs. Elles avaient des bonnets rouges qui émergeaient des herbes. Mais cette ferme qui s'appelle le Petit Moulin, je la connais, et on ne peut vraiment pas la comparer à une petite fille, avec ses soues pleines de cochons et ses cours pleines de fumier. Et le patron du Petit Moulin, je le connais : il a des moustaches d'empereur d'Autriche, et d'ailleurs sa réputation n'est pas bonne. On dit qu'il n'est pas de parole et qu'il a mauvais fonds. Et il n'est pas question de racontars : je pourrais en dire moi-même en toute innocence, sur ce sujet, plus qu'on n'en a jamais dit. Au surplus, cette toiture est presque grise et je sais bien à quoi elle ressemble. Qui prendrait pour du foin, même vus d'une portière de micheline, les énormes marronniers, les monstrueux acacias, les yeuses (presque noires) qui ombragent le domaine de Cadarache? Les Alpes ne sont pas hérissées. Si elles donnent l'impression de quelque chose c'est de tout, sauf d'un poil ou d'un cheveu, d'une chevelure ou d'une toison ; il y a bien, par-ci par-là, quelques pointes, mais elles se fondent dans le ciel dans des couleurs dégradées qui font passer presque sans encombre du glacier au nuage. S'il faut absolument une comparaison pour ce qui est de l'entassement des grandes masses glacées taillées à pic, maintenant que je le vois, tout réel qu'il est dans l'espace, je trouve qu'il ressemble à un tas de morceaux de sucre dans un sucrier de faïence bleue. Un sucrier en forme de coupe — et je sais que ce qui forme la coupe c'est le lointain passage que se frayent les eaux de la Durance et les vents de Lombardie dans le massif de montagnes préambulaires du côté de la Saulce. Les eaux et les vents coulant depuis des siècles ont creusé et arrondi le creux dans la montagne aussi bien qu'aurait pu faire la main du potier tournant une coupe de terre humide. C'est ce qui contient les masses glacées des Alpes, qui sont en réalité bien plus loin derrière. Je sais tout le temps qu'il faut pour aller de la Saulce à la Vallouise à pied, mais la distance fait se poser le tas de morceaux de sucre dans le sucrier —, en forme de coupe bleue (je sais aussi de combien de kilomètres est fait ce bleu) taché de roux. Je me demande depuis un moment ce que peut être ce roux. Je sais qu'ici tout correspond à quelque chose de logique. Je sais pourquoi le sucre est dans le sucrier ; je sais pourquoi il est bleu. Et maintenant, je sais également pourquoi il est taché de roux ; d'où vient cette fantaisie, car je me suis lancé en avant à toute vitesse, et j'atteins à des vitesses qui ridiculisent les vitesses du véhicule le plus génial ; des vitesses qui me permettent l'ubiquité. Je suis en même temps assis à ma place dans la micheline et là-haut, du côté de la Saulce, en train de fouiner de droite et de gauche dans les montagnes pour savoir d'où vient ce roux. Et qu'est-ce que je trouve ? Je trouve tout simplement que, là-haut, les chênes ont déjà leur feuillage d'automne. Tout à l'heure, mon mot « hérissé » me faisait voir quoi ? (je l'avais trouvé assez juste, même très juste parce que, me souvenant du spectacle des Alpes vues de la sortie du tunnel, je me souvenais surtout — c'était logique — des barbelures que les ombres des ossatures de la montagne dessinent sur les glaciers). Il me faisait voir des poils raides, disons par exemple une barbe mal rasée, ou les poils de mon chat quand il a peur, ou des « cheveux qui se dressent sur la tête ». Maintenant que des taches de roux m'ont forcé à aller fouiner *sur les lieux mêmes*, je viens de me rendre compte que, là-haut, les chênes ont déjà leur feuillage d'automne ; que l'automne est déjà là-haut, alors qu'ici tout est vert et rien n'y pense. Que l'automne est déjà dans la montagne ; qu'il descend sans doute pas à pas, feuille à feuille, le long des routes, le long des pentes. C'est une connaissance beaucoup plus importante au point de vue sentimental que tout ce que peut apporter le mot hérissé. Je commence à comprendre la tendresse que j'ai pour ce pays ; ce qui m'attache sensuellement à sa terre, à la façon

332

dont elle se construit et pourquoi, quand je suis séparé de lui, que je ne le vois pas, que je n'en approche pas, je ne pense jamais à lui et je ne souffre de rien (car ailleurs, la même vérité me donne les mêmes joies). C'est qu'il me donne sans compter. Ce qu'il donne (et par conséquent ce qui m'est également donné ailleurs) est très haut placé dans la hiérarchie des dons. Ce n'est pas la sagesse, certes non ; rien n'est moins sage! c'est la faculté de jouissance romantique.

Balancés maintenant dans un élan régulier qui ne s'arrêtera plus qu'à Manosque — nous en sommes à douze kilomètres —, glissant tantôt de droite, tantôt de gauche selon les courbes de la voie, comme un énorme patineur de longue haleine, nous passons devant le village de Corbières. Certes, je me demande à quoi je pensais (à l'école de Ragusse et aux petites filles qui en sortaient et couraient dans les foins) tout à l'heure pour l'imaginer semblable à un groupe de fillettes. Il a bien quelques toits vraiment rouges, du rouge exact des capuchons de petites paysannes et quelques portes charretières ou volets peints en bleu charrette ou en vert, et on peut, en effet, en clignant des yeux, imaginer que ce sont devantiers et tabliers d'écolières des champs. Mais, maintenant que la micheline défile à cent mètres du village avec son balancement de pas de patineur gras et qui va loin, je vois les rues, les placettes, et même quelques habitants qui se promènent, prennent le frais, vont donner aux chèvres, boivent le coup sur la terrasse du cercle de la Renaissance. Et je n'ai plus besoin d'imaginer pour savoir que ces hommes et ces femmes vivent des drames, aiment, se battent, se déchirent, se caressent, se guettent, se lancent les uns sur les autres ou se tournent autour comme des chiens méfiants. C'est un village que je connais bien, où je suis allé souvent depuis ma première enfance quand je passais des vacances chez le berger Massot, jusqu'à ces derniers temps où j'y venais à bicyclette chercher des légumes, notamment des asperges. Je connais là-dedans tout ce qui attire et repousse ; et j'ai mieux à faire, dans les deux minutes que nous mettons à passer en lisière du village, qu'à m'intéresser à l'image des toits rouges dépassant les frondaisons des marronniers ; je vois les aimantations, les colles, les vinaigres, les huiles qui agglomèrent, mélangent, lient et irritent les semences qui perpétuent Corbières au flanc de sa colline. Je suis *engagé dans le commerce du monde*. Ajouté à la connaissance de ces automnes, à l'affût en haut des montagnes et descendant pas à pas, voilà qui compose un fameux roman de cape et d'épée.

Nous glissons maintenant en face de Sainte-Tulle (Manosque, six kilomètres) où j'apprends que les drames se renouvellent à chaque pas, puisque voilà d'autres rues, d'autres placettes, d'autres maisons (ici le cercle s'appelle Cercle de l'Avenir) bourrées jusqu'à la gueule d'éléments dramatiques comme mortiers de fêtes, de réjouissances et de combats. Et après nous être élevés (sans ralentir notre glissement de patineur) jusqu'au sommet d'un léger dos d'âne, voici devant moi la colline du Mont-d'Or, celle de

334

Toutes-Aures, celle d'Espel, le quartier des Savels, des Saint-Pierre, des Moulin-Neuf, des Champs-des-Pruniers, la montée des Manins, Gaude, Sainte-Roustagne, les Adrets, les Séminaires, Pettavigne, les Iscles, le Pont-Neuf, Pimoutier, Champ-Clos, le Soubeyran... La réalité, le ca-dastre qui est dans mon sang. A partir de quoi d'ailleurs tout recommence dans des pays ima-ginaires. Mais la micheline s'arrête. Et ici, c'est Manosque.

C'est ainsi que je suis arrivé à temps pour sur-veiller mes olives, les voir mûrir, enfin, les cueillir (les *ramasser* et apprendre l'avarice) au cours de journées glaciales.

Ce ne fut pas sans traverser auparavant toute une période bucolique. Le présent, c'est-à-dire ce qu'on appelle la réalité se superposait au passé. S'entremêlait. Quand, sous mes yeux, un homme s'approchait d'un cheval, je voyais naître un cen-taure. L'automne rougissait les collines couvertes de térébinthes. La langueur tendre des jours, la sévérité des nuits au long desquelles retentissait la voix froide des vents me mûrissaient le cœur.

Je faisais de longues promenades dans les val-lons. Parfois mon chien effrayait des chèvres ou s'effrayait d'un bouc arrogant. Je m'approchais du chevrier qui, me voyant venir, s'appuyait sur son long bâton et prenait la pose d'Œdipe devant le sphinx. Et voilà ce que nous disions :

MOI : Salut, vous avez trouvé un bel endroit pour faire paître.

LE CHEVRIER : Il n'est pas *terrible*, mais il me suffit.

MOI : Et vous êtes dans un bon abri.

LE CHEVRIER : Il n'y a pas d'abri dans cette saison. Pour un rien les quatre temps se mettent à commencer.

MOI : S'il pleut, vous avez toujours la ferme de Choi-Isnard qui n'est pas loin.

LE CHEVRIER : Elle n'est pas loin, en effet, mais il n'est guère aimable.

MOI : Quand il pleut, on passe sur beaucoup de choses.

LE CHEVRIER : Il faudrait qu'il pleuve bien épais pour que je passe sur son mauvais caractère. S'il me voyait abrité sous son hangar, sûrement qu'il ne dirait rien, mais c'est parce que dans ces cas-là on ne peut rien dire. Je n'aime pas beaucoup les sauvages.

MOI : Il n'a pas eu de chance. Il a perdu, coup sur coup, sa femme et sa fille ; ça n'engage guère.

LE CHEVRIER : S'il fallait être heureux pour être aimable, qui serait aimable? Vous le seriez, vous?

MOI : Le fait est qu'on ne peut pas dire.

LE CHEVRIER : C'est une question de caractère. Les uns s'accommodent, les autres ne s'accommodent pas. Il y en a qui comprennent et il y en a qui ne comprennent pas.

MOI : Peut-être qu'il n'y a rien à comprendre.

LE CHEVRIER : Il y a en tout cas une chose : si on se fait payer les uns aux autres on n'a pas fini de se tirer dans les jambes et, à la fin, tout le monde sera boiteux.

MOI : Il y a ici des chênes qui font avec leurs feuilles déjà dorées un bruit apaisant comme celui d'un ruisseau. Et voilà des genévriers d'où sue la résine d'automne ; l'odeur en parfume l'air si profondément qu'on respire à longs traits comme on boirait de longs traits de vin à la peau de bouc. Ce vallon est le refuge des oiseaux ; on les entend qui s'organisent par bandes ou par couples dans les feuillages secs pour persister à jouir le plus longtemps possible des douceurs de la saison. Et je vois au fond du vallon les roseaux drus et les joncs luisants.

LE CHEVRIER : Oui, malgré les années de séche-resse que nous venons de passer, la source ne s'est jamais tarie. Elle ne donne plus qu'un fil d'eau, mais il est frais et c'est de l'eau très pure. Hier encore j'ai passé une heure à lui faire un petit bassin bien pavé et j'ai renouvelé le sayon d'osier qui tire la veine.

MOI : Avec ces deux ou trois arpents sur les-quels on pourrait facilement faire du seigle et même du blé, ces vieilles vignes qu'avec une bonne taille on rajeunirait sûrement assez pour avoir une centaine de litres de vin, et les quelques chèvres que vous avez là, est-ce qu'il ne serait pas facile d'être heureux ?

LE CHEVRIER : Tout serait facile si on n'avait pas de cœur. Mais, compagnie, le soleil glisse. Je vais passer sur l'autre flanc du coteau. J'ai des chevrettes de vingt jours qui craignent le frais du soir.

Ou bien, quand j'allais assez loin dans les collines, je rencontrais parfois un chasseur. C'était alors un fermier des terres pauvres qui s'était habillé du dimanche avec son velours propre pour se payer un jour de chasse. Et c'était pour lui un jour de magie sauvage que nous ne pouvons pas imaginer. Dès qu'il voyait mon chien il se mettait à lui parler, à lui siffloter, à le flatter en se tapotant les cuisses. Et il m'attendait, me jetant de petits regards en dessous, pendant que mon chien se laissait caresser, frétillant de la queue et reniflant vers la carnassière. Et voilà ce que nous disions :

LE CHASSEUR : Vous avez un beau chien.

MOI : Oui, c'est un très beau chien.

LE CHASSEUR : Il est de quelle race ?

MOI : Il n'a pas de race. Il est très gentil. Je l'aime beaucoup.

LE CHASSEUR : On dirait un épagneul.

MOI : Peut-être qu'il est un peu épagneul, il est aussi un peu chien de berger. Il vient de l'Hospitalet. Ce n'est pas précisément un endroit pour les races de chiens, ils ont autre chose à faire. En tout cas, il n'est pas bon pour garder les moutons. C'est comme ça que je l'ai eu. Mon fermier l'avait apporté de la montagne, mais au bout d'un mois, quand il a vu qu'il ne pouvait pas s'en servir, il a dit : « Il faudra le tuer » mais il m'a dit : « Il est si *brave* que personne n'ose le tuer. » Je lui ai dit : « Donnez-le moi. »

LE CHASSEUR : Il est joli. Ç'aurait été dommage. Je suis sûr qu'il chasserait.

MOI : Il chasse très bien. Il chassait à l'Hospitalet. C'est vraiment un endroit pour la chasse.

LE CHASSEUR : Oui, là-haut c'est du lièvre, et plutôt du lièvre blanc, d'ailleurs. Mais ça ne fait rien. Si ce chien était bien mené il serait vite un bon chien. Regardez comme il ne quitte plus le carnier du nez ; et comme il vient se mettre du côté du fusil ; et comme il me regarde. Il voudrait prendre son plaisir. Vous ne chassez pas ?

MOI : Non.

LE CHASSEUR : Pourquoi ?

MOI : Je n'aime pas trop tuer.

LE CHASSEUR : Mais vous aimez manger ?

MOI : Ah ! ça, j'avoue que je ne crache pas dessus : perdreaux, grives, bécasses. A l'Hospitalet ils ont aussi des pluviers et des vanneaux. Je n'ai jamais rien mangé de meilleur.

LE CHASSEUR : « Qui n'a mangé pluviers ni vanneaux n'a pas mangé de bons morceaux », dit le proverbe. J'aime autant des grives, quand il y en a assez. Mais les pluviers et les vanneaux au lard, dans un poêlon en terre... Il faut alors qu'ils soient cuits à l'étouffée, à petit feu sur des braises. Le meilleur c'est quand on le fait en plein champ dans un four de campagne, braise dessus, braise dessous.

MOI : C'est exactement comme ça qu'on les avait préparés. C'était sur les hauts de Lure, chez des amis qui étaient bergers.

LE CHASSEUR : Alors, comme ça vous n'aimez pas chasser ?

MOI : J'ai chassé, je n'aime pas trop. C'est tuer qui ne me plaît guère. Je n'ai pas la passion.

LE CHASSEUR : Mais, quand c'est dans le plat, la passion vous vient?

MOI : J'avoue qu'à ce moment-là rien ne me répugne.

LE CHASSEUR : Tenez : regardez-moi ça, si ça n'est pas beau! C'est un perdreau que j'ai tiré là-haut dans les lavandes. Regardez-moi ça si c'est gras, si c'est lourd, si c'est lisse! On en a plein la main. C'est agréable.

MOI : J'avoue.

LE CHASSEUR : Vous n'aimez pas chasser?

MOI : Je n'aime pas trop tuer.

LE CHASSEUR : A force de s'ennuyer, votre chien finira par aller chasser avec quelqu'un d'autre. Je fais le pari que si je lui fais sentir le perdreau, puis si je siffle et surtout s'il me voit prendre le fusil, parions qu'il vient avec moi. C'est un joli chien, vous savez!

MOI : Je sais. Ne parions pas, ne dites rien. Je vais le siffler et descendre. Nous allons rentrer. C'est difficile de tout mettre d'accord.

LE CHASSEUR : Sifflez-le et descendez. Moi je vais monter par là en biais. Mais je ne bougerai pas tant que vous ne serez pas au moins en bas près des saules. Ce n'est pas que c'est difficile de tout mettre d'accord : c'est que c'est impossible. Ah! les gens qui aiment ont du souci.

Il y avait aussi les jours où il me fallait un peu d'eau à ma fontaine. J'allais trouver l'aiguadier qui règle la distribution des bassins. Vers les deux heures de l'après-midi, j'étais sûr de ne pas le manquer. Je sortais et j'allais jusqu'à ces taillis de saules qui ombragent l'herbe épaisse. Il était là. Et voilà ce que nous disions :

MOI : J'étais sûr de vous trouver installé au frais.

L'AIGUADIER : Je me donne un peu de bon temps.

MOI : Vous avez bien raison.

L'AIGUADIER : J'ai passé tout l'été en plein soleil à courir le long des rigoles d'arrosage à me disputer avec Pierre et Paul au sujet de l'eau. Il semblait que je leur en faisais faute. La vérité est qu'ils n'en avaient jamais assez et que celui qui l'avait jusqu'à six heures l'aurait voulue jusqu'à huit ; celui qui n'avait payé qu'une demi-martelière aurait voulu une martelière pleine et qu'au bout du compte, sans moi sur lequel ils passaient leur colère, ils se seraient arraché l'eau l'un à l'autre à coups de bêche sur la tête. C'est drôle comme chacun sait bien prêcher pour sa paroisse !

MOI : Nous n'avons que ces trois pauvres petits bassins pour arroser tous les vergers et depuis quelques années on a planté des milliers d'arbres en plus de ceux qui existaient à l'époque où l'on a creusé ces bassins. Vous savez comme on tient aux arbres qu'on a plantés soi-même, toute question de récolte mise à part. Il a fait cet été une chaleur extraordinaire, il semblait vraiment que le soleil était une arme du mal. Qui pouvait regarder sans colère les beaux feuillages en train de cuire ?

L'AIGUADIER : Je comprends les choses. Je ne suis pas Deibler. Ils en ont tous eu plus que leur compte. Je me suis laissé prendre à leurs ruses, non pas une fois mais cent fois. A celui qui me faisait parler, je parlais ; et de ce temps l'eau coulait. A celui qui me disait de fumer une cigarette, je disais : « Eh bien, fumons une cigarette » et de ce temps l'eau coulait. Mais il y a une fin à tout, ou bien alors, où va-t-on ? La conversation ne peut pas durer éternellement, la cigarette non plus, et c'est ce qu'ils auraient voulu. Ils avaient beau faire ; ils auraient dû savoir que le moment vient toujours, un peu plus tôt, un peu plus tard, où il faut régulariser la situation. C'est là qu'ils n'étaient plus d'accord.

MOI : Vous en demandez trop.

L'AIGUADIER : Je ne demande rien, mais, trois bassins, ce n'est pas le Pérou. Et quand ils sont vides, ce n'est pas moi qui me changerai en eau. D'autant même que si je le faisais, ça n'en ferait jamais qu'une petite flaque.

MOI : Enfin, maintenant, voilà vos trois bassins bien rebondis.

L'AIGUADIER : Oui, quand l'âne a bu la fontaine continue à couler.

MOI : Le temps des arrosages est passé et personne n'est mort.

L'AIGUADIER : On ne pourrait pas le dire si je les avais laissés faire. Ils ont la rancune tenace. Je viens du cercle. Ils jouent à la belote. Ils ne m'ont même pas adressé la parole. Je me suis dit : « A votre aise. Restez muets. Je vais à mes bassins. »

MOI : Puisque vous êtes là, vous allez peut-être pouvoir me rendre un service.

L'AIGUADIER : Si je peux.

MOI : Ce n'est pas pour ce soir. C'est pour demain matin à six heures.

L'AIGUADIER : Bon, alors on vous rendra service demain matin à six heures. Il s'agit de quoi?

MOI : On rincera la lessive ; alors, si vous pouviez nous en donner une petite rayette de plus...

L'AIGUADIER : On vous en donnera une petite rayette de plus. Si tout s'arrangeait comme ça, ce serait cocagne. Pendant tout l'été j'ai donné de l'eau que je n'en avais pas. Maintenant que j'en ai, vous pensez bien que je n'en refuserais à personne. L'important, c'est d'avoir. C'est le manque qui rend coquin.

Je rencontrais ainsi beaucoup d'hommes, de femmes de diverses catégories, de divers métiers et animés de diverses passions.

Quelques-uns étaient debout dans les champs; d'autres marchaient sur les chemins, d'autres étaient assis à l'ombre. Les uns, dans les conversations qu'ils avaient avec moi prononçaient des mots qui sortaient de leur bouche comme des bulles de savon irisées, des mots légers, fragiles et radieux comme des bulles de savon, mais historiés à l'intérieur comme ces boules de verre qui servent de presse-papier et dans lesquelles on a enfermé des chutes de neige, des ondulations d'algues, des paysages alpestres ou sous-marins. Les uns donc étaient devant moi, immobiles; ils parlaient, et de leur bouche sortaient des grappes de bulles qui contenaient des quartiers

343

de la ville, des intérieurs de cafés, les fontaines où l'on mène boire les chevaux, des ateliers d'artisans, des champs de foire, des explosions de routes, des crépitements de vignes, des blondeurs de blés, des ombres de greniers, des poussières de farines, des limes luisantes de limailles tournant dans les volutes des ferronneries comme des poissons dans des fougères marines : mille morceaux de pays, somme toute.

D'autres étaient également immobiles devant moi et parlaient ; mais leurs mots n'étaient pas du tout semblables à des bulles de savon. Ils étaient plutôt comme des coups, des raclements, des pincements, des coups de mailloches, des raclements de plectres ou d'archets, des pincements d'ongles et ils jouaient de moi comme d'un homme orchestre. Il me venait d'énormes artères gonflées en forme de guitare grondante d'échos pourpres ; des tempes bruissantes comme des cymbales, un front où débouchaient les pavillons emmêlés des pistons, des trompettes, des cors et des bugles, un cœur que j'animais d'une solide soufflerie où tonnait le grand tuyau des basses et sifflait l'aigu. Je ne parle pas de calebasses où battaient des tam-tams, ni d'obscènes cornemuses dont j'écrasais les panses entre mes cuisses.

Alors, quand j'étais bien retentissant de cymbales, trompettes, bugles, guitares, tuyaux d'orgue, télégraphe sonore de forêt vierge et couinements de truies ; quand j'étais bien éberlué de bulles qui me pétillaient au nez et crachaient de l'iris, il me venait une âme d'assassin et des bras de boulanger.

J'assistais en moi au retour de *l'âme prodigue*.

344

J'obéissais à une grande nuit de Saint-Jean au moment où les feux qui se répondaient de colline en colline ont enfin réussi à incendier les forêts. Un des plus petits avantages de la situation était par exemple, brusquement, la compréhension très nette de la continuité de pensée qui unit l'assassin et le chirurgien : l'amer besoin de lumière qui, à travers l'infini des modulations, passe de l'assassin au chirurgien ; du primitif au civilisé ; de Giotto et même de plus loin ; de celui qui dessina l'auroch sous la paroi des cavernes jusqu'à celui d'aujourd'hui qui trépane, laparotome, etc., conjugue à tous les temps et à toutes les personnes les verbes néologiques de la chirurgie ; à quoi je n'entends rien, et ça se voit.

Rapidement, j'étais dans un univers de dunes de sable strictement pur, étalé à l'infini de chaque côté en formes strictement géométriques, quoique sensibles au vent, mais d'une sensibilité qui ne permet que la recomposition des mêmes formes (de ce côté-là on est tranquille). Dans cette nudité, qu'elle était belle une simple tête de cheval! Ou qu'il était beau, un simple porche! Ou le cri d'Orphée! (car il ne se met pas tout de suite à chanter ; il crie d'abord.)

Ainsi, ce que je n'ai pas dit, mais que peut-être on a déjà compris, c'est que le porche de l'arsenal de Toulon que j'ai trouvé en fouillant dans les feuillages de l'olivier s'est d'abord dressé au milieu des sables du désert. Il y était seul. Il était le porche de l'arsenal de Toulon, avec ses divinités marines, ses foudres de baïonnettes modèle 83, mais il se dressait solitaire au milieu des sables. Il se dressait

345

et s'ouvrait. Jamais le mot s'ouvrir n'avait eu de sens plus profond.

Toute cette période qui suivit mon retour de Marseille et pendant laquelle l'hiver s'établit... Ici je dois ouvrir une parenthèse : le mot hiver suggère d'ordinaire la nudité et la blancheur. Il ne s'agit pas d'un hiver semblable. Il s'agit d'un hiver bleu profond : violet. L'hiver dans les oliveraies est très coloré. Celui qui le regarderait en promeneur le verrait sans doute vert clair puisque le feuillage des oliviers en cette saison est vert clair, mais celui qui le regarde en « cueilleur d'olives » le voit violet — c'est déjà une question d'avarice — tant il se borne à surveiller la maturité des fruits d'après leur couleur. Une olive n'est pas une très grosse chose, mais quand on ne cesse de la regarder, elle finit par emplir l'œil. J'ai dit également tous les temps qu'il faisait ce jour où nous sommes partis pour ramasser les olives, ce qui s'accompagne de soleils blonds, de pluies noires, d'azur — et quel azur! quand il est taillé à vif dans le ciel par un vent glacial. Il ne s'agit par conséquent pas d'un hiver nu et blanc. Il serait plutôt semblable à un paon.

Toute cette période qui suivit mon retour de Marseille et pendant laquelle l'hiver s'établit, comme un paon, organisa son rythme dans des sables et des déserts, très nus, très gris, au milieu desquels tout prenait une énorme importance. Je n'ai pas parlé de tête de cheval par hasard, mais bien parce que, pendant toute cette période, il me suffisait de voir une tête de cheval (labours, trotteurs vers les foires, hardes menées par le museau, bêtes solitaires ébouriffées de vent sur les collines) pour me souvenir par exemple d'un spiritual nègre d'une façon si précise que le son des voix lui-même était dans mes oreilles avec cet éraillement passionné et désespéré du coup de trombone vers Dieu (ce n'est pas par hasard non plus, par conséquent, que j'ai parlé d'Orphée). Les orages, les rages du temps, les batailles de coqs qui faisaient voler dans les couchants les plumes d'or, les crêtes, les jabots, les giclures de sang, avaient lieu en plein désert de sable dressé dans la nudité des géométries que le vent ne pouvait émouvoir qu'en géométrie semblable. Le désert était même si total, si parfait en étendue que ces drames cosmiques y perdaient toute leur importance. Ils étaient, dans l'immensité des sables, déposés sur les sables comme de petits objets en terre cuite : de petits coqs d'argile entremêlés en forme de couchants orageux, peints naïvement à la main avec des garances, des pourpres, des ocres purs, des pluies badigeonnées au pinceau, d'azur et d'argent, des orages vernis au four : tout ça pas plus gros qu'une coquille d'escargot et posé sur le sable nu comme de petits jouets naïfs offerts à des craintes ou à des terreurs.

C'est dans ces conditions qu'une oliveraie chargée de fruits est une bénédiction du Seigneur. On admire la sagesse humaine qui ne dit pas *cueillir* l'olive, mais *ramasser ;* en même temps qu'on frissonne à l'idée de ce qu'il en a fallu des déserts et des sables nus dans la nuit des temps pour en arriver à faire exactement choisir le vocable, le maître-mot qui garde encore sa pleine valeur au siècle du voyage dans la lune.

Dire que j'avais compris la valeur du fin mot en

partant pour mon verger serait contraire à la vérité. Même la connaissance de l'avarice n'apprenait pas grand-chose de nouveau à part la joie des doigts, de la main tout huilée de cette grasse poussière violette qui est le duvet de l'olive. « Je m'étonnais, dit Swedendorg, de voir les anges examiner le corps tout entier des hommes, en commençant par les doigts de chaque main. La raison m'en fut expliquée par la suite. C'est que, tout ce qu'un homme a voulu, pensé, dit, fait, ou même entendu et vu, est inscrit dans sa mémoire et en même temps dans les membres de son corps. Je m'étonne, poursuit-il, qu'on puisse considérer la chose comme paradoxale ; c'est cependant la triste vérité. »

Cependant, en écartant les feuillages, quand mes doigts furent bien graissés et bien avares, je découvris le portique, le porche de l'arsenal de Toulon. C'était, quoique en plein désert, un porche véritable, grandeur naturelle. Même dans le désert, surtout dans le désert, un porche grandeur naturelle mène toujours quelque part ; c'est la capsule qui fait exploser les routes. Un jeu d'enfants, ensuite, pour se diriger droit sur le cireur de bottes, le Saint-Jérôme de Buis et le dynaste de la vallée de l'Ouvèze.

Avec lesquels, tout compte fait, j'avais des conversations absolument semblables à celles que j'avais eues avec le chevrier, le chasseur, l'aiguadier. Ni plus ni moins. Bonjour, bonsoir. Il n'y avait pas de quoi chanter victoire.

Il faisait de plus en plus froid. Les doigts que l'avarice rendait goulus, le gel les pétrifiait sur l'olive, on ne pouvait plus lâcher prise ; c'était chaque fois une panique comme le claquement d'un piège ; il fallait qu'avec ma main gauche je débarrasse à la hâte ma main de la poignée de fruits qu'elle venait de *ramasser*. On ne pouvait plus tenir longtemps dans cette situation.

Le soleil allait se coucher. Il avait déjà disparu dans de très laides nuées, les pansements sales d'une très ancienne blessure. La lumière avait soudain vieilli : elle avait son âge. On n'avait plus du tout envie de rester dehors. Les femmes me hélèrent. Elles étaient gelées, dirent-elles. Elles disaient aussi qu'il fallait rentrer. Elles ajoutaient : tout de suite. Il n'était pas question de perdre son temps en salamalecs. Les femmes ont un sens très aigu de ces moments-là.

Je transvasai vite la récolte des femmes dans le sac qui contenait déjà la mienne. Cela devait faire en tout presque une trentaine de kilos. La bise ne permettait pas de s'en réjouir pour l'instant. Je mis le sac sur mon dos et je pris par le travers des vergers à grands pas vers la maison, devant les femmes.

J'arrivai donc premier et j'allai sonner quand j'entendis derrière la porte des conversations animées et des rires que je ne connaissais pas. Je sonnai et alors j'entendis la voix de Lucien Jacques qui disait : « Les voilà ! »

C'était en effet Lucien et je lui dis : « Attends que je me débarrasse » et j'entrai dans la bibliothèque où j'avais préparé, avec des planches, une sorte de petit bassin dont un côté longeait les *Œuvres complètes* de Jean-Jacques Rousseau, les six volumes d'*Amadis de Gaule* et les soixante et quelques volumes des *Causes célèbres* (tout ça pour donner une idée de la grandeur du bassin dans lequel je comptais entasser ma récolte). Je vidai mon sac. « Par terre ? me dit Lucien. — Bien sûr, lui dis-je, il faut qu'elles soient étalées sur le parquet pour qu'elles ne fermentent pas trop vite. Et à part ça, lui dis-je, qu'est-ce que tu fais ici ? Je te croyais à Saint-Paul. — J'arrive, dit-il. — Et où vas-tu ? — A Montjustin (Lucien habite Montjustin). — De quelle façon ? (Il n'y a qu'un car par jour qui va « presque » à Montjustin et il part à sept heures du matin. Il était quatre heures du soir.) — En auto, me dit-il. C'est Crom qui me ramène. »

Je pensai tout de suite à Fernand. Je lui dis : « Sans blague, tu aurais dû me le dire. » Je me hâtai vers la salle à manger d'où venaient les voix que j'avais entendues avant de sonner. « Il y a aussi Joan », me dit Lucien.

Ce n'était pas Fernand. C'était un grand garçon blond et clair. C'était son fils. Il y avait aussi Joan que je n'avais plus revue depuis au moins sept ans. Je l'embrassai. Là-dessus mes femmes arrivèrent et pendant cinq minutes il y eut un embrouillamini d'exclamations, de salutations, de chaises tirées, avancées, de gens debout, de gens assis, enfin ce mélange et ce chaos d'où, par expérience, je sais que, finalement, sortent l'ordre et la raison. J'ai confiance en mes femmes à ce sujet. Comme d'autre part je voyais qu'en m'attendant on avait, comme il se doit, donné « quelque chose à boire » à mes hôtes, je dis : « Montons un peu chez moi. » J'aime beaucoup recevoir mes amis dans mon bureau.

Là-dessus, bien entendu, tout l'extérieur (c'est-à-dire le vent, le froid, le laid, la nuit), faisait son train et, à en juger par le fil de bise qui passait au joint des fenêtres, c'était un train d'enfer. « Qu'est-ce que vous allez foutre à Montjustin ce soir, mes enfants ? leur dis-je. Avez-vous oublié que Joan est une femme ? — Merci Jean, dit Joan, c'est exactement ce qu'il faut leur dire. — Joan, dit Lucien, a toujours besoin d'une bouillotte et d'une baignoire. On va apprendre à cette fille de la confortable Angleterre ce que c'est que la vraie vie. Ne t'apitoie pas ; elle sait très bien apitoyer. — Oh! ils sont sans pitié, gémit Joan. — Tout à fait d'accord, dis-je. Joan a évidemment besoin d'un peu de joyeux exercice, mais est-ce que vous ne pensez pas que la peine va dépasser le plaisir ? »

Ici, il y eut un judicieux silence (judicieux de ma part) pendant lequel je laissai siffler les vipères de vent aux joints de la fenêtre.

— Qu'est-ce que tu en dis ? demanda Lucien. Crom avait l'air de vouloir se laisser séduire. Il ne semblait pas particulièrement décidé à mettre dès ce soir du plomb dans la tête à la confortable Angleterre. Toutefois, je n'oublie pas que Lucien a toujours mortellement envie de rentrer à Montjustin. « Il y a une façon d'arranger les choses, mes enfants, dis-je. Lucien meurt d'envie d'aller respirer un bon coup d'air natal (Lucien est né dans l'Argonne ; il est même de Varennes : c'est un *régicide*). Quelle heure est-il ? Il est quatre heures. Allez donc à Montjustin tout de suite. C'est à quinze kilomètres, l'affaire d'une petite demi-heure étant donné qu'il fait relativement sec, qu'en tout cas il n'y a pas de neige et que votre auto pourra encore très bien faire la montée. Lucien aura le temps de bien respirer. Il vous montrera son *domaine*, notamment son nouvel atelier. — D'autant, dit Lucien, que Crom vient justement pour m'installer l'électricité dans le nouvel atelier. — Et comme vous n'allez pas le faire de ce soir, retournez dîner ici avec nous. — Et pour rentrer ? dit Lucien. — Vous rentrerez demain matin. Vous couchez là. Ça fait pour Joan une petite leçon de chair de poule, et vous ne lui apprenez pas tout à la fois. Il faut savoir intéresser les enfants peu à peu, mes petits lapins. — Je vais les attendre ici, dit Joan. — Non, lui dis-je, allez-y, vous verrez : c'est très shakespearien. » Joan prononça à haute et intelligible voix un de ces jurons qu'on n'écrit pas.

En même temps qu'on disait tout ça, on a dit des quantités d'autres choses. Et notamment que Crom fait de la photo, et il m'a montré d'admirables photos. Il me dit : « C'est entendu, on part ; on y va. Qu'est-ce qu'on doit rapporter ? — Rien, on a tout ce qu'il faut. N'apportez pas une once de ce qu'il y a à Montjustin ; vous en aurez besoin dans les jours qui vont suivre. » Joan jura de nouveau, cette fois avec un juron neuf, si expressif qu'il me parut avoir été génialement inventé pour la circonstance. « Je vous laisse l'album, dit Crom, regardez les photos de ce temps. »

C'est ce que je fais. J'ai tout de suite envie d'écrire de petits poèmes sur ces photos. Leur mise en page suggère le poème. Cela soulève en moi les poussières et fait marcher le petit ludion.

Tous ces paysages extraordinaires, choisis pour leurs qualités extraordinaires et placés en face de l'objectif suivant l'angle qui pouvait le mieux faire s'exprimer leur qualité extraordinaire composaient, vus les uns après les autres, sous·ma lampe cernée par la nuit, un immense pays irréel. C'était un catalogue d'exceptions, une vue générale du Paradis terrestre composé avec des morceaux de la terre de damnation, aussi loin des paysages de la terre, somme toute (malgré l'objectivité parfaite — je suppose — de ce qu'on appelle précisément l'objectif), que les paysages de Mars, Jupiter, Saturne, Vénus, Baudelaire, Villon, Blake, Brueghel, Bœhme, Bible ; paysages d'astres.

Mais tout d'un coup, c'est autre chose. C'est, j'imagine, un cortège de noce, je le verrai mieux tout à l'heure. Ce que je vois tout d'un coup, c'est un visage d'homme ; ce sont des visages d'hommes, de femmes et d'enfants. Le visage d'homme que j'ai vu le premier est gros comme l'ongle de mon pouce. Il contient : un souci, une tristesse, un ce qu'on appelle emmerdement ; c'est plus simple et plus juste ; il en a le front tout froncé. Il contient en même temps une chose qu'on pourrait appeler *joie de façade*, léger sourire sur la bouche un peu crispée, installé d'un bon coup de volonté, une sorte *d'arraché* et maintenu à bras tendu par cette volonté qui s'est tellement tendue qu'elle s'en est pétrifiée. (Cela est légèrement grossi, environ dix fois grandeur naturelle. Au naturel, cela donne le *sourire de la statue*.) L'œil, il est très visible sur la photo parfaite ; les deux yeux, bien abrités sous de gros sourcils, nous disent : merde, merde j'en sortirai, c'est un mauvais moment à passer. En somme, un visage très sympathique. A deux doigts à côté

353

de ce visage, un visage de jeune femme, de jeune fille sous des voiles, mais j'en parlerai après.

C'est évidemment un cortège de noce. Il passe dans les rues d'un village que je soupçonne être un village du Var ou des Alpes-Maritimes ; il longe un mur qui est manifestement le mur de l'église ; il va à l'église. Je dis que c'est un village du Var ou des Alpes-Maritimes ; j'ajoute que c'est un village pas très loin de la mer à cause des maisons *fardées*. Les maisons ont du rouge à lèvres, du bleu à paupières et de l'huile à brunir. C'est sûrement un truc pas très loin de Cannes : Juan-les-Pins, Nice peut-être même. Ça sent le rastaquouère, le dancing et le foutoir en plein air. Je suis sûr que, si je regarde mieux le cortège (je vais le regarder à la loupe, *mot à mot* si on peut dire), je vais trouver certainement la gueule d'un de ces paysans qui fauchent en slip. Et quand je dis fauchent, c'est parce que c'est un terme consacré ; en réalité, ces paysans en slip ne *fauchent* pas ; ils cueillent des tomates ou des œillets. Et encore ; ce qu'ils font véritablement, même s'ils cueillent des tomates ou des œillets, c'est une chose bien simple : ils *déambulent* purement et simplement ; la tomate ou l'œillet n'est qu'un accessoire ; celui qui vraiment y *travaille* n'est pas en slip. Mais, ne nous laissons pas emporter. Nous sommes là sur une matière très riche, trop riche ; allons doucement. Revenons à nos moutons.

Ils défilent en effet comme des moutons ; des moutons très sages, deux par deux : un homme, une femme, par les rues du village, et ils en sont maintenant presque à l'église où ils vont entrer. Tout le long des rues, les autres gens du village sont alignés pour les regarder passer comme on regarde passer les troupeaux.

Je suis assez content de ce que je dis là. L'image du mouton me satisfait. Car, l'homme qui ne trompe personne avec sa *joie de façade* (au lieu de dire l'homme je devrais dire le monsieur, car je vais parler de son costume) a beau se répéter : « J'en sortirai, c'est un mauvais moment à passer », il marche, passe le moment. (Il y a dans lui, au milieu de lui, pétris, mélangés à son sang qui, en ce moment même l'irrigue à grands coups de pompe, qui sait combien d'hommes des cavernes — ou même simplement du XVIIᵉ siècle, plus particulièrement italien ; et même du XVIIIᵉ siècle, si l'on tient compte d'un monsieur qui s'est appelé Sade ; et même des XIXᵉ, XXᵉ, XXIᵉ, XXIIᵉ, XXIIIᵉ siècles, etc., si l'on tient compte des messieurs qui s'appellent *Tout le monde* et sont, silencieusement et dissimulés, des soutes à poudre, caves à vins, mines, torpilles et bombes très exactement atomiques — des gaillards moins scrupuleux, plus naïfs, plus frais, allant plus *droit au but*.) Dans les noces, il est question de veines, artères, nerfs, muscles, chair, sang, toutes choses qui sont martiales, belliqueuses et militaires. Mais il ne peut pas aller *droit au but ;* il ne peut plus aller *droit au but ;* personne ne peut aller *droit au but.* Alors, il se contient, il a l'air que j'ai dit tout à l'heure, il « passe le moment » ; il *fabrique de l'urée.* Si on analysait son sang maintenant on serait épouvanté par sa teneur en urée.

C'est maintenant qu'il faut regarder, qu'il faut parler du visage de la jeune femme-jeune fille. Pas d'histoire : d'abord, une chose essentielle que j'ai d'ailleurs suggérée quand j'ai parlé du mur de l'église, mais il ne suffit pas de le suggérer, il faut le dire noir sur blanc. L'homme qui fabrique de l'urée, c'est le *père* de la jeune femme-fille ; ce n'est pas le fiancé, le promis ; lui, il est jeune, il a le temps ; il a la vie devant lui ; il n'est pas pressé ; il n'est pas angoissé ; il n'est pas écrasé par une chose irréalisable ; au contraire, cela va se réaliser ; c'est en train de se réaliser et ce n'est qu'un commencement ; il n'a pas à faire de l'urée ; il n'a pas à s'en faire. Le *père*, c'est autre chose : il a au moins cinquante ans, à ce qu'on peut juger, et celle qu'il a à son bras, c'est sa fille. Car, du moment que le cortège va à l'église, c'est le père qui donne le bras à sa fille. Le promis est par là-bas derrière, quelque part dans le cortège, au bras de sa mère sans doute (autre drame : il est vraiment question de choses martiales, belliqueuses et militaires. Une guerre de cent ans à travers le corps ; une Italie de César Borgia avec des places fortes installées dans le foie, la rate, les reins, les poumons, les cœurs ; Forli, Florence, Sienne, Pise, Naples, Soriano, Sinigaglia). Le promis, pour le moment, sur cette photo, on ne le voit pas. D'ailleurs, il ne sert pas à grand-chose. Ce qui importe, ce sont les *Noces*.

Mais à chaque instant je suis débordé. Tout se passe entre parenthèses. Donc, ce visage : le visage de la jeune femme-fille que le père mène à son bras. Il est voilé d'un voile blanc. Heureusement. Car, sous le voile : malice, ruse, jubilation. Celle-là non plus ne fait pas de l'urée. Elle ne « passe pas le moment » : elle est au plein du moment. Je dois reconnaître que le photographe a parfaitement exprimé le moment, en faisant disparaître le promis. Il n'est absolument pas dans ce visage. Si par malheur le visage du promis s'était trouvé sur la photo on se serait demandé, après avoir regardé le visage de la promise : « Qu'est-ce qu'il vient faire celui-là, ici, où tout est déjà parfait ? »

C'est jour de gloire d'une qui a été changée en effluve, en glu, en aimant irrésistible et qui entraîne victorieusement à sa suite les limailles, les poussières, mouches, moucherons, abeilles, guêpes impuissantes, mantes essoufflées, troupeau, collés à sa traîne qui se traîne dans la poussière de la rue du village pendant que, pas à pas, au bras de son *père dompté*, elle s'approche de l'église.

Halte ! J'ai mon mot à dire sur les costumes. J'ai un peu soulevé la photo pour voir celles qui sont dessous. Il y a effectivement la photo de la cérémonie à l'église, celle de la sortie de l'église et puis, la classique des deux époux, seuls, en pied. Tout est ordonné comme dans un plan de construction ; je n'ai qu'à le suivre. La seule chose qui m'inquiète un peu c'est que, tout ce que j'ai à dire sur ces *Noces*, il me faudrait le dire *entre parenthèses*. Cela semble indiquer qu'il y a quelques parenthèses énormes qui, à la fin, vont se gonfler de tout ce que j'ai à dire à ce sujet. Ce sera peut-être sans rapport avec la photo. Laissons faire.

Costumes ? Qu'est-ce qu'on imagine ? Après ce que j'ai dit, est-ce qu'on imagine la noce paysanne *d'après les textes* ? Folklore, futaines, turlututu sabots pointus ? Pas du tout. Écoutez un peu ce que j'en dis, moi qui ai pas mal fréquenté des

357

personnages vivants tout à fait semblables à ceux de la photo. Paysans des Basses-Alpes et de mon canton, il ne faut pas en faire une affaire ; ils ne ne sont pas très différents de ceux du Var ou des Alpes-Maritimes. Tout ce qui fait la différence, c'est qu'ils habitent un peu plus loin de la mer. Non pas à cause de la mer ; à cause de ce qui vient se tremper dans la mer. Le fonds est pareil. Si je rencontrais dans les chemins autour de ma maison le personnage que j'ai rencontré sur cette photo, je saurais tout de suite qui c'est. C'est un paysan riche. Très riche. Riche à combien ? On ne sait pas. On ne saura jamais. Des richesses qui durent à travers toutes les fluctuations des temps histo-riques. Elle ne s'épuisera jamais. Il pourra y avoir des prodigues, des joueurs, des fous dans la famille, des révoltes, des guerres, des cataclysmes dans la nation ; on ne viendra jamais à bout de la ri-chesse de cet homme ; et j'entends : richesse d'argent, magot, picaillons. Au pis, si tout se liguait, cette fortune elle-même finirait par sus-citer quelque vieille fille, quelque Jeanne d'Arc familière, quelque Jeanne Hachette sur les rem-parts de Beauvais, une Catherine Sforza de vil-lage, ou bien un vieil oncle célibataire, ou bien un simple d'esprit, un prince Mychkine de l'ava-rice qui transformerait ce monceau de picaillons en Jérusalem.

Cet homme est un roi, un chef d'État, un dy-naste. C'est même le seul authentique.

Les Babels s'écroulent, lui reste.

Bon, n'empêche qu'aujourd'hui *il fait de l'urée*. Et pour *faire de l'urée*, il s'est habillé comment ?

Il est de son temps : il écoute la T.S.F., il va au cinéma, il lit le journal ; il s'est commandé un costume chez un bon tailleur : Marseille, Cannes, Toulon, Nice, je ne sais pas ; un truc qu'on lui a essayé quatre ou cinq fois, qui est au poil, qui lui va très bien, avec un soupçon d'épaulette et un tout petit pinçon de taille, pochette, œillet blanc à la boutonnière, liséré de manchette au-dessus de la main qui tient la paire de gants blancs en veau glacé. Parfait. Je vois mal son pantalon mais il a l'air de bien tomber. Et derrière lui (nous sommes en 1947) il y a au moins pour deux ou trois millions de costumes de femmes et d'hommes. Ce n'est pas là l'essentiel, mais cela doit être dit et de la façon que je l'ai dit, pour qu'on n'imagine pas (ayant été empêché d'imaginer les costumes *d'après les textes*) la toile à sac et la « va comme je te pousse ». Ils portent tous très bien le costume. La plupart de ces hommes sont très beaux, les femmes sont très belles et, à part cette beauté un peu hors cadre, cette noce ne déparerait pas un magazine de modes. Voilà qui est clair.

Pourquoi ai-je voulu tirer au clair la question des costumes ? Parce qu'il va sans doute s'engager ici ce combat des combats qu'on appelle des *Noces*, cette grande affaire martiale, belliqueuse et militaire, la première de tous les temps ; qu'il s'agit d'un sujet général, omniprésent ; que le sujet est le même et a conservé sa grandeur depuis Agamemnon (et avant Agamemnon) jusqu'à la quatrième république (après centième et millième république et après), et comme il va être certainement question de démêlés épiques je ne

359

voudrais pas qu'il s'établît un malentendu et qu'on imaginât le drame dans des paysages féodaux.

Car, je pense à quelque chose. Je vois bien la photo mais je pense à quelque chose. Il y a quelques mois, en septembre dernier (je n'en ai pas parlé mais maintenant je vais en parler), j'étais à ma ferme, à la Margotte, près de Forcalquier. Je finissais d'écrire *Un roi sans divertissement*. J'en étais au moment où Langlois va fumer sa cartouche de dynamite. Chaque soir, après avoir écrit mes quatre pages, j'allais me promener. La Margotte est assise sur un emplacement magnifique. Ce que j'aime surtout, ce sont les tribus de vieux chênes installés sur tous les coteaux. Ce sont des arbres énormes, très vastes et très hauts. Leur ombre a nettoyé tout le sous-bois qui est clair, net, pelucheux de petite herbe sèche. Ils vivent là, depuis des siècles, avec des foules d'oiseaux, d'écureuils, de petits mammifères et même de renards. Ils sont blonds. Ils sont solides. Ils ont une peau très épaisse, verdâtre, plissée, avec des reflets d'or. Ils sont très vieux. Si on essaye d'imaginer combien il a fallu de temps pour que, du gland, puissent sortir et se former ces énormes troncs que quatre ou cinq hommes, se tenant par la main, ne peuvent embrasser ; pour que puisse s'élever cet extraordinaire échafaudage de branches, on se perd dans la nuit des temps. Et, actuellement, je ne connais pas de repos plus magnifique que celui qui consiste, quand on le peut, à se perdre dans la nuit des temps. Je suis par conséquent souvent par monts et par vaux à travers les

forêts de chênes. Ce jour-là, après avoir mené
Un roi à deux ou trois pages de la fin, je partis
vers les quatre heures de l'après-midi. Je me proposais d'aller visiter un canton où je n'étais encore
jamais allé. C'était sur une selle de terre un peu
haute, en direction de Niozelles où, à diverses
reprises, des architectures d'espaces m'avaient
attiré.

Il faisait froid par grand vent. Je jugeai même
prudent d'emporter ma pèlerine. Je me dis qu'il
serait sans doute très agréable, si je trouvais un
abri dans la hauteur, de me planquer au dos de
quelque terre et de profiter de ces dépaysements
de lumière que le vent installe sur ces pays. Le
mugissement continu aussi du vent du nord est
très reposant quand on le sent qui préside au dé-
ploiement de ces grands décors alternativement
dorés et bleu sombre qui font jouer aux arbres,
aux herbes et aux grands oiseaux des drames plus
particulièrement pathétiques.

J'avais des chances, dans ces parages solitaires,
de voir les aigles gris et les faucons qui affection-
nent ces bouleversements et ces charrois d'ombres
et de lumières, et je me proposais, une fois plan-
qué, de me tenir très immobile, de façon à voir
toutes les bêtes. Par ces temps-là, elles ne sortent
que contraintes ; le vent qui brouille et emporte
les bruits diminuant considérablement l'usage de
leur appareil de sécurité ; mais c'était l'heure où,
malgré tout, la faim devait les contraindre à sortir ;
la faim et l'approche du crépuscule. Rien n'est
plus beau que l'apparition bondissante d'un renard
ébouriffé aux prises avec les grandes peurs.

La montée était beaucoup plus douce que ce que je croyais. Elle se faisait dans des prés jaunâtres très mollement ondulés, lovés, aurait-on dit, dans une immense coquille d'escargot qui était le large vallon dans lequel je marchais. Il me suffisait d'aller d'un bord à l'autre en marchant dans l'herbe jaune par de grandes orbes en spirale pour ne pas sentir la montée. Le vent même passait au-dessus de ma tête et ne me touchait pas. Il faisait tiède.

Tout ce jour-là devant être parfait, je trouvai l'abri désiré. Le spectacle que j'avais sous les yeux était très exceptionnel. Il ne s'agissait plus ni de la Margotte, ni de 1947, ni de rien qui puisse s'exprimer par un chiffre déterminé depuis la mort de Jésus-Christ.

C'était le paysage de Don Quichotte, le paysage qui baigne les textes de Machiavel, de Froissart, une image paradisiaque de Dante, ce que saint Bonaventure voyait en écrivant sur les anges.

Cette crête, ou plus exactement ce plateau de crête (car le territoire avait au moins deux kilomètres de large et trois à quatre de long, sur lequel depuis des siècles le vent avait raréfié les arbres, ne laissant subsister que les plus forts), portait trois ou quatre fermes, très blanches, hautes comme des tours, cramponnées dans la terre par des bases solides, des flanquements d'arcs-boutants. Silence ; rien que le vent. Aux fermes, pas de vie ; autour, ni poules, ni coqs, ni vols de pigeons ; on pourrait même dire : ni champs ; elles sortaient nues et crues d'une terre uniformément couverte d'herbe d'un ocre presque rose.

Pas de fenêtres : des murs, de très hauts murs ;
j'ai dit des tours, des tours carrées, crépies de
blanc et, là-haut, presque sous les tuiles, une ou
deux lucarnes. Les tuiles tressées en génoises
doubles, triples, même quadruples autour du
front de ces tours ; comme des couronnes d'épis
de blé, d'épaisses tresses de laurier, les épaisses
tresses de cheveux de Frédégonde et de Brune-
haut, mais arrondies en couronne autour des
têtes. A l'une, à l'autre de ces fermes, qui sur le
gorgerin comme Sorel, qui sur le front comme la
Joconde, qui sur le flanc comme la Simonetta, le
bijou d'émail d'une fenêtre de pigeonnier en-
tourée de ces rectangles, rosaces, triangles, étoiles,
losanges de carreaux vernis, pourpres, verts, dorés
et bleu roi qu'on place là pour empêcher les rats
d'aller manger les petits pigeons en grimpant par
le crépi de la façade.

Toujours silence, bien entendu, et ces trois,
quatre fermes très éloignées les unes des autres,
le plus qu'elles peuvent ; se tournant le dos, d'ailleurs. Pas de chemin de l'une à l'autre.

Je le répète : pas de champs.

Entre ces fermes solitaires, de grands arbres,
solitaires ; pas trop : les plus forts seuls ont résisté,
et, pour un arbre, être fort c'est être beau ; donc,
de très beaux arbres déjà en ferronnerie pure
malgré la saison, déjà dépouillés entièrement de
feuilles et forgés, martelés en volutes d'une déli-
catesse de dentelle, entièrement, jusqu'au plus
petit des rameaux.

A travers ces arbres, derrière ces hautes tours
rutilantes de chaux et ornées de joyaux et cou-

ronnes : le plein ciel, si on lui donne son sens de pleine mer avec ses baleines blanches, ses écumes et son azur violet ; car, ce haut pays appuie ce qu'il porte sur le haut du ciel.

C'est ici que j'aimerais voir se dérouler les *Noces!*

Car si je m'imaginais que le père de la mariée était seul à *faire de l'urée,* je me trompais lourdement. Il faisait la sienne, qui avait sa qualité particulière, j'en conviens ; qui était, dirions-nous, *l'urée capitale,* la plus fine, la plus meurtrière, *l'urée* des grands tragiques grecs, mais, dans ce cortège de *noces,* il n'est pas seul et tout le monde *fait sa propre urée.*

Par exemple, les voilà à l'église, et qu'est-ce que je vois ? J'en vois quatre, les principaux, alignés devant le prêtre (qu'on voit de dos). Il y a la mariée, le marié, et, de part et d'autre, le père de la mariée dont j'ai parlé et la mère du marié dont je vais parler.

D'abord, un mot sur les deux futurs époux. Jusqu'à présent, on n'a vu que la femme-fille au bras de son père, allant vers l'église dans sa gloire d'être effluve, glu, aimant ; jubilant, au septième ciel, traînant sa meute. Maintenant qu'elle est devant le prêtre, elle est un peu éberluée. Ce qu'elle a très exactement c'est, je ne sais pas ce qu'elle pense, mais ce qu'elle pense a fait se relâcher les muscles de sa bouche (instrument d'amour) et elle bée. Elle bée comme devant un escamoteur.

Elle s'en allait sur l'aile des vents comme cette odeur qui entraîne à sa suite les papillons mâles et, brusquement, la voilà qui est arrêtée pile et qui bée.

Une robe de mariée a mille poches. Elle a l'air d'être en train de se fouiller pour savoir si on ne lui a rien barboté.

Le garçon aussi. Il regarde le prêtre. Il se dit : « Qu'est-ce qui va sortir des manches de ce prestidigitateur ? » S'il ne se retenait pas, il se pencherait en avant pour ne rien perdre du tour de cartes. Ça, on peut dire qu'en ce moment même, lui et elle sont *unis : unis dans l'ébahissement.*

Mais à côté du garçon, la mère ! Il y a toute une littérature sur les mères ; surtout lorsqu'il s'agit de mères animales : la chatte, la lionne, l'aiglonne, la tigresse *qui défend ses petits.* C'est une lionne maigre, ici. Pour elle aussi il a été question de bon faiseur, bonne couturière, chapeau à plume, plumetis ; elle a tout ce qu'il faut pour être comme il faut. Elle a également ces mâchoires crispées, ces dents serrées, ces nerfs bandés, ces sourcils froncés, ce mufle désespéré — si beau — des bêtes qui vont jouer leur dernière carte.

Je dois reconnaître qu'à l'autre bout de la rangée des quatre, le père de la mariée, avec toute son urée, n'est pas à sa hauteur ; il a simplement l'air capot.

Et maintenant que je les ai tous sous les yeux (l'astuce du photographe m'ayant placé derrière le prêtre, face à toute l'assistance, comme si j'étais Dieu et que je regarde par le trou de la serrure du tabernacle), je n'en perds pas une miette de toutes ces *Noces.* Il n'y a pas que ces quatre dont je viens de parler ; il y a derrière eux tous les invités, debout, immobiles. Je n'ai qu'à promener ma loupe, de visage en visage, et à regarder ce

qu'il y a derrière ces visages pour visiter la plus
extraordinaire des ménageries, collection d'armes,
laboratoire. Attention, les barreaux sont très fragiles ; en réalité ces fauves ne sont contenus par
rien d'autre que par la prudence. Cette panoplie
de sagaies ne tient que par un fil ; cette armoire
au poison est en forme de comptoir de bar. Vienne
la nuit...

Tout ce qui est derrière les visages date du déluge. Nous n'avons pas affaire ici aux férocités de
l'époque de l'avion, nous avons affaire aux férocités de l'époque des cavernes. Tous les vitriols,
tous les acides, tous les poisons, toutes les épines,
tous les dards, toutes les barbelures, vieilles lames
rouillées, éclats de silex, épines de cactus, écorces
de bambous, curare, cobra di capello, serpent à
sonnette, serpent-minute, anaconda, boa, caïman,
rhinocéros, buffle, orang-outang, hamadryas, tous
les oncles Henri, tante Ulalie, cousine Luce, cousin Léopold ; mon beau-frère ; l'ami d'Antoine ;
Antoinette ; la belle-mère de ma sœur ; l'ami de
l'oncle Ernest ; ceux que j'ai invités à cause de
Louise ; M. Alexandre ; naturellement tes amis ;
la famille de Léon ; la veuve Julie ; ta sœur ;
mon frère ; vos beaux-parents ; la belle-sœur de
Julie ; la femme d'Ernest ; bien entendu Paul
(quand vous étiez jeunes on disait que vous étiez
inséparables), Rose, Marthe, Jeanne, Marie-
Claire, Hélène, Germaine, Marguerite, forcément : tu n'as pas de meilleures amies ; et la vieille
Annette qui t'a soignée pendant que tu avais la
fièvre typhoïde, M. Armand : ça, on le lui doit ;
Georges et sa famille : ils ne viendront pas mais

c'est obligé (ils sont venus), Raoul et ses enfants, tant pis, je ne veux pas qu'il puisse me reprocher... Et les Trouillot qu'est-ce qu'on en fait ? Et les Grouillac, est-ce qu'on les invite ? Et les Crachasse, est-ce qu'on leur écrit ? Ils sont tous là.

Tous et plus encore car on a fouillé à fond les familles, les amis, les fonds de familles, les fonds de tiroirs : ceux qu'on veut épater ; ceux dont on ne peut pas se dépêtrer ; ceux qui peuvent encore servir ; ceux qui ne peuvent plus servir (pour l'installation du *bon cœur*) ; ceux qui figurent ; ceux à qui, par la même occasion, on en met un bon coup dans la figure ; ceux qui en crèveront ; ceux qui ne s'en relèveront pas ; ceux qui ne l'emporteront pas en paradis ; ceux qu'on ne peut éviter sans risques ; ceux qui nous le feraient payer cher ; ceux à qui il faut faire de bonnes manières ; ceux à qui il ne faut pas faire de mauvaises manières... Toutes les demoiselles d'honneur sont rangées sur le parvis de l'église ; leurs visages composent un magnifique *Art de la guerre*!

Je crépite, je fermente, je bous comme de la chaux vive qu'on baigne. Au fond, qu'est-ce que c'est ? Qu'est-ce que je veux ? Je voudrais tenir ces noces entre mes doigts, là-haut, dans le pays aux fermes qui se tournent le dos ; dans cette Florence des champs, dans ce *quattrocento* des hauteurs, où tout est fait pour *donner un sens plus pur à l'urée de la tribu*. Des noces qui se feraient dans ce pays, entre la fille d'une de ces fermes et le garçon d'une de ces fermes qui se tournent obstinément le dos l'une à l'autre depuis des siècles. Et les raisons de ces mépris, haines, fiertés, orgueils, cruautés, sau-

vageries sont dans le sang des uns et des autres ici
dessus, depuis des siècles ; passent de père en fils,
en fille ; se décantent de l'un à l'autre ; ici s'aigui-
sent, là se diluent, mais subsistent.

Les *Noces* à l'état pur !

. (Je sais, il y a un monsieur qui s'est appelé
Strawinsky, il y en a même un autre qui s'est
appelé Wyspianski. Pourquoi n'y aurait-il pas un
troisième monsieur qui s'appellerait comme je
m'appelle ?)

Il ne s'agit pas de gens d'en bas. Ils n'ont pas
fait faire leurs costumes à Nice, Cannes, Toulon,
Marseille. C'est le tailleur de, mettons Forcalquier,
qui les a faits. Je le dis pour éviter le malentendu
folklore ; c'est réglé, n'en parlons plus.

D'abord, le pays que j'ai décrit tout à l'heure,
je le vois à l'aube. C'est le matin de ce jour qui
sera le jour des *Noces*. Je le commence à cette
heure-là.

Qui se lève le premier ? Celui qui se lève le premier, si j'entends encore quelque chose à ces gail-
lards-là, celui qui se lève le premier, c'est le père. Le
père de la fille. Celui qui fait de l'urée. Il se lève. Il
ouvre sa porte ; il fait ce qu'il fait tous les matins à
la même heure. Dans un moment, celle qui va
sortir ce n'est pas la mère, non, sans intérêt et tout
à fait illogique ; la mère, si elle est levée, est avec sa
fille ; mais la mère n'est pas levée ; elle est à plat dos
dans son lit, elle regarde le plafond. Celle qui va
sortir dans un moment et avoir avec le père la
conversation d'*ouverture* c'est — moi je vois assez
dans ce cas-là — une vieille femme, une vieille
servante de la famille, une vieille amie qu'on a fait

368

venir, une vieille femme qui est renommée comme cuisinière et qui vient aider. Elle se lève parce qu'il faut qu'elle *cuisine bougrement* aujourd'hui, et aussi parce qu'elle a entendu ouvrir la porte et qu'elle sait que c'est le père qui vient de sortir, qui vient d'ouvrir les hostilités avec le destin. C'est une femme qui connaît très bien la famille, elle est du même âge que le père ; peut-être même que, dans le temps, ça a été sur le point de se faire entre elle et lui.

Dans un moment donc, elle va sortir elle aussi dans l'aube pour ouvrir les *Noces* par une conversation qui commencera à placer mes matériaux. Mais pour le moment il n'y a encore dans l'aube que les fermes hautes et fermées comme des tours, et le père qui vient de sortir comme tous les matins. Comme tous les matins, il s'est avancé au clair et il pisse. Je lui ferai pisser, *comme les chevaux, une urine écumeuse et drue* (cela étant dit pour qu'on sache, dès le début, à qui on a affaire).

J'en ai un. Ça devient très important. Je ne vais pas me mettre à décrire comment il est, grand ou petit, gros ou maigre, ni l'air, ni la stature qu'il a (à mesure que j'écris — je n'écris plus, je note, il gonfle et prend sa forme mais je ne la regarde plus, je vois à peine du coin de l'œil, du blanc de moustache, du brique de peau, du clair d'œil, des gestes et des jambes écartées et j'entends qu'il pisse abondamment. Il me tourne le dos — heureusement — on tourne toujours le dos dans ce cas-là). Voilà un beau début de *Noces!*

Hé! C'est que c'est vraiment comme ça que cela a commencé. C'est vraiment comme ça d'ailleurs

que neuf cent quatre-vingt-dix-neuf *Noces* paysannes sur mille commencent, sans quoi je n'aurais
pas le droit de dire que celle-là a commencé de
cette façon-là. Imaginer c'est choisir.

Deux (si je mets des numéros, je construis). La
vieille femme sort. Je dis vieille : elle n'est pas
vieille ; elle est de l'âge du père ; je veux dire qu'il
y a longtemps qu'elle connaît la famille. Elle est
au courant de tous les secrets. Elle sait comment
et pourquoi on *fait de l'urée* dans cette famille et
quelle est la qualité de l'urée qu'on fabrique. Je la
vois sortir. Je sais ce qu'elle s'est dit quand elle a
entendu ouvrir la porte, vu l'aube aux joints de son
volet. (Elle est venue coucher là — elle habite d'ordinaire un village à dix ou vingt kilomètres d'ici —
elle est venue coucher à la ferme pour être prête à
cuisiner dès le matin. Déjà hier soir elle a mis pas
mal de choses en route : cuisine et conversation
prudentes). Je sais comment elle s'est rapidement
coiffée, tordant à la hâte ses longs cheveux gris
autour de son poing, et ce qu'elle a sur le cœur. Elle
descend l'escalier. Elle voit la porte ouverte. La
maison est encore silencieuse. Elle sort. Elle s'approche du père (il faudra lui trouver un nom). Elle
lui dit...

Non, ce qu'elle lui dit, c'est déjà le livre. C'est
déjà les *Noces*. Trois.

Trois : pendant qu'ils parlent en bas dans l'aube,
rapide description des lits, description de la maison
(j'entends la maison comme on dirait maison du
roi) par les lits, le contenant et le contenu ; ceux
qui dorment, ceux qui ne dorment pas. L'aspect
des draps : en boule ou bien tirés. L'aspect des

corps ; les attitudes. La jeune fille (celle qui est effluve, glu, aimant, jubilante, glorieuse), la représenter telle qu'elle est ce matin : corps et âme. Pas bêtement : ne pas dire « elle avait, elle était, elle se disait, elle sentait ». Non. Corps. C'est simple, le décrire tel qu'il se trouve maintenant sur le lit ; et le décrire tout entier car tout dans les *Noces* (c'est là l'origine du drame, de l'urée, de la hâte à se lever du père et de la vieille femme, du silence inaccoutumé de la maison, les bêtes tapent du pied dans l'écurie et se demandent ce qui se passe. C'est donc qu'il se passe quelque chose. Et à l'origine de cette chose-là, il y a le corps de cette jeune fille ; donc, j'ai l'autorisation, le droit, le devoir de le décrire tout entier. Il faut qu'on le voie. Mais le décrire tel qu'il est là sur ce lit et non pas tel que je le verrais si je pouvais le manier à mon aise ; me mettre au service de la vérité ; cela fait, j'ai le droit de tout inventer). Ame : la faire voir par les gestes. Je ne suis pas *dedans* cette jeune fille, je ne veux pas que le lecteur soit *dedans*, je veux qu'il la voie comme je la vois : comme s'il était l'hôte invisible de ces *Noces*. Ce qu'il verrait alors, c'est le comportement de la jeune fille sur son lit ce matin-là, et c'est par le comportement qu'il comprendrait en quel état d'âme elle est. C'est ainsi que je dois faire comprendre son âme.

Dès le réveil, tout va changer. Ces hommes et ces femmes qui vont se rencontrer dans ces *Noces* sont construits pour faire magnifiquement sonner les sons de toutes les passions. Avec eux on a les sons à l'état pur et toutes les possibilités de modulations à l'infini. Ils peuvent exprimer le mineur, le majeur, les dièses, les bécarres, les syncopes de la jalousie, fierté, orgueil, amour, haine.

Pour l'instant, on n'entend encore qu'une petite ouverture, un prélude avec le père et la vieille femme qui parlent dans l'aube. Ils sont en train d'organiser les grands thèmes de ces *Noces*, c'est-à-dire un grand thème martial, belliqueux et militaire.

Peu à peu tout se réveille. Dans la maison du gendre, la lionne se promène à grands pas dans sa cuisine. Le curé se réveille. Le maire se réveille. Les invités se réveillent. Dans des villages, des bourgs, des gens qui vont venir participer aux *Noces* se réveillent. Dans les trains qui s'approchent d'ici, des autocars qui s'approcheront encore plus près, des chemins qui viennent presque jusqu'ici, des sentiers et pistes qui frôlent ce pays, des hommes et des femmes sont en route. Le curé prépare déjà ses ornements car ce sont de *riches Noces*. Le maire se rase, car celle qu'on marie, c'est la fille du dynaste (peut-être pas celle du dynaste de la vallée de l'Ouvèze ; quoique, à la rigueur, c'est peut-être elle ; mais il y a un dynaste chaque fois qu'il y a une ferme). Le village où doit se faire la cérémonie officielle se réveille, se prépare. On se parle de fenêtre à fenêtre, de porte à porte. On suppute l'opulence des richesses qui seront étalées. On se demande jusqu'où ira l'étalement de l'orgueil et de la fierté. On commence déjà à réagir, à se défendre, à se poser en face de cet étal de richesse et d'orgueil. On sait déjà ce qu'on va dire, de quelle façon on protégera son amour-propre. Dans les villages, les bourgs, les fermes, on attelle les chevaux aux charrettes ; on ajoute des bancs à la jardinière ; on place des chaises dans les tombereaux ; on selle les mulets pour les femmes ; on remplit le réservoir des camionnettes ; on tourne la manivelle des autos pour être sûr qu'elles se décideront à partir. On fouille les armoires ; on tire et on pousse des tiroirs ; on ouvre des boîtes qui sentent la lavande ; on choisit des mouchoirs ; on cire des souliers ; on ne trouve pas le plus beau (c'est un linge, une dentelle, une broche), on demande à tout le monde si on n'a pas vu le plus beau ; on pleure, on se dispute, on crie ; on trouve finalement le plus beau ; on le croyait plus beau que ce que c'est en réalité (c'est devenu jaune à force de vieillir enfermé ; ou bien les rats ont fait du dégât ; ou bien le fermoir est déglingué ; on le rafistole avec une épingle anglaise), on est de mauvaise humeur ; le jour noircit ; on a mal au cœur. On boit un coup ; on se dit qu'après tout il y a des chances pour qu'eux aussi aient raté quelque chose ; qu'après tout elle a de grands pieds, qu'après tout l'intelligence ne l'étouffe pas ; qu'après tout ils se dépêchent bien de le marier ; qu'après tout, des garçons comme celui qu'elle épouse, il n'en manque pas ; qu'après tout, pour tant se dépêcher et pour prendre le premier venu, il y a peut-être des raisons ; qu'après tout elle a de qui tenir si on pense à sa tante Marie ; et leur argent dont ils sont si fiers, on sait d'où il vient. Et alors, avec tout ça, est-ce que les hommes sont prêts ? Et qu'est-ce qu'ils font ? Et, est-ce qu'ils pensent qu'on va être en retard ? Et, est-ce qu'ils s'imaginent qu'on va pouvoir faire trotter dans les mauvais chemins ? Est-ce qu'ils ont oublié qu'on va dans des pays où les prés

373

meurent de soif ? Est-ce qu'ils ont vraiment cru qu'elles allaient s'asseoir sur ces chaises-là ? Pas attachées, sans coussins, avec ma robe de satin ? Les hommes pensent eux aussi des choses parallèles. Ils ont déjà beaucoup plus fumé que d'habitude et ils ont l'impression qu'ils partent en oubliant de faire quelque chose d'essentiel aux cochons, aux brebis ; qu'on n'a pas bien éteint le feu. Ils sont embêtés. Ils ont la bouche amère. Ils sautent de la charrette au dernier moment pour aller faire une dernière recommandation au valet, au fils du voisin qui vient garder la ferme. Enfin on part.

On part de partout à la fois. De la gare, il y en a qui viennent à travers les neuf kilomètres de chemins pierreux, de sentiers, de haies au-dessus desquelles on fait sautiller des chapeaux melons, des chapeaux à plumes. Des carrefours où s'arrêtent les autocars, il y en a des groupes en chapelets qui montent le coteau. Les chemins qui se tortillent dans les vals passent les gués, frôlent les aubépines, s'engouffrent sous les saulaies, les chênaies, traversent les landes, retentissent de claquements de fouets, de jurons, de hennissements, galopades, cris de femmes. Les autos couinent et cornent sur la grand-route ; et sur la petite route les flocons de poussière d'où émerge la petite pointe noire d'un capot se succèdent.

Ici finalement le père est rentré et tourne dans la maison sans savoir par où commencer. La vieille femme est rentrée et elle est allée à sa cuisine. Si le père commençait vraiment par quoi il voudrait commencer, le ciel s'écroulerait ; le ciel s'écroulerait et le président de la République mourrait ; et les juges auraient des attaques ; et des ruisseaux de sang feraient tourner les moulins ; et les herbes et les oiseaux en seraient rouges ; et les villes et les villages seraient pilés comme poivre avec tout ce qu'ils contiennent ; et la terre s'arrêterait de tourner ; et il ferait nuit pour tout le reste du temps. Nuit où tout est possible ! La mère le regarde et dit : « Alors, tu vas le montrer ton mauvais caractère ? » Tout étonné, il se rend compte que c'est comme si on lui avait lancé une casserole d'eau froide à la figure.

Qu'on ne s'imagine pas que cette *Iliade* va s'engager franchement à coups d'estoc et de taille. Ce sont des *Noces*. Ce sont des combats de taupes. C'est aussi un combat d'oiseaux.

(Quand tous les rossignols d'un bosquet chassent une pie ; quand les mésanges se battent avec les rouges-gorges ; pelotes de plumes multicolores et d'aigres cris en plein soleil et en plein ciel.) Ce ne sont pas des noces particulières où vont se passer des drames particuliers. Ce sont les *Noces*. Le lendemain de ces noces-là, les invités disent : « Ça s'est très bien passé. » Il ne s'agit que de drames généraux, ordinaires, invisibles, naturels, éternels. On choisit le moment des *Noces* parce que ce moment est unique : unité de temps, de lieu, paroxysme grec ; tout y est complexe et rapide ; c'est une explosion sans fumée. Le coup éclate ; après, on doit dire : « Eh bien oui, mais rien n'a changé. » Le pathétique vient de ce que l'explosion brusquement éclaire : profondeurs ténébreuses, échelles de Jacob de l'ombre, échafaudages entrelacés en ver-

tigineux encorbellements pour arriver finalement
à ras du sol, murs de cavernes où sont inscrits des
signes effrayants. Le temps d'un éclair. Le temps
des *Noces*.

Conversations. Tout se passe en conversations :
allusions, finesses d'un mot à l'autre, finasseries ;
contresens soigneusement placés, subtilités des
rapports de timbres ; un mot pris pour l'autre ;
silences bien employés ; bégaiements plus aigus
que paroles directes ; points de suspension ; le mot
qu'on ne trouve pas, qu'on cherche, tu sais bien, je
ne sais que ça, tu te rappelles, c'était à la foire de
B. le type qui marchandait les brebis, qu'est-ce
qu'il a dit, il parlait des... (on montre d'un clin d'œil
la famille du gendre — qui sont attablés, boivent,
mangent, rotent, s'essuient la gueule — ou bien
on désigne la tante Marie — qui est attablée, boit
mange, rote, s'essuie la gueule). Des gens qui sont
saouls ne le paraissent pas ; c'est toute la science de
savoir dire des mots énormes avec des visages de
poker (au fond d'eux-mêmes, la grande jouissance
de jouer le jeu qu'ils savent être le jeu des grands
et de le jouer à tombeau ouvert). Des gens qui
paraissent saouls ne le sont pas ; ils ont l'air de
parler au hasard, mais c'est pour sonder, savoir
jusqu'où ils peuvent aller. Ils boiront après ; ils ne
boiront pas ; ils iront prendre l'air. Entre un nom
et son adjectif, ils lèvent le verre et boivent ; entre
un verbe et son sujet, ils sortent pour pisser ; la
chose est dite ; cochon qui s'en fâcherait mais cochon qui s'en dédit. Et tout le monde est orfèvre.
Tout se comprend. Quelquefois, un type qui se
contient mal donne du poing dans la gueule à quel-

qu'un qui a dit simplement merci ou qui n'a rien dit du tout. Parce que merci contenait amplement de quoi recevoir le poing sur la gueule ; ou que le silence était éloquent.

Chaque fois d'ailleurs que de semblables excès se produisent, c'est une explosion de cris chez les femmes. Tout s'arrête tout de suite. On sait bien qui on admire : c'est celui qui a reçu le coup de poing. C'est celui-là le plus fort : il lui a suffi de dire merci, ou même rien pour faire sortir l'autre de ses gonds. Ici, on n'aime pas plus un homme qu'une porte hors de ses gonds. Celui qui a frappé s'excuse tout de suite parce qu'il a vraiment honte. Il se dit (même s'il est fin saoul, plein comme un œuf) : « Je ne suis pas fort. » Et il va à l'écurie se fourrer les doigts dans la bouche et vomir. Explosions de cris chez les femmes, non pas par peur, par indignation ; cela signifie : qu'il est bête! C'est tout ce qu'il trouve à dire! Car elles, elles savent parfaitement ce qu'il faut dire, répondre, taire, comment il faut tenir sa bouche pour le dire, répondre, taire ; comment il faut placer son œil, son port de tête, ses épaules, ses bras ; ce qu'il faut faire avec la main, la façon dont les doigts doivent se déplier pour que, la chose étant faite en même temps qu'on prononce un mot, ce mot fasse balle.

Coups de poing! Quand il suffit par exemple de dire : Marie! (pas plus) et de se renverser contre le dossier de la chaise pour dire d'une façon complète : « Marie est une salope qui couche avec tout le monde. Je ne la toucherais pas du bout d'un bâton. C'est la tante de la mariée. La mariée a de qui tenir, etc., etc. » Si on veut compléter, c'est simple :

un soupir et on regarde le nouveau marié. On se comprend. Pendant que celle à qui l'on raconte cette belle histoire — sur laquelle elle est d'accord d'ailleurs — vous répond très gentiment d'un magnifique mot bien grossier pour vous faire comprendre qu'avec vous il n'y a pas à se gêner et que vous êtes également une salope.

Coups de poings? Qu'ils sont bêtes les hommes, alors qu'on peut se déchirer à mort simplement, sobrement. Est-ce qu'il n'est pas, par exemple, très intéressant d'être là, d'être invité, d'assister à tout ce qui se passe dans le père? Car on sait tout ce qui se passe dans le père; il ne peut rien dissimuler; on est comme lui; on penserait comme lui; on sait tout. (Ces hommes et ces femmes sont comme des colombes. Rien de plus salace, de plus cruel que les colombes.) On mange ses viandes; on boit son vin; on s'est assis à sa table et il nous donne le spectacle de ses turpitudes profondes. Nos turpitudes profondes; mais, aujourd'hui il ne s'agit pas de nous, il s'agit de lui. Il sait que nous savons et il nous donne son vin, ses viandes, sa table, ses chaises, sa maison, sa femme, sa fille, Marie, pour que nous en jouissions; et nous jouissons de tout.

C'est alors qu'on l'excite, qu'on l'énerve, qu'on le désespère, qu'on met le comble à sa confusion en chantant des chansons obscènes, des mots à double entente; qu'on pille *son bien*, qu'on détruit ses richesses, sa suffisance, qu'on *brûle Troie*; en se glissant sous la table, en interpellant les nouveaux mariés, en parlant à haute voix de juments, de truies d'étalons, de taureaux, de vaches, pour que les images soient plus claires s'il se peut.

378

C'est un mélange de bien et de mal comme il s'en fait dans les ventres de ces animaux et dans ceux des hommes et des femmes. En tout cas, ici finit *Noé*. Commencent *Les Noces*.

Manosque, 12 juillet 1947.

ŒUVRES DE JEAN GIONO

Aux Éditions Gallimard

Romans – Récits – Nouvelles – Chroniques

LE GRAND TROUPEAU.

SOLITUDE DE LA PITIÉ.

LE CHANT DU MONDE.

BATAILLES DANS LA MONTAGNE.

L'EAU VIVE.

UN ROI SANS DIVERTISSEMENT.

LES ÂMES FORTES.

LES GRANDS CHEMINS.

LE HUSSARD SUR LE TOIT.

LE MOULIN DE POLOGNE.

LE BONHEUR FOU.

ANGELO.

NOÉ.

DEUX CAVALIERS DE L'ORAGE.

ENNEMONDE ET AUTRES CARACTÈRES.

L'IRIS DE SUSE.

POUR SALUER MELVILLE.

LES RÉCITS DE LA DEMI-BRIGADE.

LE DÉSERTEUR ET AUTRES RÉCITS.

LES TERRASSES DE L'ÎLE D'ELBE.

FAUST AU VILLAGE.

ANGÉLIQUE.

CŒURS, PASSIONS, CARACTÈRES.

Essais

REFUS D'OBÉISSANCE.

LE POIDS DU CIEL.

NOTES SUR L'AFFAIRE DOMINICI, *suivies d'un* ESSAI SUR LE CARACTÈRE DES PERSONNAGES.

Histoire

LE DÉSASTRE DE PAVIE.

Voyage

VOYAGE EN ITALIE.

Théâtre

THÉÂTRE (Le Bout de la route – Lanceurs de graines – La Femme du Boulanger).

DOMITIEN, *suivi de* JOSEPH À DOTHAN.

LE CHEVAL FOU.

Cahiers Giono

1 et 3 CORRESPONDANCE JEAN GIONO – LUCIEN JACQUES
   I. 1922-1929
   II. 1930-1961.

2. DRAGOON, *suivi d'*OLYMPE.

4. DE HOMÈRE À MACHIAVEL.

Cahiers du cinéma/Gallimard

ŒUVRES CINÉMATOGRAPHIQUES (1938-1959).

Éditions reliées illustrées

CHRONIQUES ROMANESQUES, tome I (Le Bal – Angelo – Le Hussard sur le toit).

En collection « Soleil »

COLLINE.

REGAIN.

UN DE BAUMUGNES.

JEAN LE BLEU.

QUE MA JOIE DEMEURE.

En collection « Pléiade »

ŒUVRES ROMANESQUES COMPLÈTES, I, II, III, IV, V et VI.

RÉCITS ET ESSAIS.

Jeunesse

LE PETIT GARÇON QUI AVAIT ENVIE D'ESPACE. *Illustration de Gilbert Raffin (collection Enfantimages).*

L'HOMME QUI PLANTAIT DES ARBRES. *Illustration de Willi Glasauer (Folio Cadet, nº 24).*

Traductions

Melville : MOBY DICK *(en collaboration avec Joan Smith et Lucien Jacques).*

Tobias G. S. Smollett : L'EXPÉDITION D'HUMPHRY CLINKER *(en collaboration avec Catherine d'Ivernois).*

Impression Brodard et Taupin
à La Flèche (Sarthe),
le 1er mars 1991.
Dépôt légal : mars 1991.
1er dépôt légal dans la collection : mars 1973.
Numéro d'imprimeur : 6797D-5.
ISBN 2-07-036365-1 / Imprimé en France.

52347